KB247624

페스트

La Peste
Albert Camus

페스트

알베르 카뮈 | 이휘영 옮김

문예출판사

차 례

일종의 감금 상태를 딴 종류의 그것으로 표현한다는 것은,
마치 무엇이든 실제로 존재하는 것을
존재하지 않는 그 무엇으로 표현하는 것처럼 합리적이다.
―대니얼 디포

1부

이 기록의 주제를 이루고 있는 이상한 사건들은 194×년에 오랑〔알제리 북서부 오랑 주 북부의 주요 도시〕에서 발생했다. 보통 경우에서 좀 벗어나는 사건치고는 그 장소가 어울리지 않는다는 것이 일반적인 의견이었다. 오랑은 언뜻 보기에는 사실 평범한 도시고, 알제리 해안에 위치한 프랑스의 현청 소재지 이외의 아무것도 아니다.

솔직히 말해서 거리 자체는 못생겼다. 고요한 모습의 도시여서 세계 각지에 있는 수많은 무역항과 구별하려면 얼마간의 시간이 필요하다. 가령 비둘기도 없고 나무도 없으며 공원도 없는 도시다. 거기서는 새들의 날갯짓 소리도 나뭇잎이 부스럭거리는 소리도 들리지 않는다. 한마디로 중성 지대(中性地帶)라고 할 수 있는 그 도시를 어떻게 설명하면 상상이 될까? 그곳에서는 계절의 변화도 하늘을 보고 분간한다. 봄은 오직 공기의 성질로, 또는 어린 장사치들이 교외에서 가지고 오는 꽃 광주리로 알아볼 수 있을 뿐이다. 말하자면 봄은 시장에서 매매되는 격이다. 여름에는 태양이 지나치게 건조한 집들을 태워 벽돌을 뿌연 재로 뒤덮는다. 그래서 사람들은 덧문을 닫고, 그 그늘에서 지낼 수밖에 없다. 가을에는 이와 반대로 진흙의 홍수다. 겨울이 되어야 겨우 좋은 날씨를 볼 수 있다.

어느 한 도시를 제대로 알기 위한 편리한 방법은 거기서 사람들이 어떻게 일을 하고, 어떻게 사랑하며, 어떻게 죽어가는가를 알아보는 것이다. 우리의 이 작은 도시는 기후 때문인지 몰라도 그 모든 것이 동시에, 그리고 열광적이고도 무심하게 이룩된다. 말하자면 사람들은 심심해서 습관을 붙여보려고 그런 데 열중한다. 우리 시민들은 일을 많이 하는데, 언제나 그것은 부자가 되려는 욕심에서 하는 일이다. 그들은 특히 상업에 관심을 가지고 있다. 그들이 하는 말을 빌리면 사업하는 데 우선 관심이 있는 것이다. 물론 그들은 단순한 기쁨에 대한 취미도 없지 않아서 여자며 영화며 해수욕을 좋아하기도 한다.

그러나 대단히 절제가 있는지라 그런 재미는 토요일이나 일요일을 위해서 보류해두고 주중에는 돈을 많이 벌려고 애쓴다. 저녁때 그들은 퇴근 후 일정한 시간에 카페에 모여 앉는다거나 늘 같은 거리를 거닐고, 그렇지 않으면 자기 집의 발코니에서 쉰다. 아주 젊은 패의 욕망이 거세고 무뚝뚝한 데 비해 나이가 든 패의 장난이란 볼링 클럽이나 친목회 모임에 참석하거나, 카드 노름에 돈을 듬뿍 거는 정도의 선을 넘어서지 않는다.

아마 사람들은 그것이 우리 도시에서만 특별하게 그런 것이 아니라, 현대인이라면 누구나 마찬가지라고 말할 것이다. 아마도 오늘날의 사람들에게는 아침부터 저녁까지 일을 하고 나서 나머지 시간은 카드놀이나 카페에, 그리고 잡담에 소비하는 모습을 보는 것보다 자연스러운 일은 없을 것이다. 그러나 어떤 도시들이나 나라에서는 사람들이 간혹 딴것에 대한 의혹을 가진다. 대체로 그런 것이 그들의 생활에 변화를 주지는 않는다. 다만 그런 의혹을 가졌을 뿐이고, 그만큼 늘 득을 보고 있는 셈이다. 이와 반대로 오랑은 분명히 의혹이 없는 도시, 즉 완전히 현대적인 도시이다. 그러므로 우리 고장에서는 사랑하는 방식을 설명할 필요가 없다. 남자들과 여자들은 이른바 성관계라고 하는 그런 행동을 통해서 이내 서로를 마멸시키거나, 그렇지 않으면 두 사람만의 오랜 습관 속에 얽매이게 된다. 이 양극단 사이에는 중용(中庸)이라고는 거의 없다. 그것도 역시 특이한 것은 못 된다. 딴 곳과 마찬가지로 오랑에서도 시간과 반성의 여지가 없기 때문에 사람들은 사랑이란 무엇인가를 알지도 못하고 사랑하는 수밖에 없다.

우리 도시에서 더 독특한 것은 죽음에 이르러 직면하는 곤란이다. 하기야 곤란이라는 것은 좋은 말이 못 되고, 더 정확히 말해서 불편이라고 하는 편이 나을 것이다. 병이 들어서 유쾌한 일은 결코 없지만, 어떤 도시나 나라에서는 병중에라도 의지할 곳이 있어 어쨌든 그럭저럭 견디어 나갈 수 있다. 병자란 부드러움을 필요로 하며 그 무엇에 의지하려고 하는데, 그것은 정말 자연스러운 일이다. 그러나 오랑에서는 극단적인 기후라든가, 거래하는 사업의 중요성이라든가, 장식의 무의미함이라든가, 황혼의 덧없음이라든가, 쾌락의 성질이라든가 하는 그 모든 것이 건강을 요구하고 있다. 여기서 병자는 아주 고독하다. 더위에 말라 터질 듯한 몇백 개의 벽돌 뒤에서 덫에 걸려 죽어가는 사람을 상상해보라. 그러는 동안 다른 한편에서는 전화로 또는 카페에서 어음이니 선하증권이니 할인이니 하는 이야기를 주고받고 있다. 비록 현대적일지라도 그 죽음이 그런 무미건조한 도시에 그렇게 들이닥칠 때 불편이 있을 수도 있다는 것을 사람들은 이해할 것이다.

이와 같은 몇 가지 특징들을 알게 되면 우리 도시에 대한 분위기는 충분히 파악할 수 있으리라. 그렇지만 아무것도 과장해서는 안 된다. 강조해야 할 것은 이 도시와 생활의 평범한 모습이다. 그러나 습관만 들이면 사람들은 그날그날을 거뜬히 보낼 수가 있다. 그런 습관만 들이면 우리의 도시는 모든 것이 안성맞춤이라고 말할 수 있다. 그런 각도에서 보면 아마도 삶이란 그다지 보람 있는 것은 아니리라. 그러나 적어도 우리 고장에서는 난잡한 것을 모른다. 그리고 솔직하고 동정심 많으며 활동적인 우리 주민들은 여행객들의 마음속에 늘 점잖은 느낌을 남겨주었다. 경치도 별로고 초목도 없고 넋도 없는 이 도시는 마침내 아늑하게 보여 결국 사람들은 거기서 잠들어버린다. 그러나 이 도시가 완전한 선을 이룬 만(灣) 앞에서 반짝이는 언덕에 둘러싸여 헐벗은 평원 한복판에 우뚝 서서 비길 바 없는 경치와 접하고 있다는 점을 덧붙여두는 것이 공평하리라. 단지 이 도시가 만에 등을 돌리고 있어서 바다를 보려면 도시를 벗어나야만 하는 게 유감이다.

여기까지 말하면 그해 봄에 사건들이 생겨서 그것들이 내가 여기서 그 기록을 만들려고 뜻을 품은 — 우리도 나중에야 알았지만 — 일련의 중대 사건들의 첫 신호가 되리라는 것을 이곳 시민들이 꿈에도 생각 못했다는 것은 쉽게 납득이 갈 것이다. 이러한 사실들이 어떤 이에게는 아주 당연하게 보일 것이고, 또 어떤 사람에게는 반대로 믿을 수 없는 일로 보일지도 모른다.

그러나 어쨌든 기록 작가란 사람이 그러한 모순을 참작할 수는 없다. 그의 임무란 실제로 그런 일이 일어났고, 그것이 모든 사람의 관심을 끌었으며, 따라서 그의 입에서 나온 말의 진실성을 자기들의 마음속에서 인정해줄 수 있는 목격자가 몇천 명 있다는 것을 알고 있을 때 단지 '이런 일이 생겼더라'고 말하는 것뿐이리라.

그뿐이랴. 때가 오면 언제고 인정받게 되겠지만, 그 필자가 우연한 사정으로 얼마만큼의 진술 내용을 수집할 수 있는 처지가 아니었더라면, 그리고 또 사태의 압력으로 그가 이야기하려고 하는 모든 일에 휩쓸려 들게 되지 않았던들 이런 종류의 일에 어울릴 만한 명분도 서지 않았을 것이다. 이것이 바로 그로 하여금 역사가의 일을 하도록 허용하는 연유이다. 물론 역사가라면, 그가 비록 본직이 아닌 경우라도 항상 자료는 가지고 있다. 그러므로 이 이야기의 필자도 자신의 자료를 가지고 있다. 우선 자기가 목격한 것과 다음으로 남이 목격한 것 — 왜냐하면 그의 직분 때문에 이 기록에 나오는 모든 인물의 내막 이야기를 모두 수집해야 했으므로 — 그리고 마지막으로 마침내 그의 수중에 들어오고야 만 서류들이다. 그가 좋다고 판단할 때는 거기서 잘라내어 그것들을 마음껏 이용할 생각이다. 그는 또한…… 그러나 이제는 아마도 주석이나 말막음은 그만두고 이야기 자체를 시작할 때인 성싶다. 처음 며칠 동안의 경위는 좀 자세한 설명이 필요하다.

4월 16일 아침, 의사 베르나르 리외는 자신의 진찰실에서 나오다가 층계참 한복판에 죽어 있는 쥐 한 마리를 보았다. 그는 즉각 아무 생각 없이 그 쥐를 치워버린 다음 층계를 내려왔다. 그러나 거리에 나왔을 때 '쥐가 나올 곳이 못 되는데……' 하는 생각이 떠올라서, 그 길로 발길을 돌려 수위에게 그것을 알려주었다. 늙은 미셸 씨의 반응을 보고 리외는 자기의 발견이 예삿일이 아니라는 것을 더한층 느꼈다. 죽은 쥐가 있다는 것이 그에게는 다만 괴상하게 보였지만, 수위에게는 창피한 일이었던 것이다. 어쨌든 수위의 태도는 명백했는데, 이 건물 안에 원래 쥐는 없었다는 것이다. 의사가 위층의 층계참에 쥐가 있는데 아마도 죽은 것 같다고 아무리 힘주어 말해도 미셸 씨의 신념은 확고부동했다. 이 건물에는 쥐가 없고, 그렇다면

15

누가 밖에서 가지고 들어왔을 것이며, 요컨대 무슨 장난이라는 것이었다.

그날 저녁에도 베르나르 리외가 그 건물의 문 안에 서서 자기 방으로 올라가기 전에 열쇠를 찾고 있었는데, 그때 그는 복도의 어둠침침한 구석에서 털이 젖은 커다란 쥐 한 마리가 비틀거리며 나타나는 것을 보았다. 그 쥐는 멈칫거리며 몸의 균형을 잡으려고 애쓰는 듯하더니, 의사에게로 달려오다가 다시 멈추어 작은 소리를 지르며 제자리에서 뱅뱅 맴을 돌다가, 마침내 벌어진 주둥이로 피를 토하며 쓰러지고 말았다. 의사는 잠시 그것을 바라보다가 자기 방으로 올라갔다.

그는 쥐 생각을 하고 있는 것이 아니었다. 그 쥐가 토하는 피가 그를 다시 근심 속으로 빠져들게 했다. 병든 지 1년이 되어가는 아내가 그 이튿날 어느 산중에 있는 요양소로 떠나게 되어 있었다. 아내는 그가 하라는 대로 침대에 누워 있었다. 아내는 장소를 옮기는 데 따르는 피로에 대비하고 있었던 것이다. 아내는 웃고 있었다.

"기분이 참 좋아요"라고 말도 했다.

의사는 침대 머리의 등잔불 빛을 받으며 자기 쪽으로 향하고 있는 아내의 얼굴을 바라보았다. 나이 서른에 병색이 뚜렷한 아내의 얼굴이 리외에게는 여전히 청춘 시절의 얼굴로 보였다. 아마 딴것을 전부 지워버리는 그 웃음 때문일지도 모른다.

"웬만하거든 자요." 그가 말했다. "간호사가 11시에 오면, 12시 기차에 당신을 태워주겠소."

그는 약간 땀이 밴 그녀의 이마에 입을 맞추었다. 아내의 웃음이 문 앞까지 그를 바래다주었다.

이튿날인 4월 17일 8시에 수위는 지나가던 의사를 붙들고, 어떤 짓궂은 장난꾼들이 죽은 쥐 세 마리를 복도 한가운데다 갖다 놓았다고 푸념을 했다. 쥐들이 피투성이인 것으로 보아 틀림없이 큰 쥐덫으로 잡은 모양이라며, 수위는 쥐의 발목을 붙잡고 얼마 동안 문지방에 서서 범인들이 필시 빈정거리러 나타나지나 않을까 하고 기다리고 있었다.

"아! 그놈들" 하고 미셸 씨가 말했다. "놈들을 기어코 잡아야지."

불안해진 리외는 그의 환자들 가운데 제일 가난한 사람들이 사는 시의 변두리 지구부터 회진을 시작했다. 그 지구에서는 쓰레기 수거가 훨씬 늦게야 실시되는 까닭에, 먼지투성이인 그 동네의 곧은길을 따라서 굴러가고 있는 자동차는 인도 가에다 내놓은 오물통들을 스칠 듯이 지나갔다. 이렇게 천천히 달리던 어느 거리에서 의사는 푸성귀의 우거지며 더러운 걸레 조각 위에 팽개쳐진 쥐를 열두어 마리나 보았다.

그가 제일 먼저 찾아간 환자는 거리에 면한 침실 겸 식당으로 쓰는 방에 누워 있었다. 그는 무뚝뚝한 표정에 볼이 움푹 팬 늙은 스페인 사람이었다. 그는 이불 위에 완두콩이 가득 담긴 냄비를 앞에 놓고 있었다. 의사가 들어갔을 때, 침대에서 반쯤 일어나 늙은 해수병자의 그렁그렁하는 숨결을 다시 진정시켜보려고 몸을 뒤로 젖히며 애를 쓰고 있었다. 그의 아내가 세숫대야를 가지고 왔다.

"한데 선생님, 그놈들이 나오는데, 보셨어요?" 주사를 놓는 동안에 그가 말했다.

"정말이에요. 이웃집에서는 세 마리나 쓸어냈대요." 그의 아내가 말했다.

노인은 두 손을 비비면서 말했다.

"나오겠지. 쓰레기통마다 보이거든. 배가 고파서 그럴 겝니다!"

리외가 온 동네에서 쥐 이야기를 하고 있다는 것을 확인하는 데는 별로 힘들지 않았다. 회진을 마치고 그는 집으로 돌아왔다.

"선생님께 전보가 왔습니다. 저 위에 갖다 놓았습죠." 미셸 씨가 말했다.

의사는 혹시 또 쥐를 보았느냐고 물었다.

"아! 천만에요." 수위가 말했다. "내가 지키고 있단 말씀이에요. 그러니 그놈들이 감히 못 가져옵니다."

전보는 그의 어머니가 그 이튿날 오신다는 소식을 알리는 것이었다. 며느리가 병으로 집을 비우는 동안, 자기 아들의 집안일을 돌보러 오기로 되어 있었다. 의사가 자기 집 방으로 들어갔을 때, 간호사는 이미 와 있었다. 리외는 자기 아내가 일어나서 옷을 갈아입고 분까지 바르고 있는 것을 보았다. 그는 아내에게 웃어 보였다.

"좋아" 하고 그가 말했다. "참 좋아."

잠시 후에 그는 역에서 침대차에 아내의 자리를 잡아주었다. 아내는 찻간을 둘러보았다.

"우리 형편으론 너무 비싸지 않아요?"

"쓸 때는 써야지." 리외가 말했다.

"쥐 이야기는 대체 뭐예요?"

"나도 모르겠어. 심상치 않은 일이긴 하지만, 이럭저럭 지나가겠지."

그러고는 빠른 어조로 좀 더 잘 돌봤어야 했는데 용서하라고 말하고, 너무나 소홀히 했다는 말을 하는 것이었다. 그녀는 아무 말 말라는 듯이 고개를 저었다. 그러나 리외는 덧붙여 말했다.

"당신이 다시 돌아올 때는 모든 것이 잘되어갈 거요. 그때는 새 출발을 하는 거야."

잠시 후에 그녀는 남편에게 등을 돌리고 유리창 밖을 내다보았다. 플랫폼에서는 사람들이 급히 서두르느라 서로 부딪치고 야단들이었다. 칙칙거리는 기관차의 소리가 그들의 귀에까지 들려왔다. 리외는 아내의 이름을 불렀다. 아내가 돌아보았을 때, 그는 아내의 얼굴이 눈물에 젖은 것을 보았다.

"그러면 못써요." 그가 부드럽게 말했다. 눈물 젖은 얼굴에 다소 찡그린 듯한 웃음이 다시 떠올랐다. 아내는 한숨을 깊이 쉬었다.

"자, 가봐요. 모든 일이 잘될 테지."

그는 아내를 껴안아주고 플랫폼으로 내려섰다. 유리창 너머로 웃고 있는 아내의 얼굴만이 보였다.

"제발 몸조리 잘해요." 그가 말했다.

그러나 아내에게는 들리지 않았다.

리외는 출구 근처의 플랫폼에서 어린 아들의 손을 잡고 걸어오는 예심판사 오통 씨와 마주쳤다. 의사는 그에게 여행을 가느냐고 물어보았다. 키가 후리후리하게 크고 머리카락이 검은 오통 씨는 어떻게 보면 예전의 사교계 인사 비슷하고 또 어떻게 보면 장의사의 일꾼 비슷했는데, 상냥한 목소리로 짧게 대답했다.

"본가에 문안드리러 갔던 아내를 기다립니다."

기관차가 기적을 울렸다.

"아 저, 쥐늘이……" 판사가 말했다.

리외는 기차 쪽으로 발을 옮겼다가 다시 출구 쪽으로 돌아섰다.

"네." 그가 말했다. "아무 일 없겠죠."

그의 기억에 남아 있는 그때의 상황은 단지 죽은 쥐가 가득 찬 궤짝 하나를 겨드랑이에 낀 역무원이 지나간 사실뿐이었다.

바로 그날 오후에 리외가 진찰을 시작할 무렵 어떤 사람이 그를 찾아왔는데, 그는 신문기자이며 아침에 한 번 다녀갔다고 했다. 그의 이름은 레이몽 랑베르였다. 키는 작달막하고 어깨는 옹골차며, 결단성 있게 생긴 얼굴에 눈이 맑고 슬기로운 랑베르는 간편한 스타일의 옷을 입고 있었는데, 생활도 여유가 있어 보였다. 그는 대뜸 본론으로 들어갔다. 그는 파리에 있는 어떤 큰 신문에 싣기 위해 아랍인들의 생활상을 취재하고 있는데, 그들의 보건 상태에 관한 자료를 제공해달라고 했다. 리외는 보건 상태가 좋지 못하다고 말해주었다.

그러나 자신은 더 깊이 들어가기 전에 신문기자란 진실을 보도할 수 있는가를 알고 싶다고 말했다.

"물론입니다"라고 랑베르는 대답했다.

"내 말은, 당신네들이 과연 철저히 고발을 할 수 있는가 말입니다."

"철저하게는 못합니다. 그것은 말씀을 드려둬야 할 일입니다. 그러나 제 생각으로는 그 고발이라는 것이 근거가 없는 것 같은데요."

리외는 부드러운 어조로 사실 그런 고발이란 근거가 없는 것이겠으나, 그런 질문을 함으로써 랑베르의 증언이 기탄없는 것인지 아닌지를 알고자 했을 뿐이라고 말했다.

"나는 기탄없는 증언 이외에는 용납하지 않습니다. 나는 당신의 증언을 위해서 기삿거리를 제공할 수 없습니다."

"그야말로 냉혈 정치가 생쥐스트 같은 말투군요." 신문기자가 웃으며 말했다.

리외는 언성도 높이지 않고, 그런 것은 잘 모르겠으나, 자기의 말은 자신이 살고 있는 세상에 진저리가 나 있으면서도 인류에 대한 관심은 가지고 있으며 딴에는 불의와의 타협을 거부하기로 결심한 사나이의 말이라고 대답했다.

"무슨 말씀인지 알아들었습니다." 마침내 일어서며 그가 말했다.

의사는 그를 문까지 배웅하면서 말했다.

"그렇게 생각해주시니 감사합니다."

랑베르는 약이 오른 모양이었다.

"네, 알겠습니다. 폐를 끼쳐서 죄송합니다."

의사는 그와 악수를 하며, 지금 이 도시에는 죽은 쥐들이 많이 발견되고 있는데, 이것이 기삿거리가 될지도 모르겠다고 말했다.

"아! 그래요? 그거 재미있겠는데요." 랑베르가 외쳤다.

의사는 오후 5시에 다시 왕진을 가려고 밖으로 나가는 길에 계단에서 아직 젊고 육중한 덩치에 얼굴 혈색이 좋고 우락부락하게 생긴, 굵은 눈썹이 수북이 난 어떤 남자 곁을 지나갔다. 리외는 그 남자를 가끔 그 건물의 맨 꼭대기 층에 살고 있는 스페인 무용가들의 집에서 만난 적이 있었다. 장 타루는 연신 담배를 빨면서, 자기 발밑의 층계에서 죽어가고 있는 쥐 한 마리의 마지막 경련을 들여다보고 있었다. 그는 흐리멍덩한 눈을 치뜨고 침착한 눈길로 의사에게 인사를 하고는, 이 쥐들의 출현은 좀 희귀한 일이라고 덧붙여 말했다.

"그렇죠. 그러나 결국은 난처해질 겁니다."

"어떤 의미에서, 선생님, 어떤 의미에서 그렇다는 것입니까? 우리는 이런 일을 난생처음 봅니다. 그뿐이죠. 그러나 나는 좀 흥미 있는 일이라고 봅니다. 그럼요, 아주 흥미 있습니다."

타루는 손을 들어서 머리칼을 뒤로 쓸어 넘기고는, 이제는 움직이지 않는 쥐를 보다가 리외에게 웃음을 지었다.

"그러나 선생님, 결국 이런 것은 특히 수위가 걱정할 일이지요."

바로 그때 의사는 아파트 앞 현관 벽에 등을 기대고 서 있는 수위를 발견했는데, 여느 때는 벌겋던 얼굴이 피로에 지쳐 있었다.

"네, 압니다. 이제는 두 마리, 세 마리씩 나타나는군요. 그러나 다른 집들도 마찬가지지요." 또 나타났다고 눈짓으로 말하는 리외에게 미셸 씨가 말했다.

그는 기운이 없고, 근심스러운 눈치였다. 그는 기계적인 동작으로 목덜미를 비볐다. 리외가 그에게 몸은 괜찮으냐고 물어보았다. 수위는 물론 좋지 않다고 말할 수는 없었다. 다만 여느 때 같지는 않았다. 내심 속을 태운 탓인 것 같았다. 그 쥐라는 놈들이 그에게 타격을 주었을 테고, 그놈들만 없어지면 모든 일이 나아질 것처럼 생각되었다.

그러나 이튿날인 4월 18일 아침, 역에 나가 어머니를 모시고 돌아온 리외는 미셸 씨의 얼굴이 더욱 수척해진 것을 보았다. 지하실에서부터 고미다락에 이르기까지 계단에는 여남은 마리의 쥐들이 흩어져 있었다. 집집마다 오물통은 쥐로 가득 찼다. 의사의 어머니는 그런 말을 듣고도 놀라지 않고, "그런 일도 있지"라고 말했다.

그녀는 눈이 까맣고 부드러운, 키 작은 은발의 부인이었다.

"너를 보니 반갑구나, 베르나르. 쥐쯤이야 아랑곳할 게 있느냐"라고 어머니는 말했다.

그는 시인했다. 아닌 게 아니라 어머니하고라면 모든 것이 수월할 듯싶었다.

그래도 리외는 시청의 서해대책과(鼠害對策課)에 전화를 걸었다. 그곳 과장인 메르시에를 그는 알고 있었다. 과장에게 수많은 쥐들이 바깥으로 나와서 죽는다는 이야기를 들었느냐고 물었다. 과장은 들었을 뿐만 아니라, 부두에서 멀지 않은 곳에 있는 자기 청사에서만도 50여 마리나 쓸어냈다고 했다. 그러면서도 그는 과연 이 사실이

중대한 문제인지 판단을 못 내리고 있었다. 리외도 그러한 판단은 내릴 수가 없었으나, 아무래도 서해대책과에서 나서야 할 문제라고 얘기를 했다.

"그렇고말고." 메르시에가 말했다. "지시가 있어야지. 만약 자네가 정말 그럴 필요가 있다고 생각한다면, 지시가 내려지도록 노력함세."

"물론 필요하고말고." 리외가 말했다.

그의 가정부가 조금 아까 와서 말하기를, 자기 남편이 일하는 큰 공장에서는 죽은 쥐를 몇백 마리나 쓸어냈다고 했다.

어쨌든 우리 시민들이 불안을 느끼기 시작한 것은 그 무렵부터이다. 그도 그럴 것이, 18일부터 공장이며 창고들이 실상 쥐 몇백 마리의 시체를 토해냈으니 말이다. 어떤 때는 너무 오랫동안 고통스럽게 숨을 질질 끄는 쥐들의 명을 끊어주어야만 했다. 그런데도 변두리 지대부터 도심지까지 리외가 지나다니는 곳마다, 또 우리 시민들이 모여 있는 곳마다 쥐들이 오물통이나 도랑 속에서 길게 열을 짓고 기다리고 있는 판이었다. 석간신문은 그날부터 이 사건을 도맡아 과연 시청에서는 행동을 개시할 용의가 있는가 없는가, 또 이 구역질 나는 침해로부터 시민의 안전을 보장하기 위해서 어떠한 긴급 대책을 가지고 있는가를 추궁했다. 시로서는 아무런 계획이나 대책도 없었지만, 그 문제를 토의하기 위해 회의를 열기로 했다. 매일 아침 일찍 죽은 쥐를 모으라는 지시가 서해대책과에서 내려왔다. 수집한 쥐는 서해대책과의 차 두 대가 소각장으로 운반해다가 태워버리기로 했다.

그러나 며칠이 지나도 사태는 악화되기만 했다. 쥐들은 갈수록 더 많이 죽어갔고, 매일 아침 수거되는 양은 더 많아졌다. 나흘째 되는 날부터 쥐들은 떼를 지어 거리에 나와 죽었다. 집의 구석진 곳이나 지하실, 창고, 수챗구멍 등에서 쥐들은 휘청거리면서 줄지어 올라와 빛을 보고 비틀거리며 제자리에서 맴을 돌다가 사람들 곁에 와서 죽어버렸다. 밤에는 복도나 골목길에서 최후의 발악을 하는 작은 소리가 역력하게 들리곤 했다. 아침마다 변두리 지구에서는 뾰족한 코쭝배기에 덕지덕지 피를 묻히고 어떤 놈은 퉁퉁 부어서 썩어 가고, 어떤 놈은 빳빳이 굳은 몸에 아직도 수염만은 꼿꼿한 채로 개천에까지 즐비하게 나자빠져 있었다. 시내에서조차도 층계참이나 안마당에서 무리를 지어 발견됐다. 그것들은 또 시청의 홀에서, 학교의 체육관에서, 때로는 카페의 테라스에서 딴 놈들과 떨어져 혼자 죽어 있기도 했다. 시민들은 가장 번화한 장소에서까지 그것들을 발견하고는 질색하곤 했다. 열병 광장(閲兵廣場)이며 한길이며 바닷가의 산책길마저도 쥐들로 더럽혀졌다. 새벽에 그 죽은 쥐들을 깨끗이 치워버렸건만 낮 동안에 다시 조금씩 보이기 시작하다가, 해 지기 전에 벌써 수두룩해졌다. 밤에 보도를 산책하는 사람이 죽은 지 얼마 안 된 쥐의 탄력 있는 몸뚱이를 밟는 일도 있었다. 그 광경은 마치 우리의 집이 서 있는 바로 그 땅이 속으로 곪은 고름을 짜내고 여태까지 그 내부에서 곪고 있던 응어리와 더러운 피를 내뿜고 있는 듯이 보였다. 건강한 사내의 짙은 피가 불현듯이 뒤집히기 시작한 것처럼, 여태껏 그렇게도 잠잠하다가 며칠 만에 발칵 뒤집힌 이 자그마한 도시의 당황한 모습을 상상하고도 남음이 있으리라.

사태는 마침내 랑스도크 통신사(정보나 자료 수집 등 모든 문제에 대한 정보의 수집을 담당)가 스폰서 없는 라디오 방송을 통해 25일 하루 동안에 6천2백 서른한 마리의 쥐가 수집되어 불살라졌다고 방송하기에 이르렀다. 우리가 시가지에서 매일같이 보고 있는 광경에 대해 명백한 의미를 제시해주었던 그 숫자는 혼란을 더욱 가중시켰다. 그때까지도 사람들은 좀 구역질이 나는 사건이라고 불평을 하는 정도였다. 그러나 사람들은 이제 그 전모를 명백히 파악하지도 못하고 원인도 규명할 수 없는 그러한 현상에는 뭔가 심상치 않은 점이 있다는 사실을 알아차리기 시작했다. 그 해수병을 앓는 스페인 영감만은 여전히 손을 비비면서 "나온다, 나와"라고 망령이 든 노인답게 좋아하며 되풀이하고 있었다.

그러나 4월 28일에 랑스도크 통신사는 약 8천 마리의 쥐가 수거되었다고 발표함으로써 시내의 불안은 절정에 달했다. 사람들은 근본적인 대책을 요구하며 당국을 비난했고, 해변에 별장을 가지고 있는 일부 사람들은 벌써부터 그리로 피해 갈 생각을 하고 있었다. 그러나 그 이튿날 통신사는 그 현상이 돌연 멎었고, 서해대책과에서는 죽은 쥐를 무시해도 좋을 만한 숫자밖에는 수거하지 못했다고 보도했다.

그런데 바로 그날 정오에 의사 리외가 자기 집 앞에다 차를 세웠을 때, 길모퉁이에서 수위가 고개를 숙이고 팔다리를 휘청거리며 마치 인형 같은 자세로 가까스로 걸어오는 것을 보았다. 그 노인은 의사도 아는 한 신부의 팔을 붙들고 있었다. 파늘루 신부였다. 그는 박학하고 열렬한 제수이트 파의 신부로서 리외도 전에 가끔 만난 일이 있었으며, 이 도시에서는 종교 문제에 대해서 무관심한 사람들까지도 그를 대단히 존경하고 있었다. 리외는 그들을 기다리고 서 있었다. 미셸 영감은 눈을 번득이며 쌕쌕 숨을 쉬고 있었다. 영감은 몸이 별로 안 좋아서 바람을 쐬려고 나왔었는데, 목과 겨드랑이와 사타구니에 심한 통증이 와서 견디다 못해 돌아와야 했기에 파늘루 신부에게 부축을 해달라고 부탁을 했던 것이다.

"종기들이 터지나 봐요. 참느라고 아주 혼이 났습니다." 그가 말했다.

리외는 자동차의 창문으로 팔을 내밀어 미셸 영감이 내민 목 밑을 손가락으로 만져보았다. 일종의 나무 마디 같은 딱딱한 것이 느껴졌다.

"가서 누우십시오. 체온을 재보세요, 오후에 가서 봐드릴 테니."

수위가 떠나자 리외는 파늘루 신부에게 쥐 사건을 어떻게 생각하느냐고 물었다.

"오! 아마 유행병일 겁니다." 신부가 말했다. 그렇게 말하며 그의 두 눈이 둥근 안경 너머로 웃고 있었다.

리외는 점심을 먹고 나서 아내가 잘 도착했다는 내용의 전보를 다시 읽고 있었는데, 그때 전화벨이 울렸다. 전에 치료해준 적이 있는, 시청에 다니는 사람에게서 온 전화였다. 오랫동안 대동맥 협착증으로 고생한 사람인데, 빈곤했기 때문에 리외는 무료로 그를 치료해준 일이 있었다.

"네, 저를 기억하시는군요. 그런데 이번엔 다른 사람 때문입니다. 빨리 좀 와주십쇼. 제 이웃에 일이 생겼습니다." 그가 말했다.

숨 가쁜 목소리였다. 리외는 수위를 떠올렸으나 일단 뒤로 미루기로 마음을 먹었다. 몇 분 후에 그는 변두리 구역에 있는 페데르브 가의 나지막한 집의 문으로 들어섰다. 서늘하고 구린내가 나는 계단의 중간쯤에서 그는 자신을 마중하러 내려온 서기인 조제프 그랑을 만났다. 그는 길게 턱까지 내려오는 콧수염을 기르고 어깨는 좁고 수족이 삐삐 마른 50대의 남자였다.

"좀 낫어요. 근데 그 사람이 꼭 죽는 줄만 알았습니다그려." 그가 리외에게로 다가오면서 말했다.

그는 코를 자주 풀었다. 마지막 층인 3층에서 왼편의 문턱에 선 리외는 붉은 분필로 쓴 "들어오시오, 나는 목을 매달았소"라는 글을 읽었다.

그들은 안으로 들어갔다. 테이블은 한구석으로 치워져 있고, 뒤 집힌 의자 위로 천장에서부터 동아줄이 늘어져 있었다. 그러나 동아 줄에는 아무것도 매달려 있지 않았다.

"때마침 제가 와서 풀어주었지요. 제가 외출을 하려던 바로 그 때, 소리를 들었어요. 저 글자를 보았을 때, 뭐랄까요, 저는 장난인 줄만 알았거든요. 그런데 저 사람이 괴상한 신음 소리를 내더군요. 말하자면 언짢은 소리랄까요." 가장 단순한 말을 하면서도 늘 어휘 를 고르는 듯 보이는 그랑이 그렇게 말했다.

그는 머리를 긁적이며 말을 이었다.

"내 생각으로는 그 행동이 고통스러울 것 같았어요. 물론 들어와 봤죠."

그들은 문을 하나 밀어서 열고, 밝긴 하지만 살림살이가 초라한 방의 문턱에 섰다. 얼굴이 둥글고 작달막한 남자가 구리로 만든 침 대 위에 누워 있었다. 그는 가쁘게 숨을 쉬다가 충혈된 눈으로 그들 을 바라보았다. 의사가 멈칫 섰다. 그가 숨을 내쉬는 사이사이에 간 간이 쥐의 울음소리가 들리는 듯했다. 그러나 방구석에는 아무것도 움직이는 것이 없었다. 리외가 침대 쪽으로 갔다. 그 사나이는 높은 곳에서 떨어진 것도 아니었기 때문에 척추에는 이상이 없었다. 물론 얼마간의 질식 증상은 있었지만, X선을 찍을 필요는 없을 것 같았 다. 의사는 강심제 주사를 한 대 놓고 며칠 내로 회복될 것이라고 말 했다.

"고맙습니다, 선생님." 사나이는 숨 가쁜 목소리로 말했다.

리외가 경찰서에 알렸느냐고 그랑에게 묻자, 그 서기는 낭패한 태도로 말했다.

"아니요! 아닙니다. 내 생각에 보다 급한 것은……."

그러나 그때 환자가 몸을 움직이더니, 침대 위에서 일어나 아무렇지도 않으니 그럴 필요가 없다고 항의 조로 말했다.

"진정하세요. 대수로운 일은 아니니 안심하세요. 그리고 내가 신고를 해야 할 의무가 있으니까요." 리외가 말했다.

"아!" 환자가 고통스러운 소리를 내질렀다.

그리고 그는 뒤로 나자빠져 흐느껴 울었다. 조금 전부터 콧수염을 만지작거리던 그랑이 환자 곁으로 다가서며 말했다.

"자, 코타르 씨, 생각 좀 해봐요. 의사에겐 책임이 있는 법이오. 이를테면 만약 당신이 또 그런 짓을 하는 경우……."

그러나 코타르는 울음 섞인 목소리로 다시는 그런 짓을 안 할 것이고, 다만 순간적인 발작으로 그랬던 것이며, 자기로서는 가만히 내버려두기만 했으면 좋겠다고 말했다. 리외는 처방을 썼다.

"알았습니다." 리외가 말했다. "그 일은 그대로 둡시다. 2, 3일 후에 다시 오겠어요. 그러나 실없는 짓은 다시 하지 마시오."

리외는 층계참에서 그랑에게, 자기로서는 신고를 해야만 하는데 그 대신 경찰서장에게 그에 대한 조사는 이틀 후에나 해달라고 부탁하겠다고 말했다.

"오늘 밤에는 좀 지켜봐야 하는데요. 그 사람 가족은 있나요?"

"모르겠습니다. 어쨌든 나라도 지킬 수 있습니다."

그는 고개를 끄덕이고 있었다.

"저 사람을 잘 모릅니다. 말하자면 잘 안다고 할 수가 없습니다.

그러나 서로 도와야지요."

리외는 그 집의 복도에서 기계적으로 구석구석을 둘러보며, 이 동네에서는 쥐들이 완전히 없어졌느냐고 물었다. 서기는 전혀 아는 바가 없었다. 사실 그런 이야기를 듣기는 했으나, 그는 원래 동네 소문에는 과히 관심이 없는 편이었다.

"딴 걱정이 있어서 그렇답니다." 그가 말했다.

리외는 그때 이미 그랑의 손을 잡고 있었다. 아내에게 편지를 쓰기 전에 수위를 봐주려면 급했다.

석간신문의 거리 판매원들이 쥐들의 침해는 완전히 중지되었다고 외치고 있었다. 그러나 리외는 환자가 상반신을 침대 밖으로 내민 채 한 손은 배에, 또 한 손은 목덜미에 대고 몹시 괴로워하면서 불그스름한 담즙을 오물통에 게우고 있는 것을 보았다. 오랫동안 애를 쓰다가 거의 숨이 막힐 지경이 되어서 그는 다시 누웠다. 체온이 39도 5부였으며, 목의 림프샘과 팔다리가 부어오르고 옆구리의 거무스름한 반점 두 개가 점차 커지기 시작하고 있었다. 이제 그는 뱃속이 아프다고 끙끙거렸다.

"막 쑤시네." 그가 말했다. "쿡쿡 쑤셔."

숯검정처럼 된 입에서는 말도 잘 안 나왔다. 골치가 아파서 눈물이 글썽글썽한 두 눈을 의사에게로 돌렸다. 수위의 아내가 아무 말 없는 리외를 불안한 눈길로 보고 있었다.

"선생님, 대체 뭘까요?" 그 여자가 말했다.

"여러 가지로 볼 수 있겠는데요. 그러나 아직 명확한 증세는 조금도 없습니다. 오늘 저녁은 굶기고 청혈제(淸血劑)를 쓰십시오. 물을 많이 마시도록 하고요."

마침 수위는 목이 말라붙을 지경이었다.

리외는 집으로 돌아오자, 시내에서 가장 권위 있는 의사들 가운데 한 사람인 리샤르에게 전화를 걸었다.

"아니요." 리샤르가 말했다. "특별한 일이라곤 전혀 없는데요."

"국부적 염증을 수반하는 열 같은 것도 없었습니까?"

"아! 그리고 보니 몹시 염증이 심한 림프샘 환자가 둘 있었군요."

"비정상적이던가요?"

"저, 아시다시피 보통 그런 환자는……." 리샤르가 말했다.

수위는 그날 저녁에 줄곧 헛소리를 했고, 열은 40도까지 올라서 쥐 타령만 하고 있었다. 리외는 농창 고착(膿瘡固着) 치료를 해보았다. 테레빈 주사의 타는 듯한 아픔에 수위는 소리쳤다. "아! 망할 것들 같으니."

림프샘은 아직 부어 있었는데, 만져보니 딱딱하고 줄이 서 있었다. 수위의 마누라는 넋을 잃고 있었다.

"밤새 지키십시오." 마누라에게 의사가 말했다. "그리고 무슨 일이 있거든 나를 불러주시오."

이튿날인 4월 30일에는 벌써 푸르고 눅눅한 하늘에서 훈훈한 산들바람이 불고 있었다. 산들바람은 가장 먼 교외에서 오는 꽃향기를 실어다 주었다. 거리에서 들리는 아침의 소음은 여느 때보다 더 활발하고 더 즐겁게 들렸다. 한 주일 동안 겪었던 그 무거운 걱정에서 벗어나, 이 조그만 우리의 도시는 봄날을 맞았다. 리외도 아내의 편지를 받고 안심이 되어서 아주 경쾌한 마음으로 수위의 방으로 내려갔다. 그의 체온은 아침에 38도까지 내려가 있었다. 쇠약해진 환자가 침대에 누운 채로 웃고 있었다.

"괜찮을 것 같군요, 그렇죠, 선생님?" 수위의 마누라가 말했다.

"더 두고 봐야죠."

그러나 낮이 되자 열은 갑자기 40도까지 올라갔다. 환자는 끊임없이 헛소리를 했고, 다시 구토가 시작되었다. 목의 림프샘이 닿기만 해도 아픈지 수위는 될 수 있는 대로 목을 몸에서 멀리 떼어놓으려고 하는 듯이 보였다. 그 마누라는 침대 발치에 앉아서 두 손을 이불 위에 얹고 환자의 두 발을 살그머니 누르고 있었다. 그녀는 리외를 보고 있었다.

"아주머니!" 리외가 말했다. "주인을 격리하고 특수한 치료를 해야만 됩니다. 내가 병원에 전화를 걸 테니 구급차로 옮기십시다."

두 시간 후, 구급차 안에서 의사와 마누라는 환자 위에 허리를 굽히고 있었다. 종기로 뒤덮인 환자의 입속에서 말이 단편적으로 새어나왔다. "쥐들!" 하고 그는 말했다. 촛농같이 된 입술은 푸르죽죽했고, 속눈썹은 무겁게 아래로 축 처졌고, 숨결은 끊길 듯 가빠졌고, 림프샘 때문에 몸이 제멋대로 놀고 있었다. 몸 위에 이불을 덮고 싶은 듯, 혹은 땅 밑에서 그 무엇이 쉴 새 없이 그를 부르기라도 하는 듯 수위는 자리 속 깊이 몸을 쪼그리고 보이지 않는 무게에 눌려 숨이 막히는 것 같았다. 마누라가 울고 있었다.

"이제는 가망이 없나요, 선생님?"

"죽었습니다." 리외가 말했다.

*

수위의 죽음은 어처구니없는 징조들로 가득 찬 한 시기에 종지부를 찍었고, 초기의 놀라움이 조금씩 낭패감으로 변해서 비교적 더 어려운 시기로의 진전을 암시했다고 말할 수 있을 듯하다. 우리 시민들은 나중에야 알게 된 사실이지만, 우리의 이 조그만 도시가 하필 쥐가 밖으로 나와서 죽고 수위가 괴상한 병으로 죽는 그러한 도시로 특별히 지정되리라고는 결코 생각해보지도 못했다. 그런 점에서 시민들은 잘못 생각하고 있었고, 그들의 생각은 수정되어야 할 것이었다. 모든 일이 거기서만 끝났더라도 아마 그 일은 습관 속에 묻혀버리고 말았을 것이다. 그러나 시민들 가운데 그 밖에도 몇몇 사람, 그것도 반드시 수위나 가난뱅이가 아닌 사람들이 미셸 씨가 먼저 밟은 길을 따라가야만 했다. 그때부터 공포와 더불어 반성이 시작되었다.

그러나 이 새로운 사건들을 자세히 설명하기 전에, 필자는 여태까지 적어온 기간에 대해서 또 다른 목격자의 견해를 피력하는 것이 유익하리라고 생각한다. 이 이야기의 첫머리에서 이미 나왔던 장 타루는 몇 주 전에 오랑에 자리를 잡고 그때부터 번화가의 커다란 호텔에 묵고 있었다. 분명히 그는 여러 가지 수입으로 제법 넉넉하게 살고 있는 듯했다. 그러나 오랑 시에서 그의 얼굴이 조금씩 익어가고는 있었지만, 그가 어디서 왔으며 왜 왔는지를 아는 사람은 하나도 없었다. 사람들은 모든 공개 장소에서 그를 보았다. 봄이 되면서부터 대개는 바닷가에서 즐겁게 수영하고 있는 타루를 볼 수 있었다. 호인이며 항상 웃는 낯인 그는 정상적인 오락이라면 무엇이든지 그것에 사로잡히지 않고 그저 알맞게 즐기는 듯이 보였다. 사실 사람들이 알고 있는 그의 유일한 습관이라곤 우리 도시에 있는 수많은 스페인 무용수와 악사들의 집을 열심히 드나드는 것뿐이었다.

어쨌든 그의 수첩에도 그 어려웠던 기간에 관한 일종의 기록이 남아 있다. 그러나 그것은 보잘것없는 일만을 다루기로 작정한 듯 보이는 유별난 기록이었다. 언뜻 보기에는 타루가 망원경을 거꾸로 들고 사람이나 사물을 보려고 애썼다고 생각할 수도 있다. 전반적인 혼란 가운데 그는 결국 사건이 없는 것에 대한 얘기꾼이 되려고 애썼던 것이다. 우리는 아마도 그 작정을 한심하게 여기고 그 마음의 고갈 상태를 의심할 수도 있으리라. 그러나 그 기간에 대한 기록으로서 그 수첩이 제2차적인 상세한 자료를 무수히 제공할 수 있다는 것은 말할 나위도 없으며, 그 사소한 자료들이 제각기 중요성을 가지고 있고, 따라서 해괴하기조차 한 이 흥미 있는 인물을 경솔히 판단하기를 주저하게 될 것이다.

장 타루가 적은 초기의 기록들은 그가 오랑에 도착한 날부터 시작된다. 그 기록들은 처음부터 도시로서는 이렇게도 누추한 곳에 왔다는 점에 대한 묘한 만족감을 보여준다. 시청을 장식하고 있는 두 마리의 청동 사자상에 대한 세세한 묘사와, 나무들이 없는 점이라든가 볼품없는 집들이라든가 도시의 부조리한 면에 대한 호의적인 평가를 거기에서 읽을 수 있다. 타루는 또한 설명도 붙이지 않고 전차나 거리에서 얻어들은 대화도 거기에 섞어서 적어놓았다. 다만 좀 뒤에 가서 캉이란 사람에 관한 그 대화들 가운데 하나에는 예외로 주를 붙여놓았다. 타루는 두 사람의 전차 차장이 주고받는 이야기를 듣고 있었던 것이다.

"자네도 캉을 잘 알지 왜?"

그중 하나가 말했다.

"캉? 키가 크고 검은 곳수염이 난 사람 말인가?"

"맞았어. 전철 일을 보고 있던 사람이야."

"그래, 바로 그렇군."

"그런데 그 사람이 죽었대."

"저런! 대체 언제?"

"그 쥐 소동이 난 다음이지."

"허, 그거! 그런데 왜 죽었대?"

"모르지. 열병이래. 게다가 그 사람, 몸도 튼튼하지는 못했어. 겨드랑이 밑에 종기가 났었는데, 그만 견디지 못했던 모양이야."

"그래도 보기에는 여느 사람하고 다를 게 없었는데."

"천만에. 그는 폐가 약했지. 그러면서도 그대로 남성 성가대에서 나팔을 불었어. 줄곧 나팔 불기란 못 견딜 일이지."

"거참!" 후자가 말끝을 맺었다. "아플 때는 나팔을 불어서는 안 되지."

타루는 이런 몇몇 가지를 지적한 다음, 왜 캉은 명백하게 자신의 이익에 상반되는 성가대에 들어갔으며, 미사 행렬에 생명을 걸도록 그를 이끈 진정한 이유는 무엇인가라는 의문을 던지고 있었다.

이어서 타루는 자기의 창문과 마주 보고 있는 발코니에서 가끔 일어나는 광경에 좋은 인상을 받은 듯했다. 사실 그의 방은 작은 옆 골목을 향하고 있었는데, 거기에서는 벽의 그늘 밑에서 고양이들이 낮잠을 자고 있었다. 그러나 매일 점심을 먹은 후 도시 전체가 더위 속에서 꾸벅거리며 조는 시간이면 길 저편의 발코니 위에 자그마한 노인이 나타났다. 얌전히 빗질한 흰머리에 군복 같은 옷을 입고 근엄하고 꼿꼿한 자세의 그 노인은 쌀쌀하면서도 부드러운 목소리로 "나비야, 나비야……" 하고 고양이들을 불렀다. 고양이들은 아직 몸은 움직이지 않은 채 졸려서 뿌옇게 된 눈을 치뜬다. 노인은 거리에 종이를 찢어서 뿌리고, 그것을 본 고양이들은 그 흰 종이 나비에 끌려 맨 마지막 종잇조각들을 향해서 주춤거리다가 한 발을 내밀면서 길 한복판으로 걸어 나온다. 그러면 그 작은 노인은 고양이 위에다가 힘껏 가래침을 내뱉고, 가래침 하나가 목표물에 맞기라도 하면 웃어댔다.

결국 타루는 그 도시의 외관, 경기, 심지어 쾌락까지도 상거래의 필요에 의해서 좌우되고 있는 듯이 보이는 그 상업 도시로서의 성격에 완전히 매혹된 모양이었다. 그 특이성(이것은 그 수첩에서 사용되고 있는 용어다)은 타루의 칭찬의 대상이었고, 그의 찬사로 가득 찬 고찰 가운데 하나는 '마침내!'라는 감탄문으로 끝나 있기까지 했다. 그것은 그 시기에 그 여행자의 기록이 개인적인 성격을 띤 유일한 구절이었다. 다만 그 말의 뜻과 성실성을 판단하기란 어려운 일이다. 죽은 쥐 한 마리의 발견이 호텔의 회계원으로 하여금 장부에 한 줄을 잘못 적게 했다는 것을 상세하게 기록한 다음, 타루는 여느 때보다 좀 무딘 글씨로 다음과 같이 덧붙였다. '물음 — 시간을 허비하지 않으려면 어떻게 해야 하는가? 답 — 시간이 길다는 것을 느낄 것. 방법 — 치과 병원 대기실의 불편한 의자에 앉아서 한나절을 보낼 것. 일요일 오후를 자기 방 밖의 발코니에서 보낼 것. 알아들을 수 없는 외국어로 하는 강연을 들을 것. 가장 길고 가장 불편한 기차 여정을 골라서, 물론 서서 여행할 것. 극장 매표구 앞에 줄을 서서 기다리다가 표는 사지 말 것 등등.' 그러나 그 언어 또는 사색의 탈선에 뒤이어 수첩에는 우리 도시의 전차에 대해서 그 조각배 같은 형태나 그것들의 빛깔이나 언제나 불결하다는 등의 상세한 묘사로 시작해서 아무 설명도 될 수 없는 '그것은 주목할 만한 일이다'라는 구절로 그의 관찰이 끝난 글이 적혀 있었다. 어쨌든 쥐 사건에 대해서 타루가 적어놓은 것은 다음과 같다.

  오늘 맞은편 집의 늙은이는 실망했다. 고양이들이 없어졌기 때문이다. 거리에서 수없이 발견되는 죽은 쥐들에게서 자극을 받고 고양이들은 정말 사라져버렸다. 내가 보기에 고양이들이 죽은 쥐들을 먹는다는 건 말도 안 된다. 내 집의 고양이들이 그것을 싫어하던 생각이 난다. 아무튼 고양이들은 거리가 아니라 지하실에서 뛰어다니고 있을 테니 그 노인은 당황할 수밖에 없었으리라. 빗질도 제대로 하지 못한 채 풀이 죽은 노인은 어딘지 불안하게 보인다. 잠시 후에 그는 들어가버렸다. 그러나 그는 다시 한 번 허공에다 가래침을 뱉었다.

오늘 시내에서 전차 한 대가 돌연 멈추었다. 어떻게 거기 기어들었는지 모를 쥐 한 마리가 눈에 띄었기 때문이다. 부인들이 두어 명 내려버렸다. 사람들은 쥐를 밖으로 내던졌다. 전차는 다시 떠났다.

호텔의 야경원 — 그는 믿을 만한 사람이다 — 은 쥐들 때문에 어떤 불행한 일이 생길 것 같은 예감이 든다고 내게 말했다. "쥐들이 배에서 없어질 때……." 나는 그에게 배에서는 그런 일이 있는 것이 사실이나, 도회지에서는 그런 일이 증명된 적이 한 번도 없다고 대답했다. 그러나 그는 확고부동했다. 나는 그에게 당신 의견으로는 어떤 불행이 우리 앞에 있느냐고 물었다. 그는 불행이라는 것을 예측하기란 불가능한 일이므로 자기는 모른다고 했다. 그러나 그 불행이 지진이라 하더라도 자기는 놀라지 않을 것이라고 말했다. 나는 그것도 가능하다고 인정했더니, 그것 때문에 불안하지 않으냐고 내게 물었다.

"내가 관심을 갖는 것은 단 한 가지입니다." 이렇게 나는 그에게 말했다. "바로 마음의 평화를 얻는 일이지요."

그는 나를 완전히 이해했다.

호텔 식당에 아주 재미있는 한 가족이 있다. 아버지는 시커먼 옷에 뻣뻣한 칼라를 단 여윈 남자였다. 대머리로, 한가운데는 벗겨지고 좌우에 백발이 한 움큼씩 있다. 작은 눈은 둥글고 엄격해 보였고, 코는 홀쭉하고 입은 한일자로 다물고 있는 모습이 마치 길을 잘 들인 올빼미 같은 인상을 주었다. 그는 언제나 앞장서서 식당 문 앞까지 다가와서는 까만 생쥐처럼 호리호리한 자기 아내를 들여보내고, 다음에 재주가 많은 개처럼 옷을 입힌 어린 아들과 딸을 뒤에 끌고 들어온다. 자기 식탁에 가서도 그는 아내가 앉기를 기다렸다가 아내가 앉은 다음에 앉는다. 그러면 그 두 강아지들도 마침내 각자 자기 의자에 새들처럼 걸터앉을 수 있다. 그는 아내와 애들에게도 존댓말로 이야기를 하며, 아내에게는 예의 바른 핀잔을 주고 자식들에게는 근엄한 잔소리를 한다.

"니콜, 그대는 너무 못되게 구는군요."

그러면 어린 딸아이는 눈물을 글썽거린다. 그래야만 한다.

오늘 아침에 어린 아이놈이 쥐 이야기를 듣고 흥분해 있었다. 그는 식탁 앞에서 그 얘기를 하고 싶었다.

"필립, 식사 때는 쥐 이야기를 하지 않는 법이에요. 앞으로도 절대 이런 얘길 하지 말아요."

"아버지 말씀이 옳아." 까만 생쥐가 거들었다.

두 강아지들은 밥그릇에 코를 박았고, 올빼미 씨는 별로 진지하지도 않게 고갯짓으로 일용할 음식을 주셔서 감사하다는 시늉을 했다.

그런 훌륭한 본보기도 있기는 했지만, 시내에서는 쥐 이야기를 많이 한다. 신문도 거기에 휩쓸렸다. 평소 다채롭던 지방 소식란은 이제 시청에 대한 논쟁으로 완전히 지면이 꽉 차게 되었다. '우리 시의원님들은 서족(鼠族)의 썩은 시체들이 야기할지도 모를 위험을 생각해본 일이 있는가?'라는 식으로 비난을 퍼부었다. 호텔 지배인은 딴 이야기는 하지 않게 되었다. 그러나 그것은 또한 난처해서 그러는 것이기도 했다. 이름난 호텔의 엘리베이터 안에서 쥐가 발견된다는 사실이 그에게는 언어도단인 것이다. 나는 그를 위로하기 위해서

"그러나 모두 다 그 지경인걸요"라고 말했다.

"바로 그겁니다." 그가 나에게 대답했다. "우리가 이제는 남들처럼 되었으니 말씀입니다."

사람들이 차차 불안을 느끼게 된 돌발적인 고열의 첫 사례를 나에게 말해준 사람이 바로 그 지배인이다. 자기네 호텔의 하녀 하나가 그 열병에 걸렸다는 것이다.

"그러나 확실히 전염성은 아닙니다." 이렇게 그는 황급히 못을 박았다.

나는 그에게 그런 것은 아무래도 좋다고 말했다.

"아! 알겠습니다. 선생님도 저 같으시군요. 선생님은 운명론자이시네요."

나는 그 비슷한 말을 꺼낸 일도 없으며, 게다가 나는 운명론자도 아니다. 나는 그에게 그렇지 않다는 것을 설명했다.

그 무렵부터 타루의 수첩은 사람들 사이에서 이미 불안의 대상이 되어 있는 원인 불명의 열병에 대해서 좀 더 자세히 언급하고 있다. 타루는 그 작은 노인이 쥐가 자취를 감추자 마침내 고양이를 다시 보게 되어 그 가래침 사격을 꾸준히 되풀이하게 된 것을 특기하면서, 그 열병에 걸린 환자의 수가 이미 10여 명을 헤아리고 그중 대부분이 사망했다는 것을 덧붙였다.

하나의 참고 자료가 된다는 구실로, 타루가 묘사한 의사 리외의 모습을 여기에 적어두어도 괜찮으리라. 필자의 판단으로는 제법 성실하게 본 표현이다.

서른다섯 살쯤 돼 보인다. 중키. 어깨가 떡 벌어졌다. 직사각형의 얼굴. 거무스름하고 반듯한 두 눈. 그러나 양 턱뼈는 불쑥 두드러져 있다. 코는 곧게 우뚝 서 있다. 아주 짧게 깎은 검은 머리. 활처럼 휘어진 입매. 꽉 다문 두툼한 입술. 햇볕에 그을은 피부와 검은 머리털, 한결같이 짙은 색이지만 그에게는 잘 어울리는 양복 빛깔 같은 것이 어딘지 시칠리아 농부 같은 인상을 주고 있다.

그는 걸음이 빠르다. 그는 자세를 바꾸지 않고 보도를 걸어 내려간다. 그러나 세 번이면 두 번은 껑충 뛰어서 반대편 보도로 올라간다. 그는 자동차의 핸들을 잡고도 방심하기가 일쑤여서, 흔히 길모퉁이를 돈 후에도 방향 지시등을 켜둔 채로 있다. 늘 모자는 안 쓰고, 산전수전 다 겪은 태도다.

*

타루의 숫자는 정확했다. 의사 리외는 그것에 대해서 어느 정도 알고 있었다. 수위의 시체를 격리시킨 다음, 그는 리샤르에게 사타구니에 생기는 열병에 관해서 물어보기 위해 전화를 걸었다.

"전혀 모르겠는데요"라고 리샤르가 대답했다. "두 사람이 죽었는데, 하나는 이틀 만에 죽고 또 하나는 사흘 만에 죽었어요. 나중 사람은 그날 아침만 해도 회복기에 들어간 것 같아서 그냥 두었었죠."

"또 다른 환자가 있거든 알려주세요." 리외가 말했다.

그는 다시 몇몇 의사에게 전화를 걸었다. 이렇게 알아본 결과, 그는 며칠 동안에 약 스무 건의 유사 증세가 있었다는 사실을 알게 되었다. 거의 전부가 사망했다. 그래서 그는 오랑 시 의사회의 간사인 리샤르에게 새로운 환자의 격리를 요구했다.

"하지만 나로서는 속수무책이오." 리샤르가 말했다. "현청에서 어떤 조치가 필요합니다. 그건 그렇고, 전염성이라는 말은 어디서 들으셨소?"

"어디서 들은 것은 아니지만, 나타나는 증세로 보아 불안합니다."

그래도 리샤르는 '자기는 그럴 자격이 없다'고 단정했다. 자기로서 할 수 있는 조치는 고작해야 지사에게 그 말을 전하는 정도라고 했다.

그러나 사람들이 설왕설래하는 동안 날씨는 악화되고 있었다. 수위가 죽은 다음 날, 짙은 안개가 하늘을 뒤덮었다. 억수 같은 소나기가 이 도시에 퍼부어졌다. 그러고는 그 갑작스러운 폭우에 이어서 푹푹 찌는 더위가 계속되었다. 바다조차도 그 짙은 푸른빛을 잃고 안개 낀 하늘 아래서 눈이 아프도록 은빛 또는 무쇠빛으로 반짝이고 있었다. 이러한 봄의 습기 섞인 더위보다는 여름의 혹서가 더 낫다고 생각될 정도였다. 언덕 위에 나선형 계단식으로 건설되어 바다와는 거의 등지고 있는 이 도시를 우울한 혼수상태가 지배하고 있었다. 개흙을 바른 기다란 벽의 한복판에서, 먼지 낀 진열장이 늘어선 거리거리에서, 더러운 황색의 전차 안에서 사람들은 저마다 하늘 아래 감금당한 죄수 같은 느낌을 받았다. 단지 리외의 그 늙은 환자만은 해수증이 떨어져서 그러한 날씨를 즐기고 있있다.

"푹푹 찌는군" 하고 그가 말하곤 했다. "기관지엔 좋은 날씨야."

사실 푹푹 찌고 있었다. 열병보다 더하지도 덜하지도 않은 무더위였다. 도시 전체가 열병에 걸려 있었다. 적어도 코타르의 자살 미수 현장 검증에 입회하기 위해서 페테르브 가에 가던 날 아침 의사 리외의 머리에서 떠나지 않고 따라다니던 인상은 그랬다. 그러나 그러한 인상이 그에게는 부당한 것처럼 보였다. 그는 이것을 신경 과

40

로와 자기가 근심하고 있는 여러 가지 선입견 탓으로 돌리고, 우선 머릿속을 정리하는 것이 급선무라고 시인했다.

그가 도착했을 때, 경감은 아직 와 있지 않았다. 그랑이 층계참에서 기다리고 있기에 둘이서 그랑의 방으로 들어가서 방문을 열어두었다. 이 시청 직원은 방을 두 개 쓰고 있는데, 가구가 대단히 단출했다. 눈에 띄는 것이라고는 두어 권의 사전이 꽂혀 있는 책장과 칠판 하나뿐이었는데, 그 위에는 반쯤 지워졌으나 '꽃이 풍성한 오솔길들'이라는 글이 쓰여 있는 것을 알아볼 수 있었다. 그랑은 코타르가 밤에 잘 잤다고 했다. 그러나 아침에 깨면서부터 두통을 앓고 아무런 반응도 나타낼 수 없게 되었다는 것이다. 그랑은 피곤하고 신경이 예민해진 듯이 보였고, 방 안을 이리저리 거닐다가 탁자 위에 놓인 사본이 가득 차 있는 커다란 서류철을 펼쳤다 덮었다 했다.

그러면서도 그는 의사에게, 자기는 코타르를 잘 모르지만 아마 재산이 좀 있는 모양이라고 말했다. 코타르는 약간 괴상한 사람이고, 그랑과의 관계는 오랫동안 계단에서 인사나 나누는 정도에 그쳤다는 이야기였다.

"꼭 두 번 그 사람하고 이야기를 해봤어요. 며칠 전에 나는 집으로 가지고 오던 분필통을 층계참에서 엎어버렸지요. 그때 코타르가 층계참으로 나오더니 줍는 것을 도와주었어요. 그는 그 가지각색의 분필을 무엇에 쓰느냐고 내게 묻더군요."

그래서 그랑은 다시 라틴어를 좀 공부해볼까 한다고 설명해주었는데, 그는 고등학교를 마친 후로 라틴어를 거의 잊었다는 것이다.

"그럼요." 그는 의사에게 말했다. "불어 단어의 뜻을 더 잘 알려면 라틴어를 공부하는 게 좋다는 말을 들었지요."

그래서 그는 칠판에다 라틴어를 써놓고, 동사의 변화와 활용에 따라 변화하는 부분은 푸른 분필로, 전혀 변화하지 않는 부분은 붉은 분필로 베껴 써보곤 했다는 것이다.

"코타르가 잘 알아들었는지 모르지만 흥미가 생겼는지 붉은 분필을 하나 달라더군요. 나는 좀 놀랐지만 어쨌든……. 그런데 그것이 그런 일에 사용될 줄이야 난들 예측이나 했겠어요."

리외는 두 번째 대화는 어떤 내용이었느냐고 물었다. 그러나 경감이 서기를 데리고 와서 우선 그랑의 진술을 듣겠노라고 말했다. 의사는 그랑이 코타르 이야기를 하면서 노상 그를 '그 절망한 사람' 이라고 부르는 것에 유의했다. 심지어 어떤 때는 '숙명적인 결론' 이라는 표현도 썼다. 그들은 자살의 동기에 관하여 토론을 했는데, 그랑은 어휘 선택에 조바심을 냈다. 마침내 '심적인 슬픔' 이라는 말로 결론이 내려졌다. 경감은 코타르의 태도에서 '그의 결심' 이라고 그랑이 이름 붙인 것에 대해서 예측할 수 있었던 점이 아무것도 없었느냐고 물었다.

"어제 내 방문을 두드리더니," 그랑이 말했다. "성냥을 빌려달라더군요. 그래서 갑째로 주었지요. 그는 이웃 사이에…… 운운하며 미안해하더군요. 그러고는 꼭 돌려주겠노라고 다짐을 하기에, 나는 그냥 가지고 있으라고 말했죠."

경감은 코타르가 좀 수상해 보이지 않더냐고 그에게 물었다.

"수상하게 보였던 것은, 자꾸 말을 걸려고 하는 눈치였단 말씀이에요. 그러나 나는 일을 하는 중이었지요."

그랑은 리외를 돌아다보며 당황한 태도로 덧붙였다.

"개인적인 일이죠."

경감은 어쨌든 환자를 보자고 했다. 그러나 리외는 이 방문에 대해서 코타르로 하여금 마음의 준비를 시켜두는 것이 낫겠다고 생각했다. 리외가 방에 들어갔을 때, 코타르는 뿌연 회색 플란넬 잠옷만 입은 채로 침대에서 일어나 앉더니 불안한 표정을 짓고 문 쪽으로 시선을 돌렸다.

"경찰이군요, 그렇죠?"

"그렇소." 리외가 말했다. "하지만 염려할 건 없소. 두서너 가지 형식적인 심문만 끝나면, 더는 귀찮은 일은 없을 거요."

그러나 코타르는 그런 건 다 소용없는 짓이고, 자기는 경찰을 좋아하지 않는다고 대답했다.

리외는 화를 냈다.

"나도 경찰은 싫소. 문제는 그들의 물음에 빨리, 그리고 정확하게 대답해버리는 것이오. 그래야 한 번만으로 끝나니 말이오."

코타르는 입을 다물었다. 리외가 문 쪽으로 나갔다. 그러자 그 작은 사나이는 다시 리외를 부르고, 리외가 침대 가까이 오자 그의 손을 쥐고 말했다.

"환자를, 그것도 목을 매어 죽으려 했던 사람을 건드리지는 않겠죠? 그렇죠, 선생님?"

리외는 잠시 그를 바라보다가 마침내 그런 종류의 걱정은 문제도 되지 않고, 또한 자기는 환자를 보호하려고 와 있는 것이라고 그를 안심시켰다. 코타르는 약간 마음을 놓는 듯싶었다. 그래서 리외는 경감을 들어오게 했다.

그는 코타르에게 그랑이 한 증언을 읽어주고, 그에게 행위의 동기를 밝힐 수 있느냐고 물었다. 그는 경감을 쳐다보지도 않은 채 "심적인 슬픔 때문에 그랬지 다른 이유는 하나도 없어요"라고만 대답했다. 경감은 또 그런 짓을 하고 싶으냐고 추궁했다. 코타르는 흥분해서 다시는 그럴 생각이 없으며, 다만 가만히 놔두었으면 좋겠다고 대답했다.

"주의해두는데," 경감이 좀 화난 어조로 말했다. "지금 사람들을 귀찮게 하는 것은 바로 당신이오."

그러나 리외가 눈짓을 하자 그쯤 해두었다.

"글쎄 말이죠." 방에서 나오면서 경감은 한숨을 쉬었다. "그 열병의 말썽이 생긴 후로는 할 일이 태산 같은데……."

그는 의사에게 사태가 심각하냐고 물었다. 리외는 전혀 알 수 없다고 말했다.

"순전히 날씨 탓입니다. 그뿐이죠." 경감이 결론을 내렸다.

아마 날씨 때문일지도 몰랐다. 해가 점점 드높아짐에 따라 모든 것이 손에 쩍쩍 들러붙었다. 그래서 리외는 한 집 한 집 회진을 할 때마다 불안이 커지는 것을 느꼈다. 바로 그날 저녁, 교외에 있는 그 늙은 환자의 이웃 한 사람이 사타구니를 누르고 헛소리를 하면서 토하고 있었다. 림프샘의 응어리들은 수위의 것보다 더 컸다. 응어리 가운데 하나는 곪기 시작하고 있었고, 이내 썩은 과일처럼 짝 갈라졌다. 집으로 돌아온 리외는 현(縣)의 의약품 저장소에 전화를 걸었다. 그날의 임상 일지에는 다만 '부정적인 회답'이라고만 적혀 있었다. 그런데 이미 비슷한 증세 때문에 왕진을 청하러 온 사람들이 있었다. 곪은 것을 째야만 했다. 그것은 뻔한 일이었다. 메스를 두 번 놀려서 열십자로 째자 응어리에서 피가 섞인 고름이 흘러나왔다. 환자들은 피투성이로 만신창이가 되었다. 배와 다리에 반점이 나타나고, 어떤 림프샘은 나오던 고름이 멎자 다시 붓기 시작했다. 대개의 경우 환자는 무서운 악취를 풍기며 죽어갔다.

쥐 사건에 대해 그처럼 떠들어대던 신문이 이젠 아무 소리도 없었다. 쥐들은 눈에 띄는 거리에서 죽고 사람들은 방 안에서 죽었으니, 그것은 당연하다고나 할까. 어쨌든 신문은 거리에서 일어나는 일에만 관심을 둔다. 그러나 현청과 시청은 불안을 느끼기 시작하고 있었다. 의사들이 제각기 두서너 건의 사례를 알고 있을 때만 해도 누구 하나 움직이려 들지 않았다. 그러나 결국 누군가 합계를 내볼 생각을 하는 것만으로도 충분했다. 합계를 내보니 놀랄 만한 숫자였다. 불과 며칠 동안에 사망 건수가 곱절이 되었고, 그 해괴한 병을 다루고 있는 사람들에게는 그것이 틀림없는 유행병이라는 사실이 분명해졌다. 바로 그 무렵에 리외와 같은 의사지만 훨씬 나이 많은 카스텔이라는 사람이 리외를 만나러 왔다.

"물론," 하고 그는 리외에게 말했다. "당신은 뭔지 알겠죠, 리외?"

"분석의 결과를 기다리고 있습니다."

"나는 그 병을 알지. 그러니 결과를 기다릴 필요도 없단 말이오. 나는 내 의사 생활의 일부를 중국에서 보냈소. 그리고 파리에서도 몇몇 사례를 겪었소. 20여 년 전의 일이오. 다만 그것에다 감히 병명을 당장에 붙일 수가 없었소. 여론이란 신성한 것이오. 경거망동은 금물이오. 그건 매우 중요한 문제예요. 게다가 어떤 동료는 '그럴 리가 있나. 그것이 서양에서 자취를 감췄다는 것은 누구나 알고 있는데' 라는 거요. 과연 그렇소. 모든 사람은 그것을 알고 있었소. 죽은 사람들만 제외하고 말이오. 자, 리외, 당신도 이 병이 무엇인지 나만큼 잘 알고 있을 거요."

리외는 깊은 생각에 잠겨 있었다. 그는 멀리 만 끝에서 굽어 오므라진 절벽의 바위 등성이를 바라보았다. 비록 푸르기는 하지만 탁한 광채를 띤 하늘은 정오가 훨씬 지나감에 따라 점점 그 광채가 부드러워지고 있었다.

"그렇죠, 카스텔." 그가 말했다. "정말 믿을 수가 없습니다. 그러나 아무래도 페스트 같습니다."

카스텔이 일어서서 문 쪽으로 갔다.

"사람들이 우릴 보고 뭐라고 할지 알고 있겠죠?" 그 늙은 의사가 말했다. "'그 병은 기후가 온화한 나라에서는 이미 오래전에 없어졌소'라고 말할 거요."

"없어지다니, 무슨 뜻입니까?" 어깨를 으쓱하며 리외가 되물었다.

"말도 안 되는 소리지요. 어쨌든 파리에서도 약 20여 년 전에 그런 일이 있었다는 사실을 잊지 맙시다."

"좋습니다. 그때보다 더 심하지 않기만을 바랍시다. 그러나 정말 믿을 수가 없는 일입니다."

*

'페스트'라는 말이 비로소 들먹여지게 되었다. 이제 이야기는 베르나르 리외가 창가에 앉아 있는 데까지 진행되었는데, 여기에서 필자가 그 의사의 의아심과 놀라움을 정당화하는 것을 용서해주기 바란다. 왜냐하면 여러 가지 뉘앙스를 지닌 채 그가 보인 반응은 시민들 대부분의 반응이었기 때문이다. 사실 재화(災禍)란 누구에게나 닥쳐오는 것이지만, 그것이 우리 머리 위에 떨어졌을 때는 여간해서 믿기 어려운 것이 된다. 이 세상에는 전쟁만큼이나 페스트가 흔했다. 그러면서도 페스트나 전쟁이 터졌을 때 사람들은 언제나 속수무책인 것이다. 의사 리외도 모든 시민이 그랬던 것처럼 속수무책이었다. 따라서 그의 망설임도 이해해야 한다. 또한 그가 불안과 신념 사이에서 엉거주춤하고 있었던 것도 이해해야 할 것이다. 전쟁이 터질

46

라치면 사람들은 이렇게 말한다. "오래가지는 않겠지. 너무나 어리석은 일이야." 전쟁이라는 것은 너무나 어리석은 짓일지 모르지만, 그렇다고 해서 오래가지 말란 법은 없다. 어리석은 일은 항상 악착같다. 사람들이 늘 자기 생각만 하지 않는다면 그 사실을 알게 될 것이다. 그런 점에서 우리 시민들은 모든 사람처럼 자기들 생각만 하고 있었다. 다시 말해 그들은 휴머니스트들이었다. 즉 그들은 재화를 믿지 않고 있었다. 재화는 인간의 힘으로 해결할 수 있는 것이 아니다. 그래서 사람들은 재화란 비현실적인 것으로, 이내 지나가버리는 악몽이라고 여기고 있었다. 그러나 재화가 항상 사라져버리지는 않는다. 악몽에서 악몽으로 계속되며, 사라지는 것은 오히려 인간들이다. 특히 휴머니스트들이 맨 먼저 사라져버린다. 왜냐하면 그들은 제 몸을 보살피지 않기 때문이다. 우리 시민들이 다른 사람들보다 잘못이 더 많아서가 아니었다. 그들은 겸손할 줄 몰랐다는 것뿐이다. 그래서 그들은 모든 것이 자신에게는 가능하다고 생각했으며, 그랬기 때문에 재화란 있을 수 없는 일이라고 단정하고 있었던 것이다. 그들은 사업을 계속했고, 여행 떠날 준비를 했고, 제각기 의견을 토로하기도 했다. 미래라든가 이동이라든가 토론 같은 것을 말살하는 페스트를 그들이 어떻게 생각할 수 있었겠는가? 그들은 자유롭다고 믿고 있었다. 그러나 재화가 있는 한 아무도 자유로울 수는 없을 것이다.

그래서 의사 리외가 자기 친구 앞에서 여기저기에서 발생한 수많은 환자들이 아무 예고도 없이 방금 페스트로 죽었다는 것을 알게 되었는데도, 그에게 위험은 여전히 비현실적인 것으로 여겨졌다. 다만 의사이기 때문에 고통에 대해 대강 알고 있었고, 좀 더 풍부한 상상을 할 수 있었던 것이다. 창밖의 변함없는 시가를 내다보면서, 의사는 이른바 불안이라는 미래에 당면해 가벼운 구토증을 느꼈지만 대수로운 것은 아니었다. 그는 그 병에 관해서 알고 있는 바를 머릿속에서 종합해보려고 애썼다. 숫자들이 그의 기억 속에서 맴돌았다. 그리고 그는 역사상으로 알려진 약 30회에 걸친 대대적인 페스트가 약 1억의 인명을 앗아갔다고 속으로 생각했다. 그러나 1억의 사망자란 무엇을 의미하는 것일까? 전쟁 중 한 사람의 사망자가 어떤 의미가 있는가를 아는 것은 거의 불가능하다. 그리고 인간의 죽음이란 죽는 것을 누가 봤을 경우에만 의미를 갖는 것이어서, 역사를 통해서 뿌려진 1억의 시체라는 것은 상상 속의 한줄기 연기에 불과한 것이다. 의사는 콘스탄티노플에 있었던 페스트의 기억을 더듬었다. 프로코프에 의하면 하루 동안 만 명의 희생자를 냈다는 것이다. 만 명의 사망자라면 커다란 영화관 관객의 다섯 배다. 이렇게 하는 것이 더 알기 쉬울 것이다. 다섯 군데 극장이 끝나서 나오는 사람들을 모아서 그들을 시가지의 광장으로 끌고 간 다음, 무더기로 그들을 죽여버린다. 그러면 적어도 그 이름 모를 시체의 더미 위에 낯익은 사람의 얼굴을 올려놓을 수 있을 것이다. 그러나 물론 이것은 실현 불가능한 이야기일 뿐만 아니라, 누가 만 명씩이나 남의 얼굴을 알고 있단 말인가? 게다가 프로코프 같은 사람들은 수를 헤아릴 줄도 몰랐음이 자명한 일이다. 70년 전에 광둥(廣東)에서는 그 재화가 주민들에게 퍼지기 전에 쥐 4만 마리가 페스트로 죽었다. 그러나 1871년에는 쥐를 헤아리는 방법이 없었다. 모두 주먹구구로 대강대강 계산했고, 그래서 오차가 생길 가능성이 많았다. 그래도 쥐 한 마리의 길이를 30센티미터라고 할 때 4만 마리를 잇대어 늘어놓는다면…….

그러나 의사는 참을 수가 없었다. 그는 되어가는 대로 보고만 있었으나, 그래서는 안 될 판이었다. 몇몇 증세로 유행병이라고 단정할 수는 없으니, 조심만 하면 충분하리라. 마비와 쇠약, 눈의 충혈, 입의 오염, 두통, 가래톳, 심한 갈증, 정신착란, 온몸의 반점, 내부적인 장애, 그리고 마침내는…… 자기가 알고 있는 그런 것들에 만족해야만 했다. 그러고는 결국 어떤 구절이 리외의 머리에 되살아났다. 그것은 바로 증세가 열거되어 있는 의서(醫書) 맨 마지막에 적혀 있는 구절이었다. '맥박이 미미해지고, 눈에 띄지 않게 꿈틀거리다가 숨이 끊어진다.' 그렇다. 그런 증세 끝에 마침내는 실오라기에 매달린 운명이 되어서, 그 4분의 3은 ― 이것은 정확한 숫자였다 ― 자기들의 죽음을 재촉하는 이 알 수 없는 동작을 하려고 꽤나 애를 쓰는 것이었다.

의사는 여전히 창밖을 내다보고 있었다. 유리창 저편에는 봄의 신선한 하늘이 있었고, 반대편에는 아직도 방 안에서 쩽쩽 울리고 있는 말, 즉 페스트가 있었다. 그 말에는 과학이 거기에 적용하려고 하는 사실뿐만 아니라, 이맘때면 적당하게 활기를 띠어 요란하기보다는 차라리 윙윙거리는, 만약 인간이 동시에 행복과 침울을 누릴 수 있다면 결국 행복하다 할 수 있는, 그 누렇고 뿌연 도시와는 어울리지 않는 일련의 기괴한 환상들까지도 내포되어 있었다. 그리고 그렇게도 평화롭고 그렇게도 무관심한 평온 상태는 그 옛날의 재화들을 거의 힘도 안 들이고 일소시켜버렸다. 페스트에 휩쓸려서 새 한 마리 볼 수 없게 된 아테네. 말 없는 빈사 상태의 환자가 들끓는 중국의 도시들. 썩은 물이 뚝뚝 떨어지는 시체들을 구덩이 속에 처넣고 있는 마르세유의 복역수들. 페스트의 무서운 바람을 막기 위한 프로방스 지방의 거대한 토벽(土壁) 건축. 자파와 그 도시의 끔찍스러운 거지들. 콘스탄티노플 병원의 땅에 납작하게 붙은 채 습기에 썩어 가는 침대들. 음울한 페스트가 창궐할 때 볼 수 있는, 갈고리로 끌려 나오는 환자들과 마스크를 한 의사들의 혼란. 밀라노의 공동묘지에서 있었던 산 사람끼리의 성교. 공포에 휩싸인 런던 시의 시체 운반차들. 그리고 도처에서 끊임없는 아우성으로 가득 찬 낮과 밤. 아니다, 그 모든 것이 그 한나절의 평화를 말소시켜버리기에는 미력했다. 유리창 너머에서 문득 보이지 않는 전차의 종소리가 울려서 순식간에 그 잔인성과 괴로움을 반증해주었다. 오직 바다만이 집들 사이에 생긴 충충한 바둑판 무늬 끝에서 불안하고 결코 안정되지 못한 그 무엇이 이 세상에 있음을 증명해주고 있었다. 그런데 의사 리외는 물굽이를 바라보면서 루크레티우스가 말한 바 있는, 페스트에 휩쓸린 아테네 사람들이 바다 앞에 세워놓았다는 그 화장터를 생각했다. 그들은 한밤중에 그곳으로 시체를 가지고 갔다. 장소가 비좁아서 생존자들은 자기들과 가까운 사람들을 먼저 화장하려고 서로 횃불을 휘두르며 싸웠고, 메고 온 시체를 그냥 두고 가기 싫어서 피를 흘리며 다투었다는 것이다. 고요하고 어둠침침한 바다 앞, 시뻘겋게 타오르는 화장터와 불꽃이 반짝이는 어둠 속에서의 횃불 싸움, 그리고 침착하게 내려다보고 있는 하늘을 향해서 솟아오르는 독기에 찬 짙은 연기, 이런 것들을 누구나 상상할 수 있었다. 그리고 두려운 것은…….

그러나 그런 망상은 이성 앞에서는 견뎌내지 못했다. '페스트'라는 말이 입 밖에 나온 것도 사실이고, 바로 그 순간에도 재화가 두서너 명의 희생자를 들볶아 쓰러뜨리고 있는 것도 사실이었다. 그러나 대수롭잖게 그냥 내버려둘 수도 있는 일이었다. 지금 해야 할 일은 인정해야 할 것은 단호히 인정하고, 결국에는 쓸데없는 공포감을 쫓아버려 적당한 대책을 강구하는 일이었다. 그렇게 하면 페스트는 멎을 것이다. 왜냐하면 페스트라고 생각되지 않았던 탓이요, 또는 그렇게 생각되었더라도 대책이 없을 테니 말이다. 만약 페스트가 멎는 다면 — 그것은 가장 가능성 있는 일이다 — 모든 일은 잘될 것이다. 반대의 경우에는 페스트가 어떤 것인지를, 그리고 그것에 먼저 대비 하고 그것과 싸워서 이기는 방법이 있는지 없는지를 사람들은 알게 될 것이다.

의사는 창을 열었다. 그랬더니 대뜸 시가의 소음이 크게 들려왔 다. 이웃에 있는 공장에서 짤막하게 반복되는 기계톱의 소리가 들려 왔다. 리외는 기운을 냈다. 매일매일의 노동, 거기에야말로 확실성 이 있었다. 나머지는 무의미한 끈이나 동작에 얽매여 있으므로 그런 식으로 어물거릴 수는 없는 일이었다. 중요한 것은 자기의 직책을 충실히 해나가는 일이다.

*

의사 리외가 그런 생각에 잠겨 있을 때, 조제프 그랑이 찾아왔다.

그는 시청의 직원으로서 직무가 여러 가지인데, 정기적으로 통계 국이라든가 호적 사무에 관한 조사도 했다. 그래서 그는 사망자의 집계를 내게 되었다. 그리고 그는 일을 좋아하는 성격인지라, 집계 결과의 사본을 한 벌 리외에게 갖다 주기로 했던 것이다.

의사는 그랑이 자기 이웃인 코타르와 함께 늘어오는 것을 보았 다. 그 시청 직원은 종이 한 장을 쥐고 흔들었다.

"숫자가 늘어나고 있어요, 선생님." 그는 이렇게 말을 꺼냈다. "48시간에 사망이 열한 명 꼴입니다."

리외는 코타르에게 인사를 하고, 좀 어떠냐고 물어보았다. 그랑 은 코타르가 의사에게 감사를 드리고, 자기 때문에 폐가 된 것을 사죄하기를 고집했다고 말했다. 그러나 리외는 통계표를 보고 있었다.

"자," 리외가 말했다. "이제는 아마도 이 질병을 제 이름대로 부르기로 해야 될 것 같군요. 여태까지 우리는 제자리걸음만 하고 있었어요. 어쨌든 나하고 같이 나가시죠. 연구소에 가는 길이니까요."

"그렇군요." 그랑이 의사의 뒤를 따라 계단을 내려오면서 말했다. "무엇이건 제 이름으로 불러야죠. 대체 그 이름이 뭐예요?"

"말해드릴 수가 없습니다. 설사 안다 해도 도움이 되지 못할 테니까요."

"그것 보세요." 그 서기는 웃었다. "그게 그렇게 쉬운 일이 아니거든요."

그들은 열병 광장으로 향했다. 코타르는 내내 말이 없었다. 사람들이 길을 가득 메우기 시작했다. 이 고장의 짧은 황혼은 벌써 밤에 밀려 물러났고, 아직도 선명하게 보이는 수평선에 샛별이 모습을 드러내고 있었다. 잠시 후 거리거리에 가로등이 켜지자 온 하늘이 더 캄캄해 보였고, 사람들의 주고받는 말소리도 한 음정 높아진 듯했다.

"용서하십시오." 열병 광장의 한 모퉁이에서 그랑이 말했다. "한데 전차를 타야겠습니다. 나의 저녁 시간은 신성한 것입니다. 우리 고향에서 말하듯이, '결코 다음 날로 미루지 말고…….'"

리외는 이미 그랑의 그런 버릇을 알고 있었다. 몽텔리마르 출생인 그는 자기 고향의 격언들을 끄집어내는 버릇이 있었고, 게다가 '꿈같은 날씨'라든가 '선경 같은 불빛들'과 같이 아무 데서도 쓰지 않는 진부한 문구들을 덧붙이는 버릇이 있었다.

"아!" 코타르가 말했다. "정말 그래요. 저녁 먹은 다음에는 아무도 이 사람을 집에서 끌어낼 수가 없거든요."

리외는 그랑에게 시청 일을 하느냐고 물었다. 그랑은 아니라고 대답하고, 자신을 위해서 일한다고 말했다.

"아!" 하고 리외는 마지못해서 말했다. "그래, 잘되어가나요?"

"일을 시작한 지 여러 해니까 아무래도 진척은 되지요. 그러나 어떤 의미에서는 과히 진전이 없기도 해요."

"아니, 도대체 무슨 일인데요?" 리외가 걸음을 멈추고 말했다.

그랑은 자기의 커다란 두 귀까지 둥근 모자를 다시 눌러쓰면서 빠른 말투로 말했다. 그런데 리외는 그것이 일종의 개성이 너무 강한 탓이라는 것을 아주 막연하게나마 알아차렸다. 그러나 그 서기는 이미 그들에게서 멀어졌으며, 마른 가의 무화과나무 밑을 총총걸음으로 거슬러 올라가고 있었다. 연구소 문턱에서 코타르는 리외에게 한번 찾아뵙고 조언을 들었으면 한다고 말했다. 호주머니에 손을 넣고 통계표를 만지작거리던 리외는 그에게 진찰 시간에 오라고 청했다. 그러더니 다시 생각을 바꿔 자기가 다음 날 그 동네에 갈 일이 있으니 오후 늦게 들르겠다고 말했다.

코타르와 헤어지면서 의사는 자신이 그랑 생각을 하고 있는 것을 깨달았다. 그는 페스트의 한복판에 있는 그랑을 상상하고 있었다. 그것도 대단치 않을지 모르는 페스트가 아니라 역사에 남을 대대적인 페스트의 한복판에 있는 그랑을 말이다. '그런 경우에도 모면할 수 있는 유형의 사람이지.' 그는 페스트가 체질이 허약한 사람은 가만 두고, 특히 건강한 체질의 사람을 쓰러뜨린다는 기록을 읽은 기억이 났다. 그리고 거기까지 생각을 계속한 끝에 리외는 그랑에게서 어떤 신비스러운 모습을 발견했다.

언뜻 보기에 조제프 그랑은 그 행동거지가 시청의 하급 서기에 지나지 않았다. 후리후리하고 마른 몸에다, 옷이 커야 오래 입는다는 착각에서 언제나 지나치게 큰 것을 골라서 산 옷을 헐렁하게 걸치고 있었다. 아래 잇몸에는 대부분 이가 그대로 있었지만, 위쪽에는 하나도 없었다. 웃을 땐 윗입술이 유난히 말려 올라가서 마치 무슨 유령의 입 같았다. 이런 모습에다가 신학교 학생 같은 몸가짐이며, 벽에 착 붙어 걸어가서 문 안으로 살짝 들어가버리는 솜씨며, 지하실과 연기의 냄새, 무의미한 온갖 표정 따위를 덧붙여보면, 시내의 목욕탕 요금을 검토한다든가 젊은 상관에게 넘길 오물 청소의 신세법에 관한 보고 자료를 수집한다든가 하는, 책상 앞에 앉아 있는 그 사람밖에는 상상할 수 없다는 것을 시인하게 되리라. 아무 선입견 없이 보더라도 그는 일당 62프랑 30상팀을 받는 시청 임시 보조 서기의 화려하지 못하면서도 불가결한 직책을 수행하기 위해서 이 세상에 태어난 듯이 보였다.

그 일당 이야기는 그랑의 말인데, 사실 사령장의 '자격' 란에 기재되어 있다고 했다. 22년 전에 대학을 나오면서 돈이 없어 공부는 더 할 수 없고 해서 그 직책을 수락해버렸을 때, 사람들은 단시일 내에 '정식 발령'을 받게 될 것이라는 암시로 그에게 희망을 갖도록 만들었다는 것도 그 자신의 이야기였다. 다만 우리의 시 행정상 여러 가지 미묘한 문제를 처리하는 데 얼마 동안 그의 능력을 시험해보자고 했으며, 그다음에는 틀림없이 편수관 자리에 올라 넉넉하게 살 수 있게 될 것이라고 확언을 하더라고 했다. 물론 야심에 의해 움직이는 조제프 그랑은 아니라고, 그는 우울한 웃음을 띠면서 장담했다. 그러나 정직한 방법으로 생활의 경제적인 문제를 보장받는 전망, 그럼으로써 자기가 즐겨 하는 일에 유감없이 골몰할 수 있는 가능성을 몹시 동경한다고도 했다. 그가 자기에게 마련된 자리를 받아들였던 것은 바로 영예로운 이유에서였다. 말하자면 어떤 이상에 대한 충실성 때문이었다.

그러한 임시적인 사태가 계속 이어지다 보니 어느덧 오랜 시일이 지났다. 물가는 어처구니없는 비율로 올라갔는데, 그랑의 봉급은 여러 차례에 걸쳐 전반적으로 인상되었으나 아직도 미미했다. 그는 리외에게 그것을 하소연했다. 그러나 아무도 그 문제를 진지하게 생각해보는 것 같지 않았다. 그랑의 특이한 점이랄까, 혹은 적어도 그 특징의 하나가 바로 그런 데 있었다. 사실 그는 떳떳하게 권리라고까지는 내세울 수 없지만, 적어도 그가 받은 확약을 주장할 수는 있었다. 그러나 우선 자기를 채용해준 국장은 오래전에 죽었고, 채용된 자신도 약속을 받은 정확한 조건을 기억하지 못했다. 어쨌든 무엇보다도 문제는 조제프 그랑 자신이 자기의 할 말을 생각해낼 수 없는 사람이었다.

그러한 특징이야말로 리외의 눈에도 띄었듯이 우리의 시민인 그랑의 면모를 가장 잘 나타내고 있는 점이었다. 또 바로 그런 점 때문에 그가 생각하고 있는 요구서를 써 보낸다든가, 또는 경우에 따라서 필요한 운동을 한다든가 하는 일을 늘 망설이게 되는 것이었다. 그의 말이 사실이라면, 늘 확고한 자신이 없는 '권리'라는 말이라든가, 자기의 몫을 요구하고 또 그렇게 함으로써 좀 당돌한 성격을 띠어서 자기가 차지하고 있는 직무의 겸손성과 거의 양립할 수 없는 '약속'이라는 말 등을 특히 사용해서는 안 될 것처럼 느낀다고 했다. 한편 '호의', '청원', '감사' 같은 용어들은 자기의 인격적인 위엄과 양립할 수 없다고 여겨져 사용하지 않았다. 그처럼 적합한 용어가 생각 안 나서 우리의 그 시민은 나이가 지긋해질 때까지 애매한 자신의 직책을 계속해왔던 것이다. 게다가 이것도 늘 의사 리외에게 하는 말이었는데, 그는 어쨌든 자기의 재력에 따라서 아쉬운 것을 감당해나가기에 충분하므로 뭐니뭐니해도 자기의 물질적인 생활은 보장되어 있다는 것을 습관으로 알았다는 것이다. 이처럼 그는 시장이 즐겨 쓰는 말들에 대해서 정당성을 인정하게 되었다. 시장은 우리 도시의 거대한 실업가인데, 결국에는(그리고 시장은 자기 이론의 모든 비중이 걸려 있는 이 말에다 힘을 주었다) 여태껏 우리 시에서 배고픔으로 죽은 사람은 본 적이 없다고 강력히 단언했다. 어쨌든 사실 조제프 그랑이 영위하고 있던 거의 회의적인 생활은 마침내 이런 계통의 모든 근심에서 그를 해방시켜주었다. 그는 여전히 자기가 할 말을 모색하고 있었다.

어떤 의미에서 그의 생활은 모범적이었다고 할 수 있다. 그는 어디서나 마찬가지로 이 도시 안에서도 보기 드문, 항상 자기의 선한 감정에 대해서 용기를 가지고 있는 사람들에 속했다. 자기에 관해서 실토한 극히 많지 않은 일도, 사실 오늘날 사람들이 감히 고백하지 못하는 선의와 정성을 의미했다. 그에게 남아 있는 유일한 친척이며, 2년에 한 번씩 프랑스로 찾아가서 만나곤 하는 자기 조카들과 누이를 사랑하고 있다는 것을 시인하면서도 얼굴 하나 붉히지 않았다. 그는 자신이 젊었을 때 죽은 양친을 생각하면 서러워진다고도 했다. 또 오후 5시쯤에 자기 동네의 어떤 종이 울리는 소리를 듣는 것이 무엇보다도 좋다고 시인했다. 그러나 그렇게도 단순한 감정을 표현하려고 사소한 말을 꺼내는 데도 무척 애를 썼다. 결국에는 그 힘겨움이 그의 가장 큰 근심거리가 되었다. "아! 선생님" 하고 그가 말했다. "마음먹은 것을 시원하게 말할 수 있는 법을 배우고 싶습니다." 그는 리외를 만날 적마다 그런 말을 하곤 했다.

그날 저녁 의사는 그 서기가 사라지는 모습을 보고 문득 그가 하려던 말을 이해하게 되었다. 그는 아마 책 한 권을, 그렇지 않으면 그와 비슷한 것을 쓰고 있는 것 같았다. 연구소까지 가서도 그 사실은 리외를 떠나지 않았다. 어리석은 생각임을 알고 있었지만, 명예로운 습성에 열중하고 있는 겸손한 관리들을 볼 수 있는 이런 도시에 페스트가 퍼지리라고 믿기는 어려운 일이었다. 정확하게 말하자면, 그는 페스트의 도가니 속에서 이러한 괴벽이 도사리고 앉을 여유를 상상하지 않았으며, 그래서 그는 실지로 페스트는 우리 시민들 사이에서는 명이 길지 못하리라고 단정하고 있었던 것이다.

*

그 이튿날, 리외는 당치도 않은 주장이라는 말을 들어가면서도 고집한 덕분으로 현청에 보건위원회를 소집할 수 있었다.

"시민들이 불안해하는 건 사실이죠." 리샤르가 시인했다. "게다가 모든 것이 공론공담 때문에 과장되고 있어요. 지사가 나더러, '웬만하면 빨리 서두릅시다. 그러나 말이 안 나가게 해야지요'라고 하더군요. 어쨌든 지사는 속으로는 시민들이 공연히 법석을 떠는 거라고 생각하고 있죠."

베르나르 리외는 현청으로 가려고 카스텔을 자기 차에 태웠다.

"아시오?" 그가 리외에게 말했다. "현청 관내에는 혈청이 하나도 없답니다."

"압니다. 의약품 저장소에 전화를 해보았어요. 소장은 대경실색을 하더군요. 파리에서 가져오도록 해야겠어요."

"오래 걸리지 않았으면 좋겠는데."

"이미 전보는 쳤는데요." 리외가 대답했다.

지사는 친절했으나 신경질적이었다.

"시작합시다, 여러분." 그가 말했다. "사태를 요약해서 말씀드릴

까요?"

리샤르는 쓸데없는 일이라고 생각했다. 의사들은 이미 사태를 알고 있었기 때문이다. 다만 어떤 조치를 취할지 알아내는 게 문제였다.

"문제는," 카스텔 노인이 무뚝뚝하게 말했다. "페스트냐 아니냐를 판단하는 일입니다."

두세 명의 의사들이 탄성을 내질렀다. 딴 사람들은 주저하는 듯이 보였다. 지사는 이 말을 듣더니 펄쩍 뛰면서 반사적으로 문 쪽을 향해 몸을 돌렸다. 마치 그 어처구니없는 말이 복도로 새어 나가는 것을 막기라도 할 태세로 문단속을 확인하려는 듯이 말이다. 리샤르가 자기 생각으로는 흥분에 빠져서는 안 된다고 단언했다. 문제는 사타구니에 병발증이 있는 열병이며, 가설이라는 것은 과학에서나 생활에서나 항상 위험하다는 것이 요지였다. 카스텔 노인은 누런 콧수염을 말없이 빨고 있다가 그 맑은 눈을 리외에게로 돌렸다. 그러고는 호의에 가득 찬 눈길을 참석한 사람들에게 돌려 자기는 그것이 페스트라는 사실을 잘 알고 있으며, 물론 공공연하게 인정이 되는 마당에는 무자비한 조치를 취하지 않으면 안 된다고 단언했다. 그는 자기 동료들이 꽁무니를 빼는 것도 사실은 그런 점에 있다는 것을 잘 알고 있었다. 따라서 그들이 안심하도록 페스트가 아니라고 인정하고도 싶었다. 지사는 흥분해서 어쨌든 그것은 좋은 연구 방법이 아니라고 선언했다.

"중요한 것은," 하고 카스텔이 말했다. "연구 방법이 좋으냐 나쁘냐 하는 문제가 아니라, 그 방법이 우리에게 무엇을 생각케 하느냐입니다."

리외가 아무 말도 안 하고 있었기 때문에 사람들은 그의 의견을 물었다.

"장티푸스 같은 열병이지만, 멍울과 구토증이 동반됩니다. 저는 멍울 수술을 했습니다. 그래서 그것으로 병리 검사를 요청할 수 있었는데, 거기에 대해 연구소에서는 확실한 페스트균을 발견할 수 있었다고 합니다. 좀 더 정확한 결과를 말씀드리면, 그래도 그 균의 어떤 특수한 변화들이 과거의 기록과는 일치하지 않습니다."

리샤르는 그것이 주저의 여지를 허용한다고 강조하고, 적어도 며칠 전부터 시작한 일련의 분석 시험의 통계 결과를 기다릴 필요가 있다고도 말했다.

"어떤 세균이," 하고 잠시 잠잠하던 끝에 리외가 말했다. "사흘 동안에 비장(脾臟)을 네 배나 크게 하고 장간막(腸間膜)의 림프샘을 오렌지만 한 크기와 죽처럼 끈적끈적한 액체 상태로 만들었다면, 더는 주저할 수만은 없는 것입니다. 전염의 중심은 점점 더 확대되고 있습니다. 병세가 전염되는 속도로 보아 만약 저지하지 못한다면 2개월 이내에 온 도시의 생명 반 이상이 위태롭습니다. 그러므로 여러분이 그것을 페스트라고 부르건 전염성 열병이라고 부르건, 그런 것은 문제가 아닙니다. 다만 중요한 것은 시민들의 절반을 죽음에서 구하는 일입니다."

리샤르는 무엇이고 어두운 면으로만 보아서는 안 되며, 게다가 자기 환자들의 가족이 아직 무사한 것을 보면 전염성도 확실하지는 않다고 말했다.

"그러나 딴 사람들은 죽었는걸요"라고 리외는 지적을 했다. "그리고 물론 전염성이 절대적은 아니지요. 그렇지 않으면 환자의 끝없는 수학적 증가로 인구가 놀랄 정도로 감소될 겁니다. 자꾸 더 어두운 면을 보자는 것이 아니라, 예방 조치를 취하자는 것이지요."

그래도 리샤르는 그 병을 방지하기 위해서는 병 자체가 종식되지 않는 한 법률에 규정된 엄중한 예방 조치를 취해야만 하는데, 그러 자면 문제가 바로 페스트라는 것을 공공연하게 인정해야 하지만 그 점에 대한 확실성이 절대적이 아닌 이상 신중히 고려해야 한다는 것을 상기시키면서 이 사태에 대한 결론을 내리려 했다.

"문제는," 리외가 고집했다. "법률에 규정된 조치의 중대성이 아니라, 이 도시 인구의 반이 죽어가는 것을 막기 위해서 그 조치가 필요하냐 아니냐를 알자는 것입니다. 이 밖의 일은 행정적인 문제인데, 마침 현행 제도에는 그런 문제를 조절하기 위해 지사라는 직책을 두고 있습니다."

"그럴지도 모릅니다." 지사가 말했다. "그러나 우선 여러분이 그 것은 페스트라는 전염병이라고 공식적으로 인정해주시는 것이 필요합니다."

"만약 우리가 그것을 시인하지 않더라도," 리외가 말했다. "역시 그것은 시민의 반수를 죽일 위험성이 있습니다."

리샤르는 신경질적으로 말을 가로챘다.

"사실 이 친구는 페스트라고 생각하고 있거든요. 아까 한 병발 증상의 설명이 그것을 증명하고 있지요."

리외는 병발 증상을 설명한 것이 아니라 자기가 본 대로를 말했던 것이라고 대답했다. 그리고 자기가 본 것은 멍울과 반점과 헛소리를 하게 하는 고열과 48시간 이내의 임종이라고 말했다. 그러고 나서 그는, 리샤르 씨는 이 전염병이 엄중한 조치 없이도 종식되리라고 주장한 데 대해 책임을 질 수 있다는 말인가? 하고 따졌다.

리샤르는 주저하다가 리외를 보고 말했다.

"솔직하게 당신 생각을 말해주시오. 당신은 그것이 페스트라는 확신을 가지고 있소?"

"잘못 생각하고 계시는군요. 병명 같은 것이 문제가 아니라 시간이 문제입니다."

"선생의 생각은 결국," 지사가 말했다. "비록 이 질병이 페스트가 아니더라도 페스트가 발생했을 때 취하는 예방 조치가 적용되어야 한다는 것이로군요?"

"꼭 어떤 의견을 말하라고 하시면, 사실 제 의견은 그렇습니다."

의사들은 서로 상의를 했다. 마침내 리샤르가 말했다.

"그러므로 우리는 이 병이 마치 페스트인 것처럼 행동을 하는 책임을 져야 됩니다."

이 표현은 열렬한 동의를 얻었다.

"이것도 역시 당신의 의견이죠, 리외 씨?" 하고 리샤르가 물었다.

"표현에는 관심이 없습니다"라고 리외는 말했다. "다만 우리는 시민 절반의 생명이 위태롭지 않은 듯이 행동해서는 안 된다는 것만은 말해둘 필요가 있습니다. 멀지 않아서 그렇게 될 테니까요."

모두 얼굴을 찌푸리고 있는 가운데 리외는 물러 나왔다. 잠시 후, 튀김 기름 냄새와 오줌 냄새가 나는 변두리 동네에서 사타구니가 피투성이인 채로 죽을 듯이 소리치는 한 여인이 그를 바라보고 있었다.

*

회의가 있은 다음 날, 열병은 한 단계 더 진전했다. 그것은 신문에도 났으나 평범한 논조였다. 거기에 대해서 약간의 시사를 던졌을 뿐이니 말이다. 어쨌든 그 다음다음 날 리외는 현청에서 시내의 가장 으슥한 골목골목에 재빨리 갖다 붙인 작고 흰 벽보를 볼 수가 있었다. 그 벽보를 보고 당국이 사태를 똑바로 보고 있다는 증거를 끌어내기는 어려웠다. 조치는 준엄한 것이 아니었고, 여론을 불안하게 하지 않으려는 의도로 무척 애를 쓴 모양이었다. 포고문의 머리말은 실지로 다음과 같은 내용이었다. 즉 아직 전염성이라고 단언할 수는 없는 악성 질병이 오랑 시에서 몇 건 발생했다. 그 증상들이 현실적으로 불안을 줄 만큼 특징이 나타나 있지는 않으며, 또 시민들이 침착성을 유지할 수 있으리라는 것은 의심할 여지가 없다. 그럼에도 전 시민이 이해해주리라 믿으며 신중을 기하기 위해 지사는 몇 가지 예방적인 조치를 취하기로 한 것이다. 시민들이 깊은 양해와 협조를 다하면, 그 조치들은 모든 유행병의 위협을 철저히 저지할 수 있는 것들이다. 그러므로 지사는 시민 여러분이 지사 자신의 개인적인 노력에 대해서 가장 헌신적인 협조를 아끼지 않으리라는 사실을 확신한다고 했다.

이어서 벽보에는 총체적인 조치들이 적혀 있었다. 그중에는 하수구에 독가스를 주입하는 과학적인 쥐 구제라든가 음료수 사용에 대한 엄격한 경계 등의 조항이 있었다. 시민들에게 극도의 청결을 당부하고, 벼룩이 있는 사람들은 시립 병원에 출두하라고까지 되어 있었다. 한편 의사의 진단이 내려졌을 경우 가족들은 의무적으로 신고를 해야 하며, 그 환자를 병원의 특별 병실에다 격리하는 데 동의해야 한다고 했다. 그 병실들은 또한 최단 시일 내에 최대 완치의 가능성이 있도록 설비를 갖추고 있다고 했다. 몇 가지 부기 조항에는 환자의 방과 환자 운반용 차량의 의무적인 소독을 명하고 있었다. 나머지는 환자 주변 사람들에게 위생상의 주의를 하도록 권고하는 데 그치고 있었다.

의사 리외는 벽보에서 몸을 홱 돌리고 자기 진료실로 가는 길을 걸었다. 조제프 그랑이 기다리고 있다가 그를 보고 두 팔을 들었다.

"네." 리외가 말했다. "숫자가 증가하고 있지요, 압니다."

그 전날 밤에 시내에서 10여 명의 환자가 쓰러져 죽었던 것이다. 의사는 그랑에게 자기는 코타르를 방문할 생각이니 저녁때나 만나자고 했다.

"의당한 말씀입니다." 그랑이 말했다. "잘 좀 봐주십시오. 사람이 많이 변했으니까요."

"그래, 어떻게 변했나요?"

"아주 붙임성이 생겼습니다."

"전에는 그렇지 못했나요?"

그랑은 주저했다. 코타르가 붙임성이 없었다고 말할 수는 없었다. 그런 표현이 정당치 못할지도 몰랐다. 그는 늘 틀어박혀서 말이 없는, 어딘지 산돼지 같은 모습의 사나이였다. 그의 방, 실비 식당, 그리고 제법 신비스러운 외출, 그것이 코타르의 생활의 전부였다. 표면적으로는 포도주와 리큐어의 판매 대리인으로 되어 있었다. 이따금 그의 고객인 듯한 사람이 두서너 명 찾아오는 일이 있었다. 저녁때는 가끔 자기 집 맞은편에 있는 영화관에 가곤 했다. 그 시청 서기는 코타르가 갱 영화를 즐겨 보러 간다는 것까지도 알고 있었다. 언제나 그 판매 대리인은 고독하고 의심이 많았다.

그런 모든 것이, 그랑에 의하면, 많이 변했다는 것이다.

"뭐라고 말할 수는 없지만, 제가 보기에는 말이죠, 그는 사람들과 타협을 하려고 애쓴다고나 할까, 모든 사람을 자기편으로 끌어들이려는 것 같습니다. 그는 나한테 말도 자주 걸고, 같이 나가자고 부르기도 합니다. 그러니 번번이 거절할 수만도 없더군요. 게다가 나도 그에게 흥미가 있습니다. 그리고 또 말하자면 내가 그의 목숨을 구해준 것이니 말이에요."

그때의 자살 미수 사건 이후로 코타르를 찾아오는 사람은 아무도 없었다. 거리에서나 도매상에서나 그는 동정을 받으려고 줄곧 애썼다. 식료품 상인들과 그렇게 공손하게 이야기하는 사람도 없었고, 담배 가게 여주인의 이야기를 그렇게 흥미진진하게 듣는 사람도 없었다.

"그 담배 가게 여자는," 그랑이 설명했다. "그야말로 진짜 여우지요. 코타르에게도 얘기해주었지만, 그는 내가 잘못 봤다고 대답하면서, 그 여자에게도 알아줘야 할 좋은 점이 있다고 하더군요."

더구나 코타르는 두서너 차례 그랑을 시내의 호화로운 식당이며 카페에 데리고 간 일이 있었다. 사실 그는 그런 곳에 자주 출입하기 시작했던 것이다.

"그런 데서는 기분이 좋더군요"라고 그는 말했다. "게다가 손님들이 다 좋은 사람들이고요."

그랑은 그가 특별히 친절한 대우를 받는 것을 보았는데, 그가 놓고 가는 엄청난 팁을 보고 그 이유를 알았다. 코타르는 그 대가로 종업원들이 베풀어주는 친절에 매우 민감한 반응을 보이는 것 같았다. 어느 날 지배인이 배웅을 나와서 그가 외투 입는 것을 거들어주었을 때, 코타르가 그랑에게 이렇게 말한 일이 있다.

"참 좋은 친구지요. 이만하면 증인이 되어줄 수 있는데."

"증인이라니, 무얼 증언한단 말입니까?"

코타르는 주저했다.

"아니! 그저 내가 나쁜 놈이 아니라는 것 말이에요."

그 밖에 그는 기분이 돌변하는 일도 있었다. 어느 날 식료품 가게의 주인이 약간 불친절했다고 그는 엄청나게 화가 나서 집에 돌아왔다.

"딴 놈들하고는 정답게 지낸단 말이야, 망할 자식 같으니."

이렇게 뇌까리는 것이었다.

"딴 사람들이라뇨?"

"아무 놈들하고나 말이에요."

그랑은 그 담배 가게 여주인의 집에서 묘한 장면을 목격하기도 했다. 한창 신바람이 나서 이야기를 주고받는 가운데 그 여자가 알 제리에서 한창 시끄러운 최근의 어떤 체포 사건 이야기를 꺼냈다. 그것은 어느 무역회사의 젊은 직원이 바닷가에서 한 아랍인을 죽인 사건이었다.

"그런 못된 놈들을 다 감옥에 집어넣으면 정직한 사람들이 안심하고 살 수 있을 거예요." 그렇게 그 여주인은 말했다.

그러나 이렇다 할 말 한마디 없이 가게 밖으로 뛰어나가는 코타르의 돌발적인 행동을 보고 그 여자는 말을 멈춰야만 했다. 그랑과 여주인은 멍하니 그저 보고만 있었다는 것이다.

나중에 그랑은 그 밖에도 코타르의 성격의 또 다른 변화를 리외에게 알려주게 되었다. 코타르는 늘 매우 자유적인 의견을 가지고 있었다. 그가 즐겨 쓰는 '약자는 항상 강자에게 잡아먹히게 마련이다'라는 문구가 그것을 잘 입증했다. 그러나 얼마 전부터는 오랑의 온건파 신문만 사 보게 되었고, 게다가 그것을 공공장소에서 읽고 있는 것을 어딘지 우쭐해한다고 생각지 않을 수 없게까지 되었다. 또한 병석에서 일어난 지 며칠 지나지 않아, 그는 막 우체국에 가려던 참인 그랑에게 멀리 떨어져 사는 자기 누이동생에게 매달 보내고 있는 백 프랑짜리 우편환을 좀 부쳐달라고 부탁한 일이 있었다. 그러나 그랑이 떠나려던 순간,

"2백 프랑을 보내주세요"라고 코타르가 부탁했다. "그렇게 하면 그 애는 놀랄 거예요. 내가 제 생각은 전혀 안 하는 줄 알고 있거든

요. 하지만 사실 나는 그 애를 사랑하고 있어요."

마침내 코타르는 그랑과 묘한 대화를 나눈 적이 있었다. 그랑은 자기가 저녁마다 붙들고 있는 시시한 일에 대해서 궁금해하는 코타르의 질문에 대답을 안 할 수가 없었다.

"알았어요." 코타르가 말했다. "책을 쓰시는군요."

"그렇게 생각해도 괜찮지만, 그것보다는 더 복잡합니다!"

"아!" 코타르가 외쳤다. "나도 그런 일을 했으면 좋겠어요."

그랑이 놀란 표정을 짓자, 코타르는 예술가만 되면 모든 일이 잘 될 것 같다고 얼버무렸다.

"왜요?" 하고 그랑이 물었다.

"예술가는 딴 사람보다 더 권한이 있으니 말이에요. 누구든지 아는 일이죠. 그에게는 여러 가지가 허용되어 있어요."

"그러면," 벽보가 나붙은 날 아침에 리외는 그랑에게 이렇게 말했다. "쥐 사건 때문에 머리가 돈 모양이군요. 그런 사람이 많으니까요. 그렇지 않으면 열병이 무서운 거예요."

그랑이 대답했다.

"그런 것 같진 않습니다, 선생님. 제 생각을 말씀드리자면……."

쥐 청소차가 요란한 엔진 소리를 내면서 창문 앞을 지나갔다. 리외는 말소리가 그랑에게 들릴 수 있을 때까지 입을 다물었다가, 무심히 서기의 생각을 물어보았다. 그는 정색을 하고 리외를 바라보았다.

"그는," 그가 말했다. "뭔가에 가책을 느끼고 있는 사나이입니다."

의사는 어깨를 으쓱했다. 경관의 말마따나 서둘러야 할 일이 태산 같았다.

리외는 오후에 카스텔과 상의를 했다. 혈청은 도착하지 않았다.

"그건 그렇고," 리외가 물었다. "혈청이 과연 쓸모가 있을까요?

그 균은 이상한데요."

"오!" 카스텔이 말했다. "나는 선생처럼 생각하지 않아요. 그놈들은 언제나 색다른 점이 있는 법이오. 그러나 결국 마찬가지지요."

"선생은 그렇다고 가상하시는 데 불과합니다. 사실은 우리가 그 모든 것을 모르고 있는 거예요."

"물론 가상하는 거죠. 그러나 모든 사람이 그 정도로 그치고 있는걸요."

온종일 의사는 페스트 생각을 할 때마다 매번 일어나는 가벼운 현기증이 더 심해지는 것을 느꼈다. 나중에는 자기가 겁을 먹고 있다는 사실을 인정했다. 그는 사람들이 빽빽하게 들어앉은 카페에 두 번이나 들어갔다. 그도 역시 코타르처럼 인간적인 훈훈한 공기가 필요했던 것이다. 리외는 그 일이 어리석은 짓이라는 것을 알았다. 그러나 그 바람에 자기가 그 판매 대리인을 방문하겠다고 약속한 일이 생각났다.

저녁때 의사는 코타르가 제 방의 식탁 앞에 앉아 있는 것을 보았다. 그가 들어섰을 때, 식탁 위에는 탐정소설이 한 권 놓여 있었다. 그러나 이미 날이 저물어서 점점 짙어지는 어둠 속에서 책을 읽기란 어려운 일이었음이 분명했다. 어쩌면 코타르는 조금 전까지도 어둠 속에 앉아서 생각에 잠겨 있었을 것이다. 리외가 몸은 괜찮으냐고 물어보았다. 코타르는 앉으면서, 몸은 괜찮고 이세는 아무도 자기 일에 참견하는 사람이 없다는 확신만 얻을 수 있으면 더 좋아질 것이라고 중얼거렸다. 리외는 인간이란 항상 혼자서만 살 수 없다는 것을 깨우쳐주었다.

"오! 그런 게 아닙니다. 제 이야기는 남이 귀찮게 여기도록 참견을 하는 사람들을 말하는 겁니다."

리외는 입을 다물고 있었다.

"제 얘기는 아닙니다만, 좀 잘 들어보십시오. 저는 이 소설을 읽고 있었어요. 한 불행한 사나이가 어느 날 아침에 갑자기 체포를 당했습니다. 남이 그의 일에 참견하고 있었는데, 그는 전혀 모르고 있었어요. 관청에서는 그의 이야기가 퍼져서 카드에 이름이 올려졌지요. 그것이 정당하다고 생각하세요? 한 인간에 대해서 그런 짓을 할 권리가 있다고 생각하십니까?"

"경우에 따라 다르지요." 리외가 말했다. "어떤 의미에서는 사실 절대로 그럴 권리가 없지요. 그러나 그런 것은 전부 부차적인 문제예요. 너무 오래 집안에 처박혀 있는 것은 좋지 못합니다. 바람도 좀 쐬어야죠."

코타르는 화가 난 듯 자기는 그저 그 모양으로 살고 있으며, 만약 필요하다면 온 동네 사람들을 자기의 증인으로 세울 수 있다고 말했다. 동네 사람들 말고도 얼마든지 아는 사람이 있다고 말했다.

"리고 씨를 아십니까? 건축가 말씀이에요. 그 사람도 제 친구입니다."

방 안에는 어둠이 짙어져왔다. 이 교외의 거리들이 활기를 띠고, 가벼운 감탄의 소리가 밖에서 터져나왔다. 리외가 발코니로 걸어갔다. 코타르도 그 뒤를 따랐다. 우리의 시에서 매일 저녁 그렇듯이, 주위의 온 동네에서 불어오는 가벼운 미풍이 웅성대는 소리와, 불고기 냄새와, 떠들썩한 청년들이 차지한 거리에 점차로 부풀어가는 즐겁고도 향기로운 자유의 지저귐 같은 것을 실어 왔다. 밤, 보이지 않는 선박에서 들려오는 커다란 아우성, 바다와 줄지어 가는 군중에게서 새어나오는 소음, 리외가 잘 알고 있고 전에는 좋아했던 이 시각이 오늘은 그가 알고 있는 모든 것 때문에 무섭게 가슴을 내리누르는 것 같았다.

"불을 켤까요?" 코타르가 말했다.

불이 들어오자 그 작은 사나이는 눈을 깜박거리며 의사를 바라보았다.

"저, 선생님, 만약 제가 병이 들면 선생님 병원에 입원시켜주시겠어요?"

"물론이죠."

그러자 코타르는 진료소나 병원에 입원한 사람을 체포한 전례가 있느냐고 물었다. 리외는 그런 일도 있었지만, 모든 것은 병세 여하에 달렸다고 대답했다.

"저는," 코타르가 말했다. "선생님을 믿습니다."

그러다가 그는 시내까지 차를 좀 태워줄 수 있겠느냐고 의사에게 물었다.

도심지에 다다르니, 거리에는 이미 사람들이 드물었고 불도 많이 꺼져 있었다. 아이들은 아직도 문전에서 놀고 있었다. 코타르의 부탁으로 의사는 아이들이 몰려 있는 곳 앞에 차를 세웠다. 아이들은 소리를 지르면서 말타기 놀이를 하고 있었다. 그런데 그중에 빗질을 잘해서 착 달라붙은 검은 머리를 하고 얼굴에는 때가 묻은 한 아이가 그 맑고 겁먹은 눈초리로 리외를 뚫어지게 바라보았다. 의사는 눈길을 돌렸다. 코타르는 인도에 서서 의사의 손을 잡았다. 판매 대리인은 두서너 번 등 뒤를 돌아보더니 목이 쉬어 듣기 거북한 목소리로 말했다.

"사람들이 유행병 이야길 하던데요. 그게 정말인가요, 선생님?"

"사람들은 늘 그러지요. 당연한 일입니다"라고 리외가 말했다.

"옳은 말씀입니다. 그리고 10여 명만 죽으면 이 세상도 마지막이라고 야단들이에요. 필요한 것은 그런 것이 아닐 텐데요."

엔진이 벌써 부르릉거리고 있었다. 리외는 기어의 손잡이를 붙들고 있었다. 그러나 그는 다시 신중하고 침착한 태도로 자기에게서 눈을 떼지 않고 있는 어린이를 바라보았다. 그러자 그 어린이는 갑자기 입을 있는 대로 벌리고 웃었다.

"그러면 우리에게 필요한 것이 대체 무엇인가?" 그 어린이에게 웃음을 던지면서 의사가 물었다.

코타르는 갑자기 자동차 문을 열고 울부짖는 듯한 목소리로,

"지진입니다. 진짜 지진 말이에요!"라고 외치고는 달아나버렸다.

그러나 지진은 일어나지 않았고, 그 이튿날은 리외가 시내를 사방으로 쫓아다니면서 환자들의 가족과 담판을 하고 환자 자신들과 옥신각신하는 동안에 한나절이 다 지나가고 말았다. 리외가 자기 직업을 이번처럼 무겁게 여긴 일은 결코 없었다. 그전까지는 환자들이 그가 쉽게 일할 수 있도록 도와주었고, 몸을 완전히 그에게 맡겼다. 처음으로 의사는 환자들이 증세를 숨기려고 들며, 일종의 불신에서 오는 놀라움으로 병(病) 속에 깊이 은신해 있는 듯한 느낌을 받았다. 그것은 대단히 서투른 하나의 투쟁이었다. 그리고 그날 밤 10시쯤 마지막 회진에서 돌아오는 길에 그 늙은 해수병자의 집 앞에 차를 세웠을 때, 리외는 좌석에서 몸을 일으키는 것조차 고통스러웠다. 그는 어두운 거리를 보면서, 또 캄캄한 하늘에서 깜박거리는 별들을 쳐다보면서 머뭇거렸다.

그 늙은 해수병자는 자기 침대 위에 일어나 앉아 있었다.

호흡이 전보다 나아진 모양으로 콩을 골라서 이 냄비에서 저 냄비로 옮겨 담고 있었다. 그는 반가운 얼굴로 의사를 맞이했다.

"그런데 선생님, 콜레라인가요?"

"어디서 그런 말을 들으셨어요?"

"신문에서도 그러고, 라디오에서도 그러더군요."

"아니에요, 콜레라가 아닙니다."

"아무튼," 하고 그 노인은 몹시 흥분해서 말했다. "건강한 사람들까지도 걸린다던데요!"

"그런 건 믿지 마세요" 하고 의사는 말했다.

그는 노인을 진찰하고 그 초라한 식당 한복판에 앉아 있었다. 그렇다, 그는 겁이 났다. 바로 이 교외에서도 이튿날 아침이 되면 10여 명의 환자들이 멍울 때문에 허리를 구부리고 자기를 기다릴 거라는 사실을 그는 알고 있었다. 겨우 두서너 건만이 절개 수술에서 효과를 보았을 뿐이었다. 그러나 대부분의 사람들에게 그것은 곧 입원을 의미했다. 그는 가난뱅이들에게 입원이 무엇을 의미하는지 알고 있었다. "의사들의 실험 재료가 되기는 싫어요"라고 어떤 환자의 아내가 그에게 말한 일이 있다. 그러나 환자는 의사들의 실험 재료가 된 것이 아니라 죽어가고 있었다. 그뿐이다. 결정된 조치들은 불충분한 것이었으므로 아주 뻔한 일이었다. '특수 시설을 갖춘' 병실들에 대해서도 리외는 잘 알고 있었다. 허둥지둥 입원 환자들을 이동시켜 창들을 밀폐하고 그 주위에 위생 차단선을 쳐놓은 두 개의 분관이었다. 전염병이 저절로 없어지지 않는 한 당국이 생각해낸 조치로는 물리칠 수기 없을 것이다.

그래도 저녁때 있었던 공식 발표를 보면 여전히 낙관적이었다. 그 이튿날 랑스도크 통신사는 현 당국의 조치가 평온한 가운데 시달되었으며, 이미 30여 명의 환자들이 신고를 해왔다고 보도했다. 카스텔이 리외에게 전화를 걸어왔다.

"분관의 수용 인원은 얼마나 되나요?"

"80명입니다."

"물론 시내의 환자 수는 30명 이상이겠죠?"

"겁이 나서 신고하지 않는 사람들도 있을 테고, 나머지 대부분은 신고를 할 여유조차 없는 사람들이겠죠."

"매장하는 데는 감시를 안 하나요?"

"안 합니다. 리샤르에게 전화를 걸었어요. 말뿐이 아닌 완벽한 조치가 필요하며, 유행병에 대해서 정말 완전한 방벽을 쳐야지 그렇지 않으면 아무것도 안 하니만 못하다고요."

"그랬더니 뭐랍디까?"

"자기는 권한이 없다고 하더군요. 내 생각에는 자꾸 심해질 것 같은데요."

사흘 동안에 과연 두 채의 분관은 가득 찼다. 리샤르는 당국이 어느 학교를 접수해서 임시 병실을 만들 것 같다고 생각했다. 리외는 백신을 기다리면서 멍울 수술을 해나갔다. 카스텔은 싸두었던 책을 다시 꺼내 보며 오랫동안 도서관에 처박히곤 했다.

"쥐들은 페스트 또는 그것과 대단히 흡사한 병으로 죽었습니다." 이렇게 그는 결론을 지었다. "그 쥐들이 몇만 마리의 벼룩을 퍼뜨려 놓았기 때문에 일각도 지체하지 말고 그것을 막지 않으면 그 벼룩들이 기하급수적으로 병균을 전파시킬 것입니다."

리외는 아무 말도 안 하고 있었다.

그 무렵 날씨는 자리가 잡힌 듯이 보였다. 태양은 소나기가 연거푸 내려 생긴 웅덩이의 물을 빨아올리고 있었다. 금빛 광선이 넘쳐흐르는 맑고 투명한 하늘, 고개를 들기 시작한 더위 속에서 붕붕거리는 비행기들, 계절의 온갖 양상이 평온 가운데 전개되고 있었다. 그래도 나흘 동안에 열병은 네 단계에 걸친 놀랄 만한 비약을 했다.

사망 자가 열여섯 명에서 스물넷, 스물여덟, 서른둘이 되었던 것이다. 나흘째 되는 날엔 한 유치원에 임시 병원을 열기로 결정했다는 사실이 알려졌다. 그때까지 농담으로 얼버무리고 불안을 숨겨왔던 시민들은 더한층 낙심해서 묵묵히 거리를 오갔다.

리외는 지사에게 전화를 걸기로 결심했다.

"이런 조치로는 불충분합니다."

"숫자를 보고받았는데요" 하고 지사가 말했다. "과연 우려할 만한 상황입니다."

"우려 정도가 아닙니다. 아주 명백합니다."

"총독부에 보고해서 지시를 요청하겠습니다."

리외는 카스텔 앞에서 전화를 끊었다.

"지시를 기다리다니! 어떻게든 해볼 생각을 해야지."

"그래, 혈청은 어떻게 됐나요?"

"이번 주 내로 올 겁니다."

현청에서는 명령을 촉구하기 위해 식민지의 수도로 보낼 보고서 작성을 리샤르를 통해 리외에게 의뢰해왔다. 리외는 거기에 상세한 임상적 설명을 하고 환자 수를 덧붙였다. 바로 그날, 약 40명의 사망자가 생겼다. 지사는 자기 말대로 자신의 책임하에 당장 그다음 날부터 이미 공표한 조치를 강화하기로 결정했다. 의무적인 신고와 격리는 여전히 계속되었다. 환자가 생긴 집들은 폐쇄되고 소독되었으며, 가족은 40일 정도의 안전 격리에 응해야 했고, 매장은 조만간 밝혀질 조건하에 시에서 시행하기로 되었다. 하루 늦게 혈청이 비행 편으로 도착되었다. 현재 치료 중인 환자들에게는 충분했으나, 만약 전염병이 더 퍼진다면 부족한 숫자였다. 리외가 친 전보에 대해서, 구급용 저장품은 이미 떨어졌고 새로 제조에 착수했다는 회답이 왔다.

이 같은 상황에서도 인접한 모든 교외에서 봄은 시장으로 찾아들고 있었다. 몇천 송이 장미꽃들이 인도를 따라서 늘어선 꽃 장수들의 바구니 속에서 시들어갔으며, 그 달콤한 향기가 온 시가에 감돌고 있었다. 겉으로는 아무것도 대단한 변화라고는 없었다. 전차는 출퇴근 시간 여전히 만원이었고, 낮에는 텅 비고 더러웠다. 타루는 그 작달막한 노인을 관찰하고 있었고, 여전히 그 노인은 고양이들에게 가래침을 뱉고 있었다. 그랑은 그의 신비한 일을 하기 위해서 저녁마다 집에 돌아가곤 했다. 코타르는 시내를 배회했고, 예심판사인 오통 씨는 여전히 그의 애완동물을 끌고 다녔다. 그 늙은 해수병쟁이 역시 콩을 옮겨 담고 있었고, 침착하고 호기심 많은 신문기자 랑베르도 때때로 볼 수 있었다. 저녁때면 늘 똑같은 군중이 거리거리에 가득 찼고, 영화관 앞에는 사람들이 줄을 지어 모여들었다. 아닌 게 아니라 유행병이 물러가는 듯싶었다. 며칠 동안 사망자는 불과 10여 명밖에 없었다.

그러더니 갑자기 병세가 기승을 부리기 시작했다. 사망자의 수가 다시 30여 명이 되던 날, 베르나르 리외는 "그들이 겁을 내고 있소" 하며 지사가 내민 관용 전보를 보고 있었다.

전보에는 '페스트 사태를 선포하고, 시가를 폐쇄하라'고 적혀 있었다.

2부

그때부터 페스트는 우리 모두의 관심사가 되었다고 말할 수 있다. 여태까지는 그 이상한 사건들이 빚어놓은 공포와 불안에도 아랑곳하지 않고 시민들은 각자 자신의 직장에서 그럭저럭 일들을 보고 있었다. 그리고 아마도 그 상태는 그대로 계속될 것이었다. 그러나 시의 문들이 폐쇄되자 그들은 모두(필자 자신도 그러했지만) 독 안에 든 쥐가 되었으며, 거기서 그냥 견딜 수밖에 없게 되었다. 그래서 가령 사랑하는 사람과의 이별 같은 개인 감정이 처음 몇 주일째부터 갑자기 모든 사람의 감정이 되었고, 공포와 더불어 그 오랜 격리 기간의 중요한 고통거리가 되었다.

시의 문을 폐쇄함으로써 생긴 가장 중요한 결과들 가운데 하나는, 사실 그럴 줄은 꿈에도 모르고 당하게 된 돌발적인 이별이었다. 어머니와 자식, 부부, 연인들은 며칠 전만 하더라도 그저 일시적인 이별이라고 생각했기에 역의 플랫폼에서 몇 마디 당부의 말을 남기고는 서로 키스를 주고받았으며, 며칠 또는 몇 주일 후에는 다시 보게 되리라는 확신을 가지고 인간으로서 당연히 가질 수 있는 어리석은 생각에 빠져 그 작별로 과히 낙심하지도 않고 자기들의 일을 하던 그들이, 대번에 호소할 길도 없이 서로 멀리 떨어져 만나지도 못하고 편지 왕래도 할 수 없게 되었던 것이다. 왜냐하면 폐쇄는 현 지사의 포고령이 발표되기 몇 시간 전에 실시되었고, 당연한 일이지만 특별한 경우를 고려하는 것도 불가능했기 때문이었다. 말하자면 이 질병의 무지막지한 침입은 그 첫 결과로서 우리 시민들을 마치 개인적인 감정이 없는 사람처럼 행동하지 않을 수 없게 만들어놓았다. 명령이 실시된 뒤 처음 몇 시간 동안 현청은 진정하는 사람들로 골치를 앓았다. 그들은 전화로 혹은 계원들 곁에서 한결같이 절실하고 또 한결같이 고려가 불가능한 사정들을 호소했다. 사실 우리가 타협의 여지가 없는 형편에 놓여 있으며, '타협'이라든가 '특전'이라든가 '예외'라든가 하는 말이 더는 의미를 갖지 못하게 되어버렸다는 사실을 납득하기까지는 여러 날이 걸렸다.

우리에게는 편지를 쓴다는 사소한 기쁨마저 주어지지 않았다. 사실 한편으로 이 도시는 보통 통신 방법으로는 나머지 딴 지역과 연락을 취할 수 없게 되었으며, 또 한편으로는 편지가 전염의 매개물이 되는 것을 막기 위하여 각종 우편 통신의 교환을 금지하는 새로운 명령이 내려졌던 것이다. 초기에는 몇몇 특권층들이 시문(市門)에서 보초병들과 접촉해 외부로 가는 편지를 통과시킬 수 있었다. 아직 이 유행병의 초기에 보초병들이 동정에서 비롯된 충동에 꺾이는 것도 당연하다고 생각될 시기에는 그래도 괜찮았다. 그러나 얼마 지나지 바로 그 보초병들도 사태의 중대성을 충분히 납득하게 되자, 그 결과가 어디까지 파급될지 예측할 수도 없는 그런 일에 대해 책임지기를 거부했다. 시외전화도 초기에는 허가되었으나, 공중전화 부스와 회선이 몹시 혼잡하게 붐비게 되자 며칠 동안 전면 중지되었다가, 결국은 사망이나 출산 또는 결혼 같은 긴급한 일에 한해서만 허용되었다. 그러니 전보가 통신의 유일한 수단이었다. 이해와 정과 혈육으로 맺어졌던 사람들이 이제는 겨우 몇 마디 전문의 대문자 속에서 오랜 정의 표시를 더듬어보게끔 되었다. 그리고 사실 전보에서 쓸 수 있는 문구들은 곧 바닥이 드러나고 말기 때문에 오랫동안의 공동생활이라든가 고통스러운 애욕 같은 것들이 '잘 있소, 당신을 생각하며, 사랑하오' 같은 상투적인 문구의 정기적인 교환으로 급속히 축소되고 말았다.

우리 가운데 몇몇은 그래도 악착같이 편지를 써서 외부와 통신을 하려고 끊임없이 여러 가지 수단을 궁리해보았으나, 결국은 헛된 짓이었음을 깨닫고 말았다. 비록 우리가 생각해낸 방법 가운데 몇 가지가 성공했다손 치더라도 답장을 받을 길이 없으니 우리는 아무것도 모를 수밖에 없었다. 몇 주일 동안 우리는 줄곧 같은 편지를 쓰고, 똑같은 정보와 똑같은 호소를 베끼게끔 되었으며, 심지어 얼마 지난 다음에는 우리의 마음에서 튀어나와 피가 줄줄 흐르던 말들이 무의미한 것이 되고 말았다. 그러니 우리는 기계적으로 그것들을 베끼고 그 뜻이 죽어버린 말들로 우리의 고달픈 생활의 표적을 나타내보려고 애쓰고 있었다. 그리고 마침내는 아무 반향도 없는 끈질긴 독백이나 벽에다 대고 주고받는 그 무정한 대화보다는, 전보문의 판에 박힌 듯한 호소가 차라리 낫다고 여겨지는 것이었다.

그런데 며칠이 지난 후 아무도 이 도시에서 벗어날 수 없다는 것이 뚜렷해지자, 사람들은 전염병이 발생하기 전에 시외로 나갔던 사람들의 귀가는 허락되는지를 알아보려고 했다. 며칠 동안 고려한 끝에 현청은 그럴 수 있다는 답변을 했다. 다만 복귀자는 어떤 경우에도 다시 시에서 나가지 못한다는 것을 명백히 했다. 그런데도 역시 수는 적지만 몇몇 가정에서는 사태를 대수롭지 않게 생각하고, 가족을 만나고 싶다는 욕망이 모든 조심성보다 앞서게 되어 가족에게 이 기회를 이용하라고 권고했다. 그러나 일찍이 페스트의 포로가 되어버렸던 사람들은 자기네 가족을 위험 속에 몰아넣게 될 것을 깨닫고 이별을 참아내기로 결심했다. 질병이 가장 위급한 때 인간적인 감정이 고문당하는 듯한 죽음의 공포보다 더 강했던 예는 한 건을 제외하고는 볼 수가 없었다. 그것은 흔히 우리가 기대하듯 고통을 초월해서 서로 사랑만을 퍼붓는 연인들의 경우가 아니었다. 오히려 엄청나게 오랜 세월 동안 결혼 생활을 해온 늙은 의사 카스텔과 그 부인의 경우였다. 카스텔 부인은 그 전염병이 돌기 며칠 전에 이웃 도시에 갔었다. 그 가정은 모범적인 행복의 표본을 세상 사람들에게 보여주는 그러한 가정 가운데 하나도 아니었다. 그러므로 필자는 모든 가능성으로 비추어 그 부부는 여태껏 자기들의 결혼이 만족스러운 것이라는 확신조차 없이 살아왔다고 자신 있게 말할 수 있다. 그러나 그 갑작스럽고 질질 끄는 별거 생활이 그들로 하여금 서로 떨어져서 살 수 없다는 확신을 갖게 했고, 백일하에 드러난 그 진실 앞에서 페스트쯤은 하찮은 것으로 보게 했다.

그것은 하나의 예외였다. 대부분의 경우 별거 상태는 분명히 그 전염병이 사라져야만 비로소 끝날 참이었다. 그래서 우리 전체에게 있어서 우리의 생활을 이루고 있던 감정(오랑 시민들은 이미 말했듯 단순한 정열의 소유자들이다)에는 하나의 새로운 면모가 생겨났다. 배우자를 퍽 끔찍하게 믿어오던 남편이나 애인들이 질투에 사로잡혀버린 것을 볼 수 있었다. 사랑을 가볍게 여긴다고 스스로 인정하던 남자들이 다시 성실해졌다. 어머니와 살면서도 거의 마주 보지도 않고 무관심하던 아들들이, 그들의 기억 속에 머무르고 있는 어머니의 얼굴에 잡힌 주름살 하나에도 자기들의 불안과 후회를 쏟고 있었다. 느닷없이 영문도 모르게 다가온, 뚜렷한 앞날도 보이지 않는 그 급작스러운 이별은 우리의 하루하루를 차지한 채, 아직도 그렇게 가까우면서도 이미 멀어져버린 그 현실의 추억에 옴짝달싹할 길 없이 그저 수수방관할 따름이었다. 사실 우리는 이중으로 고통을 겪고 있었다. 우선 우리 자신의 고통과, 다음은 집에 없는 사람들, 즉 자식이며 아내며 애인을 생각하는 고통이었다.

어쨌든 다른 경우였다면 우리 시민들은 좀 더 외향적이고 좀 더 적극적인 생활 속에서 돌파구를 발견할 수도 있었으리라. 그러나 동시에 페스트는 시민들을 한가하게 만들어 그 침울한 시내를 빙빙 돌게 했으며, 하루하루 부질없는 추억이나 되풀이해서 생각하도록 몰아넣었다. 목적 없는 산책에서 그들은 똑같은 길을 또 지나가게 마련이었으며, 그리고 대개의 경우는 그렇게도 작은 도시인 만큼 그 길은 틀림없이 그전에 이제는 곁에 없는 사람과 돌아다니던 길이었으니 말이다.

이처럼 페스트가 우리 시민들에게 최초로 가져온 것은 귀양살이였다. 그래서 필자가 느꼈던 것은 동시에 수많은 우리 시민들이 느꼈던 것인 만큼 필자 자신이 그때 느낀 바를 모든 사람의 이름으로 여기에서 쓸 수 있으리라고 생각한다. 왜냐하면 그 귀양살이의 감정이야말로 우리 마음속에 항상 지니고 있던 공허였고, 과거로 되돌아가려고 하거나 또는 반대로 시간의 걸음을 재촉하려는 구체적인 감정이었으며, 어리석은 욕망이었고, 추억에 대한 불타는 듯한 화살이었기 때문이다. 가령 이따금 우리의 상상이 뻗어가는 대로 자신을 내맡기고 귀가를 알리는 초인종 소리라든가 계단을 올라오는 귀에 익은 발소리를 심심풀이로 기다려보기로 하자. 가령 그 순간에 기차의 운행이 정지되었다는 것을 잊어버리기로 했다고 하자. 가령 여느 때면 저녁 급행으로 온 여행객이 이 동네에 도착함 직한 시간에 맞추어 집에서 머무를 수 있도록 준비를 해놓고 있다고 가상하자. 물론 그런 장난이 오래갈 리는 없다. 반드시 기차가 오지 않는다는 사실이 확실해질 순간은 드디어 오고 말 것이다. 그래서 우리는 우리의 이별 상태가 계속될 운명에 있으며, 시간과 더불어 타협을 하도록 노력해야 한다는 것을 알고 있었다. 그때부터 우리는 결국 우리의 감금 상태를 다시 인정하고 과거의 일에만 신경을 쓰게 된 것이다. 그러니 우리 가운데 몇몇이 미래에 살고 싶다는 유혹을 느끼는 일이 있어도, 그들은 그것을 믿는 사람들에게 상상이라는 것이 급기야는 끼치고야 말 상처의 쓰라림을 느끼고서 되도록 빨리 그런 유혹을 내던져버렸다.

특히 우리 모든 시민들은 이별의 기간을 계산하는 습관조차 공공 장소에서까지도 재빨리 떨쳐버리고 말았다. 왜일까? 왜냐하면 가장 비관적인 사람들이 그 기간을 예컨대 6개월로 작정했을 때, 그리고 그들이 앞으로 그 6개월 동안 닥쳐올 모든 고초를 미리 다 맛볼 대로 맛보고 나서야 가까스로 그러한 시련의 경지까지 용기를 북돋아서 그토록 오랜 시일에 걸쳐 연속된 고통의 절정에 꺾이지 않고 버티기 위해 마지막 힘을 다하고 있었다고 해도, 그래도 때로는 우연히 만난 친구라든가 근거 없는 의혹이라든가 혹은 불현듯이 생기는 통찰 등이 결국은 그 유행병이 6개월 이상 가지 말라는 법도 없으며, 아마 1년 또는 그 이상 갈지도 모른다는 생각을 불러일으킬 터이니 말이다.

그때에 그들의 용기와 의지, 그리고 인내의 붕괴는 너무도 갑작스러워서 그들 스스로 영원히 그 수렁에서 다시 기어 나올 수 없을 것처럼 보였다. 그래서 그들은 스스로가 자유로워질 시기를 결코 생각지 않고, 이제는 더는 미래를 바라보지도 않으며, 말하자면 늘 두 눈을 내리깔려고 무척 애쓰고 있었다. 그러나 당연한 일이지만 그러한 조심, 그러한 고통을 숨기려는, 그리고 투쟁을 거부하기 위하여 경계를 단념하는 그러한 방법은 과히 그 보람을 얻지 못했다. 그들은 어떠한 대가를 치르고라도 받아들이려 하지 않았던 그러한 붕괴를 모면하는 동시에 앞으로 있을 재회를 상상하는 가운데 페스트를 잊을 수 있었던 그런 순간마저도 사실상 빼앗기고 말았다. 그럼으로써 그들은 그 심연과 정상의 중간 지점에 좌초되어 산다기보다는 차라리 둥둥 떠돌면서 기약 없는 그날그날과 메마른 추억 속에 몸을 맡긴 채 스스로 고통의 대지 속에 뿌리박기를 수락함으로써만 힘을 얻을 수 있는 방황하는 망령이 되었다.

이와 같이 그들은 아무 소용도 없는 기억을 간직하고 살아가는 모든 유형수의 깊은 고통을 맛보고 있었다. 그들이 끊임없이 되새기곤 하는 그 과거조차도 후회의 쓴맛밖에는 가지고 있지 않았다. 사실 그들은 자기들이 기다리고 있는 그 또는 그녀와 옛날에 할 수 있을 때 하지 못해서 슬퍼하는 모든 것을 이미 지나가버린 과거에 덧붙여보려 했던 것이다. 또한 감금 생활의 모든 환경에서조차도 그들은 현재 자기 곁에 없는 사람들을 한데 합치려고 했는데, 그들이 처한 환경에 그들은 만족할 수가 없었던 것이다. 자기 자신들의 현상 (現狀)에 진저리가 나고 과거로 되돌아갈 전망도 없으며 미래를 박탈당한 우리는 마치 인간적인 정의와 증오 때문에 철장 속에 갇힌 사람들 같았다.

결국 그 견딜 수 없는 휴가에서 벗어나는 유일한 방법은 상상을 통해서 다시 기차를 달리게 하고, 악착같이 침묵만 지키는 초인종의 연거푸 울리는 소리를 들으면서 시간을 메우는 것뿐이었다.

그러나 비록 그것이 귀양살이이기는 했지만, 대개의 경우 그것은 자기 집에서의 유배였다. 그리고 필자는 모든 사람에게 공통된 유배

밖에는 모르지만, 이와 반대로 신문기자인 랑베르나 그 밖의 사람들 같은 경우를 잊어서는 안 된다. 페스트의 내습을 받고 이 도시에 억류된 여행자인 그들은 만나볼 수 없는 사람뿐만 아니라 자기들의 고장과도 멀리 떨어지게 된 사실로 이별의 고통은 더 확대되었다. 전반적인 귀양살이 속에서도 그들은 특히 무거운 유형수였다. 왜냐하면 그들은 다른 모든 사람과 마찬가지로 시간 그 자체의 부추김으로 고통을 당했을 뿐만 아니라 공간에도 묶여 있었으며, 페스트에 감염된 객지와 잃어버린 그들의 고향을 갈라놓는 벽에 끊임없이 부딪혔기 때문이다. 먼지투성이의 시가지에서 종일토록 헤매고 있는 모습은 아마도 바로 그들이었을 것이다. 그들은 묵묵히 자기들만 아는 저녁과 자기들 고장의 아침을 회상했다. 제비들이 나는 모습이며, 저녁때의 이슬방울이며, 또는 태양이 간혹 쓸쓸한 거리에 버리듯 뿌려놓은 그 야릇한 광선처럼 채 헤아릴 수도 없는 여러 가지 징조와 난처한 소식으로 그들의 불안은 날로 커져갔다. 항상 모든 것에서 구원해줄 수 있는 그 외계에 대해서 그들은 눈을 감아버리고, 그 어떤 광선과 두서너 개의 언덕과 마음에 드는 나무와 여자들의 얼굴이 그들에게는 어떤 것으로도 대치될 수 없는 풍토를 이루고 있는 땅에 대해서, 너무나도 생생한 꿈을 어루만지며, 온 힘을 다해서 그 땅의 형상을 추구했다.

끝으로 가장 흥미 있고, 또 필자가 아마도 이야기하기에 가장 좋은 처지에 있는 애인들에 관해서 명확하게 이야기한다면, 그들은 다른 많은 고민들로 괴로워했는데 그중 하나로 후회를 들지 않을 수 없다. 그때의 형편이 사실 그들로 하여금 자기들의 감정을 일종의 열병 비슷한 객관성을 가지고 고찰할 수 있도록 해주었던 것이다. 그리고 그런 자신의 실수들이 그들이 보기에 뚜렷하지 않은 것이란 거의 드물었다. 그들은 무엇보다도 지금 자기 곁에 없는 사람의 행동거지를 정확히 상상하기가 곤란하다는 사실을 알게 되었다. 그래서 그들은 사랑하는 사람이 시간을 어떻게 보내는가를 모르기 때문에 슬픔을 느꼈다. 그들은 그런 것에 대해 물어보는 것을 게을리했고, 사랑하는 사람에게 있어서 자기 애인의 소일 방법이 모든 기쁨의 원천은 아닌 것처럼 가장했던 자기의 경솔함을 스스로 책망했다. 그때부터 그들이 자기들의 사랑의 역사를 거슬러 올라가서 그것의 불완전했던 점을 검토하기란 쉬운 일이었다.

여느 때 같으면 우리는 누구나 의식적이건 무의식적이건 간에 세상에 완전한 사랑이란 있을 수 없다는 것을 알고 있으며, 또 우리의 사랑이 보잘것없다는 것도 다소나마 침착한 태도로 인정했을 것이다. 그러나 추억이란 더 까다로운 것이다. 그리고 매우 당연한 결과지만, 외부에서 우리에게 달려 들어와 도시를 맹타했던 그 불행은 우리가 격분할 수도 있던 그 부당한 고통을 주는 것만으로 그치지 않았다. 그것은 또한 우리로 하여금 스스로를 괴롭히며 그 고통을 감수하도록 만들어버렸다. 그것이 바로 우리의 관심을 딴 곳으로 돌리고 불화의 씨를 뿌리는 이 질병의 상투적인 수단이었다.

이처럼 우리는 각자가 그날그날 하늘을 마주하며 고독하게 살아가기를 감수해야 했다. 사람들의 성격을 단련시킬 수 있었던 그 전반적인 포기 상태는 결국 그대로 사람들을 경박하게 만들기 시작했다. 예를 들어서 몇몇 시민들은 태양과 비에 좌우되는 또 하나의 노예 상태에 빠져버렸다. 그들은 겉으로 보기에 난생처음으로, 그리고 직접적으로 날씨에 대해 반응을 보이는 것 같았다. 그들은 그저 황금빛 햇빛이 비치기만 해도 희희낙락했으며, 반대로 비가 내리는 날이면 그들의 얼굴과 생각은 두꺼운 베일에 싸였다. 몇 주일 전만 해도 그들은 그러한 허약함이나 헛된 노예근성에서 벗어날 수 있었는데, 그것은 그들의 세계 앞에 자기들 혼자만 있는 게 아니고 어떤 의미에서는 함께 살고 있는 사람이 그들의 우주 앞에 자리잡고 있었기 때문이다. 반대로 이렇게 된 순간부터 그들은 분명히 하늘의 변덕에 좌우되게 되었다. 즉 그들은 까닭 없이 괴로워하기도 하고 희망을 품기도 했다.

그러한 극도의 고독 속에서 결국 아무도 이웃의 도움은 바랄 수 없어서 각자가 혼자서 근심해야만 했다. 만약 우리 중 누군가가 우연히 자기 속내를 털어놓거나 모종의 감정을 말해도, 그 사람이 받을 수 있는 대답은 어떤 종류건 대개 불쾌감을 주는 것이었다. 그래서 그 사람은 상대방과 자기는 서로 딴 이야기를 하고 있었음을 알게 되었다. 사실 그는 오래 두고 되씹고 괴로워하던 끝에 표현을 한 것이었고, 상대방에게 알리고자 한 이미지는 기대와 정열의 불 속에서 오래 익힌 것들이었다. 반대로 상대방은 습관적인 감동이라든가, 시장에서 팔고 있는 듯한 괴로움이라든가, 다발로 엮은 감상 정도로 상상하고 있었다. 호의에서건 악의에서건 그 답변은 언제나 빗나가는 것이었기 때문에 단념하는 수밖에 없었다. 그렇지 않으면 적어도 침묵을 지킬 수 없는 사람들의 경우에는 남들이 정말 마음에서 우러나오는 말을 쓸 줄 모르는 이상 자기들도 차라리 시장에 굴러다니는 말을 쓰고, 역시 상투적인 말투로 단순한 이야기책이나 잡보(雜報)나 일간신문의 기사 혹은 그 비슷한 말투로 이야기하고 말았다. 거기에서도 가장 절실하다는 슬픔조차 흔히 대화의 평범한 방식으로 표현되기 일쑤였다. 페스트의 포로들은 오직 그 대가로서 주위의 동정이나 듣는 사람들의 관심을 끌 수 있었다.

그러나 이것이 가장 중요한 일인데, 그 고뇌가 아무리 쓰라린 것이었다 하더라도, 텅 비었으면서도 무거운 그 마음이 아무리 지니기에 고통스러웠다 하더라도 그 유형수들은 페스트의 제1기에서는 그래도 특권층에 속한 셈이었다. 사실 시민들이 냉정을 잃기 시작한 바로 그 순간부터 그들의 생각은 완전히 자기들이 기다리는 사람에게로만 쏠리고 말았다. 전반적인 낙담 속에서 사랑의 이기주의가 그들을 감싸주었고, 또 페스트 생각을 하기는 했지만 그것은 단지 페스트 때문에 자기들의 이별이 영구화될까 염려될 때에 한해서였다.

이처럼 그들은 전염병이 한창 기승을 부릴 때조차도 냉정심으로 착각하고 싶은 마음이 들곤 했던 일종의 건전한 여유를 즐겨왔던 것이다. 그들의 절망감은 그들을 공포에서 건져주었고, 그들의 불행에는 좋은 점도 있었다. 예컨대 그들 중 누가 병으로 목숨을 잃는다고 해도 대개의 경우는 본인이 그것을 깨달을 시간적 여유도 없었다. 어떤 유령을 상대로 계속해온 그 기나긴 마음속의 대화에서 끌려 나오자마자 아무런 변천의 여유도 없이 흙의 가장 무거운 침묵 속으로 내던져지고 말았다. 그는 전혀 시간의 여유가 없었던 것이다.

*

우리 시민들이 그 갑작스러운 귀양살이와 타협해보려고 노력하는 동안 페스트는 문미디 보초병을 서게 하고, 오랑을 향해서 항해 중이던 선박들의 기수를 돌리게 했다. 시가 폐쇄된 이후로 한 대의 차량도 시내에 들어온 일이 없었다. 그날부터 자동차들은 시내에서 맴을 돌고 있는 듯한 인상을 주었다. 큰길의 높은 곳에서 바라다보면 항구에서도 이상한 사태가 전개되고 있는 것 같았다. 그곳을 연안에서 가장 번화한 항구의 하나로 만들어준 종래의 활기는 갑자기 사라지고 없었다. 검역 중인 선박들이 아직도 거기에 있는 것이 보였다. 그러나 부두에는 분해해놓은 커다란 기중기들, 뒤집어놓은 소하물 운반차, 한적하게 쌓여 있는 술통이며 부대 더미 같은 것들이 무역도 역시 페스트로 죽어버리고 말았다는 사실을 역력히 나타내고 있었다.

그러한 서먹서먹한 광경 속에서도 우리 시민들은 자기들에게 닥쳐오고 있는 것이 무엇인지 잘 이해하지 못하고 있음이 분명했다. 이별이라든가 공포라든가 하는 공통된 감정은 있었지만, 사람들은 개인적인 관심사를 가장 중요하게 여기고 있었다. 아직 아무도 그 질병을 현실적으로 받아들인 사람은 없었다. 대부분은 자기들의 습관을 어지럽힌다든가 자기들의 이해관계에 영향을 미친다든가 하는 데 대해서 특히 민감했다. 그래서 그들은 애를 태우거나 화를 내기도 했지만 그런 것이 결코 페스트와 맞설 수 있는 감정은 되지 못했다. 예를 들어 그들이 처음으로 보인 반응은 행정 당국을 비난하는 일이었다. 신문에 반영된 '강구된 조치의 완화를 고려할 수는 없을까?'라는 비판에 대한 지사의 답변은 자못 예상 밖의 것이었다. 여태껏 신문들이나 랑스도크 통신사는 병세에 관한 공식적인 통계를 통보받지 못하고 있었다. 이제 지사는 통계를 매일매일 통신사에 통지해주면서, 매주 그것을 보도해달라고 부탁을 해왔다.

그래도 역시 일반의 반응은 즉각적으로 나타나지 않았다. 사실 페스트가 발생한 지 3주일 만에 302명의 사망자가 났다는 보도는 상상하기에 그리 중대한 일은 아니었다. 한편으로 생각하면, 그 모두가 아마 페스트로 죽은 것은 아닐 것이다. 또 한편으로는 여느 때 그 도시에서 한 주에 몇 사람이 죽었는지를 아는 사람이 아무도 없었다. 20만의 주민이 있었으니 말이다. 사람들은 그 사망률이 정상적인 것인지 아닌지도 몰랐다. 그런 종류의 정확한 내용이란 비록 뚜렷한 이해관계가 거기에 드러나 있을 때라도 결코 사람들의 관심을 차지하지는 못할 성질의 것이었다. 대중은 말하자면 비교의 기준치를 갖고 있지 않았던 것이다. 한참 지난 뒤에야 여론도 겨우 사망자 수의 증가가 확실해짐에 따라 진실을 깨닫게 된 것이다. 5주째는 321명, 6주째는 345명의 사망자가 나왔다. 그 증가율이 적어도 사태를 웅변적으로 말해주고 있었다. 그러나 이런 것은 별로 큰 영향을 미치지 못했고, 시민들은 그 불안의 한복판에서도 그것은 아마 유감스러운 사건임에 틀림없지만 그래도 결국은 일시적인 것이라는 인상을 가지고 있었을 뿐이다.

그리하여 그들은 거리를 헤매거나 카페의 테라스에 앉아 있곤 했다. 총체적으로 말해서 그들은 비겁한 태도를 보이지 않았고, 한탄보다는 농담을 더 많이 주고받았으며, 일시적인 게 분명한 그 불연속성을 자연스럽게 받아들이려는 눈치였다. 외면적으로는 평온했다. 그러나 월말이 다가오자, 그리고 좀 더 뒤에 가서 얘기하겠지만 기도 주간이 거의 가까워오자 더 심각한 징후가 우리 시의 모습을 변화시켰다. 지사는 무엇보다도 먼저 차량 운행과 식량 보급에 관한 조치를 했다. 식량은 제한적으로 보급되고, 휘발유는 배급제로 되었다. 심지어 전기의 절전까지도 실시되었다. 생활필수품만은 육로 또는 항공로로 오랑에 반입되었다. 그처럼 점차로 차량의 운행은 줄어들어 마침내는 거의 전무 상태가 되었다. 사치품 가게들은 나날이 문을 닫게 되었고, 딴 가게들도 진열창에 절품되었다는 쪽지를 붙이게 되었지만, 각 가게의 문 앞에는 손님들이 줄을 지어 늘어서 있었다. 이처럼 오랑 시는 이상한 양상을 띠었다. 보행자의 수는 현저하게 늘었으며, 더구나 대낮의 한산한 시간에도 가게의 휴업이나 몇몇

회사들의 휴무로 할 일이 없어진 사람들이 거리와 카페에 득실거렸다. 그들은 실업자가 아니라 당분간 휴가 중이었다. 그래서 오랑 시는 예컨대 오후 3시경에 맑은 하늘 아래서 공개적인 시위 행렬의 통과를 돕기 위해 교통을 차단하고 가게 문을 닫아서, 시민들이 그 기쁨을 나누기 위해서 거리로 몰려나와 축제를 벌이고 있는 도시와도 같은 인상을 주고 있었다.

당연한 일이지만, 영화관들은 그 전반적인 휴가를 이용해 큰돈을 벌었다. 그러나 현내(縣內)로 들어오던 필름 배급이 중단되자 2주일 후에는 영화관들이 필름을 서로 교환해야만 했고, 또 얼마 후에는 마침내 영화관마다 늘 같은 영화를 상영하게 되었다. 그래도 영화관의 수입은 줄어들지 않았다.

끝으로 카페들은 포도주와 알코올 음료의 매매가 수위를 차지하게 되었는데, 전부터 비축되어 있던 상당수의 재고품 덕분으로 그들 역시 손님들의 수요를 충족시킬 수 있었다. 사실 사람들은 마시기도 많이 마셔댔다.

어느 카페에서 '순수한 알코올은 세균을 죽인다'라는 광고문을 써 붙이자, 술이 전염병을 예방해준다는 것이 일반화되어오던 터라 그런 생각은 사람들의 뇌리에 사실처럼 굳어졌다. 매일 밤 2시쯤 되면 카페에서 쏟아져 나오는 상당수의 주정꾼들이 거리마다 가득 차게 되었고, 그들은 서로 낙관적인 얘기들을 주고받았다.

그러나 이 모든 변화는 어떤 의미에서는 너무 유별났고, 또 너무나 급속히 이루어진 까닭에 그것이 정상적이고 지속성 있는 것이라고 생각하기란 쉬운 일이 아니었다. 그 결과로 우리는 여전히 우리의 개인적인 감정들을 제1의 관심사로 여기고 있었다.

시의 문들이 폐쇄되고 이틀 뒤에 의사 리외는 병원에서 나오는 길에 코타르를 만났는데, 그는 리외에게 거의 만족한 듯한 표정을 지어 보였다. 리외는 그에게 안색이 좋다고 치하했다.

"그래요, 요새는 건강이 아주 좋습니다"라고 작은 사나이는 말했다. "그런데 선생님, 그놈의 페스트가 거참! 점점 심각해지는데요."

의사는 그 사실을 시인했다. 그랬더니 코타르는 일종의 유쾌한 어조로 단정을 내렸다.

"이제 와서 가라앉을 리가 없습니다. 모든 게 뒤죽박죽될걸요."

그들은 잠시 함께 걸어갔다. 코타르는 자기 동네의 어떤 큰 식료품상이 비싸게 팔아먹을 생각으로 식료품을 쟁여두고 있었는데, 발병한 그 사람을 병원으로 데려가려고 온 사람들이 침대 밑에 쌓여 있는 그 깡통을 발견했다는 얘기를 했다. "그 친구는 병원에서 죽었지요. 페스트에 걸려들면 밑천도 못 건져요." 이처럼 코타르는 사실과 거짓말을 섞어가며 유행병에 관한 이야기를 많이 했다. 예를 들면 어느 날 아침 시가 중심지에서 페스트 증세가 나타난 어떤 남자가 병 때문에 머리가 이상해져 밖으로 뛰쳐나가서는, 처음 만나는 여자에게 달려들어 그 여자를 꼭 껴안으면서 자기가 페스트에 걸렸다고 외치더라는 것이다.

"그럼요!" 그러한 단정을 내리기엔 어울리지 않는 상냥한 어조로 코타르는 지적했다. "우리는 모두 미치고야 말 거예요. 틀림없어요."

또 바로 그날 오후에 조제프 그랑이 마침내 자신의 개인적인 비밀 이야기를 의사 리외에게 털어놓았다. 그는 의사의 책상 위에 있는 리외 부인의 사진을 보고, 의사를 바라보았다. 리외는 자기 아내가 시외의 다른 곳에서 요양 중이라고 말해주었다.

"어떤 의미에서," 그랑은 이렇게 말했다. "차라리 다행입니다."

의사는 어떤 의미에서는 다행일지도 모르며, 아내의 쾌유를 바랄 뿐이라고 대답했다.

"아!" 그랑이 말했다. "잘 알겠습니다."

그러고는 리외를 알게 된 이후 처음으로 흉금을 터놓고 이야기를 했다. 여전히 용어를 선택하기는 했지만, 지금 하고 있는 이야기를 오래전부터 생각해두기나 한 것처럼 그때그때 적합한 말들을 골라서 썼다.

그는 이웃에 사는 처녀와 아주 일찍이 결혼을 했다. 공부를 집어치우고 취직을 하게 된 것도 바로 결혼을 하기 위해서였다. 잔도 그도 전혀 자기 동네 밖으로 나가본 일이 없었다. 그는 잔을 보러 그 집으로 찾아가곤 했고, 잔의 양친은 이 말 없고 서툰 구혼자를 약간 비웃곤 했다. 그 여자의 아버지는 역부였다. 일이 없을 때는 창 가 한구석에 앉아서 큼직한 두 손을 허벅다리에 척 얹고 생각에 잠긴 채 거리의 움직임을 바라보곤 했다. 어머니는 언제나 살림에 매달려 있었고, 잔이 어머니를 도왔다. 그 여자는 어찌나 몸이 가냘픈지 그랑은 그녀가 길을 건너갈 때마다 아슬아슬해서 볼 수가 없었다. 그럴 때면 차량들이 비정상적으로 많아 보였다. 어느 날 크리스마스 선물을 파는 가게 앞에서 진열창을 바라보며 감탄을 하던 잔은 "참 아름다워!" 하면서 그랑에게 몸을 기대었다. 그는 그녀의 손목을 꼭 쥐었다. 이렇게 해서 그들의 결혼은 결정되었다.

그랑의 말에 의하면, 나머지 이야기는 아주 단순했다. 모든 사람이 다 그렇다. 즉 결혼하고, 계속해서 사랑하고, 그리고 일을 한다. 사랑한다는 사실을 잊을 만큼 일을 한다. 잔 역시 국장이 그랑에게 한 약속이 이행되지 않은 탓으로 일을 해야만 했다. 그 대목에서 그랑이 말하고자 하는 바를 이해하려면 어느 정도 상상력이 필요했다. 피로의 탓도 있고 해서 그는 무심한 사람이 되었고, 점점 더 말수가 적어졌으며, 젊은 아내가 스스로 사랑을 받고 있다고 느끼게끔 해주지 못했다. 일하는 남자, 가난, 서서히 막혀가는 장래, 식탁 주위에 맴도는 저녁때의 침묵, 그러한 세계에 정열이라는 것이 파고들 여지란 없다. 아마 잔은 고민했을 것이다. 그래도 그 여자는 머물러 있었다. 사람은 고통을 고통인 줄도 모르고 오랫동안 괴로워하는 일이 흔히 있는 법이니 말이다. 몇 해가 지났다. 그 후 그 여자는 떠나고 말았다. 물론 그 여자가 그냥 떠나간 것은 아니었다. '나는 당신을 무척 사랑했어요. 그렇지만 이제는 나도 지쳤어요. 떠나는 것이 기쁘지는 않지만, 새 출발을 할 때는 의당 이런 법이니까요.' 이것이 대략 그 여자가 그랑에게 써 보낸 편지의 내용이었다.

이번에는 조제프 그랑이 고민했다. 리외가 그에게 일깨워주었듯이 그도 역시 새 출발을 할 수 있었을 것이다. 그러나 문제는, 자신이 없었다.

다만 그는 아내 생각만 하고 있었다. 그가 바라는 것이 있었다면, 그것은 편지나 한 장 써 보내서 변명을 해보는 일이었다. "그러나 그것이 어렵더군요" 하고 그가 말했다. "그런 생각을 한 지는 오래입니다. 서로 사랑했을 때는 말을 안 해도 서로 이해를 했어요. 그러나 사람이란 항상 사랑하지는 못하죠. 적당한 시기에 아내를 붙들어둘 수 있는 좋은 말들을 생각해내야 했지만 그럴 수가 없었습니다." 그랑은 체크 무늬가 새겨진 손수건 비슷한 헝겊에 코를 풀었다. 그러고는 콧수염을 닦았다. 리외는 그를 쳐다보고 있었다.

"실례했습니다, 선생님." 그렇게 그 늙은이는 말했다. "하지만 뭐랄까요? …… 나는 선생님을 믿습니다. 선생님과는 이야기가 됩니다. 그래서 감명을 받습니다."

분명히 그랑은 페스트와는 천 리나 멀리 떨어져 있는 것처럼 관심이 없었다.

그날 저녁 리외는 아내에게 시가 폐쇄되었고, 자기는 잘 있으며, 계속 몸조리를 잘하길 바란다고, 또 언제나 당신을 생각하고 있노라는 전보를 쳤다. 시의 문들이 폐쇄된 지 석 주일이 지난 후에 리외는 병원에서 나오다가 자기를 기다리고 있는 어떤 젊은 남자를 보았다.

"아마 저를 알아보실 거라고 생각하는데요" 하고 그 젊은이는 말했다.

리외는 아는 것 같기도 했지만 머뭇거렸다.

"이런 일이 있기 전에 왔었습니다" 하고 그는 말했다. "아랍인들의 생활 상태에 관한 말씀을 들어보려고 했지요. 제 이름은 레이몽 랑베르입니다."

"아! 그렇군요" 하고 리외가 말했다. "그럼 이제는 특종 기삿거리를 얻은 셈이네요."

그 사나이는 초조한 듯한 표정으로, 사실은 기삿거리 때문이 아니라 의사 리외에게 한 가지 부탁을 하러 왔다고 했다.

"죄송합니다" 하고 그는 말을 덧붙였다. "하지만 이 도시에 아는 사람이라고는 아무도 없고, 우리 신문사의 주재원은 불행하게도 멍텅구리예요."

리외는 중심지에 있는 어떤 진료소까지 같이 걸어가자고 권했다. 몇 가지 지시 사항을 전할 일이 있었기 때문이다. 그들은 흑인가의 골목길을 걸어 내려갔다. 저녁때가 다 되어갔으나, 전 같으면 이맘때 그렇게도 떠들썩하던 시내가 기이하게도 적적해 보였다. 나팔 소리만이 아직도 황금빛으로 물들어 있는 하늘에서 군인들이 직무를 수행하고 있다는 기색을 나타내고 있었다. 그러는 동안 가파른 길을 따라 무어식 가옥들의 푸른 벽, 붉은 벽, 자주색 벽들 사이를 걸어가면서, 랑베르는 몹시 흥분해서 말했다. 그는 파리에 아내를 두고 왔다. 사실인즉 정식 아내는 아니었지만 아내나 마찬가지였다. 시가 폐쇄되자 그는 곧 아내에게 전보를 쳤다. 처음에는 그저 일시적인 일이려니 하고 편지 왕래나 할 방도를 궁리하고 있었던 것이다. 오랑에 있는 그의 동료들은 어쩔 수가 없다고 말했고, 우체국에서는 상대도 하지 않았으며, 현청의 한 서기는 그에게 콧방귀를 뀌었다. 마침내 그는 두 시간이나 줄을 서서 기다린 끝에 '만사 순조로움. 곧 다시 봅시다'라고 쓴 전보를 한 장 접수하고야 말았다.

그러나 아침에 잠자리에서 일어났을 때, 얼마 동안 이 사태가 계속될지 모른다는 생각이 문득 머리에 떠올랐다. 그는 떠나기로 결심했다. 그는 소개장을 갖고 있었기 때문에(직업상 여러 가지 편의가 있다) 현청의 비서실장과 접촉을 할 수 있었다. 그는 비서실장에게 자기는 오랑과는 아무런 관계도 없으며, 여기에 머물러 있을 일도 없고, 우연히 여기에 있게 되었으니, 혹 일단 나가서 격리 수용을 겪는 한이 있더라도 어쨌든 퇴거를 허가해주는 것이 정당하리라고 말했다. 비서실장은 이에 대해서, 잘 알아듣겠으나 예외를 만들 수는 없으니 검토는 해보겠지만 요는 사태가 중대하니 만큼 선뜻 어떤 결정도 내릴 수는 없다고 대답했다는 것이다.

"그러나 어쨌든," 랑베르는 말했다. "이 도시와 나는 아무 상관이 없습니다."

"아마 그렇겠죠. 그러나 어쨌든 전염병이 오래 계속되지 않기를 피차 바랄 뿐입니다."

나중에 그는 랑베르를 위로하면서, 오랑에서 흥미 있는 기삿거리를 얻게 될지도 모르고 무슨 일이건 간에 잘 살펴보면 반드시 좋은 면이 있는 법이라고 말해주었다. 랑베르는 어깨를 으쓱했다. 그들은 시가의 중심지에 도착했다.

"어리석은 일입니다, 선생님. 저는 기사나 쓰려고 세상에 태어난 것이 아닙니다. 아마 어떤 여자하고 살기 위해서 세상에 태어난 것 같습니다. 그것도 이치에 맞는 얘기가 아닙니까?"

어쨌든 일리가 있는 이야기라고 리외는 말했다.

중심지의 큰길에도 여느 때와 같은 군중은 없었다. 몇몇 통행인들이 먼 집을 향해서 발걸음을 재촉하고 있었다. 웃는 사람은 아무도 없었다. 그것은 그날 발표된 랑스도크 통신사의 보도가 가져온 결과라고 리외는 생각했다. 24시간이 지나면 우리 시민들은 다시 희망을 갖기 시작할 것이다. 그러나 그 당일에는 그들의 기억 속에 너무나 생생한 숫자가 남아 있었던 것이다.

"나와 그 여자는," 하고 랑베르가 다짜고짜 말했다. "만난 지 얼마 안 되지만 서로 잘 이해하고 있었습니다."

리외는 아무 말도 하지 않았다.

"선생님께 폐가 될지 모르겠습니다만," 랑베르가 말을 이었다. "단지 내가 그 고약한 병에 걸리지 않았다는 것을 확인해주는 증명서를 한 장 써주실 수 없는지를 여쭤보고 싶을 따름입니다. 그렇게 해주시면 도움이 될 것 같습니다."

리외는 고개를 끄덕거렸다. 그는 자기 다리 사이로 뛰어든 어린 사내애를 안아서 사뿐 일으켜 세워주었다. 두 사람은 다시 발걸음을 옮겨서 연병장까지 왔다. 무화과와 종려나무 가지들이 먼지로 더럽혀진 공화국의 여신상을 가운데 놓고 먼지를 푹 뒤집어쓴 채 조용히 늘어서 있었다. 그들은 그 기념상 아래에 멈추어 섰다. 리외는 잿빛 먼지로 뒤덮인 신발을 하나씩 차례로 땅에 탁탁 털어냈다. 그는 랑베르를 바라보았다. 펠트 모자를 좀 뒤로 젖혀 쓰고, 넥타이 안으로 단추가 떨어진 와이셔츠를 입고, 수염도 제대로 깎지 않은 그 신문 기자의 모습은 무뚝뚝하고 퉁명스러워 보였다.

"심정은 이해합니다" 하고 마침내 리외가 말했다. "그러나 선생의 말은 옳지 않습니다. 나는 그 증명서를 해드릴 수가 없습니다. 왜냐하면 사실 나는 선생이 병에 걸려 있는지 아닌지도 모를뿐더러, 비록 안다고 하더라도 내 진찰실을 나서는 순간부터 현청에 들어가는 순간까지 전염이 안 된다고 보장할 수는 없으니까요. 게다가 비록……."

"게다가 비록?" 랑베르가 말했다.

"게다가 비록 내가 그 증명서를 써드린다 해도 아무 소용이 없을 겁니다."

"왜요?"

"왜냐하면 이 도시에는 선생과 같은 경우가 몇천 명이나 되고, 그런데도 당국은 그 사람들을 내보내주지 않으니까요."

"페스트에 안 걸린 사람들도요?"

"그것은 충분한 이유가 못 됩니다. 참 어리석은 이야기지요. 나도 잘 압니다. 그러나 그것은 모든 사람에게 관계되는 문제입니다. 현실을 그대로 감수해야만 합니다."

"하지만 나는 이 고장 사람이 아닌데요!"

"지금부터는, 유감입니다만, 선생은 이 고장 사람입니다. 다른 모든 사람처럼 말입니다."

그 사람은 흥분했다.

"그것은 정말 인도적인 문제입니다. 서로를 잘 이해하며 살고 있는 두 사람에게 이러한 이별이 어떤 것인지를 아마 선생님께서는 이해하지 못하실 겁니다."

리외는 곧 대답을 하지 않았다. 그러다가 자기는 이해하고 있다고 말했다. 그는 진심으로 랑베르가 아내와 다시 만나고 사랑하는 사람들이 모두 결합하게 되기를 원하는 바이지만, 포고와 법률이 있고 페스트가 있으니, 자기의 역할은 자기가 해야 할 일을 완수하는 것이라고 말했다.

"아니지요." 입맛이 쓰다는 듯이 랑베르가 말했다. "선생은 이해하지 못하세요. 선생님 말씀은 이성에서 나오는 얘기지요. 선생님은 추상적이십니다."

의사는 공화국의 여신상 위로 눈을 치켜떴다. 그러고는 자기의 말이 이성에서 나오는 것인지 어떤지는 모르지만, 어쨌든 자기는 자명한 이치에서 나오는 말을 하고 있으며, 그 양자가 아무래도 같을 수는 없을 것이라고 말했다. 그 신문기자는 넥타이를 고쳐 맸다.

"그러면 달리 어떻게 해보란 말씀이신가요? 하지만," 하고 그는 덤벼들듯이 말을 이었다. "나는 이 도시에서 나가고 말 겁니다."

의사는 역시 그의 심정을 이해할 수는 있지만 그런 일은 자기와는 무관하다고 말했다.

"아니에요, 관계가 있지요." 갑자기 울화가 치밀어서 랑베르가 외쳤다. "내가 선생님을 찾아뵌 것도 이번에 취해진 조치에 선생님의 역할이 크다는 말을 들었기 때문입니다. 그래서 나는 적어도 한 건쯤은 스스로 만들어놓으신 일인 만큼 손을 좀 써주실 수 있으리라고 생각했어요. 그러나 선생님은 마이동풍이시군요. 남의 일은 생각해본 일도 없으시군요. 생이별을 한 사람들에 대해서는 생각해보지도 않으셨어요."

리외는 어떤 의미에서는 그 말이 사실이고, 그런 것들을 고려해보지 않았다는 것을 인정했다.

"아! 알겠어요." 랑베르가 말했다. "사회의 복지를 위해서라고 말씀하시려는 거죠. 그러나 사회의 복지란 개개인의 행복으로 성립되는 겁니다."

"글쎄," 의사는 방심 상태에서 깨어난 듯이 말했다. "그럴 수도 있고 또 다를 수도 있지요. 속단해선 안 됩니다. 그러나 그렇게 노하시는 것은 온당치 못합니다. 만약 선생이 이 문제에서 빠져나갈 수 있다면 나는 정말로 기쁘겠습니다. 단지 나로서는 직무상 해서는 안 될 일이 있으니까요."

조바심이 나서 랑베르는 머리를 흔들었다.

"그렇죠, 화를 낸 것은 잘못입니다. 게다가 이렇게 시간을 너무 끌어서 죄송합니다."

리외는 앞으로 그가 하는 일을 자신에게 알려주고, 자기를 원망하지 말아달라고 당부를 했다. 자기들이 서로 합치할 수 있는 면이 확실히 있다고 했다. 랑베르는 갑자기 어색해진 모양이었다.

"저도 그렇게 생각합니다." 얼마 후에 그는 그렇게 말했다. "제 자신이나 선생님이 제게 말씀하신 것을 차치하고라도 그런 생각이 듭니다."

그는 망설였다.

"그러나 선생님에게 찬동할 수는 없습니다."

그는 펠트 모자를 이마까지 푹 눌러쓰고 총총걸음으로 가버렸다. 리외는 그가 장 타루가 묵고 있는 호텔로 들어가는 것을 보았다.

잠시 후 의사는 고개를 흔들었다. 그 신문기자의 행복에 대한 조바심에도 일리가 있었다. 그러나 그의 비난은 정당했는가? '선생님은 추상적이십니다.' 페스트가 더욱 성해서 한 주에 평균 환자 수가 5백에 달하고 있는 병원에서 보낸 나날이 정말로 추상적이었을까?

그렇다, 불행 속에는 추상적이고 비현실적인 일면이 있다. 그러나 추상이 우리를 죽이기 시작할 때, 우리는 그 추상에 대해서 정신을 바짝 차려야 한다. 리외는 그것이 가장 쉬운 일이 아님을 알고 있을 따름이었다. 예를 들어 그가 책임을 맡고 있는 그 임시 병원(이제는 셋이 됐다)을 관리하기란 쉬운 일이 아니었다. 그는 진찰실이 마주 뵈는 방에다가 접수실을 하나 꾸미게 했다. 땅을 파서 크레졸수를 채운 못을 만들고, 그 가운데에는 벽돌로 작은 섬을 만들어놓았다. 환자는 그 섬으로 운반되어 재빨리 옷이 벗겨지고, 그 옷은 물속에 떨어진다. 몸을 씻어 물기를 말리고 껄껄한 환자복을 입힌 환자는 리외에게로 넘어왔다가 다음에 병실로 운반된다. 부득이 어떤 학교의 실내 체육관까지 이용하게 되었는데, 모두 5백 개나 되는 침대는 거의 전부가 환자로 차 있었다. 리외는 자신의 지휘하에 진행되는 오전의 환자 접수를 끝낸 다음, 환자들에게 백신을 놓거나 종기 수술을 하고, 다시 통계를 검토하고는 오후의 진찰을 위해서 자기 병원으로 돌아왔다. 마지막으로 저녁에는 왕진을 하고 밤늦게야 집에 돌아왔다. 그 전날 밤에도 리외의 어머니는 며느리에게서 온 전보를 아들에게 건네주다가 그의 손이 떨리는 것을 보았다.

"네, 떨리는군요"라고 그는 말했다. "그러나 참고 견디는 동안에 마음이 좀 진정되겠죠."

그는 튼튼하고 강단이 있었다. 그리고 실상 아직 피곤을 느끼지는 않았다. 그러나 한 예로 왕진 같은 것은 지긋지긋했다. 유행성 열병이라는 진단을 내리는 것은 즉시로 그 환자를 끌려가게 만드는 일이 되었다. 그럴 때면 정말 추상과 곤란이 시작되었다. 왜냐하면 병자의 가족은 환자가 완치되거나 죽기 전에는 다시 만날 수 없다는 것을 알고 있었으니 말이다. "동정해주세요, 선생님!" 타루가 묵고 있는 호텔에서 일하고 있는 청소부의 어머니인 로레 부인이 그렇게 말했다. 그것은 무슨 뜻이었던가? 물론 의사는 동정을 했다. 그러나 그것은 아무에게도 도움이 되지 못했다. 전화를 걸어야만 했다. 이내 구급차의 사이렌이 울렸다. 초기에는 이웃 사람들이 창문을 열고 내다보았다. 얼마 지나자 부리나케 문을 닫게 되었다. 그러면 결국 싸움과 눈물과 설복, 요컨대 추상이 시작된다. 고열과 불안으로 과열된 아파트 안에서 여러 가지 난장판이 벌어졌다. 그러나 병자는 끌려간다. 그래야 리외는 그 자리를 뜰 수 있었다.

처음 몇 번은 전화를 거는 데 그치고, 구급차를 기다리지 않고 딴 환자들에게로 달려가곤 했다. 그러나 가족들이 이제는 그 결과가 뻔한 이별보다는 차라리 페스트와 마주 앉아 있는 것이 낫다고 생각하고 문을 열어주지 않았다. 아우성을 치고 명령이 내려지고 경찰이 개입하고, 그런 연후에는 무력으로 환자를 탈취하고 만다. 초기의 몇 주일 동안 리외는 구급차가 오기를 기다리는 수밖에 없었다. 그 다음부터는 의사 한 명에 감독관이 한 사람씩 자진해서 따르기로 되어, 리외는 한 환자한테서 다른 환자에게 달려갈 수 있었다. 그러나 초기에는 매일 저녁이 그가 로레 부인 집에 들어갔던 날 저녁과 비슷했다. 부채와 조화로 장식한 그 조그만 아파트 방에 들어갔을 때, 리외는 일그러진 웃음을 지으면서 환자의 어머니가 마중을 나와 하는 말을 들었다.

"설마 요새 떠도는 열병은 아니겠지요."

그래서 그는 홑이불과 속옷을 들추고, 배와 넓적다리에 있는 붉은 반점과 부어오른 림프샘들을 들여다보았다. 그 어머니는 자기 딸의 넓적다리를 들여다보다가 참지 못하고 소리를 질렀다. 매일 저녁 어머니들은 죽음의 여러 가지 징후를 띤 노출된 배를 앞에다 놓고 넋을 잃은 모습으로 그렇게 소리쳤고, 매일 저녁 사람들의 팔이 리외의 팔을 붙들고 늘어져 쓸데없는 말들과 약속들과 눈물을 퍼부었으며, 또 매일 저녁 구급차의 사이렌은 모든 고통과 마찬가지로 공허한 감정의 발작을 격발시켰다. 그리고 언제나 비슷한 저녁의 연속을 오래 겪고 나자, 리외는 끝없이 되살아나는 비슷한 광경의 기나긴 연속 이외에는 아무것도 기대할 수가 없게 되었다. 그렇다, 페스트는 마치 추상처럼 단조로웠다. 아마도 단 한 가지만은 달라졌을지도 모르는데, 그것은 바로 리외 자신이었다. 그는 그날 저녁 공화국의 여신상 밑에서 랑베르가 들어간 호텔의 문을 바라보면서, 오직 마음속에 부풀어 오르기 시작한 벅찬 무관심을 의식하며 그것을 느끼고 있었다.

황혼이 깃들면 매일같이 모든 시민이 거리로 쏟아져 나와 방황하는 그 기진맥진한 몇 주일이 지나간 후, 리외는 이제 더는 동정심과 싸울 필요가 없다는 것을 알게 되었다. 동정이 아무 소용이 없을 때는 동정하는 것도 피곤해지는 법이다. 그리고 자기 마음이 점점 닫혀가는 것을 느끼고서, 의사는 온몸이 으스러지는 듯한 나날을 견디게 하는 유일한 위안을 찾았다. 그는 자기의 임무가 그것으로 말미암아 수월해지리라는 것을 알고 있었다. 그렇기 때문에 그는 그러한 나날을 기뻐했다. 그의 어머니가 새벽 2시에 아들을 맞아들이면서 자기를 바라보는 아들의 공허한 눈길을 슬퍼했는데, 그때 그녀는 리외가 받을 수 있는 유일한 위안을 그야말로 한탄하는 것이었다. 추상과 싸우기 위해서는 다소 추상을 닮을 필요가 있다. 그러나 어떻게 랑베르가 그것을 느낄 수 있었을까? 랑베르가 알고 있는 추상은 자기의 행복과 상반되는 모든 것이었다. 그리고 사실 리외는 그 신문기자가 어떤 의미에서는 옳다는 것도 알고 있었다. 그러나 그는 또한 추상이라는 것이 행복보다 더 강렬하게 나타날 수도 있으며, 그런 경우에만 추상을 고려에 넣어야 된다는 것을 알고 있었다. 그것은 랑베르에게 닥쳐오고야 말았고, 리외는 나중에 랑베르에게서 들은 고백으로 자세하게 그 사실을 알게 되었다. 그처럼 리외는 꾸준히, 그리고 새로운 각도에서 개개인의 행복과 페스트라는 추상 사이에서 그 기나긴 기간에 걸쳐 우리 도시의 생활 전체를 지배했던 그 우울한 투쟁을 계속할 수가 있었다.

*

그러나 누군가의 눈에 추상으로 보이는 것이 다른 사람들에게는 진리로 보였다. 페스트가 발생한 첫 달이 다 갈 무렵에는 사실 병세의 현저한 재연(再燃)과 미셸 영감이 처음 발병했을 때 도와주었던 제수이트 파 파늘루 신부의 열렬한 설교로 암담해졌다. 파늘루 신부는 오랑 지리학회 회보에 자주 기고를 하여 이미 그 이름이 알려져 있었는데, 그의 금석문사(金石文史) 고증은 권위가 있었다. 그러나 그는 근대 개인주의에 관한 일련의 강연회로 어떤 전문가보다도 더 많은 청중을 모은 일이 있었다. 그는 강연을 통해서 근대의 방종이나 지난 세기 동안의 몽매주의와는 거리가 먼 일종의 까다로운 기독교의 열렬한 옹호자가 되었던 것이다. 그때 그는 청중에게 엄연한 진실을 아낌없이 털어놓았다. 그래서 그의 명성은 자꾸 높아만 갔다.

그런데 그달 말경에 우리 시의 성당 지도부에서는 집단 기도 주간을 설정함으로써 그들 특유의 방법으로 페스트와 싸우기로 결정했다. 대중의 신앙심의 표시는 일요일에 페스트에 걸렸던 성(聖) 누가에게 드리는 장엄한 미사로써 끝내기로 되어 있었다. 그 기회에 파늘루 신부는 설교를 위촉받았던 것이다. 약 2주일 전부터 파늘루 신부는 성 아우구스티누스와, 그에게 서열상 별도의 자리를 마련해주었던 아프리카 교회에 대한 연구에서 손을 뗐다. 성미가 급하고 열정적인 천성의 그는 위촉받은 그 사명을 굳은 결의로 받아들였던 것이다. 그 설교가 있기 훨씬 전부터 시내에는 소문이 퍼지고, 그 당시의 역사에 나름대로 중요한 날짜로 부각되었다.

기도 주간에는 수많은 군중이 모여들었다. 그것은 평소 오랑 시민들의 신앙심이 특별히 두터워서가 아니었다. 예를 들어 일요일 아침이면 해수욕이 미사에 대해 심각한 경쟁 대상이었다. 또한 돌발적인 개종(改宗)이 그들에게 계시를 주었기 때문은 더더욱 아니었다. 한편으로는 시가 폐쇄되고 항구는 차단되어 해수욕이 불가능해졌으며, 또 한편으로는 갑자기 닥쳐오는 여러 가지 우발적인 사건들을 속으로는 아직 인정하지 않으면서도 분명히 어떤 변화가 생긴 것만은 절실히 느끼고 있는 아주 특이한 정신 상태에 빠져 있었기 때문이었다. 그래도 많은 사람들은 여전히 질병이 곧 진정될 것이고, 가족들과 함께 무사히 모면하리라고 희망을 갖고 있었다. 그래서 그들은 아무런 조바심도 느끼지 않고 있었다. 그들에게는 페스트가 언젠가는 사라져버릴 불쾌한 방문자로밖에는 보이지 않았다. 왜냐하면 그것은 일단 찾아왔으니까 말이다. 겁은 났지만 절망하지는 않았으며, 페스트가 그들의 생활 형태처럼 보이게까지 되고 또 그때까지 영위할 수 있었던 실존 자체를 잊어버리게까지 되는 시기는 아직 오지 않았다.

요컨대 그들은 기대를 품고 있었다. 종교에 대해서도, 여러 가지 다른 문제들과 마찬가지로, 페스트는 그들에게 야릇한 정신 상태를 부여해주었다. 그것은 열성과도 거리가 멀고 무관심과도 거리가 먼

'객관성'이라는 말로 충분히 정의할 수 있는 정신 상태였다. 기도 주간에 참가한 사람들의 대부분은 예컨대 의사인 리외 앞에서 신자들 중 누군가가 "어쨌든 해가 되지는 않을 테니까요"라고 한 말을 구실로 삼고 있었을 것이다. 타루 자신도 예의 수첩에 이런 경우 중국인들은 페스트 귀신 앞에 가서 북을 두드린다고 쓴 다음, 과연 실지로 북이 각종 의학적 예방 조치보다 나은 효력을 발휘할지는 절대로 알 수 없는 일이라고 지적했다. 그는 다만 그 문제를 해결하자면 우선 페스트 귀신의 존재에 대한 지식이 있어야 하는데, 그 점에 관한 우리의 무지는 우리가 생각할 수 있는 모든 의견을 말살해버린다고만 덧붙였다.

어쨌든 우리 시의 성당은 기도 주간 내내 신자들로 거의 가득 찼다. 처음 며칠 동안은 많은 시민들이 성당 문 앞에 늘어서 있는 종려나무와 석류나무 숲에서, 거리에까지 흘러나오는 온갖 축원과 기도 소리에 귀를 기울였다.

차츰차츰 그 청중은 앞 사람들을 따라 성당으로 들어가서, 덩달아 회중의 답창에 어색한 목소리로 끼여들었다. 그래서 일요일에는 상당수의 군중이 앞뜰과 마지막 층계에도 넘쳐서 제단 앞에까지 밀려들었다. 그 전날부터 하늘이 컴컴해지더니 비가 억수처럼 쏟아졌다. 밖에 서 있는 사람들은 우산을 펼쳐 들고 있었다. 향로와 축축한 옷에서 나는 냄새가 성당 안에 감도는 가운데 파늘루 신부가 설교단에 올라갔다.

그는 중키에 몸이 딱 바라졌다. 그가 그 큰 두 손으로 나무들을 붙들고 설교단의 가장자리에 기대 섰을 때, 사람들의 눈에는 강철테 안경 밑의 그 불그레한 두 볼이 두 개의 붉은 얼룩처럼 올라앉은 두툼하고 시커먼 하나의 형체로밖에는 보이지 않았다. 그는 멀리까지

울리는 힘차고 정열적인 목소리를 갖고 있었다. 그래서 그가 "여러분, 여러분은 불행을 겪고 계십니다. 여러분은 그 불행을 겪는 것이 당연합니다"라고 격렬하고 단호한 한마디를 청중에게 던졌을 때, 일종의 소용돌이가 군중을 헤치고 성당 앞뜰에까지 파문을 일으켰다.

논리적으로 그다음 말은 그 비장한 전제와 일치하는 것 같지는 않았다. 연설이 더 계속되었을 때, 비로소 시민들은 신부가 교묘한 웅변술로 그 설교 전체의 테마를 마치 한 대 후려치듯이 단숨에 쏟아놓은 것임을 알아차렸다. 사실 파늘루 신부는 그 말 다음에 애굽에서 있었던 페스트에 관한 〈출애굽기〉의 한 구절을 인용하고 이렇게 말했다.

"이 재화(災禍)가 처음으로 역사에 나타났을 때, 그것은 신에게 대적한 자들을 쳐부수기 위해서였습니다. 애굽 왕은 영원의 뜻을 거역하고 있었는데, 페스트가 그를 굴복시켰습니다. 태초부터 하느님의 재화는 오만한 자들과 눈먼 자들을 그 발 아래 꿇어앉혔습니다. 이 점을 잘 생각하시고 무릎을 꿇으십시오."

밖에서는 비가 더 세차게 퍼붓고, 완전한 침묵 가운데서 나온 그 마지막 구절은 유리창에 부딪히는 빗소리 때문에 더한층 심각하게 들림으로써 이에 따라 몇몇 청중은 잠깐 머뭇거리다가 의자에서 미끄러져 내려와서 기도대 위에 무릎을 꿇었다. 다른 사람들도 진정 그 본을 따라야만 한다고 생각했다. 그래서 차례차례로, 간혹 의자가 삐걱거리는 소리가 날 뿐 딴 소리라고는 없이 모든 청중이 이내 무릎을 꿇고 말았다. 그때 파늘루 신부가 다시 몸을 일으켜 깊이 숨을 들이쉬고, 점점 더 강한 어조로 말을 이었다.

"오늘날 페스트가 여러분에게 개입하게 된 것은 반성할 시기가 왔기 때문입니다. 올바른 사람들은 조금도 그것을 두려워할 필요가 없습니다. 그러나 사악한 사람들이 떠는 것은 당연한 일입니다. 우주라는 커다란 곳간 속에서 무자비한 재화는 지푸라기와 낟알을 가리기 위해 인류라는 밀을 타작할 것입니다. 낟알보다는 지푸라기가 더 많은 것이며, 선택된 자보다는 부름을 받는 자들이 더 많을 것입니다. 그런데 이 불행은 신이 원하신 것이 아닙니다. 너무나 오랫동안 이 세상은 악과 결부되어 있었습니다. 너무나 오랫동안 이 세상은 성스러운 자비 위에서 안식하고 있었습니다. 회개하는 것으로 충분했고, 모든 것은 허용되었습니다. 그리고 회개라면 모든 사람이 문제없다고 생각했습니다. 때가 오면 사람들은 틀림없이 회개를 해야겠다고 느낄 것이기 때문입니다. 그때까지는, 가장 쉬운 길이 되는대로 살아가는 것이요, 남은 것은 신의 자비로 해결될 것이었습니다. 그런데 말입니다! 그것이 오래 지속될 수는 없었습니다. 참으로 오랫동안 이 도시의 사람들 위에 그 연민의 낯을 보여주시던 하느님도 기다림에 지치고 그 영원의 기대에서 실망하사, 마침내 외면을 하신 것입니다. 하느님의 광명을 잃고 우리는 이제 오랫동안 페스트의 암흑 속에 빠지고야 말았습니다!"

장내에서 어떤 사람이 마치 성난 말처럼 거친 숨결을 내쉬었다. 잠깐 동안 멈추었다가, 신부는 더 낮은 소리로 계속했다. "《황금 전설》에 이런 이야기가 있습니다. 롬바르디아의 훔베르트 왕 시대에 이탈리아가 페스트에 침노되었는데, 어찌나 맹렬했던지 산 사람들을 다 해도 죽은 사람들을 매장하기 어려웠으며, 그 페스트는 특히 로마와 파비아에서 맹위를 떨쳤습니다. 그런데 한 선(善)의 천사가 눈부시게 나타나서 악의 천사에게 명령을 내리면, 산돼지 사냥에 쓰는 창을 가진 악의 천사는 집집의 문을 두드리는 것이었습니다. 그리고 그 두드린 수효대로 그 집에서는 사망자가 났다고 합니다."

파늘루는 여기서 그 짧막한 두 팔을 마치 비를 맞아 펄럭이는 휘장 뒤의 그 무엇을 가리키듯 성당 앞뜰 쪽으로 뻗었다. "여러분!" 하고 그는 힘차게 말했다. "바로 그 죽음의 사냥이 오늘날 우리 시의 거리거리에서 이뤄지고 있습니다. 보십시오, 루시퍼[로마의 신, 마왕의 이름]처럼 아름답고 악의 권화처럼 찬란한 그 천사를 보십시오. 여러분 집 지붕에 서서, 오른손으로 창을 머리 높이까지 쳐들고 왼손으로 여러분 집들 중 하나를 가리키고 있습니다. 지금 이 순간 아마도 그의 손가락이 당신의 문을 향해서 뻗쳐 창으로 나무 대문을 두드리고 있을지도 모릅니다. 또 이 순간에 여러분의 집에 들어간 페스트가 방에 들어가서 당신들을 기다리고 있을지도 모릅니다. 페스트는 참을성 있게, 그리고 조심스럽게 마치 이 세상의 질서 그 자체처럼 태연자약하게 거기에 있습니다. 어떠한 지상의 힘도, 그리고 잘 알아두십시오, 저 공허한 인간의 지식조차도 여러분에게 뻗칠 그 손을 피하게 할 수는 없습니다. 그리고 피비린내 나는 고통의 타작 마당에서 두들겨맞아, 여러분은 지푸라기와 함께 버림받을 것입니다."

여기서 신부는 더한층 풍부한 표현을 하면서 재화의 비장한 이미지를 전개했다. 그는 거대한 나무토막이 이 도시의 하늘에서 소용돌이치다가 닥치는 대로 후려갈기고 피투성이가 되어 다시 솟아 올라가, 마침내 '진리의 수확을 준비하는 파종을 위하여' 인류의 피와 고통을 뿌리는 광경을 상기시켰다.

파늘루 신부는 그 기나긴 이야기를 끝마치자, 머리카락을 이마 위에 내려뜨리고 설교대 위까지 느껴질 정도로 온몸을 부르르 떨면서 말을 멈추고는 더 낮은 음성으로, 그러나 힐책하는 어조로 다시 말을 이었다.

"그렇습니다, 회개할 시기가 온 것입니다. 여러분은 주일에 하느님을 찾아뵙기만 하면 나머지는 자유라고 생각했던 것입니다. 서너 번 무릎을 꿇으면 여러분의 그 죄스러운 무관심이 충분히 보상되리라고 생각했던 것입니다. 그러나 하느님은 미지근하지 않으십니다. 그렇게 드문드문 찾아뵙는 관계로는 하느님의 넘쳐흐르는 애정에 흡족하지 못했습니다. 하느님은 여러분을 더 오래 보고 싶으셨던 것입니다. 그것이 하느님의 사랑하시는 방식이며, 그리고 사실을 말하자면 그것만이 유일한 사랑의 길입니다. 이리하여 여러분이 찾아오기를 기다리다가 지치신 하느님은 인류의 역사가 시작된 이래 죄 많은 모든 도시를 찾았듯이 그 재화로 하여금 여러분에게 찾아들게 하신 것입니다. 카인과 그 자손들이, 노아의 대홍수 이전의 사람들이, 소돔과 고모라의 사람들이, 애급의 왕과 욥, 그리고 또한 모든 저주받은 사람들이 그것을 알았듯이, 이제 여러분은 죄가 어떤 것인가를 알 것입니다. 그리고 이 도시가 여러분과 재화를 벽으로 둘러싸고 가두어버린 그날부터 여러분은 그네들이 모두 그러했듯이 하나의 새로운 눈을 가지고 모든 존재와 사물을 바라보고 있습니다. 여러분은 이제야 결국 근본적인 것으로 돌아와야 한다는 사실을 알게 된 것입니다."

이제는 축축한 바람이 본당까지 불어 들어와 큰 촛불이 쪼그라들면서 한쪽으로 쏠렸다. 짙은 촛농 냄새와 기침 소리, 어떤 사람의 재채기 소리가 파늘루 신부에게까지 흘러왔다. 신부는 높이 평가받은 바 있는 그 교묘한 말솜씨로 다시 자기의 논조로 되돌아와 조용한 음성으로 말을 이었다. "여러분 가운데 대다수는 대체 내가 어떠한 결론에 도달할 것인지를 궁금해하실 줄 압니다. 나는 여러분을 진리로 인도하고 싶으며, 여러 가지 말을 했지만 여러분이 기쁨을 누릴 수 있도록 이끌어드리고 싶습니다. 충고나 우애(友愛)의 손길이 여

러분을 선으로 밀어주는 수단이었던 시대는 이미 지났습니다. 오늘
날 진리란 하나의 명령입니다. 그리고 구원으로 가는 길은, 그 길을
여러분에게 제시하고 여러분을 그곳으로 밀어주는 붉은 창입니다.
여러분, 바로 여기에 만물 가운데 선과 악, 분노와 연민, 페스트와
구원을 마련하신 성스러운 자비가 마침내 드러나 있는 것입니다. 여
러분을 괴롭히고 있는 그 재화가 도리어 여러분을 향상시키고, 여러
분에게 길을 제시하고 있는 것입니다.

아주 오래전에 아비시니아의 기독교도들은 페스트 속에서 영생
에 다다를 수 있는 성스러운 유효한 방법으로 보았습니다. 병에 걸
리지 않은 사람들은 확실한 죽음을 얻기 위해서 일부러 페스트 환자
들의 홑이불을 몸에 감곤 했습니다. 아마도 구원에 대한 그러한 광
태(狂態)는 그리 탐탁스러운 것이 아닐지도 모릅니다. 거기에는 그
야말로 오만에 가까운, 유감스러운 조급성이 나타나 보입니다. 하느
님보다도 더 서둘러서는 안 되며, 어쨌든 하느님이 이룩해놓으신 영
구한 질서에 박차를 가한다는 건 이단으로 이끌어 가는 것입니다.
그러나 적어도 이 예는 나름대로 교훈을 지니고 있습니다. 우리의
더욱 총명한 정신에 비추어서, 모든 고민 속에 가로놓인 저 영생의
황홀한 빛을 보여주는 가치만은 인정해야 합니다. 그 빛은 해방으로
가는 황혼의 길을 비춰주고 있습니다. 그것은 조금도 실수 없게 악
을 선으로 이끄시는 성스러운 뜻을 말해주는 것입니다. 오늘날도 아
직 죽음과 고뇌와 아우성의 진행을 통해서 그 빛은 우리를 본질적인
정적으로 이끌어 가며, 모든 생활의 원칙으로 이끌어 가고 있습니
다. 여러분, 이것이야말로 광대무변한 위안입니다. 나는 이 위안을
여러분에게 가져다 주고 싶습니다. 여러분이 이 자리에서 응징의 언
사를 듣고 가시는 데 그치지 않고 여러분을 진정시키는 '말씀'도 잘

듣고 가주시기 바랍니다."

파늘루 신부의 말은 끝난 것 같았다. 밖에는 비가 멎었다. 물과 햇빛이 뒤섞인 하늘은 한결 더 싱싱한 빛을 광장에다 쏟고 있었다. 거리에서 사람들의 말소리와 차 지나가는 소리와 깨어난 도시의 온갖 기척이 들려왔다. 청중은 소리를 죽이고 자리를 뜨기 위해 조심스럽게 소지품을 챙기고 있었다. 그러나 신부는 말을 다시 이으면서 페스트가 본래 신에게서 온 것이라는 점과 그 재화의 징벌적인 성격을 밝힌 이상 자기로서 할 말은 끝났으며, 그처럼 비극적인 주제를 다루면서 장소에 어울리지도 않는 웅변으로 끝을 맺고 싶지는 않다고 말했다. 그가 보기에는 모든 일이 청중 전체에게 명백해진 것 같았다. 다만 그는 마르세유에 대대적으로 페스트가 유행했을 때 그 기록자인 마티외 마레가 구원도 희망도 없이 사는 것은 지옥에 빠진 것이나 마찬가지라고 한탄했던 사실만을 언급했다. 아니! 마티외 마레도 장님이었단 말이다! 그렇기는커녕 파늘루 신부는 단 한 번도 오늘날처럼 만인에게 베풀어진 하느님의 구원과 기독교적 희망을 느껴본 일이 없었는데 말이다. 그는 우리 시민들이 매일같이 겪고 있는 참상과 죽어가는 사람들의 아우성 속에서도 그리스도의 말이요 또한 사랑의 말인 유일한 말을 하늘을 향해 외치기를 그 어떤 희망보다도 더 원하고 있었다. 그 나머지 일은 하느님이 하시리라는 것이었다.

*

그 설교가 우리 시민들에게 어떤 영향을 끼쳤는지 단언하기는 어렵다. 예심판사인 오통 씨는 의사 리외에게 자신은 파늘루 신부의

111

논조를 '절대로 반박할 수 없는' 것으로 생각한다고 단언했다. 그러나 모든 사람이 그렇게 명백한 의견을 가지고 있는 것은 아니었다. 다만 그 설교는 그때까지 막연했던 어떤 생각, 즉 자기들은 미지의 어떤 죄악 때문에 상상도 할 수 없는 감금 상태의 선고를 받았다는 생각을 절실히 느끼게 했다. 그리고 그대로 자기네들의 보잘것없는 생활을 계속해가며 그 유폐 생활에 적응하고 있는 사람들이 있는 반면에, 어떤 사람들은 오로지 그때부터 그 감옥에서 탈출하겠다는 생각뿐이었다.

사람들은 처음에는 외부로부터 차단당하는 것을 그저 자기네들의 몇몇 가지 습관을 깨뜨리는 정도의 임시적인 불편을 받아들이는 것쯤으로 알고 감수했다. 그러나 돌연 여름의 푹푹 찌는 하늘에 덮여서 일종의 격리 상태를 의식하게 되자, 그들은 막연하게나마 그 징역살이가 자기네들의 생활 전체를 위협하고 있다는 것을 느끼게 되었으며, 저녁때가 되면 냉기와 더불어 되살아나는 정력이 그들을 간혹 절망적인 행동으로 몰아넣었다.

무엇보다도 먼저, 그리고 그것이 우연의 일치였건 아니었건 간에 그 일요일부터 우리 시에는 제법 전반적이고도 제법 심각한 일종의 공포가 생겨, 혹시나 우리 시민들이 진실로 자기네들의 처지를 의식하기 시작한 것이 아닌가 하는 생각이 들 정도였다. 그런 점에서 보면, 우리 시의 분위기가 약간 변화하기는 했다. 그러나 사실 그 변화가 분위기에서 온 것인지 사람들의 마음속에서 온 것인지, 바로 그것이 문제였다.

설교가 있은 지 불과 며칠 후에 교외 쪽으로 가면서 그랑과 함께 그 일에 대해서 논평을 주고받던 리외는, 어둠 속의 그네들 앞에서 제자리걸음만 하며 건들거리고 있는 어떤 남자와 마주쳤다. 바로 그

때 날이 갈수록 점점 늦게 켜지게 된 우리 시의 가로등이 갑자기 환해졌다. 거닐고 있는 사람들 뒤에 높이 달린 전등이 눈을 감고 소리 없이 웃고 있는 한 남자를 갑작스레 비추어주었다. 말 없는 홍소(哄笑)로 일그러진 그 허여멀건 얼굴에는 굵은 땀방울이 흐르고 있었다. 그들은 지나쳤다.

"미친 사람이죠." 그랑이 말했다.

리외는 그랑을 끌고 가려고 그의 팔을 잡았는데, 그가 히스테릭하게 떨고 있는 것을 느꼈다.

"이제 머지않아 우리 마을에는 미친 사람밖에는 안 보이게 될 거예요."라고 리외가 말했다.

피곤한 탓도 있어서 그는 목이 말랐다.

"뭘 좀 마십시다."

그들이 들어간 조그마한 카페에는 카운터 뒤에 켜놓은 전등 하나만이 실내를 밝히고 있었는데, 그곳에서 사람들은 이렇다 할 이유도 없이 불그스름하고 답답한 분위기에 잠겨 나지막한 목소리로 이야기를 나누고 있었다. 카운터에 자리를 잡자 그랑은 놀랍게도 술을 한잔 청해서 단숨에 마셔버리고는 자신은 술이 꽤 세다고 말했다.

밖으로 나왔을 때 리외에게는 밤이 신음 소리로 가득 차 있는 듯싶었다. 가로등 위 어두컴컴한 하늘 어딘가에서 들리는 휘파람 소리는 보이지 않는 재앙이 더운 공기를 지칠 줄 모르고 휘젓고 있다는 생각을 불러일으켰다.

"다행이지, 다행이야." 그랑이 말했다.

리외는 그게 무슨 뜻인지 속으로 생각하고 있었다.

"다행히도," 하고 그랑은 말했다. "나는 할 일이 있죠."

"그래요?" 리외가 말했다. "천만다행입니다."

그러고는 그 휘파람 소리를 떨쳐버리고, 그는 그랑에게 그 일에 만족을 느끼고 있느냐고 물어보았다.

"글쎄요, 잘되고 있는 것 같습니다."

"앞으로 한참 걸리나요?"

그랑은 생기가 도는 듯 알코올의 뜨거운 냄새가 목소리에 섞여 나왔다.

"모르겠습니다. 그러나 문제는 그게 아니죠, 선생님. 거기에 문제가 있는 건 절대로 아닙니다."

어둠 속에서 리외는 그가 두 팔을 휘두르고 있는 것을 보았다. 그랑은 무슨 할 말을 준비하고 있는 듯이 보이더니, 별안간 술술 풀어놓았다.

"내가 원하는 것은 말이죠, 선생님, 원고가 출판사로 넘어가는 날, 그 출판업자가 그것을 읽고 나서 일어서며 사원들에게 '여러분, 모자를 벗으시오!'라고 말하는 겁니다."

그런 난데없는 선언에 리외는 깜짝 놀랐다. 그랑은 모자를 벗는 시늉을 하는 듯 한 손을 머리로 가져갔다가 팔을 수평으로 뻗었다. 저 높은 곳에서 그 야릇한 휘파람 소리가 더 크게 들리는 것 같았다.

"그럼요." 그랑이 말했다. "작품이 완전무결해야 합니다."

비록 문단의 관례에 관해서는 거의 아는 바가 없지만, 그래도 리외가 생각하기에 일이 뭐 그렇게 간단하게 되어갈 것 같지는 않았고, 예를 들어서 출판업자들도 사무실에서는 모자를 쓰고 있을 것 같지 않았다. 그러나 알 수 없는 일이었다. 그래서 리외는 입을 다물었다. 그는 본의 아니게 페스트의 신비한 소리에 귀를 기울이고 있었다. 그랑이 사는 동네가 가까워지고 있었는데, 그 지대는 좀 높았기 때문에 가벼운 산들바람이 그네들을 선선하게 해주었을 뿐만 아니라 시내의 온갖 소음도 날려버리고 있었다. 그래도 여전히 그랑은 말을 계속했지만, 리외는 그 호인의 말을 낱낱이 알아들을 수가 없었다. 그는 단지 문제의 작품은 이미 많은 분량에 달하고 있으며, 그것을 완전한 것으로 만들기 위한 저자의 노고는 몹시 괴로운 것이었다는 사실만을 알 수 있었다. "며칠 밤, 몇 주일을 꼬박 말 한 마디 때문에…… 그리고 때로는 단순한 접속사 하나 때문에," 그랑은 거기서 말을 멈추고 의사의 외투 단추를 잡았다. 말이 떠듬떠듬 그 고르지 못한 잇새로 새어 나왔다.

"글쎄, 생각 좀 해보세요, 선생님. 엄밀하게 말해서 '그러나'와 '그리고' 중 어느 쪽을 택하느냐는 퍽 쉬운 편입니다. 그런데 '그리고'와 '그다음에'에서 어느 것을 택하느냐가 되면 벌써 문제는 까다롭지요. '그다음에'와 '이어서'가 되면 더 곤란해집니다. 그러나 분명히 가장 곤란한 것은 '그리고'를 쓸 필요가 있느냐를 결정하는 일이죠."

"그렇군요. 알겠어요"라고 리외가 말했다.

그리고 그는 다시 걷기 시작했다. 그랑은 당황한 것 같았고, 다시 본래의 자기로 돌아갔다.

"용서하십시오" 하고 그는 빠른 어조로 말했다. "오늘 저녁에 어떻게 된 영문인지 나도 모르겠네요!"

리외는 그의 어깨를 가볍게 토닥이며 자기는 그를 도와주고 싶으며, 그의 이야기가 매우 재미있다고 말했다. 그랑은 기분이 좀 명랑해진 모양으로 집 앞에 왔을 때 약간 망설이다가, 좀 들렀다 가면 어떻겠느냐고 의사에게 말했다. 리외는 그러기로 했다.

식당에 들어간 그랑은 현미경으로나 알아볼 수 있는 글자로 지운 자국투성이의 종이들이 잔뜩 놓인 탁자 앞에 리외를 앉게 했다.

"네, 바로 이것이죠." 그랑은 의아한 듯이 자기를 쳐다보는 리외에게 이렇게 말했다. "그런데 뭘 좀 마실까요? 술이 좀 있는데요."

리외는 거절했다. 그는 종잇장들을 바라보고 있었다.

"보지 마세요." 그랑이 말했다. "이건 첫 구절이에요. 꽤 애먹었습니다. 이만저만 고생한 게 아니에요."

그랑도 역시 그 종잇장들을 바라보고 있었는데, 그의 손은 거역할 수 없는 힘에 이끌리듯 그중 한 장을 집어 들고 갓도 안 씌운 전등 앞에 대고 비춰 보았다. 종이가 그의 손에서 떨리고 있었다. 리외는 그 서기의 이마가 땀으로 촉촉한 것을 보았다.

"앉으시죠." 그가 말했다. "좀 읽어주시겠어요?"

그랑은 리외를 보더니 일종의 감사의 웃음을 지었다.

"네." 그가 말했다. "나도 그러고 싶군요."

그는 여전히 그 종잇장을 바라보면서 잠시 망설이다가 앉았다. 그와 동시에 리외는 일종의 윙윙거리는 소리를 들었다. 그 소리는 이 도시가 그 재화에 대답하는 소리 같았다. 그는 바로 그 순간에 발밑에 전개되고 있는 그 도시와, 그 도시가 형성하고 있는 폐쇄된 세계와, 그리고 그 도시가 어둠 속에서 질식시키고 있는 무시무시한 아우성 소리를 무척이나 날카롭게 지각하고 있었다. 그랑의 목소리가 무디게 들려왔다. "5월 어느 아름다운 아침에 어느 우아한 여인이 훌륭한 밤색 암말을 타고 불로뉴 숲의 꽃이 만발한 오솔길을 달리고 있었다." 다시 조용해졌다. 그러자 고민하는 도시의 분명치 않은 소리가 또 들려왔다. 그랑은 종잇장을 내려놓고 그것을 들여다보고 있었다. 잠시 후 그는 눈을 치떴다.

"어떻게 생각하세요?"

리외는 처음 부분을 듣고 보니 다음이 어떻게 되나 궁금증이 난다고 대답했다. 그러나 그랑은 신바람이 나서, 그것은 잘못 본 것이라고 말했다. 그는 손바닥으로 원고를 철썩 쳤다.

"이것은 대충 해둔 겁니다. 내가 상상하고 있는 장면을 완전한 것으로 만드는 데 성공하고, 나의 문장이 하나 둘 셋, 하나 둘 셋 하는 보조와 딱 들어맞는 문장이 되는 날에는 보다 알기 쉬워질 겁니다. 특히 처음부터 떠오르는 환상이 이 정도이니 만큼 아마도 '모자 벗어!' 소리가 나올 수 있을 겁니다."

그러나 그렇게 되기까지는 아직도 할 일이 많다고 했다. 그 문장을 지금 그대로 내놓을 생각은 전혀 없다고 했다. 왜냐하면 때로는 그 문장이 만족하게 여겨지기도 하지만 그것이 아직도 사실과 완전히 일치되지 않는다는 것을 알고 있으며, 또 어떤 의미에서는 필치의 안이함이 있기에 아주 두드러지게 나타나지는 않지만 역시 상투적인 문장에 가깝게 하고 있는 것도 사실이기 때문이다. 어쨌든 이상이 그랑이 말한 내용이었는데, 그때 창 밑에서 사람들이 뛰어가는 소리가 들려왔다. 리외는 일어섰다.

"어떤 것을 만드는지 두고 보세요." 그랑이 말했다. 그리고 창문 쪽으로 몸을 돌리고 덧붙였다. "이런 일이 다 가라앉을 때쯤 해서 말이에요."

그러나 급히 뛰어가는 요란한 소리가 다시 들려왔다. 리외는 벌써 계단을 내려왔는데, 그가 거리에 나섰을 때 두 사나이가 그의 앞을 지나갔다. 분명히 그들은 시의 출입문을 향해서 걸어가고 있었다. 시민들 가운데 어떤 사람들은 사실 더위와 페스트의 도가니에서 이성을 잃고 어느 틈에 폭력으로 흘러서, 관문(關門) 감시의 눈을 속이고 시외로 도망을 쳐보려고 애썼던 것이다.

*

　랑베르와 마찬가지로 다른 사람들도 역시 표면화되어가는 낭패의 분위기에서 벗어나려고 — 반드시 더 좋은 성과를 거둔 것은 아니었지만 — 훨씬 더 끈기 있고 교묘하게 노력하고 있었다. 처음에 랑베르는 합법적인 공작을 진행시켰다. 그의 말에 의하면, 그는 언제나 끈기가 결국 모든 것을 이겨낸다고 생각하고 있었으며, 또 어떤 관점에서는 꾀를 짜내야 하는 것이 그의 직업이기도 했다. 그래서 그는 수많은 관리와 인사들을 찾아가보았는데, 그들 모두 여느 때는 두말할 나위도 없이 유능한 사람들이었다. 그러나 그 문제에 관한 한 그 능력도 그들에게는 아무 쓸모가 없었다. 대개가 그들은 은행이라든가 수출이라든가, 또는 아그륨〔오렌지, 시트롱, 귤 같은 과실의 총칭〕이나 포도주의 거래라든가 하는 데 관해서는 아주 정확하고도 분명하게 구분된 생각을 가지고 있는 사람들이었다. 소송이나 보험에 관한 문제에서는 확실한 증명서나 뚜렷한 선의(善意)를 가졌음은 물론 해박한 지식까지 갖춘 사람들이었다. 그러나 페스트 문제에 있어 그들의 지식은 거의 쓸모가 없었다.

　그런데도 랑베르는 기회 있을 때마다 그들 한 사람 한 사람 앞에서 자기의 사정을 하소연해 보였다. 그의 주장의 결론은 여전히 자기는 우리의 도시와 무관한 사람이며, 따라서 자기의 경우는 특별한 검토가 있어야 한다고 했다. 대체로 그 신문기자가 만나본 사람들은 꽤히 그 점을 인정해주었다. 그러나 그들은 그의 경우가 몇몇 사람들의 처지와 같은 성질의 것이며, 그가 상상하고 있는 것처럼 그렇게 특수한 사정은 못 된다는 견해를 피력하기 일쑤였다. 거기에 대해서 랑베르는 그것이 자기 주장의 근본을 조금도 변화시킬 수는 없다고 대답했다. 사람들은 그에게, 그렇게 되면 만난을 무릅쓰고라도 특전을 배격함으로써 혹 본래 몹시 꺼리는 이른바 전례라는 것이 생길 위험성을 피하고 있는 행정상의 난점에 모종의 변화를 일으킬 수 있다고 대답했다. 랑베르가 의사 리외에게 제시한 분류에 따르면, 그러한 종류의 이론을 가진 사람들이 형식주의자의 카테고리를 만들고 있다는 것이다.

그런 사람들이 있는가 하면 한편으로는 말 잘하는 사람들이 있어서, 청원자인 랑베르에게 도시의 이런 상태는 오래갈 수 없는 일이라고 안심을 시켜놓고, 가부간 결정을 지어달라고 하면 문제가 다만 일시적인 괴로움에 불과한 것이라고 결정을 내려버림으로써 랑베르를 위로하려 들었다. 또 개중에는 도도한 사람들도 있어서, 찾아가면 사정의 요점을 적어놓고 가라고 말하면서 그런 사정에 대해서 규정을 만들어보겠노라고 통고하곤 했다. 시시한 친구들은 숙박권을 내주겠다는 둥 값이 싼 하숙집 주소를 대주겠다는 둥 하는 말을 하곤 했다. 차근차근한 성격의 사람들은 카드에 기입해 잘 분류해두었고, 일에 몰려 있는 사람들은 두 손을 들었으며, 귀찮아하는 사람들은 외면을 했다. 끝으로 가장 수가 많은 전통주의자들은 랑베르에게 다른 기관을 일러주기도 하고, 또는 다른 행동을 취해보라고 권유하기도 했다.

이처럼 그 신문기자는 방문하는 데 지쳐 기진맥진했다. 그는 면세 국채 신청이나 식민지 군대의 모집 광고판 앞의 인조 가죽 걸상에 앉아 기다리기도 하고, 사무원들이 기껏해야 문서 정리함이나 서류함만큼이나 건성으로 대해주는 사무실들을 드나들다 보니, 시청이니 현청이니 하는 데가 어떤 곳이라는 하나의 정확한 관념을 얻게 되었다. 이득이라곤, 랑베르가 입맛이 쓴 모양으로 리외에게 말했듯이, 그리고 다니는 통에 진실한 사태를 통찰하지 못했다고 했다. 페스트의 진전 따위는 실상 그의 머리에 전혀 없었다. 세월이 빨리 지나가는 것은 고사하고라도, 시 전체가 당하고 있는 그 상황에서는 하루하루 날이 지나갈 때마다 만약 우리가 죽지만 않는다면 시련의 종말에 그만큼 가까워지는 것이라고 할 수 있다. 리외도 그 점은 사실임을 인정하지 않을 수 없었지만, 역시 그것은 약간 지나친 일반론이라고 생각지 않을 수 없었다.

언제인가 랑베르는 희망을 품은 적이 있다. 현청에서 기입되지 않은 신원 조회 서류를 보내오더니, 그것을 정확하게 기입해 내라고 했다. 서류는 신분, 가족 상황, 과거와 현재의 수입, 그리고 이력에 관한 항목으로 분류되어 있었다. 그는 그것이 원주거지로 송환될 사람들을 대상으로 한 조사라는 인상을 받았다. 어떤 기관에서 들은 — 막연하기는 하지만 — 정보에 의해 그것이 더 확실해졌다. 그러나 몇 가지 자세한 탐문 끝에 서류를 보내온 기관을 찾아내는 데 성공을 했는데, 거기서는 그 조사가 만일의 경우를 위해서 진행한 것이라고 이야기했다.

"어떤 만일의 경우입니까?" 랑베르가 물었다.

그랬더니 그것은 만약 그가 페스트에 걸려 사망하는 경우 한편으로는 가족에게 통지할 수 있도록 하기 위해서이고, 또 한편으로는 병원의 비용을 시의 예산에 책정할지, 아니면 그의 친척들의 부담을 기대해도 좋은지를 알기 위해서라고 했다. 분명히 그것은 자기를 기다리고 있는 그 사람과 완전히 절연된 상태는 아니고, 사회가 그들 일을 걱정해주고 있다는 사실을 증명하고 있었다. 그러나 그런 것이 위안은 될 수 없었다. 보다 주목할 만한 것은, 그리고 결국 랑베르도 주목하게 된 것은 바로 재화의 도가니에서도 어떤 기관이 여전히 그 사무를 보고 있으며, 또 그것이 사무를 위해서 설치된 기관이라는 그 이유만으로 종종 최고 당국에서도 알지 못하는 동안에 다시 다른 시기에 대한 자발적 방책을 세워간다는 그 움직임이었다.

그 이후의 시기는 랑베르에게 가장 안이하기도 하고 동시에 가장 곤란하기도 한 기간이었다. 그것은 마비된 기간이었다. 그는 모든 기관을 찾아다니며 별의별 교섭을 다 해보았지만 헤어날 길이 당분 간은 막힌 상태였다. 그래서 할 수 없이 이 카페에서 저 카페로 헤매고 다녔다. 아침에는 미지근한 맥주 한 잔을 앞에 두고 어느 테라스에 앉아서 병이 가까운 시일 내에 끝나리라는 무슨 징조라도 찾아볼까 하는 희망으로 신문을 읽었고, 길 가는 사람들의 얼굴을 들여다보다가 그 서글픈 표정에 그만 눈을 돌려 이미 백 번이나 읽은 맞은편 여러 가게의 간판이니 이제는 어디에 가도 마실 수 없게 되어버린 이름난 아페리티프 광고 따위를 읽은 다음에, 몸을 일으켜서 시내의 누런 거리거리를 발길 닿는 대로 걸어 다녔다. 쓸쓸한 산책을 하다 카페로, 거기에서 다시 식당으로 옮겨 다니다 보면 저녁때가 되곤 했다. 어느 날 저녁 리외는 어느 카페의 문 앞에서 랑베르가 들어갈까 말까 망설이고 있는 것을 보았다. 그는 결심을 한 모양으로 가게의 맨 안쪽에 가서 앉았다. 그때는 바로 상부의 명령으로 전등을 가능한 한 늦게까지 켜지 않고 견디고 있는 시각이었다. 황혼은 마치 회색 물결처럼 방 안으로 침노하고 있었고, 황혼의 장밋빛은 유리창에 반사되고 있었으며, 식탁의 대리석은 스며드는 어둠 속에서 무기력하게 반짝이고 있었다. 랑베르는 쓸쓸한 실내 한가운데서 짝을 잃은 유령처럼 보였다. 그래서 리외는 지금이 바로 그의 체념의 시간이라고 생각했다. 그러나 그것은 이 도시에 감금된 모든 포로가 허탈감을 느끼는 순간이기도 했으므로 그 해방을 재촉하기 위해서는 무슨 일인가 해야만 했다. 리외는 돌아섰다.

랑베르는 또한 정거장에서 오랫동안 시간을 보내곤 했다. 플랫폼 접근은 금지되어 있었다. 그러나 밖으로 나 있는 대합실 문은 열려 있고 그늘지고 선선한 탓으로, 몹시 더운 날이면 때로 거지들이 몰려들었다. 랑베르는 거기에 가서 옛날 시간표라든지 가래침을 뱉지 말라는 푯말이라든지 열차 내의 공안 규칙 따위를 읽어보곤 했다. 그러다가 그는 한 모퉁이에 자리 잡고 앉는다. 실내는 어둠침침했다. 낡은 무쇠 난로 하나가 구식 살수기 모양의 팔각 울타리 안에 벌써 몇 달째 싸늘하게 놓여 있었다. 벽에는 서너 장의 광고가 방돌이나 칸에서의 즐거운 생활을 선전하고 있었다. 여기서 랑베르는 곤궁의 바닥에서 볼 수 있는 일종의 참혹한 자유의 감촉을 느끼곤 했다. 당시 그로서 가장 견디기 힘들었던 이미지의 하나는, 적어도 리외에게 그가 말한 바에 따르면, 파리의 그것이었다. 낡은 석조 건물들과 물의 풍경, 팔레 루아얄의 비둘기들, 북역(北驛), 팡테옹 근처의 쓸쓸한 구역, 그리고 자기가 그렇게까지 사랑하는 줄 몰랐던 그 도시의 몇몇 장소가 랑베르를 붙들고 늘어져서 어쩔 줄 모르게 했다. 리외는 그가 그런 이미지를 그의 사랑의 이미지와 동일시하고 있다고만 생각했다. 그리고 랑베르가 자기는 새벽 4시에 일어나서 자기의 도시에 대해 생각하기를 좋아한다고 리외에게 말한 날, 의사는 이내 그가 두고 온 여자를 생각하기를 좋아하는 것이라고 자기 경험에 비추어서 해석해버렸다. 그것은 사실 그가 그 여자를 파악하는 시간이었다. 새벽 4시에 보통 사람들은 아무 일도 하지 않으며, 비록 유익하지 못했던 밤이라 하더라도 그때는 모두가 잠들어 있는 시간이다.

그렇다, 그 시간에는 모두 잠을 잔다. 그리고 또 그 시간은 마음이 편안한 시간이다. 왜냐하면 자기가 사랑하는 사람을 그지없이 소유하고 싶다거나 또는 완전히 독점하기 위해서는 다시 만나는 날까지 사랑하는 사람을 결코 깨어나지 않을 꿈도 없는 깊은 잠 속에 빠뜨려두고 싶은 것이 애처로운 애정의 거창한 욕망이기 때문이다.

*

설교가 있은 지 얼마 안 되어 더위가 시작되었다. 6월 말이 되었던 것이다. 그 설교가 있던 날을 인상 깊게 만들어주었던 철 늦은 비가 내린 다음 날, 여름이 대번에 하늘과 집 위에 퍼졌다. 먼저 뜨거운 강풍이 일더니 하루 종일 불어 벽들을 모조리 말려놓았다. 날씨는 안정되었다. 더위와 햇빛의 끊임없는 물결이 하루 종일 시가에 넘쳐흘렀다. 아케이드가 있는 거리와 아파트를 제외하고는 눈부신 반사 속에 있지 않은 곳이란 하나도 없었다. 태양은 우리 시민들을 거리 구석구석까지 뒤쫓아 멈추어 서기만 하면 내리쬐었다. 그 첫더위가 매주 7백에 가까운 숫자를 보여준 희생자 수의 쏜살같은 상승과 일치했기 때문에 일종의 절망감이 우리 시를 휘어잡았다. 교외의 평탄한 거리거리와 테라스가 있는 집들 사이에서도 활기가 사라졌고, 주민들이 항상 문전에 나와서 사는 그런 동네에서는 문이란 문은 모두 닫히고 덧문들이 첩첩이 잠겨 있었는데 햇빛을 막으려는 건지 아니면 페스트를 막으려는 건지 알 수가 없었다. 그래도 몇몇 집에서는 신음 소리가 새어 나왔다. 그전에는 그런 일이 생기면 호기심 많은 사람들이 거리에 나와 서서 귀 기울이는 모습이 흔히 눈에 띄었다. 그러나 그렇게 오랜 시일을 두고 시달리다 보니 사람마다 심장이 굳어버린 듯했으며, 모두가 그런 것은 마치 인간의 선천적인 언어라도 되는 양 그 곁을 걸어 다니고 그 곁에서 살고 있었다.

시의 출입문에서 일어난 소동은, 그 소동에 헌병들이 무기를 사용해야만 했었는데, 어딘지 어수선한 동요를 자아냈다. 확실히 부상자도 있었다. 그러나 시내에서는 사망자가 났다는 말이 떠돌았으며, 더위와 공포로 모든 것이 과장되었다. 어쨌든 시민의 불만이 커가고 있었기에 당국에서도 최악의 경우를 두려워했으며, 시민들이 그 재화 밑에서 억눌려 있다가 반항으로 치닫게 될 경우에 취할 조치를 신중하게 강구했던 것은 사실이다. 신문에서는 외출을 금지하는 포고문이 거듭 발표되었고, 위반자는 엄벌에 처한다는 위협을 하고 있었다. 순찰대가 시내를 돌고 있었다. 쓸쓸하고 확확 달아오르는 거리에서, 포장도로 위에 울리는 말발굽 소리를 앞세우고 기마 순찰대가 닫힌 창문들이 늘어선 사이로 오는 것을 볼 수 있었다. 순찰대가 지나가고 나면 무거운 불신의 침묵이 시가지를 다시 내리눌렀다. 간혹 최근에 내려진 명령에 따라 벼룩을 전파시킬 위험성이 있는 개와 고양이를 쏘아 죽이는 특별 임무를 맡은 부대의 발포 소리가 들려오곤 했다. 그 메마른 포성은 시내의 긴장된 분위기를 조성하는 데 효과가 있었다.

더위와 침묵 가운데 시민들의 겁먹은 마음에는 모든 것이 더욱 심각하게만 생각되었다. 계절의 변화를 알리는 하늘의 빛깔이나 흙의 냄새가 처음으로 모든 사람에게 민감하게 느껴졌다. 모두 더위가 전염병을 더 성하게 할 것이라고 겁을 먹고 있었는데, 어느새 여름이 정말 자리 잡고 있는 것을 누구나 알 수 있었다. 저녁 하늘의 제비 울음소리도 더 높은 곳에서 가냘프게 들리게 되었다. 그것은 우리 고장에서 지평선이 멀어지는 6월 황혼과는 이미 어울리지 않는 울음소리였다. 시장의 꽃들도 활짝 피어서 봉오리 상태로는 나오지 않게 되었고, 아침에 다 팔리고 나면 그 잎들이 먼지가 켜켜이 앉은 거리에 수북이 쌓였다. 봄은 이미 시들어버렸고 가는 곳마다 잇달아 피어난 몇천 가지 꽃들 속에 기민맥진하여, 이제는 페스트와 더위라는 이중의 압력 밑에 차차로 짓눌려 오그라들는 것이 눈에 띄게 되었다. 모든 시민에게 있어서 그 여름 하늘과 먼지와 권태의 빛깔로 창백해져가던 그 거리거리는, 매일 시의 공기를 무겁게 만들고 있던 백여 구의 시체들 못지않게 무시무시한 의미를 내포하고 있었다. 줄기차게 내리쬐는 태양, 졸음과 휴가의 맛이 깃드는 그 시간시간이 이제는 전과 같이 물과 육체의 향연을 유발하지는 않았다. 반대로 그 시간들은 밀폐된 침묵의 도시에서 공허하게 울리고 있었다. 그것들은 행복한 계절들의 그 구릿빛 같은 광채를 잃어버렸다. 페스트가 스며든 태양이 모든 빛깔을 삼켜버렸으며, 온갖 기쁨을 쫓아버렸다.

그것이 그 병마가 가져온 엄청난 변혁 가운데 하나였다. 모든 시민은 여느 때면 즐거운 기분으로 여름을 맞이했던 것이다. 그 무렵이면 시의 문이 바다를 향해서 열리고 시의 젊은이들을 해변으로 쏟아놓았다. 그와 반대로 이번 여름에는 가까운 바다가 막히고, 육체는 이미 그 기쁨을 누릴 권리가 없었다. 그러한 조건에서 어떻게 할 수 있단 말인가? 역시 타루가 그 당시 우리의 생활을 충실하게 묘사해 주고 있다. 그는 물론 전반적인 페스트 진행의 자취를 더듬으며, 그 병의 첫 고비는 라디오가 매주 몇 백 명의 사망자라는 식으로 보도하지 않고 매일 92명, 107명, 120명이라고 보도하기에 이르렀을 때를 계기로 하고 있다고 기록하고 있다. '신문과 당국은 페스트에 관해서 가장 교묘한 재주를 부리고 있다. 그들은 130이 910에 비해서 큰 수가 아니라는 점에서 페스트로부터 점수를 빼앗은 것으로 알고 있다.' 그는 또한 그 병의 비장한 또는 연극 비슷한 일면도 상기시키고 있다. 이를테면 덧문이 닫힌 인기척 없는 어떤 동네에서 갑자기 머리 위의 창문을 열어젖히고 큰 소리로 두 번 외치더니 짙은 그늘에 잠긴 방의 덧문을 다시 닫아 걸고 말았다는 어떤 여자의 이야기 같은 것이다. 그리고 또 딴 데서는 박하 정제(薄荷錠劑)가 약방에서 동이 났는데, 많은 사람들이 예측할 수 없는 감염을 예방하기 위해 그것을 빨기 때문이었다.

그는 또한 자기가 좋아하는 인물들에 대한 묘사도 계속하고 있었다. 그는 앞서 나온 고양이 장난을 하는 그 작달막한 늙은이도 역시 비극 속에 살고 있다고 이야기하고 있었다. 사실 어느 날 아침에 총소리가 몇 방 나더니, 타루가 묘사했듯이, 가래침 같은 납덩어리 총알들이 대부분의 고양이들을 죽이고 나머지 고양이들을 질겁시켜서 그 거리를 떠나게 하고 말았다. 바로 그날 그 작달막한 늙은이는 습관대로 그 시간에 발코니에 나타났는데, 적이 놀라서 몸을 굽히고 길 저 끝까지 살펴보더니 기다리기를 단념했다. 그는 손으로 발코니 난간을 두드렸다. 그는 또 기다리다가 종이 조각을 찢어 뿌렸고, 방으로 들어갔다가 다시 나왔다가는 얼마 후에 화가 나서 손을 뒤로 돌려 창문을 닫고는 들어가버리고 말았다. 그 뒤로 며칠 동안 같은 장면이 되풀이되었다. 그러나 늙은이의 표정에서는 슬픔과 혼란의 기색이 점점 뚜렷이 엿보였다. 한 주일이 지난 후, 타루는 매일처럼 나타나던 그 늙은이를 기다렸으나 허사였다. 창문들은 충분히 이해할 수 있는 슬픔 속에 굳게 닫혀 있었다. '페스트 기간 중에는 고양이에게 침을 뱉지 말 것.' 이것이 타루의 수첩에 적혀 있는 기록의 결론이었다.

한편 타루가 저녁 무렵 돌아올 때면 언제나 홀에서 왔다 갔다 거닐고 있는 야경원의 침울한 얼굴과 부딪쳤다. 그 친구는 누구에게나 닥치는 대로 자기는 이번 일을 미리 알고 있었다고 마구 지껄여댔다. 타루는 예언을 들은 바 있음을 인정하고, 그러나 그때 지진 운운하던 그의 말을 상기시키자 그 늙은 야경원은 타루에게 대답했다. "아! 차라리 지진이기나 했으면! 한번 와르르 흔들리면, 그저 말없이…… 죽은 수효와 산 수효를 헤아리면 그것으로 끝장이 나고 말죠. 그러나 이런 망할 놈의 병은 걸리지 않은 사람까지도 마음속으로는 걸려 있단 말입니다."

지배인의 걱정도 그보다 덜하지는 않았다. 처음에 도시를 떠나지 못한 여행객들은 시 폐쇄령이 내리자 호텔에 발이 묶이게 되었다. 그러나 차츰 전염병이 장기화되자 많은 사람들은 친구 집에 기숙하는 편이 낫다고 생각하게 되었다. 그래서 호텔의 모든 방을 가득 차게 했던 바로 그 이유로 이제는 방들이 텅텅 비게 되었던 것이다. 왜냐하면 우리의 도시에는 새 여행자라고는 더는 오지 않았기 때문이다. 타루는 계속해서 남아 있는 몇 안 되는 숙박객 가운데 한 사람이었는데, 지배인은 틈만 나면 자기에게 최후의 손님까지 기분 좋게 대접할 욕심만 없었던들 벌써 오래전에 호텔 문을 닫았을 것이라는 말을 번번이 늘어놓았다. 그는 자주 타루에게 그 병이 얼마나 계속될지 어림쳐달라고 청하곤 했다. "듣기에는," 타루는 이렇게 지적했다. "이런 종류의 병은 추위와는 상극이랍니다." 지배인은 미칠 지경이었다. "아니, 여기서는 실지로 추위라는 것이 없는데요, 선생님. 어쨌든 아직 몇 달 더 있어야겠군요." 그는 또한 한동안 여행자가 이 시에는 발을 들여놓지 않으리라고 굳게 믿고 있었다. 그놈의 페스트가 관광을 망쳐놓은 것이다.

얼마 동안 안 보이던 부엉이 신사 오통 씨가 식당에 나타났다. 그
러나 이번에는 유식한 개 같은 그 두 아이들만 데리고 왔다. 정보에
의하면, 아내는 친정어머니를 간호했고, 다음에는 그 장례식에 참여
하고 나서 지금은 격리 기간에 들어갔다는 것이다.

"마땅찮습니다." 이렇게 지배인은 타루에게 말했다. "격리 기간
이건 아니건, 그 여자는 전부터 병에 걸리지 않았나 의심이 갑니다.
결국 저 사람들 모두가 못 미더워요."

타루는 그에게 그런 의미에서 모든 사람이 못 미덥다는 것을 알
리려고 했다. 그러나 지배인은 그 점에 대해서는 아주 확고한 견해
를 가지고 있었다.

"아닙니다, 선생님. 선생님이나 나는 못 미더울 데가 없지만, 그
네들은 그렇거든요."

그러나 오통 씨는 그렇다고 해서 별로 달라지지도 않았다. 이번
페스트도 그에게는 헛수고였다. 그는 여전한 태도로 식당 안에 들어
와서 애들을 앞에 앉히고 자기도 앉아서, 여전히 점잖고 꾸짖는 언
사로 그 애들을 다스렸다. 다만 어린 아들만은 외모가 달라져 있었
다. 제 누이처럼 검은 옷을 입고 등을 구부리고 있는 모양이 마치 자
기 아버지의 작은 그림자처럼 보였다. 오통 씨를 좋아하지 않는 야
경원이 타루에게 이렇게 말한 일이 있었다.

"허! 저 사람은 옷을 입은 채 거꾸러질 거예요. 그러면 옷을 갈아
입힐 필요도 없죠. 곧장 가면 되니까요."

파늘루 신부의 설교에 관한 이야기도 적혀 있었는데, 다만 이러
한 주가 달려 있었다. '나는 그 측은한 열정을 이해한다. 재화의 시
초와 그 끝에 사람들은 으레 다소의 수사(修辭)를 가하는 법이다. 첫
번째 경우에는 습관이 아직 상실되지 않았고, 두 번째 경우에는 습

관이 이미 회복되어 있다. 불행의 순간에서야 비로소 사람들은 진실에, 즉 침묵에 익숙해질 따름이다. 기다려보자.'

끝으로 타루는 의사 리외와 긴 대화를 했다고 적어놓고, 거기에 대해서 그는 다만 그 대화가 좋은 결과를 가져왔다고만 썼을 뿐이며, 덧붙여 리외의 어머니의 맑은 밤색 눈을 언급하면서 그처럼 착한 마음이 드러나는 눈초리는 언제나 페스트를 이겨내리라는 묘한 단안을 내린 다음, 마지막으로 리외가 돌보고 있는 해수병쟁이 노인에 대해서 상당히 긴 구절을 할애하고 있었다.

그는 의사와 환담을 나눈 뒤에 함께 그 노인을 보러 갔었다. 노인은 비웃는 태도로 두 손을 비비면서 타루를 맞았다. 그는 완두콩을 담은 냄비 둘을 밑에 놓고, 베개에 기댄 채 침대 위에 앉아 있었다.

"아! 또 한 분이 오셨군요." 타루를 보더니 노인은 그렇게 말했다. "세상이 거꾸로 됐소. 환자보다도 의사가 더 많다니. 빨리들 죽어가는군요, 그렇죠? 신부 말이 옳아요. 다 그래도 싸지요." 그다음 날 타루는 아무런 예고도 없이 다시 찾아갔다.

그의 기록을 믿는다면, 그 해수병쟁이 노인은 잡화상이었는데 쉰 살에 그 장사도 집어치운 것이라고 판단했나. 그내 눕게 된 후로 나시는 일어나지 못했다. 그의 해수병은 그래도 그럭저럭 견딜 수 있는 것이었다. 소액의 연금 덕분으로 일흔다섯이 되는 오늘날까지 거뜬하게 살아왔던 것이다. 그는 시계만 보면 못 참는 성격이었다. 그래서 사실 집 안을 뒤져보아도 시계라고는 하나도 없었다. "시계는," 이렇게 그는 말했다. "비싸기만 하고 어리석은 물건이죠." 그는 시간을, 특히 그가 유일하게 중요시하는 식사 시간을, 눈을 떴을 때 그중 하나는 완두콩이 가득 차 있는 두 개의 냄비로 짐작했다. 그는 언제나 변함없이 열심히 규칙적으로 콩을 하나씩 하나씩 딴 냄비에 옮겨 담는다. 이렇게 해서 그는 냄비로 측정되는 하루 속에서 자기의 지표를 찾는 것이었다. "냄비를 열다섯 번 채울 때마다," 그는 말했다. "한 끼를 먹어야 하죠. 아주 간단합니다."

그런데 그의 마누라의 말을 믿는다면, 그는 아주 젊어서부터 그러한 천부의 소질을 보였다고 한다. 사실 그의 흥미를 끄는 것은 아무것도 없었다. 일도, 친구도, 카페도, 음악도, 계집도, 산책도 다 그랬다. 결코 자기가 사는 도시에서 밖으로 나가본 일이 없었다. 다만 어느 날 집안일로 알제에 갈 일이 생겨서 오랑 바로 옆 정거장까지 갔는데, 더는 모험을 할 수가 없었다. 그래서 첫차를 타고 집으로 돌아오고 말았다는 것이다.

그는 자신의 은거 생활에 의아해하는 타루에게, 종교에 의하면 한 인간에게 있어 앞의 반생은 상승이고 뒤의 반생은 하강인데 하강기에는 인간의 하루하루가 이미 그의 것이 아니므로 언제 빼앗길지 모르는 일이고, 따라서 어쩔 도리가 없으며 그러니까 전혀 행동을 취하지 않는 것이 바로 최선의 길이라고 대강 설명했다. 또한 그는 모순을 두려워하지 않았다. 그는 조금 뒤에 타루에게 신은 확실히 존재하지 않는다면서, 그 이유는 신이 존재할 경우 신부가 필요 없으니까 그렇다고 했다. 그러나 그다음에 꺼낸 몇몇 가지 그의 생각을 듣고, 타루는 그의 철학이 그가 속해 있는 교구의 빈번한 기부금 모집에서 비롯된 그의 기분과 밀접하게 연결되어 있다는 사실을 알게 되었다. 그러나 결정적으로 그 노인이 어떤 사람인지 짐작하게 해준 것은, 그 노인이 자신의 말을 들어주는 상대 앞에서 여러 번 되풀이한 심각한 소원이었는데, 그 소원이란 바로 아주 오래 살다가 죽는 것이었다.

'그는 성자일까?' 하고 타루는 자문했다. 그러고 나서 이렇게 대

답했다. '그렇다, 성덕(聖德)이라는 것이 습관의 총체를 의미하는 것이라면 말이다.'

그러나 동시에 타루는 페스트에 휩쓸린 우리 도시의 한 날에 대해 꽤 세세한 묘사를 꾀하고 있었는데, 거기서 이번 여름 우리 시민들의 관심사와 생활에 대한 하나의 정확한 생각을 알 수가 있었다. '주정꾼들 이외에는 아무도 웃는 사람이라고는 없다'고 타루는 말했다. '그리고 그들은 너무 웃는다.' 그러고는 그날의 묘사가 시작되어 있었다.

—새벽이면 산들바람이 아직 쓸쓸한 거리를 스쳐 지나간다. 밤의 죽음과 낮의 고뇌 중간에 있는 그 시간에는 페스트도 잠시 그 노력을 멈추고 숨을 돌리는 듯싶었다. 가게란 가게는 다 문이 닫혀 있다. 그러나 그중 몇 집에는 '페스트로 인해 폐점'이라는 패가 나붙어, 딴 가게들과 달리 곧 개점하지는 않으리라는 것을 말해주고 있다. 아직은 신문팔이들이 졸고 있어서 뉴스를 외쳐대지는 않고 있지만, 그 대신 길모퉁이에 등을 기대고 몽유병자 같은 몸짓으로 자기네 신문들을 가로등 앞에 벌여놓고 있다. 그들은 이제 곧 첫 전차 소리에 잠이 깨어 거리거리로 흩어져서, '페스트'라는 글자가 커다랗게 눈에 띄는 신문들을 팔 끝에 내밀고 다닐 것이다. '페스트는 가을까지 끌 것인가? B 교수가 부정.' '사망자 124명, 페스트 발생 94일째 현재의 집계.'

—점점 심각해지는 용지난으로 몇몇 간행물들은 부득이 지면을 줄이지 않을 수 없었는데도《병역시보(病疫時報)》라는 또 하나의 신문이 창간되었다. 그 신문은 '병세의 진행 또는 그 쇠퇴에 관해 엄밀한 객관성에 유의해서 시민들에게 보도하고, 병의 진행에 대한 가장 권위 있는 증언을 제공하며, 유명과 무명을 불문하고 재액과 투쟁할

의욕을 가진 모든 사람을 지상을 통해서 격려하고, 주민의 사기를 북돋우며, 당국의 지시를 전달하는, 요컨대 우리에게 엄습한 불행과 효과적으로 싸워 나가기 위해 모든 사람의 선의를 집중시키는 것'을 그 사명으로 내세웠다. 실제로 그 신문은 얼마 안 가서 페스트 예방에 확실한 효력을 발휘하는 신약품들을 광고하는 데 그치고 말았다.

― 아침 6시경 그 모든 신문은 문이 열리기 한 시간 전부터 가게 앞에 늘어서 있는 행렬 속에서 팔리기 시작하여, 교외 방면에서 만원이 되어 들어오는 전차들 안에서 팔린다. 전차가 유일한 교통 수단이 된 탓으로, 승강구의 계단 바깥 손잡이에 이르기까지 부서질 정도로 사람을 싣고 가까스로 달리고 있다. 신기한 일은 그런 중에도 승객들은 가능한 한 상호간의 전염을 피하려고 서로 등을 돌리고 있다는 것이다. 정류장마다 전차가 남녀 승객을 무더기로 쏟아놓으면, 그들은 급히 흩어져서 저 혼자가 된다. 번번이 기분이 좀 나쁘다 해서 싸움이 벌어지곤 하는데, 그런 기분은 만성이 되고 말았다.

― 첫 전차가 지나간 후 도시는 차츰차츰 잠에서 깨어나고, 일찍이 문을 여는 맥주홀들이 '커피 매진'이니 '설탕 지참' 등의 패가 붙은 카운터 쪽이 보이도록 문을 연다. 그러다가 가게들이 열리면 거리가 활기를 띤다. 이와 동시에 태양이 솟아오르고, 더위가 차츰차츰 7월의 하늘을 뿌옇게 만든다. 그 시간이 바로 아무 할 일 없는 사람들이 한길에 나가보는 때이다. 대부분은 자기네들의 사치를 늘어놓음으로써 페스트를 털어버리는 것을 일삼고 있었다. 매일 11시경이면 중심가로 청춘 남녀들의 행렬이 밀려들어 커다란 불행의 도가니에서도 자라나는 삶에 대한 열정을 느끼게 해준다. 질병이 확대되면 도덕도 역시 허물어질 것이다. 우리는 무덤 근처에서 벌어진 그 밀라노의 사투르누스 축제를 다시 보게 될 판이다.

─정오가 되면 식당들은 눈 깜박할 사이에 만원이 된다. 이내 자리를 못 잡은 사람들이 떼를 지어서 문전에 모인다. 태양은 극도에 다다른 더위로 그 빛을 잃는다. 식사를 하려는 사람들은 햇볕으로 바짝바짝 타는 길가의 커다란 회전 차양의 그늘 속에서 차례를 기다리고 있다. 식당에 몰려드는 것은 양식 문제가 간단히 해결되기 때문이다. 그러나 식당에도 전염에 대한 불안은 여전히 남아 있다. 함께 식사하는 사람들은 각자의 식기를 끈기 있게 닦는 데 시간을 많이 소비한다. 얼마 전만 해도 몇몇 식당들은 '우리 식당에서는 식기를 끓는 물에 소독합니다'란 광고를 붙였다. 그러나 차츰 그들은 모든 광고를 중지했다. 그러지 않아도 손님들이 몰려오지 않을 수 없었기 때문이다. 게다가 손님들은 돈을 흥청망청 쓴다. 순량(純良) 또는 순량시되는 술, 가장 비싼 안주, 그렇게 시작해서 걷잡을 수 없는 경주가 벌어진다. 또 어떤 식당에서는 속이 불편해진 한 손님이 얼굴이 새파랗게 되어 일어서서 비틀거리며 급히 문 쪽으로 나간 탓으로 그곳이 발칵 뒤집힌 일도 있었던 모양이다.

─2시경이면 이 도시는 차츰 한산해진다. 그 시각이야말로 침묵과 먼지와 햇볕과 페스트가 거리에서 서로 만나는 순간이다. 잿빛의 커다란 집들을 타고 끊임없이 더위는 달음질친다. 기나긴 감금의 시간은 인구의 출입이 많아 이 도시에 벌겋게 불이 붙는 시끄러운 저녁때가 되어야 끝난다. 더위가 시작된 처음 며칠 동안은 가끔, 그리고 왠지 모르게 저녁때는 쓸쓸했었다. 그러나 이제는 선선한 기운이 돌기만 해도 희망까지는 아니더라도 일종의 안도감을 갖다 준다. 그러면 모든 사람이 거리로 나와서 지껄이기에 열중하거나 싸우거나, 혹은 정염에 불타는 눈으로 서로를 쳐다보기도 한다. 그리고 거리는 7월의 붉은 하늘 아래 쌍쌍의 남녀들과 소음으로 가득 채워져 숨 가

쁜 밤을 향해서 표류한다. 매일 저녁 한길에서는 계시를 받았다는 한 노인이 펠트 모자에 나비 넥타이를 매고 군중 틈으로 누비며 '하느님은 위대하시다. 그에게로 오라' 하고 되풀이해 외쳤으나 헛수고일 뿐이었다. 모든 사람은 그와 반대로 잘 알 수 없는 그 무엇, 아마도 신보다 더 긴요하게 여겨지는 그 무엇을 향해 발길을 재촉한다. 그들이 초기에 이번 질병도 딴 질병과 같은 것이리라고 생각했을 때는 종교도 제자리를 차지하고 있었다. 그러나 그것이 심상치 않다는 것을 알았을 때, 그들은 향락이라는 것에 생각이 미쳤던 것이다. 낮동안 사람들의 얼굴에 그려져 있던 그 모든 고뇌가 스르르 풀어져서 뜨겁고 먼지투성이인 황혼 속에서 일종의 흉포한 흥분, 모든 민중을 열로 들뜨게 하는 서투른 자유에 싸이고 만다.

— 그리고 나도 그들과 마찬가지다. 그래, 어쨌단 말이냐! 나 같은 인간에게 죽음쯤은 아무것도 아니다. 그것은 그들이 옳다는 것을 증명하는 하나의 사건에 불과하다.

*

타루가 자신의 기록에서 말하고 있는 면담은 타루 자신이 요청한 것이었다. 리외가 그를 기다리던 날 저녁, 의사는 자기 어머니가 식당 한구석 의자에 가만히 앉아 있는 것을 보았다. 그녀는 집안일을 다 끝내면 바로 거기서 해를 보냈다. 그녀는 두 손을 포개어 무릎에 얹고 기다렸다. 리외는 어머니가 자신을 기다린다는 것조차 모르고 있었다. 그러나 어쨌든 자기가 나타나면 어머니의 얼굴에 어떤 변화가 일었다. 근면한 일생이 그녀의 얼굴에 새겨놓은 침묵의 그 모든 것이 그때면 생기를 띠는 듯싶었다. 그러고는 또다시 침묵에 잠겼다. 그날 저녁 그녀는 창 너머로 이제는 쓸쓸해진 거리를 내다보고 있었다. 밤의 불빛은 3분의 2가량 줄어들어 있었다. 그래서 이따금 아주 희미한 불빛이 그 도시의 어둠 속에서 몇 가닥 빛을 반사하고 있었다.

"페스트가 기승을 부리는 동안에는 전기를 내내 제한할 모양이지?" 리외의 어머니가 말했다.

"아마 그럴 거예요."

"겨울까지 계속되지 않았으면 좋으련만. 그렇게 되면 서글프겠구나."

"그럼요." 리외가 말했다.

그는 어머니의 시선이 자기 이마에 와 닿는 것을 느꼈다. 그는 지난 며칠 동안의 불안과 과로 때문에 자기 얼굴이 여윈 것을 알고 있었다.

"일이 잘 안 됐니, 오늘은?" 리외의 어머니가 물었다.

"아! 늘 그래요."

늘 그렇다! 즉 파리에서 보내온 새 혈청이 처음 것보다 효력이 덜한 듯싶었으며, 통계 숫자가 상승하고 있었다. 예방 혈청을 이미 감염된 가족들 이외의 사람들에게 접종할 가능성은 여전히 없었다. 그 사용을 일반화하자면 대량생산이 필요했다. 멍울들은 대부분 아마 굳어지는 계절이라도 만났는지 칼로 째기가 어려웠으며, 환자들을 몹시 괴롭혔다. 그 전날 밤부터 그 병의 새로운 형을 나타내는 케이스가 두 건이나 생겼다. 이제 페스트는 폐장성(肺臟性)으로까지 확대되었던 것이다. 바로 그날 어느 회합에서 기진맥진한 의사들은 갈피를 잡지 못하고 있는 지사 앞에서, 폐장성 페스트의 입에서 입으로 옮겨지는 전염을 막기 위해 새로운 조치를 취해야 한다고 요구해 승낙을 받아냈던 것이다. 늘 그렇듯이 여전히 아무것도 알 수가 없었다.

그는 어머니를 보았다. 아름다운 밤색 눈동자가 리외의 마음속에 애정으로 가득 찼던 옛 시절을 연상시켰다.

"무서우세요, 어머니?"

"내 나이가 되면 과히 무서운 게 없단다."

"해는 길고, 저는 집에 붙어 있을 틈이 없으니 말씀이에요."

"네가 꼭 돌아올 줄 알고 있으니 기다리는 것쯤은 괜찮다. 그리고 네가 집에 없을 때, 나는 네가 무엇을 하고 있는지 생각해본단다. 네 처한테서 무슨 소식이라도 있었니?"

"네, 다 잘되고 있대요, 요전 마지막 전보를 보면요. 그러나 저를 안심시키려는 것인 줄은 알고 있어요."

초인종이 울렸다. 의사는 어머니에게 웃음을 짓고 문을 열러 갔다. 침침한 층계참에 서 있는 타루는 커다란 곰처럼 보였다. 리외는 방문객을 사무용 책상 앞에 앉혔다. 자신은 안락의자 뒤에 그냥 서 있었다. 그들은 전등이 하나밖에 안 켜진 방에서 사무용 책상 너머로 마주 보고 있었다.

"저는 선생님하고," 타루는 대뜸 이렇게 말했다. "솔직하게 이야기할 수 있을 것 같습니다."

리외는 말없이 고개를 끄덕거렸다.

"보름이나 한 달 후에 선생님은 이곳에서 아무 쓸모도 없게 되실 겁니다. 선생님은 사태에 대처하지 못하고 끌려가고 계십니다."

"사실 그렇습니다" 하고 리외가 말했다.

"보건 위생과의 조직이 잘못되어 있습니다. 선생님에겐 인력과 시간이 부족합니다."

리외는 또 한 번 그것도 사실임을 시인했다.

"나는 현에서 일반 구조 작업에 건강한 남자들을 강제로 참가시키기 위해서 일종의 민간 봉사대를 조직할 계획이라는 말을 들었습니다."

"잘 알고 계시는군요. 그러나 이미 불만이 대단해서 지사가 주저하고 있습니다."

"왜 의용대의 모집을 요청하지 않나요?"

"요청했지요. 그러나 결과가 신통치 않군요."

"사람들은 확신도 없이 당국 요로에 요청했던 것입니다. 그들에게 부족한 것은 바로 상상력입니다. 그들은 결코 재화의 척도에 보조를 맞출 줄을 몰라요. 그래서 그들이 상상해낸 치료제가 겨우 두 통 감기약 정도거든요. 만약 그들에게 맡겨두었다가는 그들 모두 결국 죽고 말 거예요. 우리도 함께 죽게 되겠죠."

"그럴지도 모르죠" 하고 리외가 말했다. "다만 말씀드려야 할 것은, 그래도 그들은 죄수들을 써볼까 하는 생각도 했습니다. 말하자면 저 험한 일 같은 데 말입니다."

"그것은 일반인이 했으면 더 좋겠는데요."

"나 역시 그렇게 생각해요. 그러나 왜 그런 것이 문제가 됐나요?"

"나는 사형선고가 두렵습니다."

리외는 타루를 보았다.

"그래서요?" 하고 그는 말했다.

"그래서 나는 자원 보건대를 조직하는 데 한 가지 안이 있습니다. 내게 그 일을 맡겨주시고, 당국은 제쳐두기로 합시다. 게다가 당국은 할 일이 태산 같습니다. 여기저기 친구들이 있으니, 우선 그들

137

이 중심이 되어주겠죠. 그리고 물론 나도 거기에 참가하겠습니다."

"잘 알았습니다." 리외가 말했다. "반갑게 받아들이겠습니다. 더구나 이런 일에는 여러 사람의 협조가 필요합니다. 그 착상을 현에서 수락하도록 책임을 지겠습니다. 게다가 도에서는 지금 찬밥 더운밥 가릴 때가 아닙니다. 그러나……."

리외는 생각을 해보았다.

"그러나 이런 일은 생명에 위협이 될지도 모릅니다. 잘 알고 계시겠지만요. 그러니 좌우간 일단 알려는 드려야지요. 잘 생각해보셨나요?"

타루는 잿빛 눈으로 그를 바라보았다.

"파늘루의 설교를 어떻게 생각하세요, 선생님?"

자연스럽게 질문이 나왔고, 리외도 자연스럽게 거기에 대답했다.

"나는 너무 병원 안에서만 살아서 단체적 처벌 같은 것은 좋아하지 않습니다. 그러나 당신도 알다시피, 기독교 신자들은 현실적으로는 절대로 그렇게 생각하지 않으면서도 가끔 그런 말을 하더군요. 보기보다는 좋은 사람들이죠."

"그래도 선생님은 파늘루 신부처럼 페스트에도 좋은 점이 있고, 그것이 사람을 각성시키고 사람으로 하여금 생각을 하게 한다고 여기고 계시겠죠."

리외는 답답해서 머리를 흔들었다.

"이 세상의 모든 병이 그렇죠. 그러나 이 세상의 모든 불행 중에서 진실인 것은 페스트에 있어서도 역시 진실입니다. 하기야 몇몇 사람을 위대하게 만드는 구실도 될 수 있을 테죠. 그러나 병이 가져오는 비참과 고통을 볼 때, 페스트에 대해서 체념한다는 것은 미친 사람이거나 눈먼 사람이거나 비겁한 사람일 수밖에 없습니다."

리외는 어조를 높였다고 할 수도 없었다. 그러나 타루는 그를 진정시키려는 듯이 손을 휘저었다. 그는 웃음을 짓고 있었다.

"좋습니다." 어깨를 으쓱하면서 리외가 말했다. "한데 내가 아까 한 말에 대해 아직 대답을 안 하셨습니다. 잘 생각해보셨나요?"

타루는 안락의자에서 좀 편안하게 고쳐 앉아, 머리를 불빛 속으로 내밀었다.

"선생님은 신을 믿으시나요?"

질문은 역시 자연스럽게 나왔다. 그러나 이번에는 리외가 좀 망설였다.

"믿지 않습니다. 그러나 그것이 무엇을 의미할까요? 나는 어둠 속에 있고, 거기서 뚜렷이 보려고 애쓴다는 뜻입니다. 그것이 특이하게 보이지 않게 된 지 벌써 오래입니다."

"그 점이 파늘루 신부와 다른 점 아닌가요?"

"그렇지 않습니다. 파늘루는 학자입니다. 그는 사람이 죽는 것을 많이 보진 못했습니다. 바로 그렇기 때문에 진리 운운하고 있는 것이죠. 그러나 아무리 시시한 시골 신부라도 자기 교구 사람들과 접촉이 잦고 임종하는 사람의 숨소리를 들어보았다면 나처럼 생각합니다. 그 병고의 의미를 밝히기 전에 우선 치료부터 할 겁니다."

리외가 일어섰다. 그의 얼굴은 그늘 속에 들어가버렸다.

"그만해둡시다" 하고 그는 말했다. "대답도 안 하려고 하시니."

타루는 자기 의자에서 움직이지도 않고 웃고 있었다.

"대답 삼아 질문이나 하나 할까요?"

이번에는 의사가 웃었다.

"신비를 좋아하시는군요." 그가 말했다. "자, 해보시죠."

"좋아요." 타루가 말했다. "선생님 자신은 신도 믿지 않으시면서 왜 그렇게까지 헌신적이십니까? 선생님의 답변이 제가 대답하는 데 도움이 될 겁니다."

의사는 그늘에서 얼굴을 내밀지도 않은 채 이미 대답을 했으며, 만약 자기가 전능의 신을 믿는다면 사람들의 병을 고치는 일을 단념하고 그런 수고는 신에게 맡겨버리겠다고 말했다. 그러나 이 세상 어느 누구도, 심지어는 신을 믿는다고 생각하고 있는 파늘루까지도 그런 식으로 신을 믿는 이는 없는데, 그 이유는 전적으로 자기를 포기하고 마는 사람은 없기 때문이며, 적어도 그 점에 있어서는 리외 자신도 있는 그대로의 세계와 투쟁함으로써 진리의 길을 걸어가고 있다고 생각한다고 말했다.

"아!" 타루가 말했다. "그러면 선생님은 자신의 직업을 그렇게 보고 계시는군요?"

"대개는 그렇습니다." 의사는 다시 밝은 쪽으로 몸을 내밀면서 말했다.

타루는 낮은 소리로 휘파람을 불었다. 그래서 의사는 그를 바라보았다.

"그럼요." 그는 말했다. "아마 자존심이 대단하다고 생각하시겠죠. 그러나 나는 필요한 정도의 자존심밖에는 없습니다. 정말이에요. 앞으로 무엇이 나를 기다리고 있는지, 이 모든 일이 끝난 다음에는 무엇이 다가올지 나는 모릅니다. 당장에는 환자들이 있으니 그들을 고쳐주어야 합니다. 그다음에 그들은 반성할 테고, 또 나도 반성할 겁니다. 그러나 가장 긴급한 일은 그들을 고쳐주는 겁니다. 나는 힘닿는 데까지 그들을 보호해줄 겁니다. 그뿐이지요."

"무엇에 대해서 말입니까?"

리외는 창문 쪽으로 돌아섰다. 그는 저 멀리 지평선의 짙은 어둠 속에 바다가 있으리라고 짐작했다. 그는 단지 피로밖에는 느끼지 못했지만, 동시에 왠지 이상하면서도 우애가 느껴지는 이 사나이에게 좀 더 마음을 털어놓아야겠다는 돌발적이고도 불합리한 욕구를 느꼈다.

"거기에 대해서는 아는 바 없습니다, 타루. 정말 아는 바가 없어요. 내가 이 직업에 발을 들여놓았을 때, 나는 말하자면 막연하게 택했지요. 직업이 필요했고, 딴 직업이나 마찬가지로 수수한 직업이었고, 젊은 사람이 한번 해보려고 마음먹는 직업의 하나였기 때문이죠. 아마 그것이 나 같은 노동자의 자식으로서는 특히 어려운 일이었기 때문이었는지도 모릅니다. 그래서 죽는 장면을 봐야만 했지요. 죽기를 싫어하는 사람이 있는 것을 아시나요? 어떤 여자가 죽으려는 순간에 '싫어!' 하고 외치는 것을 들은 일이 있나요? 나는 있어요. 그래서 나는 그런 일에 익숙해질 수 없다는 것을 깨달았지요. 그때는 나도 젊었고, 혐오감은 세계의 질서 그 자체로 쏠리고 있다고 생각했죠. 그때부터 나는 한층 더 겸허한 성격이 되었어요. 다만, 죽는 것을 보는 일에는 여전히 서툴렀죠. 그 이상은 아무것도 모릅니다. 그러나 결국……"

리외는 입을 다물고 자세를 고쳐 앉았다. 입안이 마른 듯싶었다.

"결국은요?" 타루가 나직하게 물었다.

"결국……" 의사는 말을 계속하려다가 조심스럽게 타루를 보면서 또 주저했다. "당신 같은 사람이면 이해할 수 있는 일이라고 생각하는데, 어떠세요? 그러나 세상의 질서는 죽음의 법칙에 의해 지배되고 있는 이상 아마 신으로서는 사람들이 자기를 믿어주지 않는 편이 더 나을지도 모릅니다. 그리고 자기를, 그렇게 침묵하고 있는 하늘을 우러러볼 것 없이 있는 힘을 다해서 죽음과 싸워주기를 더 바랄지도 모릅니다."

"네." 타루가 끄덕거렸다. "이해가 갑니다. 그러나 선생님이 말하는 승리는 언제나 일시적인 겁니다. 그뿐이죠."

리외의 얼굴이 어두워졌다.

"늘 그렇죠. 나도 그걸 알아요. 그러나 그것이 싸움을 멈추어야할 이유는 못 됩니다."

"물론 이유는 못 되겠지요. 그러나 그렇다면 이 페스트가 선생님에게는 어떠한 의미인지 상상이 갑니다."

"알아요." 리외가 말했다. "끊임없는 패배지요."

타루는 잠시 의사를 바라보다가 일어서서 육중한 걸음으로 문 앞까지 갔다. 리외도 그의 뒤를 따랐다. 의사는 곧 그의 곁에 갔는데, 그때 자기 발등을 보고 있는 것 같던 타루가 리외에게 말했다.

"그 모든 것을 누가 가르쳐주었나요, 선생님?"

대답이 즉각적으로 나왔다.

"가난입니다."

리외는 자기 사무실 문을 열고 복도로 나와서, 자기도 교외의 환자 하나를 보러 가기 위해서 내려가는 길이라고 타루에게 말했다. 타루가 같이 가자고 청하자 의사도 그러자고 했다. 복도 끝에서 그들은 리외의 어머니와 만났다. 의사는 타루를 소개했다.

"친구입니다." 그가 말했다.

"오!" 리외의 어머니가 말했다. "이렇게 알게 돼서 참 반갑구려."

그녀와 헤어지고 타루는 다시 한 번 뒤를 돌아보았다. 의사는 층계참에서 자동 스위치를 켜려고 애썼으나 헛수고였다. 계단은 어둠 속에 잠겨 있었다. 의사는 혹 새로운 절전 조치 때문인가 하고 속으로 생각했다. 벌써 얼마 전부터 집에서든 거리에서든 모든 것이 뒤틀려가고 있었다. 그것은 아마도 수위들이, 그리고 우리 일반 시민들이 이제는 아무것에도 주의를 기울이지 않게 된 데서 오는 결과에 불과했는지도 모른다. 그러나 의사는 더는 생각해볼 시간이 없었다. 뒤에서 타루의 목소리가 울려왔기 때문이다.

"한마디만 더 하겠어요, 선생님. 혹 우스꽝스럽다고 생각하실지는 모르겠으나, 선생님은 전적으로 옳으십니다."

리외는 어둠 속에서 혼자 어깨를 으쓱했다.

"나는 아무것도 모릅니다, 정말이지. 그런데 당신은 대체 무엇을 알고 계신지요?"

"오!" 하고 타루는 태연하게 말했다. "이제는 별로 모르는 것이 없습니다."

의사는 발을 멈추었고, 그 뒤에서 타루의 발이 층계에서 미끄러졌다. 타루는 리외의 어깨를 붙들고 몸을 바로잡았다.

"인생을 다 안다고 생각하십니까?" 하고 리외가 물어보았다.

여전히 침착한 목소리로 어둠 속에서 대답이 들려왔다.

"네."

그들이 길에 나섰을 때는 꽤 늦은 시간이었다. 11시쯤은 되었으리라. 시가는 조용했고, 단지 바스락거리는 소리만이 가득 차 있었다. 아주 먼 곳에서 구급차 소리가 들려왔다. 그들은 차에 올라탔다. 리외는 시동을 걸었다.

"내일 병원에 오셔서 예방주사를 맞으셔야겠습니다"라고 그는 말했다. "그러나 마지막으로, 그리고 그 이야기에 들어가기 전에, 거기서 벗어나려면 3분의 1의 기회밖에는 없다는 것을 잘 생각해보십시오."

"그런 계산은 무의미합니다. 다 아시는 것 아닙니까. 백 년 전에 페르시아의 어느 도시에 페스트가 유행해서 모든 시민이 죽었지만, 시체를 씻기는 사람만은 살아남았답니다. 매일같이 자기 일을 멈추지 않고 해왔는데도요."

"그는 3분의 1의 기회를 가졌던 것이죠, 그뿐입니다" 하고 갑자기 무딘 목소리로 리외가 말했다. "그러나 그 문제에 대해서는 배울 것이 아직도 많군요."

이윽고 그들은 교외로 들어서고 있었다. 그들은 멈췄다. 리외는 자동차 앞에서 타루에게 들어가겠느냐고 물었다. 타루는 그러겠다고 말했다. 하늘의 반사광이 그들의 얼굴을 비추고 있었다. 리외는 갑자기 정다운 웃음을 터뜨렸다.

"그런데 타루." 그가 말했다. "뭣 때문에 이런 일에 발 벗고 나서지요?"

"나도 모르죠. 아마 나의 도의심 때문인가 봐요."

"어떤 도의심이지요?"

"이해하자는 것입니다."

타루는 집 쪽으로 몸을 돌렸다. 그래서 그들이 그 해수병쟁이 노인 집에 들어설 때까지 리외는 그의 얼굴을 볼 수가 없었다.

*

타루는 그 이튿날부터 일에 착수해서 우선 제1진을 모았는데, 계속 여러 보건대가 편성될 예정이었다.

필자는 그래도 이 보건대를 실지 이상으로 중요시할 생각은 없다. 반면에 우리 시민의 대부분이 자기의 역할을 과장하고 싶은 유혹에 넘어갈 위험이 있는 것은 사실이다. 그러나 필자는 차라리 아름다운 행위에다 너무나 지나친 중요성을 부여하는 것은 결국 악에게 간접적이며 강렬한 찬사를 바치게 되는 것이라고 믿고 싶다. 왜냐하면 그런 아름다운 행위가 그렇게도 많은 가치를 갖는 것은, 그 행위들이 아주 드물고 악의와 무관심이 인간 행위에서 훨씬 더 빈번한 원동력이기 때문이라는 말밖에는 되지 않는다는 것을 인정해야 하니 말이다. 그런 것은 필자가 공감할 수 없는 생각이다. 세계의 악은 거의 무지에서 비롯되며, 또 선의도 총명한 지혜 없이는 악의와 마찬가지로 많은 피해를 입히는 수가 있는 법이다. 인간은 악하기보다는 차라리 선량한 존재이며, 사실 그것은 문제가 되지 않는다. 그러나 인간들은 다소 무식한 법이고, 그것은 곧 미덕 또는 악덕이라고 불리는 것으로서, 가장 구원될 수 없는 악덕은 스스로 모든 것을 알고 있다고 믿고 그럼으로써 스스로 사람을 죽이는 권리를 인정하는 따위의 무지의 악덕인 것이다. 살인자의 넋은 맹목적이며, 가능한 한 총명을 갖추지 않고서는 참된 선도 아름다운 사랑도 없는 법이다.

바로 그러한 이유로 타루 덕택에 실현을 본 우리의 보건대는 냉정한 만족감으로써 판단되어야 한다. 그렇기 때문에 필자는 거기에 적당한 중요성을 부여할 뿐, 그 의지와 영웅심에 대해 지나치게 웅변적인 칭송자가 될 생각은 없다. 그러나 필자는 당시 페스트가 모든 시민의 마음을 찢어질 듯하게 만든 데 대해서는 이야기꾼 노릇을 계속할 것이다.

보건대에 헌신한 사람들이 사실 그 일을 하는 데 그렇게까지 큰 보람을 느꼈던 것은 아니다. 왜냐하면 그들은 그것이 해야 할 유일한 일이라는 것을 알고 있었으며, 그런 결단을 내리지 않는 것이야말로 그때 처지로는 믿을 수 없는 일이었던 것이다. 그러한 조직은

145

우리 시민들이 페스트 속에 더 깊게 파고드는 데 도움이 되었으며, 질병이 퍼지고 있으니 그것과 싸우기 위해서 필요한 일을 해야 된다는 것을 부분적이나마 시민들에게 납득시켰다. 이처럼 페스트는 그 본연의 자태, 즉 모든 사람의 일로서 등장하게 되었다.

그것은 좋은 일이다. 그러나 사람들은 어떤 교사가 둘에 둘을 보태면 넷이 된다는 것을 가르쳤다고 해서 그에게 축복을 보내는 것이 아니다. 사람들은 아마도 그가 그 훌륭한 직업을 선택했다는 점에서 그를 축복하는 것이리라. 그러나 타루와 그 밖의 사람들이 그 반대의 길을 억누르고 차라리 둘에 둘을 보태면 넷이 된다는 것을 증명하기로 선택한 것은 칭찬할 만한 일이라고 해두자. 그러나 또한 그러한 선의는 그들에게 있어 교사나 그 교사와 같은 마음을 가진 모든 사람과 공통된다는 것을 말해두자. 그런데 명예스럽게도 세상에는 그러한 사람들이 생각보다 훨씬 많다는 것이 적어도 필자의 신념이다. 하기야 필자는 반박을 받을 여지가 있다는 것도 잘 알고 있다. 즉 그 사람들은 생명을 내걸고 있었던 것이다. 그러나 역사상에는 둘에 둘을 보태면 넷이 된다고 감히 주장할 수 있는 사람에게도 죽음의 벌을 받는 시간이 반드시 오는 법이다. 교사는 그 사실을 잘 알고 있다. 그리고 문제는 어떤 보상 또는 벌이 그 추론을 기다리고 있는가를 아는 일이 아니다. 문제는 둘에 둘을 보태면 과연 넷이 되느냐 안 되느냐에 있다. 그 당시 자기 생명을 내걸고 있던 사람들의 경우도 그들이 페스트 속에 있느냐 아니냐, 그것과 싸워야 하느냐 아니냐를 결정해야만 했다.

그 무렵의 수많은 새로운 모럴리스트들은 아무것도 소용이 없으며 무릎을 꿇는 수밖에 없다고 말하면서 돌아다녔다. 타루도 리외도 그들의 친구들도 이러쿵저러쿵 대답을 할 수도 있었다. 그러나 결론은 항상 뻔했는데, 결국 이러이러한 방법으로 싸워야 하며 무릎을 꿇어서는 안 된다는 것이었다. 모든 문제는 될 수 있는 대로 많은 사람들을 죽음이나 결정적인 이별에서 구해주는 데 있었다. 그러기 위한 유일한 방법은 페스트와 싸우는 것이었다. 그 진리는 찬탄을 받을 만하지는 못했으며, 당연한 귀착점에 지나지 않았다.

바로 그런 이유로 늙은 카스텔이 손쉽게 구할 수 있는 재료를 가지고 현장에서 혈청을 제조하는 데 자기의 온 신념과 정력을 기울이고 있는 것도 당연한 일이었다. 리외와 그는 그 도시에서 횡행하고 있는 바로 그 세균을 배양해서 만든 혈청이, 외부에서 가져온 것보다 더 직접적인 효과가 있으리라고 기대했다. 왜냐하면 그 세균들은 종래의 분류에서 본 페스트균과는 약간 달랐기 때문이다. 카스텔은 자기가 만든 첫 혈청이 빨리 완성되기를 바라고 있었다.

또한 바로 그런 이유로 영웅적인 점이라고는 전혀 없는 그랑이 보건대의 서기 비슷한 역할을 맡기로 작정한 것도 당연한 일이었다. 타루가 조직한 보건대 중 일부는 사실 인구 조밀 지역의 예방 보조 작업에 헌신하고 있었다. 사람들은 그런 지역에 필요한 위생 상태를 이룩하려고 애썼으며, 소독이 채 안 된 헛간이라든가 지하실의 수를 조사했다. 다른 보건대는 의사의 왕진을 도왔고, 페스트 환자의 운반을 책임졌으며, 나중에는 심지어 전문 요원이 없는 경우 환자나 사망자를 실어 나르는 차를 운전하기까지 했다. 이 모든 일은 등록이나 통계 작업을 필요로 했는데, 그랑이 그것을 맡아서 했다.

그런 점에서 볼 때 그랑이야말로 리외나 타루 이상으로 그러한 보건대의 일을 원활하게 하고 있던, 그 조용한 미덕의 사실상의 대표자였다고 필자는 평가한다. 그는 선의를 가지고 거리낌 없이 자기가 맡겠다고 말했던 것이다. 그는 다만 자질구레한 일에 도움이 되기를 원했을 따름이다. 그 밖의 일을 하기에는 나이가 너무 많았다. 오후 6시부터 8시까지 그는 자기 시간을 바칠 수 있었다. 그래서 뜨거운 마음으로 리외가 그에게 감사의 뜻을 표시했을 때, 그는 놀라서 말했다. "제일 어려운 일도 아닌걸요. 페스트가 생겼으니 막아야죠. 이것은 뻔한 이치입니다. 아! 만사가 이렇게 단순했으면 좋으련만!" 그러고는 자기의 문장 이야기를 다시 꺼냈다. 가끔 저녁때 그 통계 카드의 일이 끝나면, 리외는 그랑과 이야기를 나누곤 했다. 결국에 가서는 타루도 그 대화에 끼게 되었는데, 그랑은 점차로 눈에 띄게 기쁜 얼굴로 두 동지에게 속마음을 털어놓곤 했다. 리외와 타루는 페스트의 도가니에서 그랑이 꾸준히 계속하고 있는 그 일을 흥미 있게 따라가고 있었다. 그들 역시 결국에는 거기에서 일종의 안도감을 발견하게 되었다.

"그 말 타는 여인은 어떻게 되었나요?" 하고 타루가 가끔 물어보았다. 그러면 그랑은 변함없는 어조로 "달리고 있어요. 달리는 거죠"라고 어색하게 웃으면서 대답했다. 어느 날 저녁 그랑은 자신의 그 말 타는 여인에 대해 '우아한'이라는 형용사를 결정적으로 포기하고 앞으로는 '날씬한'으로 형용하기로 했다고 말했다. "그것이 더 구체적입니다"라고 그는 덧붙였다. 언젠가 한번은 두 청중에게 다음과 같이 수식된 그 첫 구절을 읽어주었다. "5월 어느 아름다운 날 아침에, 어느 날씬한 여인이 훌륭한 밤색 암말을 타고 불로뉴 숲의 꽃이 만발한 오솔길을 달리고 있었다."

"그렇죠?" 그랑은 말했다. "그 여인이 더 또렷이 보이죠. 그리고 나는 '5월 어느 아름다운 날 아침에'가 더 나은 것 같아요. 왜냐하면 '5월달'이라고 하면 보조가 좀 늦추어집니다."

다음에 그는 '훌륭한'이라는 형용사에 사로잡혀 있는 것처럼 보였다. 그의 말로는, 그것으로는 별맛이 없어서 자기가 상상하는 멋진 암말을 대번에 사진으로 찍은 듯이 재현할 용어를 찾고 있는 중이라고 했다. '기름진'도 어울리지 않는다고 했다. 구체적이기는 하나 멸시의 느낌이 난다는 것이다. '윤기가 도는'에 한때 마음이 끌렸으나 리듬이 적당하지 않다고 했다. 어느 날 저녁 그는 의기양양하게 '한 검은 밤색 털의 암말'이라는 표현을 발견했다고 말했다. 검은 빛깔은, 역시 그의 말에 의하면 은근히 맵시 있는 것을 가리킨다고 했다.

"그건 안 돼요"라고 리외가 말했다.

"아니, 왜요?"

"'밤색 털의'라는 표현은 말의 품종을 의미하는 것이 아니라 빛깔을 일컫는 말이니까요."

"무슨 빛깔을요?"

"아니, 어쨌든 검은빛이 아닌 빛깔을 말하죠!"

그랑은 아주 풀이 죽은 듯 보였다.

"감사합니다"라고 그가 말했다. "선생님이 계셔서 다행입니다. 그러나 어쨌든 어려운 일이군요."

"'굉장한'이라고 하면 어떨까요?" 타루가 물었다.

그랑은 그를 쳐다보았다. 그는 생각에 잠겨 있었다.

"그렇군요." 그가 말했다. "그래요!"

그리고 그의 얼굴에 차츰 웃음이 되살아났다.

그 후 얼마 만에 그는 '꽃이 만발한'이란 말에 골치를 앓는다고 고백했다. 그는 아는 고장이 오랑과 몽텔리마르밖에 없었기 때문에 가끔 두 친구에게 불로뉴 숲 속의 오솔길에 어떠한 모양으로 꽃이 만발해 있는가를 물어보곤 했다. 정확하게 말해서 불로뉴 숲이 리외나 타루에게 그런 인상을 준 일은 없었지만, 그 서기의 확신이 그들을 동요시켰다. 그는 그들이 거기에 대해서 확실한 것을 모르는 것이 놀라웠다. '볼 줄 아는 것은 예술가뿐이다.' 그러나 한번은 그가 몹시 흥분해 있는 것을 리외는 보았다. 그는 '꽃이 만발한'을 '꽃이 가득 찬'으로 바꿔놓았던 것이다. 그는 손을 비볐다. "마침내 훤히 보입니다. 냄새가 납니다. 모자를 벗으십시오, 여러분!" 그는 의기양양하게 자기의 글을 읽었다. "5월 어느 아름다운 아침에, 어느 날씬한 여인이 굉장한 밤색 털의 암말을 타고 불로뉴 숲의 꽃이 가득 찬 오솔길을 달리고 있었다." 그러나 큰 소리로 읽다 보니 끝 구절 세 단어의 속격이 귀에 거슬려 그랑은 약간 말을 더듬거렸다. 그는 맥이 풀려서 주저앉았다. 그러다가 그는 의사에게 가겠다고 양해를 구했다. 그는 생각을 좀 해볼 필요가 있었던 것이다.

나중에 안 일이지만, 바로 그 무렵 그가 직장에서 정신 나간 듯한 증세를 가끔 보여서 시에서는 감소된 인원으로 태산 같은 일거리를 앞에 놓고 있을 때인 만큼 모두가 유감스럽게 여겼다. 그가 속해 있는 과(課)에서는 그것 때문에 지장이 생겼다. 그래서 국장이 그를 호되게 야단치고, 일정한 봉급을 주고 있다는 것을 상기시키면서 직책을 완수하지 못하고 있다고 말했다. "듣자니," 국장이 그에게 말했다. "당신은 담당 사무 외에 보건대에 지원해서 일하고 있다는데, 그것은 나와는 상관이 없는 일이오. 내게 관계 있는 것은 당신이 맡은 일이오. 그리고 이 가혹한 상황에서 당신이 이바지할 수 있는 첫째가는 방법은 맡은 일을 잘해내는 것이오. 그렇게 하지 않으면 다른 일은 다 소용이 없어지는 거요."

"그의 말이 옳습니다"라고 그랑은 리외에게 말했다.

"그래요, 그가 옳아요"라고 의사가 긍정했다.

"그러나 나는 정신이 멍해서 내 글을 어떻게 끝맺어야 할지 모르 겠어요."

그는 '불로뉴의'를 없애버릴 생각을 했다. 누구나 알 수 있으려 니 해서 말이다. 그러나 그렇게 하면 '숲의'라는 구절이 '꽃이'에 걸 리는 것처럼 되는데, 그것은 실지로는 '오솔길'에 걸리는 것이었다. 그는 또한 다음과 같이 쓸 수 있는 가능성도 검토해보았다. '꽃으로 가득 찬 숲 속 오솔길.' 그러나 '숲'의 위치가 수식어와 명사 사이를 멋대로 분리해놓고 있는 감이 있어 살 속에 가시가 박힌 듯 느껴졌 다. 어느 날 저녁에는 그가 리외보다 더 피곤해 보일 정도였다.

그렇다, 그는 그 연구에 완전히 정신이 팔려 있었기 때문에 피로 했다. 그러나 그는 변함없이 보건대가 필요로 하는 집계와 통계 일 을 해냈다. 매일 저녁 그는 꾸준히 카드를 정리하고 거기에 곡선 도 표를 첨부해서, 될 수 있는 대로 정확한 상황도를 제시하려고 온 심 혈을 기울이고 있었다. 꽤 자주 병원으로 리외를 만나러 가서, 어떤 사무실이건 혹은 진료실이건 간에 거기 있는 책상 하나를 내달라고 부탁했다. 그는 마치 시청의 자기 책상에 앉듯이 자리를 잡고 앉아 서, 소독약이나 병(病) 자체에서 풍겨 나오는 냄새로 텁텁한 공기 속에서 잉크를 말리려고 서류의 종잇장을 흔들곤 했다. 그때 그는 말을 타는 여인 생각도 잊어버리고, 필요한 일만 해내려고 고지식하 게 애를 썼다.

그렇다, 인간이 이른바 영웅이라는 것의 전례와 본보기를 세워 놓고 싶어 하는 것이 사실이라면, 그리고 이 이야기 속에 한 사람 그 런 존재가 꼭 필요하다면, 필자는 바로 이 미미하고 보잘것없는 영 웅, 몸에 지닌 것이라고는 다소의 선량한 마음과 약간의 고운 마음 씨와 표면적으로는 우스꽝스러운 이상밖에 없는 그 영웅을 여기에 내놓는 바이다. 이로써 진리는 그 진리 본연의 자리를, 둘에 둘을 보태면 넷이라는 합계를, 그리고 영웅주의는 제2위라는 본래의 자기 위치, 즉 행복에 대한 강한 욕구 바로 다음에 놓이되 결코 그 앞에 놓일 수 없는 그의 위치를 찾게 될 것이다. 또 그렇게 하면 이 기록도 자기의 성격, 즉 선량한 감정, 말하자면 두드러지게 악하지도 않고 또 흥행물처럼 야비하게 선정적이지도 않은 감정을 가지고 이루어진 기록으로서의 성격을 갖게 될 것이다.

이것은 적어도 외부 세계가 페스트에 감염된 이 도시로 보내오는 후원과 격려를 신문에서 읽거나 라디오로 들을 때의 의사 리외의 의견이었다. 공로 또는 육로로 보내오는 구호물자와 함께 동정적이며 상찬하는 논평들이 매일 저녁 전파를 타거나 신문에 실려 고립된 이 도시로 날아들었다. 그리고 그것들의 그 서사시 투나 수상식의 연설투가 의사를 불안하게 했다. 물론 그런 따뜻한 마음씨가 거짓이 아님은 알고 있었다. 그러나 그것은 인간이 스스로를 인류에 연결해놓는 그 무엇을 표현하고자 할 때 쓰는 상투적인 언어로 표현될 수밖에 없었다. 그리고 그런 언어는, 예를 들어 페스트의 도가니 속에서 그랑 같은 사람이 어떤 의미인지 도저히 이해할 수 없는 까닭에, 그랑이 기울이는 매일매일의 사소한 노력을 표현하는 데는 적합하지 않았다.

때로 자정이 되어 이미 한적해진 시가의 깊은 침묵 속에서 잠시나마 눈을 붙여보려고 잠자리에 드는 순간, 리외는 라디오의 스위치를 돌려보곤 했다. 그러면 몇천 킬로미터 너머의 세계 방방곡곡에서 얼굴은 모르지만 우애에 찬 음성들이 자기들에게도 연대책임이 있다고 말하려는 어색한 노력을 하며, 실상 그 말을 하면서도 동시에 자기 눈으로 볼 수 없는 고통을 모든 사람이 정말로 나눌 수 없다는 가공할 무력함을 증명했다. '오랑! 오랑!' 하고 바다를 건너오는 호소도 헛된 것이어서, 리외가 정신을 바짝 차리고 들어보아도 아무 소용이 없었다. 이윽고 웅변조로 열이 올라서, 그랑과 그 웅변가를 서로 이방인으로 만드는 그 본질적인 차이점을 더욱 뚜렷하게 들추어냈다. '오랑! 그렇지! 오랑!' 리외는 생각했다. '천만에, 함께 사랑하든지 죽든지 그 밖의 다른 방법은 없지. 그들은 너무 멀리 떨어져 있으니.'

*

그런데 페스트가 절정에 이르러 그 재화가 이 도시에 덤벼들어서 결정적으로 점령해버리려고 있는 힘을 다하고 있는 동안의 이야기로 들어가기 전에 꼭 적어둘 것이 있는데, 그것은 가령 랑베르 같은 마지막까지 남은 개개인이 다시 자기의 행복을 찾아보려는, 또 그들이 모든 타격에 맞서서 지키고 있는 그들 자신의 몫을 페스트로부터 되찾기 위해서 퍼부은 절망적이고도 단조롭고 꾸준한 노력들이다. 그것은 바로 그들을 위협하고 있는 굴복을 거부하려는 그들 스스로의 방식이었으며, 또 비록 그 거부가 표면적으로는 또 하나의 거부만큼 효과적인 것은 아니었지만, 필자의 의견으로는 그것도 그 나름의 의의가 충분하고, 동시에 그 허영과 심지어는 내포하고 있는 여러 가지의 모순 속에서도 그 당시 우리 각자의 마음속에 자랑스럽게 깃들어 있던 그 무엇을 증명해주기도 했다.

랑베르는 페스트에 사로잡히지 않으려고 발버둥치고 있었다. 합법적인 수단으로는 그 도시를 빠져나갈 수 없다는 확증을 얻었기 때문에 딴 수를 써보기로 결심했다고 그는 리외에게 말한 적이 있다.

그 신문기자는 카페의 웨이터부터 시작했다. 카페의 웨이터란 언제나 모든 일에 환한 법이다. 그러나 처음에 그가 질문을 던진 몇몇 웨이터들은 그런 종류의 계획을 위해서 마련된 극히 엄중한 처벌을 특히 잘 알고 있었다. 한번은 그가 선동자로 오해를 받은 일까지 있었다. 그는 할 수 없이 리외의 집에 가서 코타르를 만나 일을 좀 진행시켰다. 그날 리외와 코타르는 그 신문기자가 관청이란 관청을 다 돌아다녔으나 허탕 친 이야기를 또 하고 있었다. 며칠 후 코타르는 거리에서 랑베르를 만나자, 그즈음에는 누구하고 만나든 그렇게 하는 담담한 태도로 그와 마주 섰다.

"여전히 아무 진척도 못 보셨나요?" 하고 코타르는 물었다.

"네, 아무 진척도 못 보았어요."

"관청에 기대할 수는 없지요. 그들은 도무지 이해해주려고 안 합니다."

"정말 그래요. 그래서 달리 궁리를 하고 있는데 어렵군요."

"아! 알겠습니다." 코타르가 말했다.

그는 어떤 방도를 알고 있었다. 그래서 놀라는 랑베르에게 자기는 오래전부터 오랑의 모든 카페에 무상출입하고 있으며, 거기에는 친구들이 많고 그런 종류의 일을 하는 어떤 조직체가 있는 것을 알아냈다고 말했다. 사실 코타르는 그때부터 씀씀이가 수입보다 많아져서 배급 물자 밀매업에 한몫 끼고 있었다. 그는 끊임없이 값이 올라가는 담배와 값싼 술을 되넘기곤 했다. 그래서 마침내 그에게는 약간의 재산이 생기고 있는 중이었다.

"확실한가요?" 랑베르가 물었다.

"그럼요. 나에게 권하는 사람이 있었는걸요."

"그런데 이용은 안 하셨단 말이죠?"

"의심하지 마세요" 하고 코타르는 호인 같은 태도로 말했다. "나로 말하면 떠날 의향이 없었기 때문에 이용하지 않았어요. 내겐 그럴 만한 이유가 있지요."

그는 잠자코 있다가 이렇게 덧붙였다.

"나의 이유가 무엇인지 물어보지 않으시겠어요?"

"아마 나하고는 상관이 없는 일일 것 같은데요."

"사실 어떤 의미에서는 당신하고 관계가 없지요. 그러나 또 딴 의미에서는…… 어쨌든 단 한 가지 명백한 것은, 우리가 페스트를 맞이하게 된 날부터 나는 여기 있는 게 더 좋아졌습니다."

랑베르는 그의 말을 앞지르며 말했다.

"그 조직체하고는 어떻게 연락을 할 수 있을까요?"

"아! 그것이 쉬운 일은 아니죠. 나만 따라오세요" 하고 코타르는 말했다.

오후 4시였다. 무더운 하늘 아래서 우리 도시는 서서히 열기로 익어가고 있었다. 가게란 가게는 모두 발을 내렸고, 차도는 한적했다. 코타르와 랑베르는 아케이드가 늘어선 길로 들어서서 오랫동안 말없이 걸어갔다.

페스트가 눈에 안 띄는 몇몇 시간 가운데 한 순간이었다. 이 침묵, 이 색채와 움직임의 죽음은 재화에 의한 침묵과 죽음인 동시에 여름의 침묵과 죽음일 수도 있었다. 주위의 공기가 답답했는데, 위협 때문인지 먼지나 푹푹 찌는 더위 때문인지 알 수가 없었다. 페스트를 찾아내려면 관찰하고 깊이 생각해보지 않으면 안 되었다. 왜냐하면 페스트의 징후는 음성적인 것으로, 밖으로는 표현되지 않고 있었기 때문이다. 페스트와 관계가 있었던 코타르는 랑베르에게, 여느 때 같으면 복도의 문 앞에서 배를 땅에 대고 누워 전혀 일 것 같지 않은 바람기를 찾으며 헐떡거리는 개들이 안 보인다든가 하는 사실 따위를 상기시키곤 했다.

그들은 팔미에 대로에 들어서서 연병장을 횡단하여 마린 구역을 향해서 내려갔다. 왼편으로 초록색 칠을 한 카페 하나가 노란 천으로 된 발을 비스듬히 쳐놓고 있었다. 이곳으로 들어가면서 코타르와 랑베르는 이마의 땀을 닦았다. 그들은 초록색 철판으로 만든 테이블을 앞에 두고 접었다 폈다 하는 정원용 의자에 앉았다. 파리들이 공중에서 윙윙거렸다. 홀은 비어 있었다. 흔들거리는 카운터 위에 놓인 새장 안에는 털이 몽땅 빠진 앵무새 한 마리가 홰 위에 힘없이 앉아 있었다. 전투 장면을 그린 낡은 그림들이 벽에 걸려 있었는데, 그을음과 얼기설기한 거미줄에 덮여 있었다. 모든 철판 테이블 위에, 그리고 랑베르 자신이 앉은 테이블 위에도 닭똥이 말라붙어 있었다. 그것을 이해하기가 어려웠는데, 침침한 한구석에서 바스락 소리가 나더니 아주 커다란 수탉 한 마리가 걸어 나왔다.

그때 더위가 더 심해지는 것 같았다. 코타르는 웃옷을 벗고 철판 테이블을 두드렸다. 조그만 한 사내가 안에서 나왔다. 하얀색의 기다란 앞치마를 두른 그는 멀리서 코타르를 보자 인사를 하고, 발길로 수탉을 한 번 걸어차서 쫓아버리고 가까이 오더니 수탉이 소란스럽게 꼬꼬댁거리건 말건 무엇을 들겠느냐고 물어보았다. 코타르는 백포도주를 청하고 나서 가르시아라는 사람에 대해서 물어보았다. 그 사내의 말로는, 그 사람이 그 카페에 오지 않은 지가 벌써 며칠이나 된다고 했다.

"오늘 저녁에는 올 것 같소?"

"글쎄요!" 하고 사내가 말했다. "그 사람 속셈까지는 모르겠는데요. 아니, 선생님께서 그분이 오는 시간을 잘 알고 계시지 않나요?"

"알기는 알지. 별로 중요한 일도 아니야. 다만 소개해줄 분이 한 분 계셔서 그러는데."

웨이터는 앞치마 자락에다 땀에 젖은 손을 문질렀다.

"아하! 선생님께서도 그 일을 하시는군요?"

"그럼" 하고 코타르가 말했다.

그 땅딸보는 코를 훌쩍거렸다.

"그러면 오늘 저녁에 다시 오십시오. 제가 그 사람에게 애를 보내겠습니다."

밖으로 나오면서 랑베르는 코타르에게 그 일이라는 게 무엇이냐고 물어보았다.

"물론 밀수죠. 그들이 상품들을 시의 문으로 통과시킵니다. 그리고 나서는 아주 비싼 값으로 팔죠."

"옳지" 하고 랑베르가 말했다. "서로 짜고 하는군요?"

"바로 그렇습니다."

저녁때가 되자 그 발이 걷히고, 앵무새는 자기 새장 속에서 재잘거리고, 철판 테이블마다 셔츠 바람의 남자들이 자릴 잡고 있었다.

그중 한 사람은 밀짚모자를 뒤로 젖혀 쓰고 새까맣게 그을린 가슴팍이 드러날 정도로 흰 와이셔츠를 활짝 풀어 헤치고 있었는데, 코타르가 들어오자 벌떡 일어섰다. 단정하고 햇볕에 그을린 얼굴, 검고 작은 눈, 흰 치아, 반지를 두서너 개 끼고 있고 나이는 서른쯤 되어 보였다.

"재미 좋으슈?" 하고 그가 말했다. "카운터에서 한잔하시죠."

그들은 말없이 한 잔씩 마셨다.

"나갈까요?" 하고 가르시아가 말했다.

그들은 항구를 향해서 내려갔다. 그러자 가르시아가 무슨 이야기냐고 물었다. 코타르는 그에게 랑베르를 소개하기는 하지만, 그것은 단지 문제의 '외출'이 목적이라고 말했다. 가르시아는 담배를 피우면서 곧장 걸어가고 있었다. 그는 랑베르를 '그'라고 부르면서 질문을 했다. 마치 랑베르는 안중에도 없는 듯한 태도였다.

"뭐 때문이야?" 가르시아가 물었다.

"프랑스에 아내가 있어."

"아하!"

그리고 잠시 말이 없더니,

"그 사람 직업이 뭐요?"

"신문기자."

"말이 많은 직업인데."

랑베르는 잠자코 있었다.

"내 친구지." 코타르가 말했다.

그들은 아무 말도 없이 걸어갔다. 부둣가까지 왔는데, 그 통로에는 거창한 철조망을 쳐놓아서 통행이 금지되어 있었다. 그러나 그들은 거기까지 냄새가 풍겨오는 정어리 튀김을 팔고 있는 자그마한 간이식당 쪽으로 향했다.

"아무튼." 가르시아가 결론을 내렸다. "나는 그 문제에는 관련이 없고, 라울이 그 일을 보고 있지. 그러니 내가 그를 찾아보겠어. 쉽지는 않을 텐데."

"아! 그럼 그는 숨어 다니나?"

가르시아는 대답이 없었다. 그는 식당 근처에서 발길을 멈추더니, 처음으로 랑베르에게로 얼굴을 돌렸다.

"모레 11시에 시내 꼭대기에 있는 세관 건물 모퉁이에서 만나시죠."

그는 가려고 하다가 다시 두 사람에게로 돌아섰다.

"비용이 들 텐데" 하고 그는 다짐을 두듯 말했다.

"물론이죠" 하며 랑베르는 고개를 끄덕거렸다.

잠시 후에 신문기자는 코타르에게 감사하다는 말을 했다.

"아, 천만에!" 그는 기분이 좋아서 대답했다. "도와드리는 것이 즐겁습니다. 게다가 선생은 신문기자니까 언젠가는 제게도 도움을 주시겠죠."

그로부터 이틀 후, 랑베르와 코타르는 그 도시의 꼭대기로 뻗어 있는 그늘도 없는 한길을 올라가고 있었다. 세관 건물의 일부분은 병원으로 바뀌어 있었다. 그런데 그 커다란 문 앞에는 사람들이 서성거리고 있었다. 그들은 허락될 리 없는 면회를 기대하는 심정에서, 또는 한두 시간 후에는 무효가 되어버릴 정보나마 얻어볼까 해서 모인 사람들이었다. 어쨌든 이처럼 사람들이 모여듦으로써 왕래하는 사람들이 많았고, 이러한 점이 가르시아가 이곳을 랑베르와의 회합 장소로 선택한 이유라고 추측할 만했다.

"이상하군요" 하고 코타르가 말했다. "그렇게도 떠나려고 고집하시니. 어쨌든 모든 것이 참 재미있습니다."

"나는 안 그런데요." 랑베르가 대답했다.

"오! 물론 위험한 일도 겪기는 하죠. 그러나 어쨌든 페스트가 만연하기 전에도 차의 왕래가 잦은 복잡한 네거리를 건너는 정도의 위험은 항상 겪었지요."

그때 리외의 자동차가 그들이 서 있는 곳에 와서 멈추었다. 타루가 운전을 하고, 리외는 반쯤 졸고 있는 것 같았다. 리외는 깨어나서 다들 인사를 시켰다.

"우리는 서로 알고 있어요." 타루가 말했다. "같은 호텔에 묵고 있는걸요."

그는 랑베르에게 시내까지 태워다 주겠다고 했다.

"아닙니다. 우리는 여기서 누굴 만날 약속이 있어요."

리외가 랑베르를 보았다.

"그러시다고 들었죠."

"아!" 하고 코타르가 놀랐다. "선생님은 알고 계셨나요?"

"저기 예심판사가 옵니다" 하고 타루는 코타르를 보면서 말했다.

코타르의 안색이 변했다. 오통 씨가 정말 길을 걸어 내려오며 힘찬 그러나 정확한 걸음걸이로 그들을 향해서 다가오고 있었다. 그는 그 작은 모임 앞을 지나가면서 모자를 벗었다.

"안녕하십니까, 판사님!" 하고 타루가 말했다.

판사는 차 안의 사람들에게 키스를 던지고, 뒤에 물러나 있는 코타르와 랑베르를 보고 정중하게 고개를 숙였다. 타루는 그 연금 생활자와 신문기자를 소개했다. 판사는 잠깐 하늘을 바라보다가 한숨을 쉬면서, 참 고약한 시기라고 말했다.

"제가 듣기로 타루 씨께서는 예방 조치를 실시하는 데 전력을 기울이고 계시다는데, 저로서는 뭐라고 찬사를 드려야 할지 모르겠습니다. 의사 선생께서는 병이 더 퍼지리라고 생각하십니까?"

리외는 그렇지 않기를 바라야 한다고 말했다. 그랬더니 판사는 하느님의 섭리는 측량할 수 없는 것이니 희망을 가져야 한다고 말했다. 타루는 이번 사건 때문에 일이 바빠졌느냐고 물었다.

"도리어 반댑니다. 우리가 보통 법이라고 부르는 사건은 줄어들었습니다. 제가 심리하게 된 것이라곤 이번 새 조치에 따른 중대 범법자들뿐입니다. 전에는 이렇게 법이 잘 지켜진 경우가 거의 없었습니다."

"그것은 과거의 법보다 분명히 좋기 때문에 그런 모양이지요?" 타루가 말했다.

판사는 여태까지의 꿈꾸는 듯한 태도와 허공에 매달린 듯한 시선을 바꾸었다.

"새 조치가 무슨 일을 했나요?" 하고 그는 말했다. "문제는 법이 아니라 처벌에 있습니다. 우리로서는 어쩔 수가 없습니다."

"저자가 원수 제1호야." 판사가 떠나자 곧 코타르가 말했다.

차가 움직이기 시작했다.

잠시 후에 랑베르와 코타르는 가르시아가 오는 것을 보았다. 그는 아무 신호도 없이 그들에게로 다가와서 인사도 없이 "기다려야겠어!"라고 말했다.

그들 주위에서는 군중이 ─ 여자가 대부분이었지만 ─ 입을 굳게 다문 채 기다리고 있었다. 여자들은 거의가 바구니를 들고 있었는데, 그 속의 음식을 혹시나 앓고 있는 친척에게 전할 길이 있지나 않을까 하는 헛된 희망을 품고 있었으며, 더 어리석은 일은 그 음식이 앓는 사람들에게 도움이 될지도 모른다는 생각을 하고 있다는 점이었다. 정문에는 무장한 파수병이 지키고 있었고, 때때로 야릇한 외침 소리가 정문과 병동 사이에 있는 마당 너머로 들려왔다. 그러면 기다리는 사람들 중에서 몇몇이 불안스런 얼굴로 병실 쪽을 돌아보았다.

세 사나이도 이 광경을 보고 있었는데, 이때 등 뒤에서 "안녕하십니까?"라는 분명하고 위엄 있는 목소리가 들려오자 그들은 고개를 돌렸다. 그 더위에도 라울은 단정한 옷차림을 하고 있었다. 키가 크고 건장해 보이는 그는 짙은 빛깔의 양복을 입고, 챙이 위로 둥글게 올라간 모자를 쓰고 있었다. 밤색 눈에 입매가 야무진 라울의 말투는 빠르고 정확했다.

"시내로 내려갑시다" 하고 그는 말했다. "가르시아, 자네는 가보게나."

가르시아는 담배를 한 개비 피워 물고 떠나버렸다. 그들은 중간에서 걸어가는 라울의 걸음걸이에 맞추어서 빠른 속도로 걸어갔다.

"가르시아한테서 이야기는 들었죠"라고 그는 말했다. "될 수도 있는 일입니다. 그러나 어쨌든 만 프랑은 들어야 할 겁니다."

랑베르는 좋다고 대답했다.

"내일 나하고 점심이나 같이하시죠. 마린 가의 스페인 식당에서요."

랑베르가 알았다고 말하자, 라울은 그의 손을 잡고 처음으로 웃었다. 그가 떠난 후에 코타르가 자기는 못 가겠다고 말했다. 자기는 그다음 날 짬이 없으며, 게다가 이제는 랑베르 혼자만으로도 충분하다고 했다.

이튿날 신문기자가 스페인 식당으로 들어갔을 때, 모두의 시선이 그의 얼굴에 집중됐다. 지저분하고 햇볕에 바싹 마른 좁은 길 아래에 위치한 그 어둠침침한 지하 식당에는 남자 손님들만 드나들었으며, 그것도 대부분은 스페인 친구들이었다. 그러나 안쪽 식탁에 자리 잡고 앉은 라울이 신문기자에게 손짓을 하고 랑베르가 그쪽으로 방향을 돌리자, 사람들의 호기심은 사라지고 다들 먹고 있던 접시로 얼굴을 돌렸다. 라울 곁에는 수염이 텁수룩하고 어깨가 엄청나게 넓으며 말상인 데다 머리숱이 적은, 여위고 키 큰 사나이가 앉아 있었다. 시커먼 털로 덮인 길고 가느다란 그의 두 팔이 걷어붙인 와이셔츠 소매 밑으로 비어져 나와 있었다. 랑베르를 소개받았을 때 그 친구는 고개를 세 번 끄덕거렸다. 그는 자신의 이름을 밝히지 않았는데, 라울은 '우리 친구'라고만 말했다.

"우리 친구가 당신을 도울 수 있을 것 같다고 하는군요. 그는 당신을⋯⋯."

라울이 말을 멈췄다. 웨이트리스가 랑베르의 주문을 받으러 왔던 것이다.

"이 친구가 선생을 우리 동료 가운데 두 사람과 손이 닿게 해줄 텐데, 그 친구들이 우리가 매수해둔 보초병들에게 선생을 소개해드릴 겁니다. 그러나 그것으로 끝나는 것이 아니죠. 보초들이 스스로 절호의 시기를 판단합니다. 가장 간단한 방법은 그들 가운데 시의 문 근처에 사는 보초병 집에 가서 며칠 밤을 묵는 것이죠. 그러나 그 전에 우리 친구가 필요한 접촉을 시켜드릴 겁니다. 모든 일이 잘되었을 때 이 친구에게 비용을 주면 됩니다."

그의 친구는 또 한 번 그 말상의 얼굴을 끄덕였다. 그러면서도 여전히 손으로는 토마토와 피망 샐러드를 쉬지 않고 다지면서 게걸스럽게 먹어댔다. 그러더니 스페인 억양을 약간 섞어가며 말했다. 그는 랑베르에게 모레 아침 8시에 성당 정문 앞에서 만나자고 제의했다.

"또 이틀 후로군요" 하고 랑베르가 말했다.

"쉬운 일이 아니니까 그렇죠" 하고 라울이 말했다. "그 친구들을 찾아야 되니까요."

그 말상의 사내가 또 한 번 고개를 끄덕였다. 랑베르는 맥이 풀려서 그러마고 했다. 나머지 식사 시간은 이야깃거리를 찾다 보니 다 지나가버렸다. 그러나 그 말상의 사내가 축구 선수라는 것을 랑베르가 알고 나서부터 모든 일이 쉬워졌다. 그도 역시 그 운동을 많이 했던 것이다. 그래서 프랑스의 선수권, 영국 프로 팀의 실력, W형 전술에 대한 이야기가 나왔다. 식사가 끝날 무렵 그 말상의 사내는 아주 신이 나서 랑베르에게 말까지 놓아가며 팀에서는 센터하프만큼 화려한 위치는 없다는 것을 납득시키려 했다. "센터하프는 알다시피 선수들에게 게임 역할을 배당하는 사람이란 말이야. 역할을 배당하는 것, 이것이 바로 축구라는 거지." 랑베르는 사실 자기는 항상 포워드를 보아왔지만, 그의 의견에 동조해주었다. 그 토론은 라디오 소리 때문에 비로소 중단되었는데, 라디오에서는 우선 감상적인 멜로디를 은은하게 되풀이하더니 그 전날의 페스트 희생자가 137명이라고 보도했다. 듣고 있던 사람들 중에 반응을 나타내는 이는 하나도 없었다. 그 말상의 사나이는 어깨를 으쓱 올리고 일어났다. 라울과 랑베르도 그를 따랐다.

헤어지면서 그 센터하프는 랑베르의 손을 힘껏 쥐었다.

"내 이름은 곤살레스야" 라고 그는 말했다.

그 후 이틀 동안이 랑베르에게는 무한히 길게 여겨졌다. 그는 리외의 집으로 찾아가서 자기 일의 진행을 세세하게 이야기했다. 그러고는 왕진을 가는 리외를 따라갔다. 그는 페스트의 징후가 있는 환자가 기다리는 집의 문 앞에서 의사에게 작별 인사를 했다. 복도에서는 사람들의 뛰는 소리와 목소리가 들려왔다. 의사가 왔다고 가족에게 알리는 것이었다.

"타루가 늦지 않으면 좋으련만" 하고 리외가 중얼거렸다.

그는 피로해 보였다.

"전염병이 너무 악화되고 있나요?" 하고 랑베르가 물었다.

리외는 그렇지도 않으며, 통계 곡선의 상승도가 도리어 좀 덜 급격해졌다고 말했다. 다만 페스트와 대항하기 위한 능력이 제한되어 있다고 했다.

"물자가 모자랍니다" 라고 그는 말했다. "세계 어느 나라 군대에서건 물자의 부족을 대개는 인력으로 보충하고 있지요. 그러나 우리는 그 인력마저도 부족합니다."

"외부에서 온 의사들과 보건 대원을 합해도요?"

"그렇습니다." 리외가 말했다. "열 명의 의사를 포함해서 백여 명의 인원이 왔어요. 보기에는 많습니다. 그런데 그 인원으로는 현재의 병세를 겨우 막을 수 있을 뿐입니다. 병이 더 퍼지면 그 인원으로는 불충분합니다."

리외는 안에서 나는 소리에 귀를 기울였다. 그러고는 랑베르를 보며 웃었다.

"그렇습니다. 선생도 빨리 성공하셔야지요."

랑베르의 얼굴에 한줄기 어두운 빛이 스쳐 갔다.

"아시겠지만," 하고 그가 낮은 목소리로 말했다. "그 때문에 떠나려는 것은 아닙니다."

리외는 잘 알고 있다고 대답했다. 그러나 랑베르는 계속했다.

"나는 내 자신이 비겁하지는 않다고 생각합니다. 적어도 대부분의 경우에는 말입니다. 그것을 증명할 기회도 있었어요. 단지 도저히 참을 수 없는 생각이 몇 가지 있어요."

의사는 그를 정면으로 보았다.

"부인을 다시 만날 수 있을 겁니다" 하고 그는 말했다.

"그럴지도 모릅니다. 그러나 이 상태가 계속될 테고, 그러는 동안에 그 여자가 늙을 것이라는 생각을 하면 참을 수가 없어요. 나이 서른이면 사람은 늙기 시작하니, 무슨 수라도 써야지요. 제 말씀을 이해하실지 모르겠어요."

리외가 자기도 이해할 것 같다고 중얼거리고 있는데 타루가 신바람이 나서 왔다.

"지금 막 파늘루 신부에게 우리와 같이 일을 하자고 부탁하고 오는 길이에요."

"그래서요?" 하고 의사가 물었다.

"그는 잠시 생각하더니, 그러마고 하더군요."

"그것참 기쁜 일이군요" 하고 의사는 말했다. "그가 자기의 설교보다는 더 나은 사람이라는 것을 알게 되어 기쁘네요."

"사람이라는 게 다 그렇습니다" 하고 타루는 말했다. "다만 그들에게 기회를 주어야 합니다."

그는 웃음 짓고 리외를 보면서 눈을 깜박거렸다.

"그게 인생에서 내가 할 일입니다. 기회를 제공하는 것 말입니다."

"실례하겠습니다" 하고 랑베르가 말했다. "전 가봐야겠습니다."

약속한 목요일, 랑베르는 성당 정문 앞으로 갔다. 8시 5분 전이었다. 하늘에는 희고 둥근 조각구름들이 떠다녔는데, 이제 곧 더위가 솟아오르면 그것들은 대번에 삼켜질 것이었다. 아련한 습기의 냄새가 아직도 잔디밭에서 피어오르고 있었지만, 잔디밭은 보송보송했다. 동쪽에 있는 집들 뒤에서 태양은 광장을 장식하고 있는 황금빛 잔 다르크의 투구만을 비추고 있었다. 어디선지 8시를 쳤다. 랑베르는 한적한 정문 아래로 몇 걸음 내디뎠다. 어렴풋이 성가의 멜로디가 지하실의 눅눅한 냄새와 향내를 싣고 성당 안에서 들려오고 있었다. 갑자기 노래 소리가 멎었다. 10여 명의 조그만 검은 그림자들이 성당에서 나오더니 시가 쪽으로 총총히 걸어갔다. 랑베르는 초조해지기 시작했다. 또 다른 그림자들이 큰 계단을 거슬러 올라 정문 쪽으로 걸어오고 있었다. 그는 담배를 한 대 피워 물었다. 그러자 장소가 장소인 만큼 담배를 피워서는 안 될 것이라는 생각이 들었다.

8시 15분이 되자 성당의 오르간이 은은한 연주를 시작했다. 랑베르는 어둠침침한 천장 밑으로 들어섰다. 잠시 후 그는 자기보다 먼저 본당에 들어와 있는 조그만 그림자들을 알아볼 수가 있었다. 그 그림자들은 한 모퉁이, 시내 어느 아틀리에에서 제작된 성 로크의 상을 놓아둔 일종의 임시 제단 앞에 앉아 있었다. 무릎을 꿇고 있어서인지 그들은 더한층 오그라들어 보였으며, 회색 벽화 속에 번져들어 마치 엉겨서 찰싹 붙은 몇몇 그늘의 덩어리처럼 주위의 안개보다 더욱 짙게 드문드문 여기저기에 떠 있었다. 그 모습들 위로 오르간은 끝없는 변주곡을 울리고 있었다.

랑베르가 밖으로 나왔을 때, 곤살레스는 이미 계단을 내려가서 시내로 향하고 있었다.

"나는 자네가 가버린 줄 알았지" 하고 그는 신문기자에게 말했다. "흔히 있는 일이니까."

그는 거기서 멀지 않은 곳에서 8시 10분 전에 그의 친구들과 만나기로 되어 있었는데, 그들이 20분을 기다리게 해놓고도 나타나지 않더라고 변명을 했다.

"무슨 사고가 생긴 게 분명해. 우리가 하는 이런 일은 늘 뜻대로는 안 되지."

그는 이튿날 같은 시간에 전몰 용사 기념비 앞에서 만나자고 다시 약속을 했다. 랑베르는 웃음을 띠고, 소프트 모자를 뒤로 젖혀 넘겼다.

"이 정도는 아무것도 아니라네"라고 웃으면서 곤살레스는 말했다. "생각 좀 해보게. 팀을 짜고, 밀려 가고, 패스도 해야 하지. 한 골을 넣자면 말이야."

"그야 물론이지" 하고 랑베르가 말했다. "그러나 시합은 한 시간 반밖에는 안 걸리지."

오랑의 전몰 용사 기념비는 유일하게 바다가 내려다보이는 장소에 있었는데, 그것은 항구를 내려다보는 낭떠러지를 아주 가까운 거리에서 끼고 도는 일종의 산책 도로였다. 그 이튿날 랑베르는 약속한 시간보다 일찍 도착해 명예의 전사자 명단을 차근차근 읽고 있었다. 몇 분 후에 두 사나이가 다가와서 무심하게 그를 쳐다보더니, 산책 도로의 난간으로 가서 팔꿈치를 괴고 텅 비어 쓸쓸한 항구를 정신없이 내려다보는 듯했다. 그들은 키가 비슷했고, 둘 다 푸른 바지에 소매가 짧은 뱃사람의 재킷을 입고 있었다. 랑베르는 약간 멀리 떨어진 벤치에 걸터앉아 조용히 그들을 바라볼 수 있었다. 그는 그들이 스무 살 이상은 되어 보이지 않는다는 것을 알았다. 그때 곤살레스가 변명을 하면서 자기에게로 걸어오는 것이 보였다.

"저기 우리 친구들이 와 있네" 하고 말하고 그 두 젊은이에게로 그를 끌고 가더니, 마르셀과 루이라고 소개를 했다. 마주 보니 그들은 닮은 데가 많았다. 그래서 랑베르는 아마 형제인가 보다고 생각했다.

"자," 하고 곤살레스는 말했다. "이제 인사도 끝났으니 일을 상의해야지."

그래서 마르셀인지 루이인지가 자기네들의 경비 근무는 이틀 후에 시작돼서 일주일 동안 계속되니까 가장 편리한 날을 택해야 한다고 말했다. 그들은 넷이서 서쪽 문을 지키는데, 다른 두 사람은 직업 군인이라고 했다. 그들을 한패로 끌어넣을 생각은 없다면서, 그들은 믿을 수도 없거니와 비용이 더 든다고 했다. 그런데 그들은 어떤 날 저녁이면 단골 바의 뒷방에 가서 밤을 새우는 일이 있다고도 했다. 마르셀인가 루이인가는 이런 이야기를 하면서, 랑베르에게 문 가까이 있는 자기네들 집에 와서 묵다가 자기들이 부르는 것을 기다리라고 제안했다. 그렇게 되면 통과는 아주 쉽게 되리라는 것이었다. 그러나 빨리 서둘러야 하는데, 얼마 전부터 시 밖에다가 이중 감시 초소를 설치한다는 말이 돌고 있다고 했다.

랑베르는 찬성을 하고, 마지막으로 남은 담배 몇 개비를 꺼내 그들에게 권했다. 둘 중에 아직 입을 열지 않던 청년이 곤살레스에게 비용 문제가 해결되었는지, 선금을 받을 수 있는지 물었다.

"아니야, 그럴 필요 없어, 이 사람은 친구니까. 비용은 출발할 때 다 치르기로 하세." 곤살레스가 말했다.

그들은 다시 한 번 만나기로 했다. 곤살레스는 그 다음다음 날 스페인 식당에서 저녁을 먹자고 제의했다. 거기서 곧장 보초병들의 집에 갈 수 있다고 했다.

"첫날 밤은," 하고 그는 랑베르에게 말했다. "내가 동무를 해주지."

그 이튿날 랑베르는 자기 방으로 올라가는 길에 호텔의 층계에서 타루를 만났다.

"리외를 만나러 가는 길입니다" 하고 타루가 말했다. "같이 가실까요?"

"폐가 될 것 같군요." 좀 멈칫거리다가 랑베르가 말했다.

"그렇지 않을 거예요. 그분이 선생 이야기를 여러 번 하더군요."

신문기자는 생각해보았다.

"그러면," 하고 그는 말했다. "저녁 식사가 끝난 다음에 시간이 나면 밤이 늦더라도 두 분 다 호텔 바로 오십시오."

"그분의 형편이 어떨지 모르겠네요. 페스트 형편에도 달려 있고요"라고 타루는 말했다.

밤 11시나 되어서 리외와 타루가 작고 좁은 바로 들어왔다. 30명

가량의 손님들이 팔꿈치를 짚고 큰 소리로 이야기를 하고 있었다. 페스트에 전염된 도시의 침묵 속에서 갓 나온 두 사람은 귀가 좀 먹먹해서 발을 멈추었다. 그들은 알코올 음료가 아직도 남아 있는 것을 보고 그 법석을 짐작했다. 랑베르는 카운터 끝에 있다가 앉은 채로 그들에게 손짓을 했다. 두 사람은 그의 양쪽에 섰다. 타루는 시치미를 떼고 옆에 있는 사람을 밀어냈다.

"술을 하실까요?"

"암요, 하다마다요" 하고 타루가 말했다.

리외는 자기 잔의 매콤한 풀 냄새를 코로 맡아보았다. 그러한 소란 속에서는 이야기하기도 어려웠다. 그러나 랑베르는 무엇보다도 술 마시기에 정신이 팔린 성싶었다. 의사는 아직 그가 취했는지를 판단하기가 어려웠다. 그들이 앉은 좁은 구석 한쪽에 있는 두 개의 테이블 중 하나에서는 어떤 해군 장교가 양팔에 여자를 하나씩 낀 채 얼굴이 벌겋게 달아오른 뚱뚱보를 상대로 장티푸스 유행 당시의 카이로 이야기를 하고 있었다. "수용소가 있었지" 하고 그는 말했다. "원주민들을 위해서 수용소를 짓고 천막을 쳐 환자를 수용하고 온 둘레에 보초선을 치고 말일세, 가족들이 몰래 민간 전래의 약품을 가지고 들어오면 쏘았단 말이야. 참 가혹한 일이었지만, 그래도 그것이 옳았어." 또 한 테이블에서는 멋쟁이 청년들이 앉아서 알아들을 수 없는 이야기를 주고받고 있었는데, 말소리는 쨍쨍 울려대는 축음기에서 쏟아져 나오는 〈세인트 제임스 인퍼머리〉라는 곡 속으로 휩쓸려 들고 말았다.

"잘되어갑니까?" 하고 목소리를 돋우어서 리외가 물었다.

"되어가는 중입니다." 랑베르가 말했다. "아마 일주일 안으로 될 겁니다."

"유감이군요" 하고 타루가 외쳤다.

"왜요?"

타루는 리외를 보았다.

"오!" 하고 리외는 말했다. "타루의 말은, 여기 계시면 우리에게 도움이 될 것이라는 얘기입니다. 그러나 나는 떠나시려는 심정을 너무나 잘 이해하고 있습니다."

타루는 한 잔씩 더 마시자고 제의했다. 랑베르는 자기가 앉았던 의자에서 내려와서 처음으로 타루를 정면으로 보았다.

"제가 무엇에 도움이 됩니까?"

"글쎄……" 하고 타루는 자기 술잔으로 손을 천천히 내밀면서 말했다. "우리 보건대 일에 말입니다."

랑베르는 다시 여느 때의 무뚝뚝한 얼굴로 돌아가서, 도로 자기 의자에 앉았다.

"그러한 단체가 유익한 것이라고 생각지 않으시나요?" 잔을 막 비운 타루는 이렇게 말하고 랑베르를 뚫어지게 쳐다보았다.

"대단히 유익합니다"라고 신문기자는 말하고, 그도 술을 마셨다.

리외는 그의 손이 떨리는 것을 보았다. 이제는 정말 완전히 취했구나 하고 그는 생각했다.

이튿날 랑베르가 두 번째로 그 스페인 식당에 들어섰을 때, 작은 무리의 사람들이 입구까지 의자를 끌어내다가 앉아서 겨우 더위가 고개를 숙이기 시작하는 초록빛과 황금빛의 저녁 한때를 즐기고 있었다. 그들은 매콤한 냄새가 나는 담배를 피우고 있었다. 식당 내부는 거의 비어 있었다. 랑베르는 안쪽의 식탁으로 가서 앉았다. 그가 처음으로 곤살레스를 만난 테이블이었다. 그는 웨이트리스에게 사람을 기다린다고 했다. 7시 30분이었다. 차츰차츰 남자들이 식당 안으로 들어와서 자리를 잡고 앉았다. 음식이 나오기 시작하고, 둥그런 천장 아래는 식기 부딪치는 소리와 귀가 먹먹할 정도의 소란스런 얘기 소리로 가득 찼다. 8시가 되었는데, 랑베르는 여전히 기다리고 있었다. 불이 켜졌다. 새 손님들이 자리에 와서 앉았다. 그는 식사를 주문했다. 8시 30분에 그는 곤살레스도 그 두 젊은이도 오지 않은 가운데 식사를 끝마쳤다. 그는 담배를 여러 대 피웠다. 홀은 서서히 비기 시작했다. 밖은 이내 어두워지고 있었다. 따뜻한 바람이 바다에서 불어와 창문의 커튼을 슬며시 나부끼고 있었다. 9시가 되었을 때, 랑베르는 홀이 텅 비었고 웨이트리스가 의아하게 자신을 보고 있는 것을 알아차렸다. 그는 계산을 하고 나왔다. 식당 맞은편 카페의 문이 열려 있었다. 랑베르는 카페 카운터에 걸터앉아서 식당 입구를 주시하고 있었다. 9시 30분에 그는 주소도 모르는 곤살레스를 어떻게 하면 다시 만날까 하는 부질없는 궁리를 하면서 호텔로 돌아왔다. 여태껏 밟아온 절차를 다시 밟아야 할 것을 생각하니 가슴이 답답했다.

그가 나중에 리외에게 말한 바에 따르면 바로 그때, 구급차가 질주하는 어둠 속에서 그는 자기와 아내를 갈라놓은 장벽에서 어떤 탈출구를 찾기에 열중한 나머지 그동안 줄곧 아내 생각을 잊고 있었다는 사실을 깨닫게 되었다. 그러나 그때 다시 모든 길이 꽉 막히고 보니 욕망의 한복판에 다시 아내의 모습이 떠올랐으며, 그것이 너무나도 갑작스러운 고통의 폭발이었기 때문에 그는 호텔 쪽으로 달음질을 치기 시작했다. 그 혹독한 열기에서 벗어나려는 것이었지만, 그래도 그 열기는 그를 따라다니면서 그의 관자놀이를 쑤셔댔다.

이튿날 아주 일찌감치 리외를 찾아온 그는 코타르를 어떻게 하면 만날 수 있느냐고 물었다.

"제게 남은 일이라고는," 하고 그가 말했다. "다시 그 절차를 밟아가는 것뿐입니다."

"내일 저녁때 오십시오" 하고 리외가 말했다. "타루가 코타르를 불러달라더군요. 왜 그러는지 모르겠어요. 그는 10시에 오기로 되어 있어요. 그러니 10시 반쯤 이곳으로 오시죠."

코타르가 그 이튿날 의사 집에 들렀을 때, 타루와 리외는 리외의 담당 구역 내에서 일어난 예기치 않은 완치(完治) 건에 대해서 이야기하고 있었다.

"열에 하납니다. 재수가 좋았죠"라고 리외는 말했다.

"아, 그건," 하고 코타르가 말했다. "그는 페스트가 아니었어요."

두 사람은 확실히 페스트였다고 단언했다.

"그럴 리가 없어요. 나은 것을 보니 말이에요. 나보다 더 잘 아시겠지만, 페스트라면 용서가 없죠."

"대개는 그렇죠"라고 리외가 말했다. "그러나 좀 더 꾸준히 대항하다 보면 놀라운 일도 있습니다."

코타르는 웃고 있었다.

"그럴 것 같지 않은데요. 오늘 저녁 통계 발표를 들으셨어요?"

호의에 찬 시선으로 그 연금 생활자를 바라보던 타루는, 숫자는 알고 있으며 사태는 중대하지만 거기에 어떤 의미가 있다면 그것은 더욱더 특별한 조치가 필요하다는 사실을 증명하는 것이라고 말했다.

"아니! 이미 그런 조치는 취하고 계시면서……"

"그래요, 그렇지만 각자 자기 나름대로 그 조치를 취해야 하죠."

코타르는 무슨 말인지 몰라서 타루를 바라보았다. 타루는 너무나 많은 사람들이 아무 일도 안 하고 있으며, 페스트는 각자의 문제이므로 각자가 자기의 의무를 이행해야 한다고 말했다. 의용대의 문은 개방되어 있다고 했다.

"그거 좋은 생각입니다"라고 코타르는 말했다. "그러나 그것은 아무 소용도 없을 겁니다. 페스트가 너무나 억세니 말이에요."

"두고 보아야 압니다"라고 타루는 끈기 있는 어조로 말했다. "우리의 할 일을 다 하고 나서 말이죠."

그동안 리외는 자기 책상에서 카드를 분류해 다시 베끼고 있었다. 타루는 의자 위에서 동요하고 있는 그 연금 생활자를 여전히 쳐다보고 있었다.

"왜 우리 일에 협조하지 않으세요, 코타르 씨?"

코타르는 불쾌하다는 태도로 의자에서 일어나 자기의 둥근 모자를 손에 들었다.

"그것은 내 직업이 아닙니다."

그러고는 시비조로,

"뿐만 아니라 나는 페스트 안에 있는 게 더 좋아요. 그런데 왜 내가 그것을 저지하는 일에 뛰어들어야 하는지 알 수 없군요."

타루는 갑자기 진실을 알아냈다는 듯이 자기 이마를 탁 치면서 말했다.

"아! 그랬군요. 미처 생각지 못했습니다. 그게 아니었더라면 당신은 체포되셨을 텐데."

코타르는 움찔 놀라서 쓰러질 듯 의자를 꽉 잡았다. 리외는 손을 멈추고, 신중하고도 흥미 있는 태도로 그를 바라보았다.

"누가 그래요?"라고 그 연금 생활자는 외쳤다.

타루는 놀라서 말했다.

"아니, 당신이 그러셨잖아요. 좌우간 의사 선생하고 나는 그렇게 알고 있는데요."

그러자 코타르는 걷잡을 수 없는 분노에 사로잡혀서 알아들을 수 없는 말들을 지껄여대기 시작했다.

"그렇게 흥분하지 마세요" 하고 타루가 덧붙여 말했다. "의사 선생이나 나는 당신을 고발할 사람이 아닙니다. 당신의 사건은 우리하고는 관계가 없습니다. 게다가 우리는 결코 경찰을 좋아하지 않으니까요. 자, 좀 앉으시죠."

그 연금 생활자는 한동안 머뭇거리며 자기 의자를 내려다보다가 앉았다. 한참 만에 그는 한숨을 쉬었다.

"오래된 이야기입니다" 하고 그는 인정했다. "그것이 다시 튀어나왔죠. 나는 다 잊혔겠거니 했는데 어떤 놈이 찔렀죠. 그들은 나를 호출하더니 조사가 끝날 때까지 늘 대기하고 있으라더군요. 그래서 결국 체포되고 말리라는 것을 알았죠."

"중죄인가요?" 하고 타루가 물었다.

"그건 말하기에 달려 있어요. 하여간 살인은 아닙니다."

"금고형쯤인가요, 아니면 징역인가요?"

코타르는 몹시 풀이 죽어 보였다.

"금고형이겠죠, 재수가 좋으면……."

그러나 잠시 후에 그는 다시 핏대를 올리며 말했다.

"과실이었어요. 누구나 과실은 범하는 법이죠. 생각만 해도 지긋지긋해요. 그것 때문에 잡혀가서 집이며 생활이며 모든 친지와 헤어져야 하다니."

"아하!" 타루가 물었다. "목맬 생각을 한 것도 그 때문이었군요?"

"네, 어리석은 짓이었지요, 확실히."

리외는 처음으로 입을 열어 코타르에게 말하기를, 자기는 그의 불안을 잘 이해하고 있으며 모든 일이 잘될 것 같다고 했다.

"오! 당장에는 두려울 게 하나도 없다는 것을 나는 알고 있죠."

"제가 보기엔," 하고 타루가 말했다. "우리 보건대에는 안 들어오실 작정이군요."

두 손으로 자기 모자를 빙글빙글 돌리고 있던 코타르는 자신 없는 시선을 타루에게로 돌렸다.

"나를 원망하진 마십시오."

"물론 안 하죠. 그렇지만 적어도," 하고 타루는 웃으면서 말했다. "일부러 병균을 퍼뜨리려고 애쓰지는 말아주세요."

코타르는 자기가 페스트를 원한 것이 아니고 페스트 스스로 생겨났으며, 당장에는 그 덕분에 자기 일이 잘되고 있지만 그것이 제 탓은 아니라고 항의했다. 그리고 랑베르가 문 앞에까지 왔을 때, 그 연금 생활자는 목소리에 있는 힘을 다 실어 이렇게 덧붙였다.

"게다가 당신들은 아무 성과도 얻지 못하시리라는 것이 내 의견입니다."

코타르는 랑베르에게 곤살레스의 주소를 모른다고 말했지만, 다시 그 자그만 카페에 가볼 수는 있다고 했다. 그래서 이튿날 거기서 만나기로 약속을 했다. 그리고 리외가 소식을 알고 싶다는 뜻을 드러내자 랑베르는 주말 밤에 아무 때나 타루와 함께 자기 방으로 오라고 초대를 했다.

아침이 되자 코타르와 랑베르는 그 자그마한 카페에 가서, 가르시아에게 저녁때나 혹 곤란하면 내일 만나자고 전갈을 남겨두었다. 그날 저녁, 그들은 가르시아를 기다렸으나 허사였다. 이튿날 가르시아가 와 있었다. 그는 말없이 랑베르의 이야기를 들었다. 사정은 잘 모르지만 그래도 자기가 아는 바로는, 호별 검사를 실시하기 위해서 구역마다 24시간 통행이 차단되고 있었다는 것이다. 곤살레스와 그 두 젊은이가 차단선을 넘지 못했을 가능성도 있다고 했다. 그러나 자기로서 할 수 있는 일은 고작해야 다시 한 번 그들을 라울과 연결시켜주는 것인데, 그것도 물론 그 다음다음 날 안으로는 어렵다고 했다.

"아마," 랑베르가 말했다. "아주 처음부터 시작해야겠군요."

그 다음다음 날, 어느 길모퉁이에서 라울은 가르시아의 추측을 확인할 수 있었다. 아래 동네의 교통이 차단되었다는 것이다. 다시 곤살레스와 접선을 해야만 했다. 이틀 후 랑베르는 그 축구 선수와 점심을 먹고 있었다.

"참 바보 같은 이야기지" 하고 곤살레스는 말했다. "서로 다시 만날 방법을 약속해뒀어야 했어."

랑베르의 의견도 마찬가지였다.

"내일 아침, 우리 녀석들한테나 가보세. 가서 일을 조정해보지."

이튿날 녀석들은 집에 없었다. 그래서 그들에게 다음 날 정오에 리세 광장에서 만나자고 전갈을 남겨놓았다. 그날 오후 타루가 그를 만났을 때 랑베르는 깜짝 놀랄 정도의 표정을 하고 있었다.

"잘 안 되나요?" 하고 타루가 그에게 물었다.

"새 출발을 해야 하기 때문입니다" 하고 랑베르는 말했다.

그리고 그는 자신의 초대를 변경했다.

"오늘 저녁에 와주세요."

그날 저녁 두 사나이가 랑베르의 방에 들어갔을 때 기자는 누워 있었다. 그는 일어나서 미리 준비해두었던 술잔 두 개에 술을 따랐다. 리외는 자기 잔을 받으면서 일은 잘되어가느냐고 물었다. 신문기자는 완전히 한 바퀴 돌아서 제자리로 왔으며, 머지않아 최후의 약속을 하게 될 것이라고 말했다. 그는 술을 마시고 덧붙였다.

"틀림없이 그들은 오지 않을 겁니다."

"그렇게 단정을 내릴 필요는 없죠" 하고 타루는 말했다.

"아직 이해를 못하셔서 그래요" 하고 랑베르는 어깨를 으쓱 올리면서 대답했다.

"뭘요?"

"페스트 말입니다."

"아하!" 하고 리외가 말했다.

"그렇습니다. 아직 잘 이해를 못하고 계세요. 그것은 재발하게 마련입니다."

랑베르는 방 한구석으로 가서 조그만 축음기의 뚜껑을 열었다.

"그 곡이 뭐예요?" 하고 타루가 물었다. "많이 듣던 곡인데요."

랑베르는 〈세인트 제임스 인퍼머리〉라고 대답했다.

판이 반쯤 돌아갔을 때, 멀리서 두 발의 총소리가 들려왔다.

"개 아니면 탈주자로군" 하고 타루가 말했다.

잠시 후 판이 다 돌아가자, 구급차 소리가 뚜렷하게 들리며 커지다가 호텔 방의 창 밑을 지나 점점 작아지더니, 마침내 아주 그쳤다.

"이 판은 재미가 없어요" 하고 랑베르가 말했다. "게다가 오늘은 벌써 열 번이나 들었으니 말이에요."

"그렇게 그 곡이 좋으세요?"

"아닙니다. 그러나 가진 게 이것뿐이라서요."

그리고 잠시 후에,

"그것은 재발하게 마련입니다"라고 말했다.

그는 리외에게 보건대 일은 어떻게 되어가느냐고 물었다. 현재 다섯 반이 활동하고 있는데 몇 반을 더 조직하길 바라고 있었다. 신문기자는 자기 침대 위에 앉아서 손톱 손질에 몰두하고 있는 듯이

보였다. 리외는 침대가에 웅크리고 있는 그 자그마하고 힘차 보이는
그의 윤곽을 살피고 있었다. 문득 그는 랑베르가 자기를 보고 있는
것을 알았다.

"그런데 선생님" 하고 그가 말했다. "저는 그 조직에 대해 많이
생각해봤습니다. 비록 제가 가입은 안 하고 있지만, 저에게도 이유
가 있습니다. 다른 일 같으면 아직도 제 몸을 바칠 수 있을 것 같아
요. 저는 스페인 전쟁에 종군한 일도 있어요."

"어느 편이었죠?"라고 타루가 물었다.

"진 편이었죠. 그러나 그 후로 나는 좀 생각한 바가 있어요."

"무슨 생각이죠?" 타루가 물었다.

"용기라는 것에 대해서 말입니다. 지금 나는 인간이 위대한 행위
를 할 수 있다는 것을 알고 있습니다. 그러나 만약 그 인간이 위대한
감정을 가질 수 없다면, 나는 그 사람에게는 흥미가 없습니다."

"인간은 모든 능력을 가진 것 같습니다"라고 타루가 말했다.

"천만에요. 인간은 오랫동안 고통을 참거나 오랫동안 행복할 수
는 없습니다. 그러므로 인간이란 가치 있는 일은 아무것도 할 수 없
습니다."

그는 두 사람을 쳐다보다가 계속 말했다.

"이봐요, 타루, 당신은 사랑을 위해서 죽을 수 있나요?"

"모르겠어요. 그러나 아마 그럴 수는 없을 것 같군요. 지금으로
서는……."

"바로 그것이죠. 그런데 당신은 하나의 관념을 위해서는 죽을 수
있습니다. 눈에 빤히 보입니다. 그런데 나는 어떤 관념 때문에 죽는
것은 지긋지긋합니다. 나는 영웅주의를 믿지 않습니다. 나는 그것이
쉬운 일임을 알고 있으며, 그것은 파괴적인 것이라고 배웠습니다.

내가 흥미를 느끼는 것은, 사랑하는 이를 위해서 살고 사랑하는 이를 위해서 죽는 일입니다."

리외는 신문기자의 말을 주의 깊게 듣고 있었다. 줄곧 그를 바라보면서 리외는 부드럽게 말했다.

"인간은 하나의 관념이 아닙니다, 랑베르."

랑베르는 침대에서 펄쩍 뛰어 일어났다. 얼굴은 흥분으로 상기되어 있었다.

"관념이죠, 하나의 어설픈 관념이죠. 인간이 사랑에게서 등을 돌리는 그 순간부터 그렇죠. 그런데 바로 우리는 사랑이 불가능해졌지요. 단념하십시다, 선생님. 사랑할 수 있게 되기를 기다립시다. 그리고 정말 그것이 불가능하다면, 영웅적인 연극은 집어치우고 전반적인 해방을 기다리십시다. 나는 더는 나가지 않겠어요."

리외는 갑자기 피로를 느낀 듯이 일어섰다.

"옳은 말씀이에요, 랑베르. 그러니 무슨 일이 있더라도 지금 하시려는 일에서 마음을 돌려놓고 싶지는 않습니다. 그것은 나로서는 정당하고도 좋은 일이라고 봅니다. 그러나 역시 이것만은 말해두어야겠습니다. 즉 이 모든 일은 영웅주의와는 관계가 없습니다. 단지 성실성의 문제입니다. 아마 비웃음을 자아낼 만한 생각일지도 모르나, 페스트와 싸우는 유일한 방법은 성실성입니다."

"성실성이 대체 뭐지요?" 하고 랑베르는 돌연 신중한 태도로 물었다.

"일반적으로는 모르겠지만, 내 경우에 그것은 나의 직책을 완수하는 것이라고 알고 있습니다."

"아!" 하고 랑베르는 화를 내며 말했다. "나는 어떤 것이 내 직책인지를 모르겠어요. 아마 사랑을 택한 것이 정말 잘못일지도 모르겠군요."

리외는 그를 마주 보았다.

"아닙니다." 그는 이렇게 힘차게 말했다. "조금도 잘못한 것은 없습니다."

랑베르는 생각에 잠긴 눈으로 그들을 바라보았다.

"두 분께서는 아마 그런 일을 해서 조금도 손해 보실 게 없을 겁니다. 유리한 편에 선다는 것은 쉬운 일이니까요."

리외는 자기 잔을 비웠다.

"자," 하고 그가 말했다. "우리에겐 할 일이 있어서요."

리외는 나갔다.

타루도 그의 뒤를 따랐다. 그러나 나가려는 순간에 막 생각이 난 듯이 신문기자에게로 몸을 돌리며 말했다.

"리외의 부인이 여기서 몇백 킬로 떨어진 요양소에 가 있는 것을 아시는지요?"

랑베르는 놀랍다는 시늉을 했다. 그러나 타루는 이미 밖으로 나가버렸다.

이튿날 꼭두새벽에 랑베르는 의사에게 전화를 걸었다.

"내가 이 도시를 떠날 방법을 찾을 때까지 함께 일하도록 허락해 주시겠어요?"

잠시 수화기에서 침묵이 흐르더니, 이윽고 "좋아요, 랑베르. 감사합니다"라는 말이 들려왔다.

3부

이와 같이 매주일 계속해서 그 페스트의 포로들은 저마다 발버둥을 쳤다. 그리고 그들 가운데 랑베르를 포함한 몇몇은 자유인처럼 행동했으며, 아직도 선택의 자유가 있다고 생각하기까지 했다. 그러나 실상 8월 중순쯤에는 페스트가 모든 것을 뒤덮어버렸다고 말할 수 있었다. 그때는 이미 개인적인 운명 같은 것은 있을 수 없었고, 다만 페스트라는 집단적인 역사적 사건과 모든 사람이 공통으로 느끼는 갖가지 감정만이 존재했다. 가장 뚜렷했던 것은 별거와 귀양살이의 감정이었다. 거기에는 공포와 반항이 내포되어 있었다. 그러므로 필자는 그 더위와 질병의 절정에서 일반적인 방법으로, 그리고 그 예를 들어가면서 생존한 우리 시민들의 난폭함, 사망자의 매장, 생이별한 연인들의 외로움 같은 것을 묘사하는 것이 적합하다고 생각한다.

그해가 반쯤 지나갔을 무렵 페스트에 휩싸인 그 도시에 여러 날 동안 바람이 불었다. 바람은 특히 오랑 시민들이 두려워하는 것인데, 이 시가 세워진 언덕 위에서 바람은 아무런 자연적인 장애도 없이 온갖 맹위를 떨치며 거리거리로 불어 들기 때문이었다. 몇 달 동안 시가를 시원하게 적셔줄 비 한 방울 내리지 않았던 터라 도시는 뿌연 먼지를 뒤집어쓰고 있었는데, 그것이 바람으로 해서 비늘처럼 벗겨졌다. 이처럼 바람은 물결처럼 불어와서 먼지와 종이 조각을 흩날려 전보다 드물어진 산책객들의 다리를 때렸다. 그들은 몸을 앞으로 굽히고 손수건이나 손으로 입을 가린 채 종종걸음을 쳤다. 여태까지는 저녁때면 마지막이 될지도 모르는 그 하루를 되도록 길게 끌어보려고 카페에서 북적대던 사람들이 이제는 각자의 집으로 걸음을 재촉하는 모습을 볼 수 있을 뿐이었다. 심지어 며칠 동안은, 이 계절에 훨씬 더 일찍 찾아드는 황혼 무렵이면 거리들은 쓸쓸해지고 바람만이 계속적인 울음소리를 곳곳에 쏟아놓았다.

물결이 높아져 보이지 않는 바다에서 해초와 소금 냄새가 올라왔다. 먼지로 인해 뿌옇게 되고 바다 냄새가 넘쳐흐르는 그 쓸쓸한 도시는 바람의 외침이 윙윙거리는 가운데 마치 불행한 하나의 섬처럼 신음하고 있었다.

여태껏 페스트는 도심지보다 인구밀도가 높고 살기가 불편한 외곽 지대에서 더 많은 희생자를 냈었다.

그러나 페스트는 돌연 관공서 지역에도 접근해서 자리를 잡은 듯 싶었다. 주민들은 바람이 전염병의 씨를 날라 왔다고 못마땅해했다. "바람이 망쳐놓았다"고 호텔의 지배인은 말했다. 그러나 어쨌든 중심가의 사람들은 밤중에, 그것도 점점 더 자주 페스트에 대한 음울하고도 힘없는 호소를 창 밑에서 울리고 가는 구급차 소리를 바로 곁에서 들어야 할 차례가 왔다는 것을 알게 되었다.

같은 시내에서도 특히 심한 구역을 격리시켜 직무상 불가피하다고 생각되는 사람 이외의 출입을 금하기로 했다. 그때까지 그 지역에 살던 사람들은 그러한 조치를 특별히 자기네들에게만 취해진 일종의 약자 학대라고 여기지 않을 수 없었다. 그래서 대개의 경우 그들은 대조적인 딴 지역의 주민들을 마치 자유민처럼 생각했다. 반면

186

에 딴 지역 사람들은 곤란한 순간에 부딪혀도 다른 사람들이 그래도 자기네들보다 덜 자유롭다는 것을 연상하고는 하나의 위안을 발견했다. '나보다 더 부자유한 사람이 있다'는 생각이 그 무렵에 가질 수 있는 유일한 희망이었다.

거의 같은 시기에, 특히 서쪽 문 근처 별장 지역에서 다시 화재가 빈발하는 사태가 벌어졌다. 조사 결과 예방 격리에서 돌아온 사람들이 상사(喪事)와 불행에 눈이 뒤집혀서 페스트를 태워 죽여버린다는 환상으로 자기 집에다 불을 질렀던 것이다. 빈번한 화재는 맹렬한 바람을 타고 그 지역 일대를 끊임없는 위험 속에 몰아넣었으므로, 그러한 짓을 말리느라고 무척 애를 먹었다. 당국에서 실시하는 가옥 소독만으로도 모든 전염의 위험을 몰아내기에 충분하다는 것을 아무리 증명해주어도 소용이 없어서, 마침내는 그 죄 없는 방화자들에 대해서 극히 엄한 형벌을 내리겠다는 법령을 공포하지 않으면 안 되었다. 그런데 아마도 그 불행한 사람들을 겁나게 만드는 것은 투옥이라는 규정이 아니라 모든 시민의 공통된 확신, 즉 시의 감옥에서 나타나는 극도의 사망률로 보건대 투옥형은 결국 사형과 같다는 확신이었다. 물론 그 신념은 전혀 근거가 없는 것도 아니었다. 자명한 이치이지만, 페스트는 군인이라든가 수도승이라든가 죄수들처럼 집단생활에 익숙해진 사람들에게 특별히 혹독한 것 같았다. 왜냐하면 어떤 부류는 격리되어 있는데도, 감옥이란 하나의 집단 사회이고 또 그것을 잘 증명이라도 하듯, 우리 시의 감옥에서는 죄수 못지않게 많은 수의 간수들이 그 병으로 희생되었기 때문이다. 페스트라는 우월한 위치에서 보면 형무소장부터 말단 죄수에 이르기까지 모든 사람은 유죄였으며, 아마 처음으로 절대적인 정의가 감옥을 지배하고 있었다.

당국은 그러한 평등 상태에 위계질서를 부여하려고 직무 수행 중에 순직한 간수들에게 훈장을 수여하려는 생각을 품었으나 허사였다. 계엄령이 선포되어 있는 데다가 또 어떻게 보면 그 간수들은 동원된 것이나 마찬가지이므로 사후 추증(死後追贈)으로 전공 훈장을 주었다. 그러나 죄수들이야 아무런 항의를 하지 않았지만 일부 군에 관계된 사람들은 그 일을 그리 좋게 생각하지 않았으며, 대중의 머릿속에 유감스러운 혼동을 일으킬 우려가 있다는 정당한 이유를 지적했다. 당국은 그들의 요구를 정당하다고 보고, 가장 간단한 방법은 간수들에게 방역 공로장(防疫功勞章)을 주는 것이라고 생각했다. 그러나 먼저 받은 사람들에게서 훈장을 되돌려받을 수도 없는 일이었는데, 군 관계자들은 여전히 자기들의 견해를 고집했다. 또 한편 방역 공로장으로 말하면, 질병의 창궐기에 그런 훈장 하나 받아보았댔자 대단한 것이 아니었기 때문에 전공 훈장의 수여로 얻을 수 있던 사기 진작의 효과를 일으키지 못하는 점이 불편했다. 요컨대 모든 사람이 다 불만족스러웠다.

게다가 형무소 당국은 교회 측이나, 그보다는 차이가 훨씬 덜 나지만 군 당국과 똑같은 조처는 취할 수가 없었다. 사실 시내에 단 두 개뿐인 수도원의 수도승들은 신앙심이 두터운 가정에 임시로 분산 숙박하도록 조치가 되었다. 이와 마찬가지로 소규모의 부대들이 가능할 때마다 병영에서 분리되어 학교나 공공건물에 주둔했다. 이처럼 외관상으로는 시민들에게 포위된 상태로서의 연대책임을 강요하고 있던 질병은, 동시에 전통적인 결합을 파괴하고 개개인을 고독 속으로 몰아넣었다. 그것은 혼란을 불러일으켰던 것이다.

이러한 모든 상황에 설상가상으로 바람까지 겹쳐서 모든 사람의 정신에 불을 붙여놓았다고도 생각할 수 있었다. 시의 문들은 밤에 몇 번씩이나, 그것도 무장한 작은 집단에게 습격을 받았다. 총격전이 벌어졌으며 부상자가 생겼고 도망자도 있었다. 감시 초소들이 강화되자 그러한 시도는 이내 중지되었다. 그러한 시도는 시내에 일종의 혁명과 비슷한 분위기를 조성함으로써 몇 건의 폭력 사건을 야기했다.

보건상의 이유로 폐쇄되거나 화재가 난 집들이 약탈을 당했다. 사실 그런 행위가 계획적인 것이었다고 추측하기는 어려웠다. 대개의 경우 여태껏 점잖았던 사람들이 돌발적인 기회에 비난받을 만한 일을 저질렀으며, 그런 행위는 이내 딴 사람들에게 영향을 미쳤다. 이리하여 슬픔의 극에 달해 얼이 빠져 있는 집주인의 눈앞에서 아직도 불타고 있는 집 안으로 뛰어드는 미치광이들도 있었다. 집주인이 가만있는 것을 보고 구경꾼들도 그들이 하는 짓을 본떴고, 그래서 그 어두운 거리에는 꺼져가는 불길과 어깨에 걸머진 물건 또는 가구들로 해서 생긴 일그러진 그림자들이 사방으로 도망치는 모습을 볼 수 있었다. 그러한 부수적인 사건들로 말미암아 당국은 부득이 페스트령을 계엄령과 동등하게 다루어 거기에 입각한 법률을 적용하게 되었던 것이다. 절도범 두 명이 총살되었다. 그러나 이것이 딴 사람들에게 충격을 주었는지 어떤지는 모르겠다. 왜냐하면 그렇게 사망자가 많은 판국에 그 두 명에 대한 사형 집행은 거의 눈에 띄지도 않았으니 말이다. 그것은 마치 망망대해에 떨어뜨린 물 한 방울과도 같았다. 그리고 사실 그와 비슷한 광경이 상당히 자주 당국의 단속을 어기고 거듭되었던 것이다. 모든 사람에게 충격을 준 듯싶은 유일한 조치는 등화관제였다. 밤 11시부터 완전한 암흑 속에 잠겨버린 시가는 마치 돌덩이처럼 되어버렸다.

달이 떠 있는 하늘 아래 시가는 집들의 흰 벽과, 한 그루 나무의 검은 그림자나 한 사람의 발자취나 개 한 마리 짖는 소리도 없는 쭉

189

뻗은 거리들을 즐비하게 드러내고 있었다. 그 적막한 대도시는 이미 활기를 잃어버린 육중한 정육면체의 덩어리일 뿐이었다. 단지 그 사이로 잊힌 자선가들이며, 또는 영원히 청동 속에 갇혀버린 그 옛날의 위인들의 초상만이 돌이나 쇠로 된 그 인공의 얼굴을 가지고 한때는 인간이었던 것들의 몰락한 모습을 일깨워주려 하고 있었다. 그 볼품없는 우상들은 답답한 하늘 아래 숨을 거둔 네거리에 군림하고 있었는데, 그 투박스럽고 무감각한 모습들은 우리가 발을 들여놓은 요지부동의 시대, 또는 적어도 그 마지막 질서, 곧 페스트와 돌덩어리와 밤으로 해서 모든 음성이 침묵으로 돌아갔을 무렵의 지하 묘지의 질서를 제법 잘 드러내고 있었다.

*

그러나 밤은 또한 모든 사람의 가슴에도 있었으며, 매장에 관해 떠도는 전설과도 같은 진실은 우리 시민들의 마음을 편하게 할 만한 것이 못 되었다. 매장 이야기를 본 그대로 해야 되는데, 이 점이 필자로서는 민망스럽기 짝이 없다. 이 점에 관해서 필자는 비난을 받을 수 있다는 것도 잘 알고 있지만, 필자의 유일한 변명은 그 기간 내내 매장이 그치지 않았을뿐더러, 매장에 대한 걱정은 모든 시민에게 불가피했던 것과 마찬가지로 어떤 의미에서는 필자에게도 역시 불가피했다는 점이다. 어쨌든 이것은 필자가 그런 종류의 의식에 취미를 가졌기 때문이 아니다. 도리어 반대로 필자는 살아 있는 사람들의 사회, 이를테면 해수욕 같은 것을 더 좋아한다. 그러나 결국에 해수욕은 금지되었고, 살아 있는 사람들의 사회는 날마다 죽은 사람들의 사회에게 뒷덜미를 잡힐 것을 두려워하고 있는 판이었다. 그것은 자명한 일이었다. 물론 그 죽음의 사회를 안 보려고 애써 눈을 가림으로써 그것을 거부할 수도 있겠지만, 자명한 일이란 무서운 힘을 가지고 있어서 모든 것을 앗아가고야 마는 법이다. 예를 들어서 여러분이 사랑하는 사람을 매장해야만 할 경우, 여러분은 무슨 수로 그 매장을 거부할 수 있겠는가?

그런데 초기에 우리 장례식의 특징을 이루고 있는 것은 신속성이었다. 모든 형식은 간소화되었으며, 일반적인 장례식은 폐지되었다. 환자들은 가족과 헤어진 채로 죽었으며, 밤샘은 금지되어 있었으므로 결국 저녁나절에 죽은 사람은 송장 혼자 밤을 넘기고 낮에 죽은 사람은 지체 없이 매장되었다. 물론 가족에게 통보는 하지만, 알려 봤댔자 대부분의 경우 그 가족도 만약 병자 곁에서 살던 사람이라면 예방 격리를 당하고 있던 터라 자리를 뜰 수가 없었다. 가족이 그 고인과 함께 살지 않았을 경우에는 지정된 시각, 즉 염이 끝나고 입관되어 묘지로 떠나려는 시각에나 참여하도록 되어 있었다.

가령 그러한 절차가 리외가 일하고 있는 그 임시 병원에서 행해졌다고 하자. 그 학교에는 본관 뒤에 출구가 하나 있었다. 복도에 면해 있는 커다란 창고에는 관들이 있었다. 바로 그 복도에서, 이미 뚜껑이 닫힌 관 하나를 가족들은 보게 된다. 이내 사람들은 가장 중요한 일로 들어가게 되는데, 그것은 곧 여러 가지 서류에 호주의 서명을 받는 것이다. 그 일이 끝나면 시체를 자동차에 싣는데, 여느 트럭을 사용할 때도 있고 대형 구급차를 개조해서 사용할 때도 있다. 친척들은 아직까지도 운행이 허가되고 있는 택시를 하나 얻어 타고 전속력으로 변두리 길을 달려서 묘지에 도착한다. 묘지 앞에서 헌병이 차를 세우고, 그것이 없으면 우리 시민들은 이른바 '마지막 거처' 조차도 얻을 수 없게 되는 공식 통과증에다 고무 도장을 한 번 누르고 옆으로 비켜선다. 그러면 차는 수많은 구덩이가 메워지기를 기다리고 있는 한 네모진 터 앞에 도착한다. 신부 한 명이 시체를 맞이한다. 성당 안에서 장례식을 치르는 것이 금지되어 있기 때문이다. 기도를 올리는 동안에 관이 내려지고 밧줄에 감긴 채 끌려 내려가 구덩이 밑바닥에 털썩 놓이면 신부가 성수채를 흔들어대는데, 벌써 첫 흙이 관 뚜껑 위에 튄다. 구급차는 소독약을 살포받기 위해서 조금 먼저 떠나버리고, 삽날이 흙을 찍어 던지는 소리가 차차 무디어져가는 가운데 가족들은 택시 안으로 들어가버린다. 15분 후에 가족들은 제 집에 가 있는 것이다.

이와 같이 해서 모든 일은 그야말로 최대한의 신속성과 최소한의 위험성을 가지고 진행되었다. 아마 적어도 초기에는 가족들의 자연적 감정이 이것을 섭섭하게 생각했던 것이 분명하다. 그러나 페스트가 유행하는 기간에는 그러한 감정의 고려를 염두에도 둘 수가 없었다. 즉 모든 것을 실용성을 위해서 희생시켰던 것이다. 게다가 비록 처음에는 격식대로 매장하고 싶다는 욕망이 우리의 생각 이상으로 널리 퍼져 있었기 때문에 시민들이 그러한 행사를 괴롭게 여기기도 했지만, 얼마 후에는 다행히도 식량 보급 문제가 어려워져 주민들의 생각은 보다 더 직접적인 관심사로 쏠리게 되었다. 먹기 위해서 줄을 서고 수속을 밟으며 서식을 갖추는 데 골몰한 나머지 사람들은 자기 주위에서 어떻게들 죽어가고 있는지, 또는 앞으로 자기들이 어떻게 죽어갈지를 생각해볼 겨를이 없었다. 그리하여 처음에는 고통스러웠던 물질적 곤란이 나중에는 하나의 혜택이 되어버렸다. 그리고 만약 질병이 이미 우리가 본 것처럼 만연되지만 않았더라면 모든 것이 잘되었을 것이다.

왜냐하면 갈수록 관이 더욱 귀해지고, 수의를 만들 천과 묏자리도 귀해졌으니 말이다. 무슨 수를 내야만 했다. 가장 간단한 것은, 역시 효율성이라는 이유에서였지만, 장례식을 합동으로 하고 혹 필요에 따라서는 묘지와 병원 사이의 왕래를 여러 번으로 늘리는 방법이었다. 그래서 리외의 경우에는 병원에서 그 당시 관을 다섯 개 할당해주었다. 그것이 다 차면 구급차가 싣고 간다. 묘지에 가면 관이 비워지고, 무쇳빛 시체들은 들것에 실려서 이런 용도에 쓰려고 지은 헛간 안에서 차례를 기다린다. 관들은 소독액이 뿌려져서 다시 병원으로 운반된다. 그리고 이러한 작업이 필요한 횟수만큼 되풀이된다. 이를 위한 조직은 무척 잘되어 있어서 지사는 만족을 표명했다. 심지어는 리외에게 그것이 옛적의 페스트 기록에서 볼 수 있는 것과 같은 검둥이들이 끌고 가는 시체 운구차보다도 어쨌든 더 낫다고까지 말했다.

"네, 그렇습니다" 하고 리외는 말했다. "매장 방식은 매일반입니다만, 우리는 카드를 작성하고 있지요. 진보된 것은 의심할 여지가 없습니다."

그처럼 행정 면에서는 성공했음에도 그 형식이 내포한 불쾌한 성격 때문에 현청은 부득이 친척들을 장례식에서 멀리 떨어뜨려야만 했다. 단지 묘지 입구에까지 오는 것은 허용했지만, 그나마도 공식적인 것은 아니었다. 왜냐하면 최종 의식에 관해서 사정이 좀 달라졌기 때문이었다. 묘지 맨 끝에, 유향나무로 뒤덮인 빈터에 엄청나게 큰 구덩이가 두 개 패어 있었다. 남자용 구덩이와 여자용 구덩이였다. 이러한 점에서 보면 행정 당국은 예의를 갖추었던 셈인데, 그것이 그 뒤에 여러 가지 사태의 압력으로 급기야는 그 마지막 수치심까지 잃고 체면 따위를 생각하지 않게 되어 여자 남자 가리지 않고 뒤범벅으로 포개어 묻어버리게 되었다. 다행히도 그런 극도의 혼란은 그 재화의 최종 시기에 있었을 뿐이다. 지금 우리가 언급하고 있는 이 시기에는 구덩이가 구별되어 있었고, 현청에서는 그 점을 몹시 중요시했다. 그 구덩이 밑바닥마다 아주 두껍게 입혀놓은 생석회가 김을 뿜으며 부글부글 끓고 있었다. 구급차의 왕복이 끝나면, 줄지어 들것에 의해서 운반된 벌거벗기고 약간 뒤틀린 시체들이 거의 나란히 맞붙어서 구덩이 밑바닥으로 미끄러져 내려가고, 생석회에 이어 흙으로 덮인다. 그러나 그것도 다음에 들어올 손님을 위해서 일정한 높이까지만 덮고 만다. 다음 날 친척들은 일종의 기록부에 서명을 하도록 호출되는데, 그것은 가령 사람과 개 사이에 있을 수 있는 차이를 나타내는 것이다. 즉 확인이라는 게 언제나 가능했다.

그런 모든 작업을 하려면 사람이 필요했는데, 언제나 모자라기 일보 직전이었다. 처음에는 정식으로 채용되었고, 나중에는 임시로 채용되었던 위생 직원과 묘 파는 인부들도 페스트로 많이 죽었다. 아무리 조심을 해도 언젠가는 전염이 되고 말았다. 그러나 잘 생각해보면, 가장 놀라운 것은 질병의 전 기간에 걸쳐 그런 일을 하는 데 필요한 인력은 결코 모자라지 않았다는 사실이다. 위기는 페스트가 그 절정에 도달하기 바로 직전에 있었다. 그때 의사 리외의 불안은 근거가 있는 것이었다. 간부들도, 또 그가 말하는 막노동꾼도 인력이 충분하지는 못했다. 그러나 페스트가 시 전체를 장악했을 무렵부터는 그 격렬함 자체가 아주 편리한 결과를 가져왔다.

왜냐하면 페스트는 모든 경제생활을 파괴했고, 그 결과 상당수의 실업자를 내게 했기 때문이다. 대부분의 경우 그들은 간부층의 충원 대상은 안 되었지만, 막일에 관한 한 그들 때문에 일이 쉬워졌다. 그 시기부터는 사실 곤궁이 공포보다 더 강하다는 사실을 늘 볼 수 있었고, 일은 위험성의 정도에 따라서 임금을 지불하게 마련이었기 때문에 더욱 그러했다. 보건과에서는 취직 희망자의 명단을 마련해놓을 수가 있었다. 그래서 어디서 결원이 생기기만 하면 그 명단의 첫머리에 올라 있는 사람에게 통지를 하곤 했는데, 그들은 그동안에 자기 자신이 결원된 경우를 제외하고는 언제나 출두하게 마련이었다. 동시에 유기 또는 무기 죄수들의 활용을 주저해왔던 지사도 그러한 막다른 골목까지 가는 것을 피할 수 있게 되었다. 실업자들이 있는 동안은 견딜 수 있다는 생각이었다.

이럭저럭 8월 말까지 우리 시민들은 최후의 거처로 예의 바르게는 아니더라도 적어도 행정 당국이 자기들의 의무를 다하고 있다는 의식을 갖기에 충분한 질서 속에서 이끌려 갈 수 있었다. 그런데 그 후의 일을 좀 미리 말하는 것이 되겠지만, 마침내 쓰지 않을 수 없었던 최후의 수단에 대해 언급해야겠다.

8월로 접어들자 사실상 페스트가 유지하고 있던 평행선에서 볼 때 희생자의 증가는 이 시의 조그만 묘지가 제공할 수 있는 한계를 훨씬 초과하고 있었다. 담 한쪽을 헐어서 시체들을 위해 그 옆 터를 넓혀놓았다 해도 소용이 없었고, 이내 다른 방도를 강구하지 않을 수 없었다. 우선 밤에 매장을 하기로 결정했는데, 그것은 확실히 모종의 고려를 덜어주었다. 구급차에는 점점 더 많은 시체를 포개어 쌓을 수 있게 되었다. 그리고 변두리 지대에서는 등화관제 시간 이후에도 볼 수 있는, 규칙을 위반하며 밤늦게 다니는 산책객들(또는 직업상 그렇게 되는 사람들)은 때때로 윙윙거리는 소리를 울려대며 전속력으로 달리고 있는 길쭉한 백색의 구급차와 만나곤 했다. 시체들은 서둘러서 구덩이 속에 내던져졌다. 흔들림이 채 가라앉지도 않은 시체가 어느 정도 차면 석회를 뜬 삽이 시체의 얼굴을 짓이겼고,

이어서 이제는 더욱더 깊게 파인 구덩이 속으로 이름도 모르게 흙에 묻혀버렸다.

그러나 얼마 지나자 또 다른 곳을 물색해서 더욱 확장하지 않으면 안 되었다. 지사령으로 영대 묘지(永代墓地)의 소유권이 무효화되어 발굴된 유골은 전부 화장터로 보내졌다. 이윽고 페스트 사망자들까지도 화장터로 보내지 않으면 안 되었다. 그러니 시문(市門) 밖에 있는 옛 화장터를 이용해야만 했다. 경비 초소를 더 멀리 이동시키고, 한 시청 직원이 전에는 해안선을 따라 운행되었으나 이제는 쓸모가 없어진 전동차를 이용하도록 건의함으로써 당국의 일은 훨씬 수월해졌다. 그 결과로 유람차와 전기 기관차의 좌석을 뜯어내어 내부를 개조하고, 또 선로를 화장터까지 돌게 해서 화장터가 하나의 시발점이 되었다.

그래서 여름 내내, 또 가을비 속에서도 매일 밤을 틈타 승객 없는 괴상한 전동차의 행렬이 덜거덕거리면서 해안을 지나다니는 것을 볼 수 있었다. 시민들도 마침내는 그 내막을 알게 되었다. 그리고 순찰대가 임해 도로에 대한 접근을 금지하고 있는데도 몇몇 사람들이 무리를 지어 해면으로 솟은 바위 틈에 숨어 있다가 전차가 지나갈 때면 유람차 안에 꽃을 던지곤 했다. 그럴 때면 전동차가 꽃과 시체를 싣고 여름밤 속을 더한층 심하게 흔들리며 달리는 소리가 들리곤 했다.

아무튼 처음 얼마 동안은 아침 녘이 되면 시의 동쪽에서 구역질 나는 김이 떠돌았다.

의사들은 누구나 그 김이 불쾌하기는 하지만 사람한테는 조금도 해롭지 않을 것이라는 의견이었다. 그러나 동네 주민들은 그렇게 해서 페스트가 하늘로부터 자기들에게 달려드는 것이라고 생각한 나머지 그 동네에서 떠나버리겠다고 위협을 했고, 부득이 복잡한 도관 수송 장치를 해서 그 김을 다른 곳으로 뽑게 하고 나서야 주민들은 진정되었다.

바람이 몹시 부는 날만은 동쪽 지역에서 어렴풋이 풍겨오는 냄새가 그들이 새로운 질서 속에 놓여 있으며, 또 페스트의 불길이 매일 저녁 자기들이 바치는 공물을 집어삼키고 있다는 것을 그들에게 상기시켰다.

그러한 것들이 그 질병이 가져온 극단적인 결과였다. 그러나 질병이 그 후 더 기승을 부리지 않은 것은 다행한 일이었다. 왜냐하면 각 기관의 재주나 현청의 처리 능력이나 또 화장장의 소화 능력이 부족해질 수도 있었다고 생각할 수 있기 때문이다. 리외는 그렇게 될 경우 시체를 바다로 내던져버린다든지 하는 절망적인 해결 방법이 고려되었음을 알고 있었다. 그래서 그는 파란 물 위에 떠도는 그 시체들이 내뿜는 징그러운 거품을 쉽사리 상상했다. 또 그는 만약 통계가 계속해서 상승한다면 어떠한 조직도, 아무리 우수한 조직이라 해도 견뎌낼 수 없을 것이고, 현청이라는 것이 있는데도 사람들은 첩첩이 죽어 쌓여서 거리에서 썩어갈 것이며, 또 공공장소에서는 죽어가는 사람들이 당연한 증오심과 어리석은 희망에 뒤섞여서 살아남은 사람들에게 매달리는 꼴을 보게 되리라는 것을 알고 있었다.

어쨌든 그러한 종류의 자명한 일 또는 걱정이 우리 시민들의 마음속에 귀양살이와 격리 상태의 감정을 품도록 했다. 그 점에 관해서 가령 옛날이야기에서 보는 것과 비슷한 믿음직한 어떤 영웅이라든가 눈부신 어떤 행동이라든가, 정말 구경거리의 가치가 있는 것을 여기에서 전혀 말할 수가 없다는 것이 얼마나 유감스러운 일인가를 필자는 잘 알고 있다. 그것은 재화처럼 보잘것없는 구경거리는 없으며, 그 오래 끄는 기간 자체로 말미암아 무시무시한 불행은 단조로워지기 때문이다. 그런 나날을 겪은 사람들의 기억 속에서는 페스트로 인한 그 무시무시한 나날들이 거창하고 잔인한 커다란 불길 같은 것이 아니라, 차라리 지나는 곳마다 모든 것을 짓이겨버리는 끊임없는 발자취같이 여겨졌다.

아니다. 페스트에는 그 병이 유행하던 초기에 의사 리외를 성가시게 따라다니던, 그처럼 사람을 흥분시키는 굉장한 이미지와 동일시할 것이라곤 아무것도 없었다. 그것은 무엇보다도 용의주도하고 빈틈없이 잘 짜인 하나의 행정 사무였다. 그렇기 때문에 한마디 덧붙이자면 조금도 배반하지 않기 위해, 특히 자기 자신을 배반하지 않기 위해 필자는 객관성이라는 걸 고집해왔다. 필자는 이야기를 다소 일관성 있게 만들기 위한 기본적인 필요 사항 외에는 거의 아무것도 예술적인 효과를 위해 덧붙이려고 하지 않았다. 그리고 그 객관성 자체가 필자로 하여금 이렇게 말하도록 명령한다. 즉 그 시기의 커다란 고통, 가장 심각한 동시에 가장 보편적인 고통이 별거의 감정이었다 할지라도, 그리고 페스트의 그 단계에 있어서의 새로운 기록을 해놓는 것이 양심적으로 불가결한 것이었다 할지라도, 그 고통 자체마저도 당시에는 그 비장함을 상실하고 있었다는 것도 역시 사실이다.

우리 시민들, 적어도 그 별거로 말미암아 가장 심각한 고민을 하고 있던 사람들은 그러한 상황에 길들어버리고 만 것일까? 그것을 긍정한다는 것은 전혀 옳지 못하리라. 육체와 마찬가지로 정신적으로도 그들은 위축되어가는 것 때문에 괴로워했다고 말하는 편이 더 정확한 표현일 것이다. 페스트의 초기 단계에는 잃어버린 사람에 대한 생각이 역력해서 그들이 없음을 애석해했다. 그러나 사랑하는 그 얼굴, 그 웃음, 나중에야 행복했었노라고 여겨지는 그런 날 등이 뚜렷하게 생각이 나지만, 그런 것을 다시 그려보는 바로 그 시간에, 또한 그 후로 그렇게도 먼 곳이 된 그 장소에서 상대방은 무엇을 하고 있는지를 상상하기란 대단히 힘들었다. 요컨대 그 시기에 그들에게 기억력은 있었지만 상상력은 부족했다. 페스트의 2단계에서는 기억력조차 상실하고 말았다. 그 얼굴을 잊어버린 것이 아니라, 결국은 같은 이야기지만, 그 얼굴에서 살이 없어져 자기들의 마음속에서 그 얼굴을 알아볼 수 없게 된 것이다. 그래서 처음 몇 주 동안은 자기들의 사랑에 있어서 이제는 망령밖에는 상대할 수 없다는 데 슬퍼하는 경향이 있었지만, 그 후 그들은 추억을 통해서 간직되어온 최소의 얼굴빛마저 잊어버림으로써 그 망령의 살이 더욱 깎이고 말지도 모른다는 사실을 알게 되었다. 그 길고 긴 이별을 치르던 끝에 그들은 마침내 둘이서 누리던 그 무르녹은 정분도 상상할 수 없게 되었으며, 또 언제든지 손을 얹을 수 있던 상대가 어떻게 자기 곁에 살고 있었는지도 상상할 수가 없게 되었다.

이러한 점에서 볼 때 그들은 보잘것없을수록 더욱 위력을 발휘하는 페스트의 지배 속으로 끌려들고 말았던 것이다. 우리의 도시에서는 이제 아무도 거창한 감정을 품지 않게 되었다. 모든 사람은 단조로운 감정을 느끼고 있었던 것이다. "이젠 끝날 때도 되었는데" 하고 시민들은 말하곤 했다. 왜냐하면 재화의 기간 중 집단적인 고통의 종말을 바라는 것은 당연한 일이었고, 또 사실 그들은 그것이 끝나기를 희망하고 있었기 때문이다. 그러나 이 모든 말은 초기에서와 같은 열정이나 안타까운 감정은 없고, 다만 우리에게 아직도 뚜렷이 남아 있는 일종의 빈약한 이성에서 나오는 것들이었다. 처음 몇 주일간의 그 사나운 발악의 뒤를 이어서 낙담이 생겼는데, 그것을 체념으로 보는 것은 잘못일지 모르나 역시 일종의 일시적인 동의가 아니라고 할 수는 없다.

우리 시민들은 굴복했고 흔히 말하듯 거기에 적응하고 있었는데, 그럴 수밖에 없었기 때문이다. 물론 그들에게는 아직 불행과 고통의 태도가 있었지만, 예리하게는 느끼지 않게 되었다. 또한 예를 들어서 의사 리외는 바로 그것이야말로 불행이며, 또 절망에 젖어버린다는 것은 절망 그 자체보다 더 나쁜 것이라고 생각했다. 전에는 별거하고 있던 사람들도 실지로 불행하지는 않았고, 그들의 괴로움에는 방금 꺼져버린 광명의 자취가 남아 있었다. 그런데 이제는 길모퉁이에서, 카페나 친구 집에서 침착하고도 무관심한 고달픈 눈을 하고 있는 별거하는 사람들을 볼 수 있었는데, 그들로 말미암아 도시가 마치 하나의 대합실 같았다. 직업을 가진 사람들도 자신의 일을 페스트와 똑같은 태도로 소심하고 조용하게 해나갔다. 모두 겸손해졌다. 처음으로 그들 별거당한 사람들은 거리낌 없이 헤어져 있는 사람 얘기도 하고, 제삼자 같은 말투를 쓰기도 하고, 자기들의 별거 상태를 전염병의 통계와 같은 각도에서 검토해보게 됐다. 그때까지는 자기들의 고통을 억지로 집단적인 불행과 떼어서 생각하고 있었는데, 이제는 두 문제를 함께 생각하게 되었다. 기억도 희망도 없이 그들은 현재 속에 머무르고 있었다. 사실 모든 것이 그들에게는 현재가 되어 있었다. 페스트는 모든 사람에게서 연애의 능력과 우정을 나눌 힘조차도 빼앗아버리고 말았다는 사실도 말해야겠다. 왜냐하면 연애를 하려면 어느 정도의 미래가 요구되는 법인데, 우리에게는 이미 순간순간 이외에는 남은 것이 없었기 때문이다.

물론 이 모든 것이 절대적인 것은 전혀 아니었다. 왜냐하면 모든 별거당한 사람들이 그러한 상태에 이르렀던 것은 사실이지만 모두가 같은 시각에 거기에 도달했던 것은 아니고, 또한 일단 그 새로운 태도 속에 자리를 잡았다가도 번개같이 제정신이 들거나, 미련이나 급격한 각성 등이 그 인내성 있는 사람들을 더 젊고 통절한 감수성으로 이끌어 갔다는 것을 덧붙여야겠다. 페스트가 끝난 것으로 가정해놓고 어떤 계획을 짜던 방심의 시기도 있었다. 예기치 않게, 그리고 어떤 은총의 결과로서 목적 없는 질투에 혈안이 되는 것도 불가피했다. 또 어떤 사람들은 갑자기 의식을 되찾고 그 마비 상태에서 벗어나곤 했는데, 그것은 자연 일요일이거나 토요일 오후였다. 왜냐하면 지금은 없는 사람과 함께 살던 시절의 그런 날에는 어떤 의식 같은 일을 하며 보냈기 때문이다. 혹은 매일 해 질 무렵에 그들을 사로잡는 우울증이, 항시 분명한 것은 아니지만, 기억력이 되살아날지도 모른다는 경고를 그들에게 주는 일도 있었다. 저녁나절의 그 시간은 신자들에게 양심을 음미할 기회였는데, 음미할 것이라고는 공허밖에 없는 죄수나 유형수인 사람들에게는 가혹한 것이었다. 그 시간이 오면 그들은 잠시 엉거주춤하게 있다가, 무기력 상태로 돌아가서 페스트 속에 틀어박혀버리고 말았다.

이미 이해했으리라 생각하지만, 이것은 결국 그들이 가진 가장 개인적인 것을 단념했다는 뜻이다. 페스트의 초기에 그들은 남이 보면 하등의 존재 가치가 없지만 자신들에게는 대단히도 중요한 자질구레한 일들이 너무나 많은 데 놀랐고, 거기에서 개인 생활이라는 것을 체험했다. 하지만 이제는 그와 반대로 남들이 흥미를 갖는 것밖에는 흥미를 갖지 않고 일반적인 관념만을 갖게 되었으며, 그들의 사랑조차도 그들 눈에는 가장 추상적인 모습을 띠게 되었다. 그들은 이제 잘 때나 이따금씩 희망을 갖게 되었고, '그놈의 멍울, 이젠 좀 끝장이 났으면!' 하고 생각할 정도로 페스트에 매인 몸이 되었다.

그러나 실제로 그들은 이미 잠들어 있었으며, 이 기간 전부가 하나의 긴 잠에 불과했다.

시가는 눈을 뜨고 잠자는 사람들로 가득 차 있었는데, 그들이 실제로 그 운명에서 벗어나는 건 이따금 밤중에 겉으론 아물어 보이던 상처가 갑작스레 되살아나는 때였다. 그래서 벌떡 일어나 일종의 방심 상태로 그 도진 상처 언저리를 어루만지며 갑자기 다시 생생해진 그들의 고민과, 또 이와 더불어 그들의 사랑이 아연실색하는 표정을 한줄기 섬광 속에서 다시 발견했다. 아침이 되면 그들은 또다시 재화 속으로, 즉 일상적인 삶 속으로 돌아갔다.

그런데 그 벌거당한 사람들은 어떤 모습을 하고 있었느냐고 묻는 사람도 있으리라. 하기야 그것은 간단한 일이다. 그들은 아무렇게도 보이지 않았다. 굳이 말한다면 그들은 모든 사람과 같은 모습, 즉 극히 평범한 모습을 하고 있었다. 그들은 이 도시의 침착한 성격과 유치한 흥분을 동시에 지니고 있었다. 막상 냉정한 외관을 취하면서도 비판적 감각은 상실하고 있었다. 예를 들어 그들 가운데 가장 총명한 사람들까지도 모두와 마찬가지로 신문에서 혹은 라디오 방송에서 페스트의 급속한 종말을 믿을 만한 이유를 찾는 듯한 눈치를 보였으며, 허황한 희망을 노골적으로 품는다든가 어떤 신문기자가 권태로운 나머지 하품을 하면서 되는대로 써놓은 논설을 읽고 근거 없는 공포를 느끼는 모습도 볼 수가 있었다.

그 밖에 그들은 맥주를 마시거나 병자를 돌보거나 꾀를 부리거나 뼈가 으스러지게 일을 했다. 카드를 정리하는 사람도 있고, 레코드를 트는 사람도 있었다. 그래서 달리 서로를 구분할 만한 점이 없었다. 다시 말하면, 그들은 더는 아무것도 선택하지 않고 있었다. 페스트가 가치 판단을 말소해버린 것이었다. 그리고 이러한 것은 자기가 사는 옷이나 식료품의 질을 더는 따지려 들지 않는 태도에서 알 수 있었다. 사람들은 모든 것을 주먹구구로 받아들였다.

결국 그 별거당한 사람들은 초기에 그들을 보호해주던 그 야릇한 특권을 잃어버렸다고 말할 수 있다. 그들은 사랑의 이기주의와 거기서 끄집어내던 혜택을 상실하고 말았다. 적어도 이젠 사태가 명백해졌고, 재화는 모든 사람에게 관계가 있었다. 우리 모두는 시의 문에서 울리는 총소리나 우리의 삶 또는 죽음을 구별하는 고무 도장 소리 한가운데서, 화재와 카드, 공포와 절차 속에서, 굴욕적이지만 등록된 죽음을 예약당한 채 무시무시한 연기와 구급차의 침착한 사이렌 소리 속에서, 우리는 똑같은 유배의 빵으로 요기를 하며, 무의식중에 어처구니없는 똑같은 재회와 평화를 기다리고 있었던 것이다.

틀림없이 우리의 사랑은 여전히 거기에 있었건만 무용지물이 되어 지니고 다니기에만 무거웠고, 우리의 마음속에서 생기를 잃어 마치 죄악이나 유죄판결과도 같이 불모의 존재였다.

그 사랑은 이미 장래가 없는 인내와 좌절된 기대에 불과했다. 그런 점으로 미루어 볼 때 시민들 가운데 어떤 사람의 태도는 시내 곳곳의 식료품 가게 앞에서 볼 수 있는 그 긴 행렬을 연상케 했다. 그것은 끝이 없는 동시에 착각도 없는 똑같은 체념과 똑같은 인내심이었다. 다만 별거에 관해서는 그 감정을 천 배 이상의 단위로 높여야만 할 것이다. 왜냐하면 이 경우에는 또 다른 굶주림, 모든 것을 집어삼킬 수 있는 굶주림의 문제였기 때문이다.

어쨌든 당시 이 시의 별거당한 사람들이 처했던 정신 상태에 대해서 정확한 개념을 얻고자 하는 사람이 혹 있다면, 저 영원히 되풀이되는 황금색의 먼지 자욱한 저녁이 나무도 없는 시가지에 내리덮이고 다른 한편에서는 남녀가 거리로 쏟아져 나오는 석양 무렵을 다시 한 번 상기할 필요가 있을 것이다.

왜냐하면 이상하게도 그때 아직 햇빛을 받고 있는 테라스 쪽으로 올라오고 있는 것은, 으레 도시의 언어가 된 차량과 기계 소리들이 없어진 결과 둔한 발소리와 목소리가 빚어내는 거대한 소음이었다. 그것은 무겁게 내리깔린 하늘에서 나오는 윙윙거리는 재화의 아우성 소리에 리듬이 맞추어진 구두창들이 몇천 개 미끄러져 가는 소리였으며, 차츰차츰 온 시가를 채워가는 끝없고 숨막히는 발버둥질치는 소리, 그리고 당시에 우리의 마음속에서 사랑을 대신하고 있던 맹목적인 집념에게 저녁마다 가장 충실하고도 가장 음울한 자신의 목소리를 전해주던 숨막히게 발을 구르는 소리였기 때문이다.

4부

9월과 10월 두 달 동안 페스트는 도시 전체를 자기 발밑에 꿇어 앉혔다. 본래가 발버둥을 칠 수밖에 없는 문제였기에 몇십만 인간들이 계속되는 몇 주 동안 여전히 발버둥만 치고 있었다. 안개와 더위와 비가 연달아서 하늘을 가득 채웠다. 찌르레기와 지빠귀의 무리가 남쪽에서 찾아와서 하늘 높이 조용하게 지나갔다. 그러나 파늘루 신부가 말한, 휘파람을 불며 집들 위를 돌아다니는 이상한 나뭇조각인 그 재화가 새들을 얼씬 못하게 하는지 도시의 둘레만 빙빙 돌고 있었다. 10월 초에는 억수 같은 소나기가 거리를 말끔히 씻어냈다. 그리고 그 격심한 발버둥 말고 더 중요한 일은 일어나지 않았다.

그때 리외와 그의 친구들은 어느 정도로 자기네들이 지쳐 있는가를 발견했다. 사실 보건대의 사람들은 더는 그 벅찬 일을 소화할 수 없게 되었다. 의사 리외는 친구들과 자기 자신의 태도에서 이상야릇한 무관심이 커가는 것을 수시함으로써 그것을 깨달았다. 예를 들어 여태껏 페스트에 관한 모든 뉴스에 대해서 그렇게도 깊은 관심을 보이던 그들이 이제는 전혀 관심을 두지 않게 되었다. 랑베르는 얼마 전부터 자기가 묵고 있는 호텔에 설치된 예방 격리소의 관리를 임시로 맡고 있었는데, 자기가 담당하고 있는 사람들의 수효를 환하게 알고 있었다. 그는 갑자기 증세가 나타나는 사람들을 위해서 직접

고안한 즉각적 퇴거 절차에 대한 가장 세세한 사항까지도 통달하고 있었다. 예방 격리자들에 대한 혈청의 효과에 관한 통계는 그가 아주 잘 기억하고 있었다. 그러나 그는 페스트 희생자의 주간 통계 수치를 댈 수는 없었고, 실지로 페스트가 기승을 부리고 있는지 물러나고 있는지를 모르고 있었다. 그리고 그는 어떤 일이 있더라도 머지않아 탈출할 수 있으리라는 희망을 품고 있었다.

다른 사람들로 말하자면, 밤낮으로 자기들의 일에나 몰두하고 있을 뿐 신문도 보지 않고 라디오도 듣지 않았다. 그리고 혹 누가 어떤 결과를 알려줄라치면 흥미가 끌리는 척하면서도 실지로는 딴 데 정신이 팔린 채 무관심한 태도로 들었다. 그것은 고역에 지칠 대로 지쳐서 그저 일상적인 자기 일에 과오나 없으면 그만으로 여기며 결정적인 작전도 휴전의 날도 더는 바라지 않게 된 대규모 전쟁의 전투원에게서나 상상할 수 있는 무관심이었다.

그랑은 페스트로 인해서 필요해진 통계 업무를 계속 수행하고 있었는데, 아마 그로서도 그 전반적인 결과를 지적하기란 틀림없이 불가능했을 것이다. 쉬 피로를 느끼지 않는 타루나 랑베르나 리외와는 반대로 그의 건강은 좋지 못했다. 그럼에도 그는 시청 보조 직원의 직책과 리외의 사무실 서기로서의 일, 그리고 자기 자신의 밤일을 겸하고 있었다. 그래서 그가 두어 가지의 고정관념, 즉 페스트가 멎은 다음에 적어도 일주일 동안 완전한 휴가를 얻어서 한번 본격적으로 자기가 현재 하고 있는 일을 해보려는 생각으로 간신히 지탱하고 있는, 계속된 탈진 상태에 있는 것을 볼 수 있었다. 그는 또한 갑자기 감상적이 되기도 했다. 그럴 때면 그는 즐겨 리외에게 잔 이야기를 했고, 지금 바로 이 순간에 그 여자는 어디에 있을까, 또는 신문을 읽으며 혹 자기 생각을 하고 있을까 자문했다. 그러한 그랑을 상

208

대로 리외는 어느 날 극히 평범한 어조로 여태껏 하지 않던 자기 아
내의 이야기를 하고 있는 자신에게 놀랐다. 늘 안심시키려는 아내의
전보 내용에 어느 정도의 신빙성을 부여해야 할지 자신이 없어서,
그는 아내가 요양하고 있는 요양소의 담당 의사에게 전보를 쳐보기
로 결심했던 것이다. 이에 대한 답신으로 그는 병세가 악화되었다는
통지와, 병세의 악화를 저지하기 위해서 최선을 다해보겠다는 약속
을 받았다. 그는 그러한 소식을 혼자서만 알고 있었는데, 피곤한 탓
인지도 모르지만, 어쩌다가 자기가 그랑에게 실토를 하게 되었는지
알다가도 모를 일이었다. 그 서기가 잔 이야기를 한 다음에 리외의
아내에 대해서 물어보기에 그는 대답했던 것이다. "아시겠지만," 하
고 그랑이 말했다. "요새는 그런 병도 곧잘 낫는다더군요." 그래서
리외도 거기에 동의하면서, 다만 별거가 너무 오래 지속되어서, 자
기가 곁에 있으면 아내가 병을 극복하는 데 도움이 될 수도 있었을
텐데, 지금 아내는 정말 외로울 것이라고 말했다. 그러고는 입을 다
물었고, 그랑의 물음에 대해서도 피하려는 듯 마지못해 대답할 따름
이었다.

　다른 사람들도 같은 형편이었다. 타루가 가장 잘 견뎠는데, 그의
수첩을 보면 그 호기심의 깊이는 조금도 줄어든 것이 없으나 그 폭
이 좁아진 것을 알 수 있었다. 사실 그 기간 내내 그는 겉으로 보기
에는 코타르의 일밖에는 흥미가 없는 것처럼 보였다. 호텔이 예방
격리소로 개조된 후부터 어쩔 수 없이 리외의 집에서 살게 되었는
데, 저녁때 그랑과 의사가 결과들을 발표해도 그는 거의 듣지 않는
것 같았다. 그는 화제를 곧 일반적으로 그의 관심을 끌고 있는 시민
생활의 사소한 일로 돌리곤 했다.

　카스텔로 말하면, 그가 리외에게 혈청이 다 준비되었다고 알리러

왔던 날 때마침 새로 병원에 데려온, 리외가 보기에는 증상이 절망적이었던 오통 씨의 어린 아들에게 그 첫 시험을 해보기로 결정한 다음 리외가 그 노인에게 최근의 통계를 알려주었는데, 그때 그는 안락의자에 푹 파묻혀서 깊이 잠들어 있었다. 그리고 여느 때 같으면 친절함과 익살로 해서 영원한 청춘을 간직하고 있던 그 얼굴이 갑자기 버림받은 듯 반쯤 열린 입술 사이로 침이 한줄기 흘러내려 피로와 노쇠를 드러내고 있었다. 리외는 목이 메이는 듯했다.

그렇게 심약해진 자신을 보고 리외는 자기가 얼마나 피곤한가를 가늠할 수 있었다. 그의 감수성은 걷잡을 수 없었다. 대개의 경우는 엉겨서 굳어지고 메말라 있던 감수성이 때때로 풀어져서 억제할 수 없는 감정 속에 리외를 몰아넣곤 했다. 그의 유일한 방어는 그 경화(硬化) 상태 속으로 피신하여 자신의 내부에 형성되고 있는 그 매듭을 도로 단단히 졸라맸다. 그는 그렇게 하는 것만이 견디어내기에 가장 좋은 방법임을 잘 알고 있었다. 게다가 그는 환상을 많이 가지고 있지도 않았고, 또 피로 때문에 가지고 있던 환상마저도 빼앗겨버렸다. 왜냐하면 언제 끝날지도 모르는 그 기간에 자기가 맡은 역할은 이미 병을 고치는 것이 아니라는 것을 그는 알고 있었으니 말이다. 그의 역할은 진단하는 일이었다. 발견하고, 조사하고, 기록하고, 등록하고, 그리고 선고를 내리고 하는 것이 그의 일이었다. 아내라는 여자들은 그의 손목을 쥐고 울고불고했다. "선생님, 저 사람 좀 살려주세요!" 그러나 그는 살려주기 위해서 거기에 있는 것이 아니라, 격리를 명령하기 위해서 있던 것이다. 그때 사람들의 얼굴에서 읽을 수 있는 그 증오심이 무슨 소용이 있단 말인가? "참 인정이 없군요" 하고 누군가 어느 날 그에게 말했다. 천만에, 그는 인정이 있는 사람이었다. 그 인정으로 해서 그는 살기 위해서 태어난 사람들이 죽어가는 광경을 매일 스무 시간 동안 참고 볼 수가 있었다. 그 인정으로 해서 그는 매일 같은 일을 다시 시작했다. 처음부터 그는 꼭 그만큼의 인정을 가졌던 것이다. 그러니 그 정도의 인정이 어떻게 사람을 살려주기에 충분할 수 있을까?

그렇다, 날마다 자기가 베풀고 있는 것은 구원이 아니라 지시뿐이었다. 물론 그런 것을 사람의 직책이라고 할 수는 없었다. 그러나 도대체 그 공포에 휩쓸려 많은 사람이 죽어가는 그 군중 틈에서 누가 인간의 직책을 수행할 여유가 있단 말인가? 피곤한 것이 차라리 행복한 일이었다. 만약 리외에게 더 힘이 있었다면 도처에 퍼져 있는 그 죽음의 냄새가 그를 감상적으로 만들었을 것이다. 그러나 네 시간 밖에 잠을 못 잤을 때 그는 감상적일 수 없었다. 사람들을 있는 그대로 본다. 즉 정의의 눈으로, 끔찍하고 바보 같은 정의의 눈으로 보았다. 그리고 딴 사람들, 곧 선고를 받은 사람들도 역시 그것을 충분히 느끼고 있었다. 페스트가 발생하기 이전에 그는 구세주 같은 대접을 받았다. 세 개의 알약과 주사 한 대면 모든 것이 잘되었으며, 사람들은 그의 팔을 붙들고 복도까지 따라 나왔다. 그것은 기분 좋은 일이었지만 위험한 일이기도 했다. 이제는 그와 반대로, 그가 병정을 데리고 가서 개머리판으로 문을 두드려야만 겨우 문을 열 생각을 했다. 그들은 리외를, 그리고 인류 전체를 자기들과 함께 죽음으로 끌어넣고 싶었을 것이다. 아! 인간은 인간 없이 지낼 수 없으며, 자기도 이제는 그들 불행한 사람들과 같이 속수무책의 신세이고, 그들 곁을 떠나고 나면 가슴속에 걷잡을 수 없이 자라나는 떨리는 동정심을 받을 가치가 있다는 것이 정말 사실이었다.

적어도 그것은 계속되는 여러 주일 동안 의사 리외가 자기의 생이별 상태에 관한 생각과 함께 마음을 끓이고 있는 생각이었다. 그리고 그것은 또한 그의 친구들의 얼굴에도 나타나는 그런 생각들이 었다. 그러나 재화에 대한 투쟁을 계속하고 있는 사람들을 차츰차츰 정복하고 있는 기진맥진한 상태의 가장 위험한 결과는 외부의 사건 이나 타인의 정서에 대한 이와 같은 무관심 속에 있는 것이 아니라, 차라리 그들이 끌려 들어가고 있는 무성의 속에 있었다. 왜냐하면 그들은 당시 절대로 불가결한 것이 아닌 동작, 또 그들에게는 항상 힘에 겨운 듯이 보이는 모든 동작을 애써 회피하려는 경향이 있었기 때문이다. 그처럼 그 사람들은 점점 더 자주 자기들 자신이 규정해 놓은 위생 규칙을 소홀히 하고, 자기 자신들 몸에 실시하기로 되어 있는 수많은 소독 절차를 잊어버렸으며, 때로는 전염에 대한 예방 조치도 취하지 않고 폐장 페스트에 걸린 환자들 곁에까지 달려가게 끔 되었다. 왜냐하면 들어가기 직전에 자기가 감염된 집에 들어간다 는 것을 알게 되었다 해도, 어떤 장소까지 되돌아가서 필요한 소독 약을 몸에 뿌린다든가 하는 일은 귀찮기 짝이 없는 일로 여겨졌기 때문이다. 그것이야말로 정말 위험한 일이었다. 그 이유는 그럴 경 우 페스트와의 투쟁이 도리어 사람들을 가장 페스트에 걸리기 쉽게 해주는 셈이었기 때문이다. 그들은 결국 요행에 운명을 내맡기고 있 었는데, 요행이란 누구도 바랄 수 없는 것이다.

그러나 이 도시에서 지치거나 낙망한 것처럼 보이지 않는 사람이 하나 있었는데, 그는 생기에 넘치고 만족한 태도였다. 바로 코타르 였다. 그는 늘 딴 사람들과 접촉을 가지면서도 여전히 홀로 있었다. 그는 타루의 일에 지장을 주지 않는 한 타루를 만나보기로 했는데, 그것은 타루가 자기의 사건을 잘 알고 있는 탓도 있었고, 또 한편으 로는 타루가 그 자그마한 연금 생활자를 언제나 변함없는 상냥스러 운 태도로 대해주는 것을 알고 있었기 때문이다. 그것은 끊임없는 기적이기도 했다. 타루는 그토록 힘든 일을 하면서도 항상 친절하고 조심성 있게 대해주었던 것이다. 어느 날 저녁에는 뼈가 으스러질 정도로 피곤하다가도 그 이튿날이 되면 새 기운이 생겼다. "그 사람 하고는," 하고 코타르가 랑베르에게 말했다. "말이 통해요. 왜냐하면 그는 정말 사나이니까요. 언제나 이해심이 깊어요."

바로 그런 이유로 해서 그 시기 타루의 기록은 차츰차츰 코타르라는 인물에 집중되고 있었다. 타루는 코타르가 자기에게 고백한 그대로의 이야기, 또는 자기가 해석을 가한 이야기를 가지고 코타르의 반응과 고찰에 관한 일람표를 만들려고 했다. '코타르와 페스트의 관계'라는 표제 아래 그 일람표는 그 수첩의 몇 페이지나 차지하고 있는데, 필자는 그것을 여기에 요약해서 소개하는 것이 유익한 일이라고 생각한다. 그 키 작은 연금 생활자에 대한 타루의 총체적인 의견은 다음과 같은 판단으로 요약되고 있었다. '그는 성장하고 있는 인물이다.' 어쨌든 외관상으로 그는 기분이 좋은 가운데 성장하고 있었다. 그는 사건이 진행되는 형편에 대해서 불평하지 않았다. 그는 가끔 타루 앞에서 다음과 같은 몇 마디로 자신의 밑바닥 생각을 표현하곤 했다. "물론 더 나아지지는 않겠죠. 그러나 최소한 모든 사람이 함께 당하고 있잖아요."

'물론,' 타루는 이렇게 덧붙이고 있었다. '그도 딴 사람들처럼 위협을 받고 있지만, 그는 딴 사람들과 함께 위협을 받고 있는 것이다. 그리고 또 내가 단언하건대 그는 자기도 페스트에 걸릴 수 있다는 것을 신중하게 생각하고 있지 않다. 그는 이런 생각(아주 어리석은 생각도 아니지만), 곧 어떤 큰 병 또는 심각한 번민에 사로잡혀 있는 사람은 그와 동시에 다른 모든 병과 번민에서 제외된다는 생각으로 살고 있는 성싶었다. "이런 것에 주의를 기울여본 일이 있으세요?"

라고 그는 나에게 물었다. "사람은 여러 가지 병을 한꺼번에 앓을 수 없다는 것을요. 가령 선생이 중증의 암이라든가 심한 폐병이라든가 하는 불치의 병을 앓는다고 가정해보십시다. 선생은 절대로 페스트 나 장티푸스에 걸리지는 않을 겁니다. 그것은 안 될 말입니다. 게다 가 사실은 더 광범위한데, 왜냐하면 암 환자가 자동차 사고로 죽는 것을 보신 적이 없으실 테니까 말이에요." 정말이건 거짓이건 간에 그런 생각이 코타르를 아주 명랑하게 만들어주고 있다. 그가 원하지 않는 단 한 가지 일은 딴 사람들과 헤어져 있는 일이다. 그는 혼자서 죄수가 되어 있는 것보다 모든 사람과 함께 갇혀 있는 편을 더 좋아 한다. 페스트와 함께 있으면 내사(內査)고, 서류고, 카드고, 수수께 끼 같은 심리고, 목전에 닥친 체포 같은 것도 있을 수 없다. 알기 쉽 게 말하면, 이제는 경찰도 없고 묵은 혹은 새로운 범죄도 없고 죄인 이라는 것도 없다. 다만 특사 중에서도 가장 자유재량적인 특사를 기다리고 있는 죄수뿐이며, 그들 중에는 경찰관들 자신도 포함되어 있다.' 그처럼 역시 타루의 주석에 의하면 코타르는 시민들이 나타 내고 있는 번민과 혼란의 징조를 "계속 말해보십시오. 나는 먼저 다 겪고 났으니까요"라는 말로 표현될 수 있는 너그럽고 이해심 있는 만족감을 가지고 생각할 만한 충분한 근거를 가지고 있었다.

'다른 사람들과 떨어지지 않도록 하기 위한 유일한 방법은 결국 올바른 양심을 갖는 것이라고 내가 아무리 말을 해도, 그는 악의 있 는 눈초리로 나를 보면서 이렇게 말했다. "그러면 어느 누구도 남과 같이 지낼 수 없습니다." 그러고는 "염려 마세요, 내가 장담하죠. 모 든 사람을 함께 묶어두는 유일한 방법은 그들에게 페스트를 안겨주 는 겁니다. 선생 주위를 좀 보세요." 그런데 사실 나는 그가 무슨 말 을 하려 하는지, 현재의 생활이 그에게는 얼마나 편안한지도 잘 알고 있다. 왜 그가 한때 자기 것이었던 여러 가지 반응을 재빨리 알아보지 못하겠는가? 세상 사람들을 전부 자기편으로 만들어보려고 누구나 애쓰는 그 노력, 길 잃은 행인에게 간혹 길을 알려줄 때 사람들이 베푸는 친절과 때로는 그들이 던지는 불쾌한 기분, 고급 식당으로 몰려드는 사람들의 모습, 거기에 들어가서 노닥거리는 그들의 만족감, 매일같이 영화관 앞에 줄을 짓게 하며 모든 연예장에서 댄스홀에 이르기까지 만원을 이루었다가 풀려 나오는 조수처럼 모든 공공장소마다 퍼지는 무질서한 혼잡, 모든 접촉에 대해서 느끼는 뜨악한 감정, 그러면서도 한편 사람들을 다른 사람들에게로, 팔꿈치를 팔꿈치에게로, 이성을 이성에게로 밀어가는 인간적인 따스함에 대한 이끌림, 코타르는 이 모든 것을 그들보다 먼저 경험했던 것이다. 그것은 명백한 일이다. 다만 여자는 예외였는데, 이유인즉 그 얼굴로야……. 그리고 내 생각에는 그가 막 여자들이 있는 곳에 갈 채비가 다 된 것같이 느꼈을 때, 그는 나중에 혹 자기에게 끼칠지도 모르는 나쁜 종류의 일을 염려해 단념하고 말았을 것이다.

결국 페스트는 그에게서 목적을 달성한 것이다. 페스트는 고독하면서도 고독하기를 원치 않는 사람들을 공범자로 삼는다. 왜냐하면 그는 분명히 하나의 공범자이며, 그것도 기꺼이 그러기를 원하는 공범자이기 때문이다. 그는 눈에 띄는 모든 것, 즉 여러 가지 미신, 당치도 않은 두려움, 그 불안한 넋들의 감수성, 되도록 페스트 이야기는 하지 않으려 하면서도 결국에는 그 이야기를 입 밖에 내게 되는 버릇, 그 병이 두통에서 시작된다는 것을 안 다음부터 머리가 조금 아프기만 해도 미친 사람처럼 되고 새파랗게 질리는 버릇, 그리고 초조하고 예민하고, 말하자면 불안정한, 망각을 모욕으로 변형시키고 반바지 단추 하나만 잃어버려도 슬퍼하는 그들의 감수성, 이 모

든 것의 공범자인 것이다.'

타루는 저녁때 코타르하고 외출하는 일이 잦았다. 이어서 그는 자기 수첩 속에, 그들이 땅거미가 내릴 무렵이나 컴컴한 밤중에 군중 속에 섞여서 어깨를 나란히 한 채 이따금 전등이 하나씩 희미하게 비춰주는 희고 검은 무리에 휩쓸려 페스트의 냉기를 막아주는 뜨거운 환락을 찾아가는 모습을 적어 넣었다. 코타르가 몇 개월 전에 공공장소에서 찾고 있던 것, 다시 말하면 그의 꿈이면서도 만족스럽게 맛보지 못했던 사치와 여유 있는 생활, 즉 방종한 향락을 이제는 주민 전체가 추구하고 있는 터였다. 걷잡을 수 없이 물가가 상승하고 있었지만 그때만큼 사람들이 돈을 낭비한 적은 없었으며, 또 대부분의 경우 생활필수품이 부족했던 당시에 그때처럼 사치품이 많이 소비된 적은 없었다. 사람들은 실업 상태를 의미하는 그 시간적 여유가 가져다 준 모든 유희가 배로 늘어나는 것을 볼 수가 있었다. 타루와 코타르는 가끔 꽤 오랫동안 남녀 한 쌍의 뒤를 따라가보는 일이 있었는데, 전에는 자기들의 관계를 감추려고 애쓰던 그들이 이제는 서로 꼭 껴안고 악착같이 거리거리를 쏘다니며 대단한 열정에서 오는 다소 굳어진 방심으로 자기들 주위의 군중은 거들떠보지도 않았다. 코타르는 감동했다. "아! 젊은 친구들!" 하고 그는 말했다. 그러고는 집단적인 흥분과 그들 주위에서 거침없이 뿌려지는 굉장한 팁과, 눈앞에 전개되는 정사(情事) 속에서 마음이 들떠 큰 소리로 얘길 하곤 했다.

그러나 타루가 보기에 코타르의 태도에는 거의 악의가 없는 것 같았다. "난 그런 것을 먼저 다 겪었지"라고 말하는 그의 말투는 으스댄다기보다는 차라리 불행을 드러내고 있었다. '아마 내 생각엔,' 이렇게 타루는 언급하고 있었다. '그는 하늘과 도시의 벽 사이에 갇혀 있는 그 사람들을 사랑하기 시작한 것이다. 예를 들어서 그는 그들에게 할 수만 있다면 그것이 그리 무서운 것이 아님을 설명해주고 싶었으리라. "저 소리들이 들리시죠." 이렇게 그는 나에게 강조했다. "페스트가 물러가고 나면 나는 이것을 하리라, 페스트가 가고 나면 저것을 하리라 하는 소리 말입니다……. 그들은 가만히 있지 못하고 자신들의 생활을 망치고 있는 것이죠. 그리고 그들은 무엇이 자기들에게 이로운 것인지도 모르고 있거든요. 아, 그래 내가 이런 말을 할 수 있겠어요, 내가 체포되고 나면 이것을 하겠다고요? 체포는 하나의 시작이지 끝이 아닙니다. 반면에 페스트는…… 내 생각을 말할까요? 그들은 되어가는 대로 놓아두지 않으니까 불행한 거예요. 그리고 내가 말하는 것엔 다 근거가 있지요.'"

'그의 말에는 사실 근거가 있다'라고 타루는 덧붙이고 있었다. '그는 오랑 시민들의 모순을 에누리 없이 비판하고 있다. 주민들은 자기들을 서로 가깝게 만들어주는 따뜻한 것을 절실히 요구하면서도, 동시에 자기들을 서로 멀어지게 만드는 경계심 때문에 그런 요구에 감히 자신을 내맡기지 못하고 있었다. 사람들은 이웃을 믿을 수 없다는 것, 자기도 모르는 새 페스트에 걸릴 수 있고 방심한 틈을 타서 병균이 침입할 수 있다는 것을 너무나 잘 알고 있었던 것이다. 코타르처럼 자기가 사귀고 싶은 모든 사람이 혹 밀고자일 수도 있다고 생각하며 지내던 사람들은 그 감정을 잘 이해할 수 있었다. 페스트가 불원간 그들 어깨에 손을 얹을 수도 있고, 아직은 건강하고 안전하다고 기뻐하고 있을 때 은근히 페스트가 덤벼들 가능성이 있다고 생각하는 사람들의 심정은 충분히 이해할 수가 있었다. 될 수 있는 한 그는 공포 속에서도 가벼운 상태로 있으려 했다. 그러나 그는 그 모든 것을 누구보다 먼저 맛본 만큼, 내 생각으로 그는 이 불안의

217

잔인한 맛을 완전히 그들과 똑같이 느끼지는 못할 것 같다. 요컨대 아직은 페스트에 걸리지 않은 우리처럼, 그는 자기의 자유와 생명이 매일매일 파괴 직전에 있음을 절실히 느끼고 있다. 그러나 그 자신은 공포 속에서 산 일이 있으니까 이번에는 딴 사람들이 공포를 맛보는 것은 당연하다고 생각한다. 덧붙이자면 그 공포도 그렇게 되면 다만 자기 혼자서 당하던 때보다는 덜 힘에 겨운 것 같았다. 이 점이 그의 잘못이며, 또 딴 사람들보다 더 이해하기 어려운 점이다. 그런 의미에서 결국 그는 딴 사람들보다 더 우리가 이해하고자 애써볼 가치가 있는 것이다.'

결국 타루의 기록은 코타르와 페스트에 걸린 사람들에게 동시에 일어난 아주 이상한 의식을 뚜렷이 해주는 한 얘기로 끝맺고 있다. 그 얘기는 당시의 곤란했던 분위기를 거의 그대로 재현해주고 있으며, 필자가 그것을 중요시하는 것도 바로 그 때문이다.

그들은 〈오르페우스와 에우리디케〉를 상연하고 있는 시립 극장에 갔다. 코타르가 타루를 초대했던 것이다. 페스트가 시작되던 봄에 이 도시로 공연을 하러 왔던 극단이 병으로 발이 묶이자, 부득이 오페라 극장 측과 협정을 맺고 매주 한 번씩 그 공연을 되풀이하기로 한 것이다. 그래서 몇 달 전부터 금요일마다 이 시립 극장에서는 오르페우스의 음률적인 탄식과 에우리디케의 힘없는 호소가 울려퍼지고 있었다. 그러나 그 공연은 여전히 최상의 인기를 누리며 매번 막대한 수입을 올렸다. 제일 비싼 좌석에 앉은 코타르와 타루는 시민 중에서도 가장 멋쟁이들로 초만원을 이룬 아래층 일반석을 내려다볼 수 있었다. 밀려오고 있는 사람들은 혹 입장을 못할까봐 애쓰고 있었다. 무대 전면의 눈부신 조명 아래 악사들이 조용히 악기를 조율하는 동안에 사람의 그림자들이 자세하게 드러나, 이 줄에서 저 줄로 옮겨가거나 상냥스럽게 허리를 굽히곤 하는 것이 보였다. 점잖은 대화의 나지막한 소음 속에서 사람들은 몇 시간 전에 시의 캄캄한 거리에서는 갖지 못했던 마음의 안정을 회복했다. 정장 차림이 페스트를 쫓아버렸던 것이다.

1막이 상연되는 동안 내내 오르페우스는 거뜬히 하소연을 했고, 몇몇 튜닉을 입은 여자들이 오르페우스의 불행을 설명했으며, 소가극의 형식으로 사랑이 읊어졌다. 장내는 정중한 열기로 반응을 보였다. 오르페우스가 2막의 노래 곡조에서, 악보에는 표시되어 있지 않은 떨리는 소리를 섞어서 약간 지나친 비장미를 가지고 지옥을 향해서 자기의 눈물에 감동해달라고 호소한 것도 거의 눈치채는 사람이 없을 지경이었다. 그로부터 나오는 발작적인 몸짓은 가장 주의력이 깊다는 사람들에게도 그 가수의 연기를 더욱 빛나게 하는 하나의 양식화된 효과로 보였다.

3막에서 오르페우스와 에우리디케의 이중창(즉 에우리디케가 사랑하는 애인에게서 떠나게 되는 순간이다)이 시작되자, 일종의 놀라움이 장내를 휩쓸었다. 그런데 그 가수는 마치 관중의 동요만을 기다리고 있었던 것처럼, 더욱 정확히 말해서 아래층 일반석에서 올리오는 웅성대는 소리가 자신의 예감에 확신을 주기라도 한 것처럼 그 순간을 택해서 고대 의상을 입은 채 기괴한 몸짓으로 각광 쪽으로 걸어오더니, 목가적인 무대상지 한복판에 털썩 주저앉고 말았다. 그 무대장치는 늘 시대착오적인 것이었지만, 관객들이 보기에는 그때 처음으로, 그리고 몸서리나는 방식으로 시대착오적인 것이 되었다. 왜냐하면 이와 동시에 오케스트라가 딱 멎고, 일반석의 관객들은 일어서서 천천히 장내에서 나가기 시작했으니 말이다. 처음에는 조용히, 마치 예배당에서 예배가 끝나고 나오듯 혹은 시체실에서 나오듯 여자들은 치맛자락을 여미고 고개를 숙인 채로, 남자들은 동반한 여인들의 팔꿈치를 잡고 보조 의자에 걸리지 않도록 하면서 퇴장했다. 그러나 점차로 동작이 급해지며 수군거리는 소리가 고함 소리로 변하는가 싶더니, 관객들은 출구로 몰려 거기서 서둘러대다가 마침내는 호통을 치면서 밀치락달치락하게 되었다. 일어서기만 했던 코타르와 타루는 당시의 자기네 생활 그 자체였던 광경들을 눈앞에서 보면서 그저 외로이 서 있었다. 무대 위에는 관절의 자유를 잃은 광대로 분장한 페스트, 그리고 관람석에는 붉은 의자 커버 위에 잊어버리고 놓고 간 부채며 질질 늘어진 레이스 세공품들이 쓸모없게 된 하나의 사치품으로 남아 있었다.

*

랑베르는 9월 초순 동안 리외의 곁에서 열심히 일을 했다. 단지 고등학교 앞에서 곤살레스와 두 청년을 만나기로 되어 있던 날엔 하루 휴가를 청했다.

그날 정오에 곤살레스와 신문기자는 웃으면서 다가오는 그 두 녀석을 보았다. 그들은 전번에는 운이 나빴지만 그런 것이야 각오했어야 한다고 말했다. 어쨌든 그 주일은 그들이 경비 근무 당번이 아니었다. 다음 주일까지 참아야만 했다. 그때 다시 시작해보자고 했다. 랑베르는 바로 그러자고 말했다. 곤살레스는 그러면 다음 월요일에 만날 약속을 하자고 제안했다. 그러나 이번에는 랑베르가 마르셀과 루이의 집으로 옮겨가기로 했다. "자네하고 나하고 약속을 하지. 혹 내가 안 오거든, 자네가 곧장 저 애들 집으로 찾아가게나. 어디 사는지 가르쳐줄 테니 말이야." 그러나 마르셀인지 루이인지가 그때 가장 간단한 것은 당장 그 친구를 데리고 가는 것이라고 말했다. 까다로운 사람만 아니라면 네 사람이 먹고 지낼 것은 있다고 했다. 그렇게 하면 그도 다 이해할 것이라고 했다. 곤살레스는 참 좋은 생각이라고 말했다. 그래서 그들은 항구 쪽으로 내려갔다.

마르셀과 루이는 마린 가의 맨 끝에, 임해 도로 쪽으로 난 시문(市門) 바로 옆에 살고 있었다. 두꺼운 벽에다가 창에는 페인트칠을 한 나무 덧문이 달려 있고, 아무 장식도 없는 어둠침침한 방들이 있는 조그만 스페인식의 집이었다. 그 청년들의 어머니가 쌀밥을 대접했다. 그 어머니라는 사람은 웃는 낯의 주름살이 많은 스페인 여자였다. 곤살레스는 깜짝 놀랐다. 시내에는 벌써 쌀이 동난 상태였기 때문이다. "시의 문에서 적당히 마련하죠"라고 마르셀이 말했다. 랑베르는 먹고 마셨다. 그리고 곤살레스는 그야말로 참된 친구라고 말했다. 그동안에 신문기자는 앞으로 보내야 할 한 주일 생각밖에 없었다.

실상은 두 주일을 기다려야만 했다. 경비 근무는 사람의 수를 줄이기 위해서 보름씩 교대로 하게 되어 있었기 때문이다. 그런데 랑베르는 보름 동안 몸을 아끼지 않고 쉴 사이도 없이, 어떤 의미에서는 눈을 딱 감고 새벽부터 밤까지 일을 했다. 밤늦게야 그는 잠자리에 들었고, 깊은 잠에 빠졌다. 한가로이 지내다가 갑자기 그 고달픈 고역을 치르는 처지로 바뀌는 바람에 그는 거의 꿈도 기력도 없는 사람이 되었다. 머지않아 있을 자기의 탈출에 대해서도 거의 입 밖에 내지 않았다. 단 한 가지 특기할 만한 일이 있다면, 한 주일이 지났을 때 그는 처음으로 그 전날 밤에 취했다는 이야기를 리외에게 한 것이다. 바에서 나왔을 때, 그는 문득 자기 사타구니가 부어오르는 듯한 느낌을 받았으며 겨드랑이가 아프고 두 팔을 놀리기가 어려웠다. 그는 페스트라고 생각했다. 그때 그가 할 수 있었던 유일한 행동은, 그도 리외와 함께 온당치 않은 짓이라는 것을 인정했지만, 시에서 가장 높은 곳으로 뛰어 올라간 것이었다. 그 언덕은 좁은 장소로 거기서도 역시 바다가 보이지는 않지만 하늘이 좀 더 잘 보였는데, 거기서 그는 시의 벽돌담 너머로 자기 아내의 이름을 큰 소리로 부른 것이었다. 집으로 돌아와서 자기 몸에 아무런 감염의 증세가 없음을 발견한 그는 그 갑작스런 발작이 자랑스럽지 못했다는 것을 느꼈다는 얘기였다. 인간이란 그렇게 행동할 수 있다는 것을 잘 알고 있는 리외가 덧붙였다. "어쨌든," 하고 그는 말했다. "그런 짓을 하고 싶을 때가 있는 법이죠."

"오늘 아침에 오통 씨가 나한테 당신에 관해서 이야기를 하더군요" 하고 문득 리외는, 랑베르가 막 가려고 할 때 그렇게 말했다. "그는 나보고 혹 당신을 아느냐고 물었어요. 그러더니 당신에게 충고를 좀 해달라면서, 밀수꾼들하고 자주 접촉하지 말라고 하더군요."

"그것이 무슨 뜻일까요?"

"빨리 서둘러야 한다는 말입니다."

"고맙습니다." 랑베르가 리외의 손을 잡으면서 말했다.

문까지 가서 그는 갑자기 몸을 돌렸다. 리외는 페스트가 발생한 이후 처음으로 그가 웃는 것을 보았다.

"그런데 왜 선생께서는 내가 떠나는 것을 말리지 않으시나요? 말릴 방법이 얼마든지 있는데요."

리외는 늘 그렇듯이 고개를 끄덕이며 말했다. 그것은 랑베르의 문제이고, 랑베르는 행복을 택한 것이며, 리외 자신은 그에 반대할 뚜렷한 이유가 없다고 했다. 그 문제에 관해서는 옳고 그름을 판단하기가 불가능한 것처럼 느껴진다는 것이었다.

"그러면서 왜 저에게 빨리 서두르라고 하시나요?"

이번에는 리외가 웃었다.

"아마도 나 역시 행복을 위해서 무엇이고 해보고 싶었기 때문이겠죠."

이튿날 그들은 더는 그 일에 대해서 아무 말도 않고 함께 일을 했다. 다음 주에 랑베르는 마침내 그 조그만 스페인식의 집으로 이사를 했다. 거실에 그의 침대가 놓였다. 젊은이들은 식사를 하러 돌아오는 일도 없었고, 또 되도록 밖에 나가지 말라는 당부를 받았기에 그는 대부분의 시간을 거실에 머물거나 그들의 늙은 어머니와 이야기를 하면서 보냈다. 그 여인은 몸이 야위었고 활동적이었는데, 검은 옷을 입고 주름살이 많은 갈색 얼굴에 아주 깨끗한 흰 머리칼을 갖고 있었다. 말이 없는 그 여인은 랑베르를 바라볼 때 두 눈에 웃음을 가득 담을 뿐이었다.

언젠가는 랑베르에게, 아내에게 페스트를 옮길까봐 두렵지 않으냐고 물어보았다. 그의 생각으로는 그럴 수도 있기야 하겠지만 그런 경우란 극히 드물고, 반면에 그대로 도시에 남아 있으면 그들은 영원히 헤어지게 될 위험성이 있다고 말했다.

"그분은 상냥하신 모양이죠?" 그 여인은 웃으면서 말했다.

"퍽 상냥하죠."

"예뻐요?"

"그런 것 같아요."

"아!" 하고 그 여인은 말했다. "그래서 그러시는군요."

랑베르는 돌이켜 생각해보았다. 아마도 그래서 그러는지도 몰랐다. 그러나 꼭 그것 때문만이라고 할 수는 없었다.

"하느님을 믿지 않으시나요?" 매일 아침 미사에 나가는 그 여인이 물었다.

랑베르가 믿지 않는다고 시인하자, 또 한 번 그 여인은 바로 그렇기 때문이라고 말했다.

"가서 만나셔야겠군요. 잘 생각하셨어요. 그렇지 않으면 뭘 바라고 사시겠어요?"

랑베르는 그 나머지 시간에는 아무 장식도 없는 회를 바른 벽 둘레를 빙빙 돌면서, 벽에 못으로 매달아놓은 부채를 어루만지거나 식탁보 끝에 달린 술을 헤아려보곤 했다. 저녁때가 되면 젊은이들이 돌아왔다. 그들은 아직 때가 안 되었다고 말할 뿐 그다지 말이 많지 않았다. 저녁 식사가 끝나면 마르셀은 기타를 쳤고, 그들은 아니스주(酒)를 마시곤 했다. 랑베르는 생각에 잠겨 있는 것처럼 보였다.

수요일에 마르셀이 들어오면서, "내일 저녁 자정으로 결정됐습니다. 준비나 하고 계세요"라고 말했다. 그들과 함께 근무하는 두 사람 중 하나는 페스트에 걸렸고, 여느 때 그하고 한방을 쓰던 또 한 사람도 격리 중이라고 했다. 그래서 2, 3일간은 마르셀과 루이만이 근무를 할 것이라고 했다. 밤사이 그들은 마지막 세세한 일들을 준비해놓을 작정이었으며, 이튿날이면 모든 게 가능할 것이었다. 랑베르가 고맙다고 말했다. "기쁘세요?" 하고 그 어머니가 물었다. 그는 기쁘다고 대답했으나, 생각은 딴 데 가 있었다.

이튿날은 하늘도 흐린 데다가 축축하고 숨 막힐 듯한 더운 날씨였다. 페스트에 대한 소식은 좋지 않았다. 그 스페인 노파는 여전히 명랑했다. "이 세상엔 죄악이 있어요"라고 그 여인은 말했다. "그러니 당연도 하지!" 마르셀이나 루이처럼, 랑베르도 웃통을 벗고 있었다. 그러나 무슨 짓을 해도 어깨죽지와 가슴팍에 땀이 줄줄 흘렀다. 덧문을 닫아버린 어둠침침한 방 안에서 그렇게 하고 있으려니 상반

224

신이 거무스름하게 번들거렸다. 랑베르는 말없이 방 안을 빙빙 돌고 있었다. 오후 4시가 되자 그는 갑자기 옷을 입더니 외출을 하겠다고 선언했다.

"조심해요, 오늘 자정이니까. 준비는 다 잘되어 있어요" 하고 마르셀이 말했다.

랑베르는 의사의 집으로 갔다. 리외의 어머니는 랑베르에게 높은 지대의 병원에 가면 리외를 만날 수 있을 것이라고 일러주었다. 초소 앞에는 여전히 군중이 서성대고 있었다. "어서들 가요!" 하고 눈을 부릅뜨고 한 경관이 소리 질렀다. 사람들은 움직였으나 제자리에서 빙빙 돌 뿐이었다. "기다려봐야 소용없다니까요"라고, 땀이 저고리에까지 밴 경관이 말했다. 딴 사람들의 생각도 마찬가지였다. 그래도 그들은 살인적인 더위를 무릅쓰고 기다리고 있었다. 랑베르가 경관에게 통행증을 내보였더니, 경관은 그에게 타루의 사무실을 가리켰다. 사무실의 문은 마당 쪽으로 나 있었다. 그는 사무실에서 나오는 파늘루 신부와 마주쳤다.

약품과 눅눅한 이불 냄새가 나는 흰 칠을 한 더러운 방에서, 타루는 검은색 테이블 너머에 앉아 셔츠 소매를 걷어붙인 채 팔뚝에서 흘러내리는 땀을 손수건으로 닦아내고 있었다.

"아직 있었군요" 하고 그가 말했다.

"네, 리외한테 할 얘기가 있어서요."

"그는 병실에 있어요. 그러나 리외에게까지 가지 않고도 해결될 일이면 좋겠는데요."

랑베르는 타루를 바라보았다. 타루는 야윈 모습이었다. 피로가 두 눈과 얼굴을 일그러지게 만들었다. 그의 튼튼한 두 어깨는 둥그렇게 오그라들어 있었다. 노크 소리가 나더니, 흰 마스크를 한 간호사 한 명이 들어왔다. 그는 타루의 책상에 카드를 한 묶음 놓았다. 그리고는 마스크 때문에 코가 막힌 소리로 "여섯입니다"라고만 말하고 나가버렸다. 타루는 신문기자를 보았다. 그리고 카드를 부채 모양으로 펴 들어서 그에게 보여주었다.

"어때요. 근사한 카드죠? 그런데 아니랍니다. 사망자지요. 밤사이에 생긴 사망자의 카드랍니다."

그의 이마에는 주름살이 잡혔다. 그는 카드들을 다시 간추렸다.

"우리에게 남은 일은 하나밖에 없어요. 그것은 장부를 만드는 일입니다."

타루가 테이블에 한 손을 짚고 일어섰다.

"곧 떠나시게 되었나요?"

"오늘 밤 자정에 떠납니다."

타루는 랑베르에게 자기도 기쁘다고, 몸조심하라고 말했다.

"진심으로 하시는 말씀인가요?"

타루는 어깨를 으쓱해 보였다.

"내 나이가 되면, 싫어도 진심으로 말하지 않을 수 없죠. 거짓말을 한다는 것은 너무나 피곤합니다."

"타루!" 하고 신문기자가 말했다. "죄송하지만 의사 선생을 만나고 싶습니다."

"압니다. 그는 나보다 더 인간적이지요. 갑시다."

"그게 아닙니다." 가까스로 랑베르가 말했다. 그러고는 입을 다물었다.

타루가 그를 보았다. 그러더니 문득 그를 보고 웃었다.

그들은 벽에 밝은 초록색으로 페인트칠이 된, 마치 수족관처럼 햇빛이 떠돌고 있는 복도를 따라서 걸어갔다. 뒤에 이상한 망령들이 움직이고 있는 듯이 보이는 유리가 박힌 겹문에 다다르기 조금 전에 타루는 사방을 미닫이로 막은 좁은 방으로 랑베르를 들여보냈다. 그는 그 미닫이 가운데 하나를 열고, 소독기에서 흡습성 거즈로 만든 마스크 두 개를 꺼내서 랑베르에게 하나 내밀며 쓰라고 권했다. 신문기자는 그것이 무엇에 쓸모가 있느냐고 물었다. 타루는 아무 쓸모도 없지만 타인에게 믿음직한 느낌을 주는 것이라고 대답했다.

그들은 유리로 된 문을 밀어서 열었다. 넓디넓은 방이었는데, 계절에 아랑곳없이 창문은 모두 닫혀 있었다. 벽 위쪽에 환풍기가 윙윙거리고 있었는데, 그 날개가 두 줄로 놓인 회색 침대 위에서 찌는 듯한 뿌연 공기를 휘젓고 있었다. 여기저기서 둔하거나 날카로운 신음 소리가 들려와서 하나의 단조로운 비명을 빚어낼 따름이었다. 흰옷을 입은 남자들이 철창으로 된 벽의 높이 난 구멍에서 흘러 들어오는 따가운 햇살 속에서 천천히 오가고 있었다. 랑베르는 그 방의 숨막히는 더위에 기분이 언짢아서, 신음 소리를 내고 있는 어떤 물체 위에 허리를 굽히고 있는 리외를 가까스로 알아보았다. 의사는 두 간호사가 침대 양쪽에서 활짝 벌리게 한 채 꽉 누르고 있는 환자의 사타구니를 째고 있었다. 그는 몸을 돌려 조수 하나가 내미는 쟁반에다 수술 도구를 떨어뜨리고는 잠시 우두커니 서서, 붕대가 감겨지기 시작한 그 남자를 바라보고 있었다.

"별다른 일이 있나요?" 하고 그는 가까이 간 타루에게 물었다.

"파늘루 씨가 예방 격리소의 랑베르 씨 자리를 대신하겠다고 승낙했어요. 그는 벌써 일을 많이 했어요. 남은 일은 랑베르 씨를 제외하고 제3검역반을 다시 편성하는 것이지요."

리외는 고개를 끄덕이며 찬성했다.

"카스텔이 첫 제품을 완성했어요. 시험해보자더군요."

"아!" 하고 리외가 말했다. "그거 잘되었군요."

"끝으로, 여기 랑베르 씨가 와 있어요."

리외가 돌아다보았다. 마스크 너머로 신문기자를 보면서 그는 눈을 찌푸렸다.

"이런 데서 뭘 하시오?" 하고 그가 말했다. "다른 곳에 가 있어야 할 텐데요."

타루가 오늘 밤 자정으로 결정되었다고 말하자, 랑베르가 "그럴 생각이었죠" 하고 덧붙였다.

그들 누구나 이야기를 할 때마다 거즈 마스크가 불룩해지며 입 언저리가 축축해졌다. 그래서 마치 조각품들끼리의 대화처럼 어딘지 비현실적인 데가 있었다.

"드릴 말씀이 있어서요"라고 랑베르가 말했다.

"괜찮으시다면 같이 나가시죠. 타루 씨의 사무실에서 기다려주세요."

잠시 후, 랑베르와 리외는 의사의 자동차 뒷좌석에 자리를 잡았다. 타루가 운전을 했다.

"휘발유가 동이 났어요." 시동을 걸면서 타루가 말했다. "내일부터는 걸어다녀야만 해요."

"선생님," 랑베르가 말을 꺼냈다. "나는 떠나지 않겠어요. 여러분과 함께 있겠어요."

타루는 아무 반응도 보이지 않았다. 그는 여전히 운전만 하고 있었다. 리외는 피로에서 벗어날 수가 없는 것 같았다. "그럼 부인은요?" 하고 그는 나지막한 소리로 물었다.

랑베르는 또 한 번 생각해보았는데, 자기 생각에 변함은 없지만 그래도 자기가 떠나버리면 부끄러운 짓을 하는 것이 되리라 말했다.

228

그렇게 되면 남겨두고 온 그 여자를 사랑하는 데도 거북해지리라는 것이었다. 그러나 리외는 똑바로 일어나 앉아 무뚝뚝한 목소리로, 그건 어리석은 일이며 행복을 택하는 게 뭐가 부끄러우냐고 말했다.

"그렇습니다." 랑베르가 말했다. "그러나 혼자만 행복하다는 것은 부끄러운 일이지요."

그때까지 한마디도 없던 타루가 고개도 돌리지 않고, 만약 랑베르가 남들과 불행을 같이 나눌 생각이라면 행복을 위한 시간은 결코 못 얻게 되고 말 테니 어느 한쪽을 택해야 한다고 지적했다.

"그게 아닙니다"라고 랑베르가 말했다. "나는 늘 이 도시나 여러분과는 아무 상관도 없다고 생각해왔어요. 그러나 이제 볼 대로 다 보고 나니, 나는 내가 싫건 좋건 간에 이 고장 사람이라는 것을 알았어요. 이 사건은 우리 모두에게 관련된 일입니다."

아무도 대꾸하는 사람이 없었다. 랑베르는 초조한 모양이었다.

"아니, 잘 알고 계시잖아요! 그렇지 않고서야 그 병원에서 뭘 하시자는 거예요? 그래서 당신들은 선택했고, 또 행복도 단념한 것이 아닙니까!"

타루도 리외도 여전히 대답이 없었다. 오랜 침묵이 계속된 채로 그들은 리외의 집 앞까지 왔다. 그런데 랑베르는 다시금 더 힘을 들여서 아까의 그 질문을 되풀이했다. 그러자 오직 리외만이 그에게로 얼굴을 돌렸다. 그는 가까스로 몸을 일으켰다.

"미안합니다, 랑베르" 하고 그가 말했다. "그러나 나는 모르겠어요. 원하신다면 우리하고 남아 계시지요."

자동차가 기울어지는 바람에 그는 입을 다물었다. 그리고는 앞을 보면서 몸을 바로했다.

"자기가 사랑하는 것에서 몸을 돌릴 만한 가치가 있는 건 이 세상에 없지요. 그런데도 나 역시 왜 그러는지 모르면서 거기서 돌아서 있죠."

그는 쿠션에 다시 몸을 푹 기대었다.

"그것은 하나의 사실입니다. 그뿐이죠" 하고 그는 지쳐서 말했다. "그것을 그대로 기록해두고, 거기서 결론을 끌어내봅시다."

"무슨 결론을요?" 하고 랑베르가 물어보았다.

"아!" 리외가 말했다. "우리는 병을 고치면서 동시에 그걸 알아낼 수는 없어요. 그러니 되도록 빨리 치료부터 합시다. 그것이 가장 급합니다."

자정이 되자 타루와 리외는 랑베르가 검역을 맡게 된 지역의 지도를 그에게 그려주고 있었다. 그때 타루가 자기 손목시계를 보았다. 고개를 들다가 그는 랑베르의 시선과 마주쳤다.

"탈출 않겠다는 걸 알려주었나요?"

신문기자는 눈을 돌렸다.

"한마디 전했어요" 하고 그는 힘들여 말했다. "여러분을 뵈러 오기 전에요."

*

카스텔의 혈청이 시험된 것은 10월 하순이었다. 사실 그것은 리외의 마지막 희망이었다. 또다시 실패하는 경우에 도시는 다시 몇 달을 더 두고 기승을 부리거나 혹은 아무 이유도 없이 그치거나 양단간에 페스트의 변덕에 시달리어 곤욕을 치르게 되리라고 의사는 확신하고 있었다. 카스텔이 리외를 방문한 바로 그다음 날에는 오통 씨의 아들이 병에 걸려 온 가족이 예방 격리소에 들어가지 않을 수 없었다. 그 어머니는 얼마 전에 격리소에서 나왔던 터라 두 번째로 격리되게 되었다. 정해진 규정을 준수하는 판사는 자기 아들의 몸에서 병의 증세를 발견하자마자 리외를 불렀던 것이다. 리외가 왔을 때 그 아버지와 어머니는 침대 발치에 서 있었다. 어린 딸은 멀리 떼어놓고 있었다. 어린애는 힘이 빠져 진찰을 받는데도 가만히 있었다. 의사가 고개를 들었을 때, 그는 판사의 시선과 그 뒤에서 손수건을 입에 대고 휘둥그레진 눈으로 의사의 일거일동을 주시하고 있는 아이 어머니의 창백한 얼굴과 마주쳤다.

"역시 그렇죠?" 판사가 냉담한 목소리로 물었다.

"그렇군요." 리외는 다시 어린애를 보면서 대답했다.

어머니의 두 눈이 더욱 커졌다. 그러나 그 여자는 여전히 입을 열지 않고 있었다. 판사도 입을 다물고 있다가, 이윽고 더 나지막한 소리로 말했다.

"그러면 선생님, 규정대로 해야겠군요."

리외는 여전히 입에 손수건을 대고 있는 어머니를 보지 않으려고 애썼다.

"곧 됩니다"라고 주저하면서 리외는 말했다. "전화만 걸게 해주시면요."

오통 씨는 그를 안내하마고 말했다. 그러나 의사는 그의 아내에게로 몸을 돌렸다.

"섭섭하게 됐습니다. 부인께서는 짐을 좀 꾸려주셔야 할 겁니다. 준비할 것을 알고 계실 테니까요."

"네" 하고 그 여자는 고개를 끄덕이면서 말했다. "그렇지 않아도 하려던 참이에요."

그들과 헤어지기 전에 리외는 혹 무엇이고 필요한 것이 없느냐고 물어보지 않을 수 없었다. 판사 부인은 여전히 그를 묵묵히 보고 있었다. 그러자 이번에는 판사가 외면을 했다.

예방 격리는 처음에는 단순한 형식에 불과했지만 리외와 랑베르에 의해 아주 엄격하게 조직화되었다. 특히 그들은 한 가족의 개개인이 반드시 따로따로 격리되는 것을 주장했다. 만약 그 가족 가운데 하나가 모르는 사이에 전염되었다 해도, 병이 번질 기회를 주어서는 안 되었던 것이다. 리외가 그러한 취지를 판사에게 설명하자 판사는 좋을 것 같다고 말했다. 그러나 판사와 그 아내가 서로 마주 보는 눈치로 미루어 리외는 그 이별이 그들에게 얼마나 타격을 주었는가를 느꼈다. 오통 부인과 어린 딸은 랑베르가 관리하는 격리 호텔에 수용될 수 있었다. 그러나 그 예심판사에게는 현 당국이 도로과에서 빌린 천막들을 이용해서 시립 운동장에 시설 중인 격리 수용소가 아니면 이미 자리가 없었다. 리외가 그 사실을 말하고 양해를 구했다. 그러나 오통 씨는 규칙은 만인에게 오직 하나이며 그것에 복종하는 것이 옳다고 말했다.

어린애는 임시 병원에 이송되어 침대 여섯 개가 설비되어 있는 옛 교실에 수용되었다. 약 스무 시간이 지나자, 리외는 아주 절망적인 케이스라고 판단을 내렸다. 그 작은 몸은 아무런 반항도 못하고 병균에 침식되고 있었다. 고통스러운, 그러나 거의 드러나 보이지 않는 작은 멍울들이 가냘픈 사지의 마디마디에 퍼져 있었다. 이미 진 싸움이었다. 그렇기 때문에 리외는 카스텔의 혈청을 그 어린애에게 시험해볼 생각을 한 것이다. 바로 그날 저녁, 그들은 저녁 식사가 끝나자 오랜 시간에 걸쳐 접종을 실시했지만, 단 한 번의 반응도 그 어린애에게서 얻을 수가 없었다. 이튿날 새벽에 그 중요한 실험의 결과를 판단하기 위해서 모두가 그 어린애 곁으로 모여들었다.

어린애는 마비 상태에서 벗어나 이불 밑에서 경련을 일으키며 몸을 뒤틀고 있었다. 의사 카스텔과 리외, 그리고 타루는 새벽 4시부터 그 곁에 서서 시시각각으로 병세의 진행 또는 정지를 살피고 있었다. 침대 머리맡에는 타루의 육중한 몸이 약간 구부정하게 서 있었다. 침대 발치에 서 있는 리외의 곁에 앉은 카스텔은 겉으로는 아주 침착한 태도로 오래된 책을 읽고 있었다. 차츰 햇살이 그 옛 교실 안으로 퍼져감에 따라 다른 사람들도 왔다. 먼저 파늘루가 와서 침대 저편에 자리를 잡고 타루와 마주 보며 벽에 기대어 섰다. 고통스러운 표정이 그의 얼굴에 엿보였고, 몸 바쳐 일해온 지난 며칠 동안의 피로가 힘줄이 불거진 이마에 주름살을 새기고 있었다. 이번에는 조제프 그랑이 왔다. 7시였는데, 그 서기는 헐떡거리며 늦게 와서 미안하다고 말했다. 자기는 잠깐밖에 시간이 없는데, 혹 무슨 확실한 것을 알게 되었느냐고 물었다. 리외는 일그러진 얼굴에 눈을 딱 감고 힘껏 이를 악문 채 몸은 꼼짝도 안 하고 베갯잇도 없는 베개 위에서 좌우로 고개를 움직이고 있는 어린애를 말없이 가리켰다. 마침내 날이 밝아 방 안쪽 깊숙이 제자리에 그대로 걸려 있는 흑판 위에 예전에 썼던 방정식 자국을 읽을 수 있게 되었을 무렵 랑베르가 왔다. 그는 옆의 침대 발치에 등을 기대고 담배를 꺼냈다. 그러나 어린애를 흘끗 보고 나서 담뱃갑을 도로 호주머니 속에 넣었다.

카스텔이 여전히 앉은 채로 안경 너머로 리외를 바라보았다.

"애 아버지의 소식은 들으셨나요?"

"아니요." 리외가 말했다. "그는 격리 수용소에 있는걸요."

의사는 어린애가 신음하고 있는 침대의 나무를 힘껏 움켜쥐고 있었다. 그는 어린 환자에게서 눈을 돌리지 않고 있었는데, 어린애는 갑자기 몸이 뻣뻣해지면서 이를 다시 악물고 몸을 약간 구부리고 팔다리를 벌렸다. 군용 모포 아래 벌거벗은 작은 몸에서 털실 냄새와 찝찔한 땀내가 풍겼다. 어린애는 차츰차츰 축 늘어져서 팔다리를 침대 한가운데로 모으더니, 여전히 눈을 감고 숨소리를 죽인 채로 숨이 더 가빠진 듯싶었다. 리외는 타루의 시선과 마주쳤다. 타루는 외면을 했다.

몇 달 전부터 그 무서운 병은 사람을 가리지 않았기 때문에 그들은 이미 애들이 죽는 것을 수없이 보아왔다. 그러나 그날 아침처럼 그렇게 시시각각으로 고통스러워하는 광경을 살펴본 적은 이제껏 한 번도 없었다. 물론 그 무죄한 아이들에게 가해지는 고통은 언제나 그들에겐 분노할 수밖에 없는 일로 보였다. 그러나 적어도 그전까지는, 어떤 의미에서 추상적인 격분을 느끼고 있었을 뿐이다. 왜냐하면 죄 없는 어린애가 그렇게도 오래 임종의 고통을 느끼는 모습을 똑바로 바라본 일이 결코 없었기 때문이다.

어린애는 마치 누가 위장을 잡아 뜯기라도 하듯 가냘픈 신음 소리를 내면서 다시 몸을 구부렸다. 어린애는 한참 동안 그처럼 몸을 구부리고, 마치 그 연약한 뼈대가 휘몰아치는 페스트의 바람에 꺾이고 끊임없는 열풍에 삐걱거리듯, 오들오들 떨면서 경련적으로 헐떡거리고 있었다. 그 발작이 지나가자 몸이 약간 풀리고 열이 가시는 듯이 보였고, 헐떡거리면서 축축하고 독기 있는 모래사장에 내던져진 듯싶었는데, 편안해진 모습이 벌써 주검과 같았다. 타오르는 듯한 열의 물결이 세 차례나 밀려와서 몸이 약간 솟아오르더니, 어린애는 바싹 오그라들어서 그를 불태울 것 같은 불꽃의 공포에 싸여 침대 밑바닥으로 움츠러들었다. 그리고 나서 이불을 차내며 미친 듯이 고개를 저었다. 뜨거운 속눈썹에서 솟아 나오는 구슬 같은 눈물이 납빛 얼굴 위로 흘러내리기 시작했다. 그리고 어린애는 그 발작이 끝나자 기진맥진해서, 뼈가 드러나 보이는 두 다리와 48시간 만에 살이 완전히 빠진 두 팔을 오그라뜨리면서 흐트러진 침대 위에서 십자가에 매달린 듯한 괴상한 자세를 했다.

타루는 몸을 굽히고 그의 두툼한 손으로 눈물과 땀으로 흠뻑 젖은 그 조그만 얼굴을 닦아주었다. 카스텔은 얼마 전부터 책을 덮고 환자를 바라보고 있었다. 그는 무슨 말을 하려고 시작했으나 목소리가 갑자기 이상하게 나오는 바람에 말을 끝내기까지 간간이 기침을 하지 않을 수 없었다.

"아침에 병세의 후퇴가 있었던 게 아니오, 리외?"

리외는 없었다고 대답했다. 그러나 어린애는 보통의 경우보다 더 오래 저항을 하고 있다고 말했다. 파늘루는 벽에 기댄 채 어딘지 맥이 풀린 듯이 보였는데, 그때 들릴까 말까 한 자그마한 목소리로 이렇게 말했다.

"기왕 죽는 거라면, 남보다 더 고통을 겪는 셈이지."

리외가 갑자기 그에게로 몸을 돌려 말을 하려고 입을 벌리다가 그만두었는데, 자신을 억제하려고 애를 쓰는 빛이 역력했다. 그러고는 다시 시선을 어린애에게로 돌렸다.

햇빛이 방 안으로 흘러 들어왔다. 다른 다섯 개의 침대 위에서는 무슨 덩어리들이 꿈틀거리며 신음하고 있었다. 그러나 타협이라도 한 듯 조심스런 태노늘이었다.

방의 저 끝에서 고함을 치고 있는 단 한 명의 환자만이 일정한 간격을 두고 고통이라기보다는 차라리 놀라움을 나타내는 듯한 짧은 탄성을 내지르고 있었다. 마치 환자들 자신에게까지도 그것은 초기의 공포가 아닌 것처럼 보였다. 이제는 병을 대하는 그들의 태도에서 일종의 동의조차 엿보였다. 단지 어린애만이 온 힘을 다해서 발

235

버둥을 치고 있었다. 리외는 가끔가다가 별로 그럴 필요가 있어서가 아니라 오히려 현재 자기의 무력한 교착 상태를 벗어나기 위해서 어린애의 맥을 짚어보곤 했는데, 눈을 감으면 그 요란한 맥박이 자기 자신의 피의 동요와 뒤섞이는 것을 느꼈다. 그때 그는 고통받는 그 어린애와 한몸이 되었으며, 아직 성한 자신의 온갖 힘을 다해서 그 애를 지탱해주려고 애썼다. 그러나 순간적으로 일치되었다가도 두 사람의 심장 고동은 서로 엇갈리게 되어 어린애는 그에게서 빠져나가는 것이었고, 그의 노력은 허공 속에서 무너져 내렸다. 그러면 그는 그 가느다란 손목을 놓고 자기 자리로 돌아오곤 했다.

회칠을 한 벽을 따라서 햇빛은 장밋빛에서 노란빛으로 변해가고 있었다. 유리창 뒤에서는 푹푹 찌는 아침이 바스락거리기 시작했다. 그랑이 다시 돌아오겠다고 말하고 가도 아무도 들은 사람이 없는 것 같았다. 모두 기다리고 있었다. 어린애는 여전히 눈을 감고 있었는데 약간 진정된 것 같았다. 마치 짐승 발톱처럼 변한 두 손이 침대 가장자리를 살며시 긁적거리고 있었다. 그 손이 다시 올라가서 무릎 근처의 이불을 긁다가, 갑자기 어린애는 두 다리를 꺾고 넓적다리를 배 근처에 갖다 대고는 움직이지 않았다. 아이는 이때 처음으로 눈을 뜨고, 앞에 있는 리외를 보았다. 이제는 잿빛의 찰흙처럼 굳어버리고 만 그 얼굴의 움푹한 곳에서 입이 벌어졌다. 그러더니 곧 한마디의 비명, 호흡에 따른 억양조차 거의 없이 갑자기 단조롭고 어색한 항의로 방 안을 가득 채우는, 그리고 마치 모든 인간에게서 동시에 발해진 듯싶을 만큼 비인간적인 비명이 터져 나왔다. 리외는 이를 악물고, 타루는 고개를 돌렸다. 랑베르는 카스텔 곁의 침대에 가까이 갔고, 카스텔은 무릎 위에 펼쳐져 있던 책을 덮었다. 파늘루는 병 때문에 까맣게 타버린 그 어린애의 입을 바라보고 있었는데, 그

입은 어떤 나이의 사람들도 내지르고야 말 비명으로 가득 차 있었다. 그러고는 슬며시 무릎을 꿇더니 다소 숨이 찬, 그러나 멎을 기색도 없는 그 이름 모를 비명 틈에서도 똑똑히 알아들을 수 있는 목소리로 다음과 같이 말하는 것을 아무도 부자연스럽게 생각하지 않았다. "하느님이시여, 제발 이 어린이를 구해주소서!"

그러나 어린애는 계속해서 소리를 질렀고, 그 주변의 환자들까지 흥분했다. 아까부터 줄곧 방의 저 끝에서 소리를 지르고 있던 그 환자는 앓는 소리의 리듬이 빨라지더니 마침내는 그도 역시 정말 비명을 지르게 되었고, 한편 다른 환자들도 점점 큰 소리로 신음하기 시작했다. 밀물 같은 흐느낌이 방 안으로 흘러들어 파늘루의 기도 소리를 뒤덮어버리고 말았으며, 리외는 침대 모서리에 매달린 채 피로와 혐오에 취한 듯이 두 눈을 감았다.

그가 다시 눈을 떴을 때, 타루가 곁에 와 있었다.

"나는 가봐야겠어요" 하고 리외가 말했다. "더 참을 수 없어요."

그러나 갑자기 딴 환자들이 입을 다물었다. 그때 의사는 어린애의 비명이 약해진 것을 알아차렸다. 그 비명은 점점 더 약해지더니 급기야는 멎어버렸다. 그러더니 그의 주위에서 비탄의 소리들이 나지막하게, 이제 막 끝난 그 싸움의 머나먼 메아리와도 같이 다시 시작되고 있었다. 싸움은 끝난 것이었으니 말이다. 카스텔은 침대 저쪽으로 가더니, 이제 모든 것은 끝났다고 말했다. 어린애는 입을 벌린 채로, 그러나 말없이 흐트러진 이불의 움푹 들어간 곳에서 몸을 웅크리고 얼굴에는 눈물 자국을 남긴 채로 누워 있었다.

파늘루가 침대에 가까이 가서 기도의 몸짓을 했다. 그리고 그는 자기의 성의(聖衣)를 다시 여미고, 중앙 통로를 지나서 나가버렸다.

"모든 것을 다시 시작해야 하나요?" 하고 타루가 카스텔에게 물었다.

늙은 의사는 고개를 끄덕거렸다.

"아마도 그럴 겁니다" 하고 그는 일그러진 웃음을 띠면서 말했다. "어쨌든 오래 견디기는 했어요."

그러나 리외는 이미 방에서 나가고 있었는데, 그 걸음걸이가 이상하게 빠르고, 파늘루 곁을 스쳐 지나갈 때 파늘루가 그를 붙잡으려고 팔을 내밀었을 정도로 심상치 않은 태도였다.

"여보세요, 선생님" 하고 그가 말했다.

리외는 여전히 골이 난 태도로 몸을 돌리더니 격렬한 어조로 내뱉었다.

"허, 그 애는, 적어도 아무 죄가 없습니다. 당신도 그것은 알고 계실 거예요!"

그러더니 그는 몸을 돌려 파늘루보다 먼저 방문을 지나 교정의 안쪽으로 갔다. 그는 두 그루의 나무 가운데 있는 먼지투성이의 벤치에 앉아서 벌써 눈 속에까지 흘러 들어온 땀을 닦았다. 그는 가슴을 짓누르는 응어리를 풀어버리기 위해서 큰 소리로 외치고 싶었다. 더위가 무화과나무 가지 사이로 서서히 쏟아져 내리고 있었다. 아침나절의 푸른 하늘에는 이내 허여멀건 각막백반 같은 구름이 덮여 대기를 더 숨 막히게 하고 있었다. 리외는 벤치 등받이에 몸을 깊숙이 기대었다. 그는 나뭇가지들과 하늘을 바라보며 천천히 호흡을 가다듬고, 조금씩 피로를 풀었다.

"왜 나한테 그렇게 화를 내고 말씀하셨죠?" 하는 소리가 그의 뒤에서 들렸다. "나 역시 그 광경은 참을 수 없는 것이었어요."

리외가 파늘루를 돌아다보았다.

"정말 그렇습니다." 그가 말했다. "용서하십시오. 피곤해서 그만 어리석은 짓을 했군요. 이 도시에서 나는 이따금 반항심을 느낄 때가 있습니다."

"이해합니다." 파늘루가 중얼거렸다. "정말 힘에 겨운 일이니 반항심도 생길 만합니다. 그러나 아마도 우리는 우리가 이해할 수 없는 것을 사랑해야 할지도 모릅니다."

리외가 벌떡 몸을 일으켰다. 그는 모든 힘과 정열을 한껏 기울여 파늘루의 얼굴을 바라보고는 고개를 흔들었다.

"아닙니다, 신부님" 하고 그가 말했다. "나는 사랑이라는 것을 달리 생각하고 있어요. 어린애들까지도 고통을 당하는 이 세상을 사랑하기란 죽어도 싫습니다."

파늘루의 얼굴에는 당황한 그림자가 스쳤다.

"아! 선생님" 하고 그는 서글프게 말했다. "이제야 나는 은총이라는 것이 과연 무엇인가를 알게 되었어요."

그러나 리외는 다시 벤치에 몸을 깊숙이 기대었다. 그는 다시 엄습해오는 피로 속에서 좀 더 부드럽게 말했다.

"나는 그런 것을 안 가지고 있습니다. 잘 알고 있어요. 그러나 그런 문제를 당신하고 토론하고 싶지는 않아요. 우리는 모독이니 기도니 하는 것을 초월해서 우리를 한데 묶어주고 있는 그 무엇을 위해서 함께 일하고 있어요. 그것만이 중요합니다."

파늘루가 리외의 곁에 와서 앉았다. 그는 감동한 모양이었다.

"그럼요" 하고 그가 말했다. "그럼요, 당신도 역시 인류의 구원을 위해서 일하고 계시고말고요."

리외는 웃는 낯을 하려고 노력했다.

"인류의 구원이라니, 나에게는 너무나 벅찬 말입니다. 나는 그렇게까지 원대한 포부는 갖지 않았습니다. 내 관심의 대상은 인류의 건강입니다. 다른 무엇보다도 건강이지요."

파늘루는 머뭇거렸다.

"선생님" 하고 그가 말했다.

그러나 그는 말을 멈추었다. 그의 이마에도 땀이 흘러내리기 시작했다. 그가 "안녕히 계세요" 하고 중얼거리고 일어났을 때, 그의 눈은 반짝거리고 있었다. 그가 가려고 하자 생각에 잠겨 있던 리외도 일어서서 그에게로 한 걸음 다가섰다.

"다시 사과합니다"라고 그는 말했다. "다시 그렇게 화내는 일은 없을 겁니다."

파늘루는 손을 내밀고 서글프게 말했다.

"그렇지만 나는 당신을 납득시키지 못했지요."

"그야 뭐 어떻습니까?" 하고 리외가 말했다. "내가 증오하는 것은 죽음과 불행입니다. 그것은 당신도 잘 알고 계십니다. 그리고 당신이 원하시든 원하시지 않든 간에 우리는 함께 그것 때문에 고생을 하며 그것들과 싸우고 있습니다."

리외는 파늘루의 손을 잡고 있었다.

"그렇잖아요?" 이렇게 그는 파늘루를 보지 않으려고 애쓰면서 말했다. "하느님조차도 이제는 우리를 갈라놓을 수 없습니다."

*

파늘루는 보건대에 들어온 이후로 병원과 페스트가 들끓는 장소를 떠나본 일이 없었다. 그는 보건대원들 틈에서 마땅히 자신이 속해야 한다고 생각되는 자리, 즉 최전선에 나섰던 것이다. 죽는 광경도 안 볼 수가 없었다. 그런데 비록 원칙적으로는 혈청에 의해서 안

전이 보장되어 있기는 했지만, 자기 자신이 죽을 우려도 역시 아주 없는 것은 아니었다. 겉으로는 언제나 냉정을 잃지 않고 있었다. 그러나 그는 한 어린애가 죽어가는 것을 오랫동안 지켜보던 그날부터 변한 것 같았다. 그의 얼굴에 긴장의 빛이 드러나 보였다. 그리고 그가 리외에게 웃으면서 자기는 지금 '사제가 의사의 진찰을 받을 수 있는가?'라는 주제로 짧은 논문을 쓰고 있노라고 말했을 때, 의사는 그것이 단순히 파늘루가 하는 말 같지가 않고 좀 더 심각한 그 무엇을 의미하는 듯한 인상을 받았다. 의사가 그 논문의 내용을 알고 싶다고 하자, 파늘루는 자기가 남자들만 모이는 장소에서 설교를 하게 되었는데 그 기회에 적어도 몇 가지 자기 견해를 제시할 작정이라고 말했다.

"선생님도 오셨으면 좋겠습니다. 그 주제에 관심이 있으실 테니까요."

신부는 바람이 심하게 부는 어느 날 그의 두 번째 설교를 했다. 사실을 말하자면, 청중의 대열은 첫 번 설교 때보다 엉성했다. 그런 종류의 광경이 우리 시민들에게는 더는 매력적이지 못했기 때문이다. 도시 전체가 겪고 있는 그 갖가지 어려운 환경 속에서는 신기함이라는 단어 자체가 이미 그 뜻을 상실하고 있었다. 게다가 대부분의 사람들은 종교상의 의무를 완전히 저버리거나 그런 것을 어떤 철지한 비도덕적인 생활에다 꿰맞추지는 않았지만, 일상적인 실천 상황을 도저히 말도 안 될 미신으로 대치해버렸던 것이다. 그들은 미사에 나가기보다는 차라리 마스코트가 되는 메달이라든가 성 로크의 부적 같은 것을 즐겨 몸에 지니고 다녔다.

그러한 예로서 시민들이 예언을 맹목적으로 즐겨왔다는 것을 들 수 있다. 봄이 되자 사실 사람들은 이제나저제나 하고 병의 종말을 기다렸다. 그런데 아무도 딴 사람에게 질병이 얼마나 더 계속될지 물어보려고 하지 않았다. 모든 사람은 병이 얼마나 오래 갈지 전혀 알 길이 없다고 생각하고 있었기 때문이다. 그러나 날이 지남에 따라서 그 불행에는 정말 끝이 없는 것이 아닌가 두려워지기 시작했고, 이와 동시에 페스트의 종말이라는 것이 모든 희망의 대상이 되었던 것이다. 그래서 옛날의 마술사들이나 가톨릭 교회의 성자들에 의한 여러 가지 예언이 이 손에서 저 손으로 건네졌다. 시중의 인쇄업자들은 그 구미(口味)를 미끼로 해서 한밑천 잡을 수 있다는 것을 재빠르게 알아차리고 떠도는 책들을 대량으로 찍어내어 마구 뿌렸다. 그들은 일반의 흥미가 식을 줄 모르는 것을 보고, 시립 도서관 등을 이용해서 야사(野史) 중에서 딸 수 있는 그런 종류의 모든 증언을 찾아내서 시중에 퍼뜨렸다. 역사 자체로 예언이 부족한 경우에는 기자들에게로 그 주문이 넘겨졌는데, 그들 역시 그 점에 관한 한 과거 몇 세기 동안 있었던 예에 못지않게 능란한 재주를 보여주었다.

그러한 예언들 중 어떤 것들은 심지어 신문의 한 난에 실리기도 했는데, 전염병이 안 돌 때 거기에 실렸던 달콤한 이야기들보다 더 열심히 읽혔다. 그중 몇몇은 그해의 연도나 사망자 수, 페스트가 계속된 달 수 같은 것들을 가산한 괴상한 계산에 근거를 두고 있었다. 또 어떤 것은 역사상 대규모로 발생한 페스트와 비교해 거기서 비슷한 점(예언에서는 그것을 불변의 사실이라 불렀다)을 따서, 그것들 역시 전자에 못지않은 괴상한 계산을 해가지고 현재의 시련에 관한 교훈을 끌어내려 했다. 그러나 시민의 구미를 가장 많이 끈 것은 두말할 나위도 없이 묵시록의 어법으로 알려주는 일련의 사건이었는데, 그 하나하나를 현재 이 순간에 겪고 있는 사건으로 볼 수도 있었고, 또 그 복잡성으로 말미암아 여러 가지 해석이 가능한 것들이었다. 노스트라다무스와 성 오딜이 매일같이 들먹여졌고, 또 번번이 성과를 거두었다. 그런데 모든 예언에서 공통되는 것은 결국에 가서는 사람들을 안심시켜주는 점이었다. 다만 페스트만은 그렇지가 않았다.

그러므로 그러한 미신이 우리 시민들에게는 종교를 대신하게 되었으며, 바로 그렇기 때문에 파늘루의 설교도 4분의 3밖에는 청중이 차지 않은 성당에서 행해졌다. 설교가 있던 날 저녁에 리외가 가보니, 성당 입구의 문틈으로 들어오는 바람이 청중 사이를 제멋대로 흘러다니고 있었다. 그는 싸늘하고 고요한 성당의 남자들만으로 한정된 청중 한가운데 자리를 잡고 앉아서, 신부가 설교대 위로 올라가 서는 것을 보았다. 신부는 첫 번째보다 부드럽고 신중한 말투로 이야기를 했고, 또 몇 번씩이나 청중은 그의 말투에서 뭔가 주저하는 빛을 발견했다. 더 이상한 것은 그가 이제는 '여러분'이라고 하지 않고 '우리'라는 말을 쓰는 점이었다.

그러나 그의 목소리는 차츰차츰 확고해져갔다. 그는 먼저 여러 달 전부터 페스트가 우리 사이에 존재해왔으며, 지금 그것이 우리 식탁 또는 사랑하는 사람들의 머리맡에 앉아 있고, 우리의 바로 곁을 따라다니며 일터에서 우리가 오기를 기다리고 있는 것을 그렇게도 여러 번 보게 되었는데, 지금이야말로 그것이 끊임없이 우리에게 말해주고 있는, 처음에는 놀라서 우리가 잘 알아듣지 못했을지도 모르는 것을 아마도 더한층 잘 받아들일 수 있게 되었을 것이라는 말로 설교를 시작했다. 저번에 파늘루 신부가 같은 자리에서 이미 설교한 것은 진실이었다 — 아니, 적어도 진실이었다는 것이 그의 신념이었다. 그러나 아마도 또한 우리 모두가 그러한 경험이 있듯이, 그는 그로 인해 가슴을 치기까지 했는데, 아무 자비심도 없이 그 설교를 했던 것이다. 그래도 무슨 일에서든 언제나 취할 점이 있는 법이

243

다. 가장 잔인한 시련조차도 기독교인에게는 역시 이득이 되는 법이다. 그러니 기독교가 당면한 문제에서 정말로 추구해야 할 것은 바로 그 이득이며, 그 이득이 어떤 점에 있으며 어떻게 해서 발견할 지를 아는 데 있다는 것이다.

그때 리외의 주위에서는 사람들이 자기가 앉은 벤치의 팔걸이에다 팔을 멋대로 걸치고 앉아 될 수 있는 대로 편한 자세를 취하려는 것 같았다. 입구의 가죽을 입힌 문 한 짝이 가볍게 덜거덕거렸다. 누군가가 일어나서 그것을 붙잡았다. 리외는 그러한 동요에 마음이 쏠려 다시 설교를 계속한 파늘루의 말을 거의 듣지 않고 있었다. 그는 페스트로 인해서 생기는 상황을 해석하려 해서는 안 되고, 거기에서 배울 만한 점을 배우려고 노력해야 한다고 했다. 리외가 막연하게나마 이해한 것은, 페스트에 대해 신부로서는 아무것도 설명할 수 없다는 점이었다. 그의 관심이 집중된 것은, 파늘루가 세상에는 하느님과 비교해서 설명할 수 있는 것과 그렇지 않은 것이 있다고 단언했을 때였다. 물론 세상에는 선과 악이 있고, 또 대체로 그 둘 사이의 구별은 쉽사리 된다. 그러나 악의 내부 세계에서 문제가 발생한다. 예를 들어 명백히 필요한 악이 있고, 또 명백히 불필요한 악이 있다. 지옥에 빠진 돈 후안과 어린애의 죽음을 보면, 탕아가 벼락을 맞아서 죽는 것은 당연한 일이겠지만, 어린애가 고통을 받는 것은 이해할 수 없으니 말이다. 그리고 사실 어린애의 고통과 그 고통에 따르는 혐오, 그리고 거기에서 찾아내야 할 여러 가지 이유보다 더 중요한 것은 이 땅 위에 아무것도 없다. 그 밖의 인간 생활에서 신은 우리에게 모든 것을 용이하게 해주시며, 따라서 거기까지는 종교의 공덕이 별로 느껴지지 않는다. 거기서 신은 반대로 우리를 고통의 담 밑으로 몰아넣고 계시다. 우리는 그러한 담 밑에서의 죽음의 그늘을 헤치고, 우리의 이익을 찾아낼 필요가 있다. 파늘루 신부는, 그런데도 우리는 손쉽게 그 담을 넘을 수 있게 해주는 우선권조차 거부하고 있다고 했다. 그 어린애를 기다리고 있는 구원의 환희가 능히 그 고통을 보상해줄 수 있다고 말하는 것은 쉬운 일이겠으나, 실제로 자기는 거기에 대해서 아무것도 모른다고도 했다. 사실 영원의 기쁨이 순간적인 인간의 고통을 보상해준다고 누가 감히 주장할 수 있단 말인가? 그런 소리를 하는 자는 몸소 육체와 영혼의 고통을 맛본 주님을 섬기는 기독교인이라고는 결코 말할 수 없으리라. 아니다. 신부, 그는 고통의 담 밑에 머물러 있을 것이며, 십자가가 상징하는 그 처참함을 충실하게 본받아서 어린애의 죽음을 마주 보고 있을 작정이라고 했다. 그리고 그는 오늘 자기의 설교를 듣고 있는 사람들에게 서슴지 않고 이렇게 말했다. "여러분, 드디어 때는 왔습니다. 모든 것을 믿거나 모든 것을 부정할 필요가 있습니다. 그러니 대체 우리 가운데 누가 감히 모든 것을 부정할 수 있겠습니까?"

리외가 이제 신부는 이단자가 되어가고 있구나 하고 생각하는 순간, 신부는 여전히 힘차게 말을 이어서 그 명령, 그 무조건의 요구야말로 기독교인이 받는 이득이라고 강조했다. 그것은 또 기독교인의 덕성이기도 하다는 것이었다. 신부는 자기가 말하는 덕의 어떤 점은 과격하기 때문에 좀 더 관대하고 좀 더 전통적인 도덕에 젖어 있는 많은 사람들에게 충격을 줄 것을 알고 있다고 했다. 그러나 페스트 시대의 종교는 여느 때의 종교와 같은 것일 수 없으며, 비록 하느님은 행복의 시대에는 사람들의 영혼이 안식하고 향락하기를 허용하고 심지어 바라기까지 하시겠지만, 극도의 불행 속에서는 그 영혼이 과격하기를 원하고 계신다고 했다. 신은 오늘날 스스로 창조하신 인간에게 은총을 베푸시어, 우리가 부득불 '전체' 또는 '무'라는 가장 위대한 덕을 다시 찾아서 실천해야 할 만큼 큰 불행 속에 우리를 빠뜨려놓았다는 것이다.

어느 불경한 저술가가 이미 몇 세기 전에 연옥이라는 것은 존재하지 않는다고 단정함으로써 교회의 비밀을 폭로할 것이라고 주장한 일이 있었다. 그는 그렇게 말함으로써 어중간한 상황은 없고 '천당'과 '지옥' 밖에는 없으며, 사람은 자기가 선택한 것에 의해서 구원을 받거나 저주를 받는 길밖에는 없다는 것을 암시했다. 파늘루 생각에는 그것은 방종한 영혼만이 생각해낼 수 있는 엄청난 이단이라고 했다. 연옥은 엄연히 존재하는 것이기 때문이다. 그러나 그 연옥이라는 것을 별로 기대해서는 안 되는 시대, 곧 하찮은 죄를 운운할 수 없는 시대가 간혹 있어서 모든 죄가 죽음을 의미하며 모든 무관심이 죄가 되는 시대, 즉 전체 아니면 무인 시대가 있다고 했다.

파늘루는 말을 멈췄다. 그래서 리외는 그때 밖에서 더욱 심해진 듯한 바람이 문짝을 흔들어대는 소리를 더 잘 들을 수 있었다. 그런데 그때 신부는 말을 계속 이어갔다. 즉 자기가 말하는 무조건 복종이라는 덕성은 보통 해석하듯 좁은 의미로 보아서는 안 되며, 그것은 속된 체념도 아니고 까다로운 겸손도 아니라고 했다. 그것은 굴종이지만, 굴종하는 사람 스스로가 동의하는 굴종이다. 과연 어린애의 고통은 정신적으로나 감정적으로나 굴욕적인 일이다. 그러나 바로 그런 이유로 고통을 감수하고 그 속에 몰입되어야 한다. 바로 그렇기 때문에 파늘루는 자기가 말하려고 하는 것을 표현하기가 어렵다고 청중에게 양해를 구하면서, 어쨌든 신이 원하시므로 우리는 받아들여야 한다고 말했다. 그렇게 함으로써만 기독교인은 아무 거리낌이 없을 것이며, 출구가 보이지 않는 암담한 상황에서도 본질적인 선택의 자리로 돌아갈 수 있을 것이다. 그는 모든 것을 부정하는 지경에 빠지지 않기 위해서 모든 것을 믿는 쪽을 택할 것이다. 그리고 이 순간에도 여러 교회에서 씩씩한 부인네들이 환부에 생기는 멍울은 바로 페스트를 물리치는 자연 요법임을 깨닫고 "주여, 우리 자식에게도 그 멍울을 베풀어주시옵소서!"라고 기도하고 있듯이 기독교인은 신의 성스러운 의지에, 비록 그것이 이해할 수 없는 것일지라도 자신을 내맡길 줄 알아야 할 것이다. "나는 그것을 이해하지만 그것을 받아들일 수는 없다"는 말을 할 수는 없다. 우리에게 닥쳐온 그 받아들일 수 없는 것의 핵심을 향해서, 바로 우리의 선택을 하기 위하여 뛰어들어야만 한다. 어린애들이 겪는 고통은 우리에게 쓴 빵과 같다. 그러나 그 빵 없이는 우리의 영혼이 정신적인 굶주림으로 죽고 말 것이다.

여기서 파늘루 신부가 말을 쉴 때마다 솟아 나왔던 그 나지막한 소음이 다시 일기 시작했는데, 그때 불현듯이 이 설교자는 청중을 대신해서 묻는 투로, 그러면 우리는 어떻게 처신해야 하는가, 하고 힘차게 말을 이었다. 자기는 잘 느끼고 있는데, 사람들은 숙명론이라는 무서운 말을 입에 담으려 할 것이다. 좋다, 다만 자기에게 '능동적'이라는 형용사를 붙이는 것을 허용해준다면 그 말에 양보할 수도 있다. 다시 말하지만, 지난번에 이야기했던 아비시니아의 기독교인들을 흉내 내서는 안 될 것이다. 뿐만 아니라 기독교인들의 보건대를 향해서 입었던 옷을 벗어 던지며, 신이 내리신 그 병에 대항하려는 불신자들에게 페스트를 옮겨달라고 기도하기 위해서 하늘을 우러러보며 고함치던 페르시아의 페스트 환자들을 흉내 내도 안 된다. 그러나 이와 반대로, 지난 세기에 질병이 유행할 때 혹 병독이 잠복하고 있을 수도 있다는 이유로 축축하고 따뜻한 입과 입의 접촉을 피하게 하기 위하여 핀셋으로 성체 빵을 집어서 영성체를 시켜주던 카이로의 수도자들 흉내를 내서도 못 쓴다. 페르시아의 페스트 환자들이나 그 수도자들은 똑같은 죄를 지었다. 왜냐하면 전자로 말하면 어린애들의 고통 같은 것은 전혀 고려하지 않았기 때문이며, 후자는 그와 반대로 고통에 대한 극히 인간적인 공포가 너무 지나쳤기 때문이다. 두 경우 다 문제의 핵심을 벗어난 것이다. 모두 하느님의 목소리를 알아듣지 못했던 것이다. 이외에도 파늘루가 상기시키고자 한 또 다른 예들이 있었다. 마르세유에 발생했었다는 대대적인 페스트의 기록에 의할 것 같으면, 메르시 수도원의 81명의 수도승들 중에서 네 명만이 겨우 살아남았는데, 그 네 명 중에서 세 명은 도망을 쳤다. 기록자는 여기까지만 적어놓았다. 그 이상을 적는 것은 그들의 직분에 어긋나는 일이었다. 그러나 파늘루 신부는 그것을 읽으면서, 시체 77구를 목격했으며 특히 동료 셋이 도망친 뒤에도 홀로 남아 있던 한 명의 수도승에게 매료되었다는 것이다. 그리고 신부는 설교대의 모서리를 주먹으로 두드리면서, "여러분, 우리는 남아 있는 한 사람이 되어야 합니다"라고 소리쳤다.

그렇다고 해서 결코 재화의 무질서 속에서 세워지는 사회의 질서를 거부하라는 것은 아니었다. 꿇어앉아서 모든 것을 포기해야 한다고 하는 저 모럴리스트의 말에 현혹되어서는 안 된다. 다만 어둠 속이지만 그래도 전진을 계속해야 하고, 선을 행하도록 노력해야 한다. 그러나 그 밖의 것들에 대해서는 어린애의 죽음까지도 모두 신의 뜻에 맡기고, 행여 개인의 힘에 의존해볼 생각을 해서는 안 된다.

여기서 파늘루 신부는, 마르세유에 페스트가 유행하는 동안 보여주었던 지체 높은 벨징스 주교의 태도를 상기시켰다. 주교는 페스트가 종식될 무렵 자기의 할 일을 다 했으므로 더는 어떻게 해볼 도리가 없다고 생각하고, 먹을 것을 준비한 다음 벽을 높이 쌓고 집에 틀어박혔다. 그런데 그를 우상화하고 있던 주민들은 극도의 시달림에서 볼 수 있는 감정의 반발로 주교에 대해 분개했다. 주교에게도 전염을 시키기 위해서 그의 집 둘레에 시체를 쌓아 올렸고, 담 안으로 시체들을 던져 넣기까지 했다. 이처럼 주교는 최후의 약한 마음에서 자기는 죽음의 세계와 동떨어져 있다고 생각하고 있었는데, 실상 그의 죽음은 하늘에서 그의 머리 위로 떨어져 내리고 있었다. 우리의 경우도 그와 마찬가지로 페스트와 완전히 격리된 섬이라고는 없다는 것을 명심해야 할 것이다. 아니다, 중간이라는 것은 없다. 스캔들도 용서해야 한다. 왜냐하면 우리는 신을 혐오하든가, 그렇지 않으면 사랑하든가 둘 중에서 하나를 선택해야 하기 때문이다. 그런데 대체 누가 감히 신에 대한 증오를 택할 수 있단 말인가?

"여러분," 하고 마침내 파늘루는 결론을 짓겠다는 어조로 말했다. "신을 사랑하는 것은 몹시 힘든 일입니다. 그것은 자신의 전적인 포기와 자기 인격의 멸시를 전제로 합니다. 그러나 그 사랑만이 어린애의 고통과 죽음을 설명할 수 있습니다. 어쨌든 그 사랑만이 그것을 필요한 것으로 만들어줄 수 있습니다. 왜냐하면 그것은 이해할 수 없기 때문이며, 그저 바라는 길밖에는 없기 때문입니다. 바로 이것이 여러분과 같이 나누고자 하는 교훈입니다. 바로 이것이 인간이 보기에는 잔인하지만 신이 보기에는 결정적인 신앙인데, 우리는 거기에 가까이 다가가야 합니다. 우리는 그 무서운 이미지와 어깨를 겨누어야만 합니다. 그 가운데서 모든 게 서로 융합하고 동등해져 정의가 아닌 것에서 진리가 솟아 나올 것입니다. 이렇게 하여 프랑스 남부 지방의 수많은 성당에서는 페스트로 쓰러진 사람들이 벌써 수세기 전부터 내진(內陣)에 깔아놓은 돌 밑에 잠들어 있습니다. 그리고 수도승들은 그들의 무덤 위에서 이야기를 하는데, 그들이 선포하는 정신은 어린애들의 재도 한몫 낀 그 죽음의 재에서 우러나오는 것입니다."

리외가 밖으로 나왔을 때, 비스듬히 열린 문의 틈으로 모진 바람이 새어 들어와서 신자들의 얼굴을 정면으로 후려쳤다. 그 바람은 비 냄새와 축축한 포도의 향기를 실어다가 성당 안에 불어넣었기에 신자들은 밖으로 나가기도 전에 거리의 모습을 짐작할 수 있었다. 의사 리외의 앞에서는 그때 막 나온 어떤 늙은 신부와 젊은 부제가 모자를 날릴까봐 애를 쓰고 있었다. 늙은 신부는 쉬지 않고 그 설교에 주석을 붙이고 있었다. 그는 파늘루의 웅변에 경의를 표했지만, 그래도 파늘루가 표명한 몇 가지 대담한 생각에 대해서는 불안하게 여기고 있었다. 그는 그 설교에는 힘보다 불안이 더 많이 엿보이고 있는데, 파늘루의 나이쯤 되어서 사제가 불안을 품을 권리는 없다고 평가했다. 그 젊은 부제는 바람을 피해 고개를 숙이면서, 자기는 늘 파늘루 신부의 집을 드나들고 있는 터라 신부의 사상적인 발전을 잘 알고 있다면서 그의 논문은 앞으로 더한층 대담해질 것이며, 아마도 출판 허가를 얻지 못하게 되리라고 단언했다.

"대체 어떤 사상인가?" 하고 늙은 신부가 물었다.

그들은 성당 앞뜰에 서 있었는데, 바람이 계속 불어 젊은 부제는 입을 열지 못했다. 말할 수 있게 됐을 때 그는 다만 이렇게 말했다.

"신부가 의사의 진찰을 받는다면 그것은 모순이라는 거죠."

타루는 리외에게 파늘루의 설교 내용을 듣고, 자기는 전쟁 통에 눈알이 빠져버린 어떤 청년의 얼굴을 보고 신앙을 잃은 한 신부를 안다고 말했다.

"파늘루의 말이 옳죠"라고 타루가 말했다. "죄 없는 사람이 눈알을 잃게 될 때, 한 기독교인으로서는 의당 신앙을 잃거나 눈알이 빠진 것을 용납해야지요. 파늘루는 신앙을 잃기를 원치 않습니다. 그러니 그는 갈 데까지 가겠지요. 그가 하고 싶었던 것이 바로 그겁니다." 이러한 타루의 관찰이 그 뒤에 일어난, 그리고 당시 파늘루의 행동이 주위 사람들에게 이해하기 어렵다는 인상을 준 불행한 사건들을 밝혀주는 데 얼마간의 도움이 될 수 있는지는 앞으로 각자가 판단해보기 바란다.

그 설교가 있은 지 며칠 후, 파늘루는 이사를 하느라 정신이 없었다. 그 당시 시내에서는 병세의 기승으로 끊임없이 이사가 성행했다. 그리고 타루가 호텔을 떠나서 리외의 집에 머물러야 했듯이, 신부도 역시 교구에서 배당해준 아파트를 놓아두고 아직 페스트에 걸리지 않고 성당에도 잘 나오는 늙은 부인 집에 가서 살아야만 했다. 신부는 이사를 하는 동안에 자기의 피로와 불안이 커가는 것을 느꼈다. 그래서 마침내 그는 자기가 묵는 집 여주인의 존경을 잃게 되었다. 왜냐하면 그 부인이 그에게 성 오딜의 예언이 잘 들어맞는다고 열심히 떠벌리는 이야기를 듣고, 신부는 아마도 피로의 탓이었겠지만, 거의 눈에 띄지 않을 정도긴 하나 짜증스러운 빛을 보였던 것이다. 그는 그 뒤로 온갖 노력을 해가면서 하다못해 호의적인 중립이라도 얻어볼까 애썼으나 되지 않았다. 그는 나쁜 인상을 주고 말았던 것이다. 그래서 저녁마다 뜨개질한 레이스 커튼이 치렁치렁 늘어진 자기 방으로 돌아가기 전에, 그는 거실에 앉아 있는 여주인의 등을 우두커니 바라보고 있어야만 했다. 그 부인이 쌀쌀하게 쳐다보지도 않으면, 예전에 그녀가 해주었던 "안녕히 주무세요, 신부님"이라고 하는 밤 인사를 떠올리며 자기 방으로 돌아가야만 했다. 바로 그러던 어느 날 저녁, 신부는 누우려고 하는 순간 머리가 쑤셔대고 벌써 며칠 전부터 있었던 미열이 손목과 관자놀이로 터져 나오려는 것을 느꼈다.

그 후에 일어난 일은 그 집 여주인의 이야기로 겨우 알 수 있었다. 아침에 그 여자는 습관대로 매우 일찍 일어났다. 그런데 한참 지나도 신부가 그의 방에서 나오지 않자 생각 끝에 그 방문을 두드려 보기로 결심했다. 그녀는 밤새 잠을 못 이룬 채 아직도 자리에 누워 있는 신부를 보았다. 그는 가슴이 답답해서 고통스러워했고 눈은 몹시 충혈되어 있었다. 부인의 말에 따르면, 자기가 공손하게 의사를 부르자고 제안을 했다가 어찌나 맹렬하게 핀잔을 받았는지 몹시 서운했다는 것이다. 결국 그 부인은 물러 나올 수밖에 없었다. 신부는 잠시 후에 벨을 눌러서 부인을 불러들였다. 그는 자기가 아까 발끈했던 것을 사과하고, 자기는 페스트 같은 것은 아니며 그런 증세는 조금도 없고 일시적인 피로 때문일 뿐이라고 말했다. 늙은 부인은 점잖게 자기가 그런 제안을 한 것은 그런 종류의 불안 때문이 아니며 하느님의 손 안에 있는 자기 몸의 안전 같은 것도 안중에 없으나, 다만 자기에게도 부분적으로나마 책임이 있다고 볼 수 있는 신부님의 건강을 생각했을 뿐이라고 대답했다. 그러나 신부는 더는 아무 말도 없었다. 그 부인은, 물론 그 부인의 말을 전적으로 믿는다면, 자기의 의무를 다하려는 욕망에서 의사를 부르자고 다시 한 번 그에게 제안을 했다. 신부는 또 한 번 거절했다. 그러나 이번에는 뭐라고 열심히 설명을 했는데, 그 늙은 부인은 갈피를 잡을 수 없는 말이라고 생각했다. 다만 알아들을 수 있었다고 생각되는 것은, 그리고 그것이 바로 알 수 없는 일로 보였는데, 신부는 진찰이 자신의 주의와 일치하지 않기 때문에 진찰을 거부하는 것이었다. 그래서 그 부인은 심한 고열로 신부의 생각이 혼란스러운 탓이라고 결론을 짓고, 약을 지어다 주는 것으로 자신의 의무를 끝내고 말았다.
　그러한 사태에서 생겨나는 여러 가지 의무를 아주 정확하게 완수하겠다고 명심하고 있던 그녀는 두 시간마다 규칙적으로 환자의 방에 들어가보았다. 부인에게 가장 충격을 준 것은 끊임없는 흥분 속에서 신부가 그날을 꼬박 보낸 사실이었다. 그는 이불을 걷어챘다가 끌어당겼다가 하면서, 줄곧 손은 자기의 축축한 이마에 갖다 대고, 가끔 몸을 일으키고는 마치 쥐어짜듯 기침을 뱉어내려고 애를 썼다. 그럴 때면 그는 마치 목구멍 속에 박힌 솜방망이를 뽑아버릴 수가 없어서 질식해버린 것 같았다. 그러한 발작을 몇 번 되풀이하고 나면, 그는 완전히 기진맥진해져서 뒤로 나자빠졌다. 그는 마침내 몸을 다시 반쯤 일으키고, 잠시 동안 조금 전보다 더 꼿꼿한 자세로 앉아 정면을 응시했다. 그래도 늙은 부인은 의사를 부름으로써 그 환자의 기분을 거스를까봐 주저하고 있었다. 겉으로는 대단해 보여도 그저 단순한 열병의 순간적인 발작 증세에 지나지 않을지도 모른다고 생각했다.

그래도 부인은 오후에 신부에게 말을 걸어보았는데, 대답으로 몇 마디 횡설수설하는 소리밖에는 들을 수가 없었다. 부인은 또 한번 제안을 했다. 그러나 그때 신부는 몸을 일으키고, 숨이 막혀 애쓰면서도 자기는 의사를 원치 않는다고 분명히 말했다. 그제야 부인은 이튿날 아침까지 기다려보다가 그때도 신부의 병세가 나아지지 않으면 랑스도크 통신사에서 라디오를 통해 하루에 여남은 번씩 되풀이하고 있는 전화번호로 전화를 해보겠다고 생각했다. 언제나 자기 의무를 소홀히 한 적이 없는 그 부인은 밤중에도 자기 집 환자를 찾아가서 밤을 새고 돌봐줄 생각이었다. 그런데 저녁때 신부에게 약을 한 차례 새로 먹이고 나니 좀 눕고 싶어졌고, 그대로 잠이 들어 이튿날 새벽에야 겨우 눈을 떴다. 그 부인은 그의 방으로 달려갔다.

신부는 미동도 않고 누워 있었다. 지난밤에는 그토록 벌겋게 열

253

이 나더니 지금은 납빛이 되어 있었는데, 얼굴 모양이 아직도 말짱한 만큼 더욱 뚜렷이 보였다. 신부는 침대 위에 걸려 있는 여러 가지 빛깔의 진주가 장식된 샹들리에를 바라보고 있었다. 그 여주인의 말에 의하면, 그때 그의 모습은 밤새도록 고통에 시달려온 몸의 힘이 빠져 움직일 수가 없는 것같이 보였다고 한다. 그녀는 그에게 좀 어떠냐고 물어보았다. 그러자 부인의 주의를 끌 만큼 이상하게도 무관심한 투로 병세는 더해가나 의사를 부를 필요는 없고, 다만 모든 것을 규칙대로 해가기 위해서 자기를 병원으로 이송해주기만 하면 된다고 말했다. 노부인은 질겁을 하고 전화통으로 달려갔다.

정오에 리외가 왔다. 여주인 이야기를 듣고 나서 그는 파늘루의 말 그대로 아마 때가 늦었을 거라고 대답했다. 신부는 여전히 무관심한 태도로 그를 맞았다. 리외가 진찰을 하고 놀란 것은 다만 목이 부었고 호흡이 곤란할 뿐, 선(腺) 페스트 또는 폐(肺) 페스트의 주요한 증세는 하나도 발견할 수가 없다는 점이었다. 어쨌든 맥이 몹시 약하고 전반적인 증세도 극히 위험해서 거의 살아날 가망이 없었다.

"페스트의 주요한 증세는 하나도 없습니다"라고 그는 파늘루에게 말했다. "하지만 뭔가 석연치 않은 점들이 있으므로 역시 격리하는 게 좋을 듯합니다."

신부는 예의상 조금 웃어 보였을 뿐 아무 대꾸도 없었다. 리외는 전화를 걸러 나갔다가 다시 들어와, 물끄러미 신부를 내려다봤다.

"제가 곁에 있겠습니다" 하고 그는 부드럽게 말했다.

신부는 약간 생기를 되찾은 듯이 보였고, 일종의 정열이 되살아나는 듯한 눈초리를 의사에게로 돌렸다. 그러고는 가까스로 한 마디한 마디 이어갔는데 슬픈 기색이 잔뜩 담긴 목소리였다.

"감사합니다"라고 그는 말했다. "그러나 성직자에겐 친구가 없습니다. 그들은 모든 것을 신에게 맡겨야 하니까요."

그는 침대 머리맡에 놓여 있는 십자가를 손에 들고 그것을 보려고 고개를 돌렸다.

파늘루는 병원에서도 입을 열지 않았다. 그는 자기 몸에 가해지는 치료에 대해서 마치 물건처럼 자기를 내맡기고 있었지만, 십자가는 끝내 놓지 않았다. 그래서 신부의 증세는 여전히 애매했다. 리외의 머릿속에는 의문이 끊임없이 일었다. 페스트 같기도 했고 아닌 것 같기도 했다. 그런데 얼마 전부터 페스트는 진단을 어렵게 만드는 것을 재미로 여기고 있는 듯싶었다. 그러나 파늘루의 경우 그러한 불확실성도 과히 중요성이 없었다는 것이 그 후의 경과에서 드러났다.

열이 높아졌다. 기침 소리는 점점 더 쇠졌고, 온종일 환자는 고통으로 괴로워했다. 신부는 마침내 저녁에 그의 호흡을 틀어막고 있던 그 솜방망이를 토해냈다. 그것은 새빨간 것이었다. 그런 발열 상태에서도 여전히 파늘루는 무관심한 눈빛을 유지했다. 이튿날 아침, 침대 밖으로 몸을 반쯤 내밀고 죽어 있는 그의 눈에서는 아무 표정도 찾아볼 수 없었다. 그의 카드에는 이렇게 기록되었다. '병명 미상.'

*

그해의 만성절은 다른 때와 달랐다. 날씨는 물론 때에 알맞았다. 갑자기 변해서 늦더위가 별안간 선선한 날씨에 자리를 물려주고 사라져버렸다. 예년과 마찬가지로 찬바람이 불기 시작했다. 큼직한 구름들이 이 지평선에서 저 지평선으로 달리며 집들을 그늘로 덮고, 그것들이 지나가면 11월의 싸늘하고 노란 햇빛이 다시 그 집들 위를 비추었다. 그해 처음으로 비옷이 거리에 등장했다. 그런데 고무를 입혀서 번들거리는 것들이 놀랄 만큼 눈에 많이 띄었다. 사실 신문들은 2백 년 전 남프랑스에 대규모의 페스트가 유행했을 때 의사들이 자신들을 보호하고자 기름 먹인 옷을 입었다는 것을 보도한 일이 있었다. 상인들은 그것을 이용해서 유행에 뒤떨어진 팔다 남은 재고품들을 방출했는데, 시민들은 그것으로라도 위안을 삼으려는 생각이었던 것이다.

그러나 그 모든 계절적인 징후도 묘지들이 내버려진 것을 잊게 할 수는 없었다. 예년 같으면 전차들은 국화꽃의 은은한 향기로 가득 찼고, 부인네들의 행렬은 그들의 친척이 묻혀 있는 무덤에 꽃을 놓으러 가곤 했다. 그날은 사람들이 고인 곁에 가서 그동안 잊고 지냈던 것에 대한 용서를 빌려고 하는 날이었다. 그러나 이번 해에는 아무도 죽은 이를 생각하려고 하는 사람이 없었다. 확실히 이미 지나치게 그들은 죽은 사람들 생각을 해왔던 것이다. 그러므로 더는 회한과 감상에 넘치는 우울한 심정으로 그들을 찾아볼 필요는 없었다. 죽은 사람들은 이미 1년에 한 번씩 사람들의 변명을 들을 권리가 있는 존재가 아니었다. 누구를 막론하고 잊어버리고 싶어 하는 존재들이었다. 이렇게 해서 그해의 초혼제(招魂祭)도 이를테면 슬쩍 넘어가고 말았다. 타루에 의하면 코타르의 언사가 점점 야유조로 되어갔는데, 그의 말로는 매일매일이 초혼제였다.

그런데 실상 페스트의 기세등등한 불꽃은 화장터의 화덕에서 매일같이 더 신바람이 나서 타고 있었다. 날마다 사망자 수가 더는 증가하지 않는 것은 사실이었다. 그러나 페스트는 이제 그 정점에 편안히 자리를 잡고 앉아서, 자기의 살인 일과를 착실히 관리하는 정확성과 규칙성을 과시했다. 원칙적으로, 그리고 당국의 견해로는 좋은 징조라고 했다. 페스트 진행의 그래프는 끊임없는 상승에 이어서 긴 평형 상태를 보여줌으로써, 예를 들어 의사 리외 같은 이에겐 바람직한 현상으로 보였다. "좋아, 훌륭한 그래프야." 그는 이렇게 말했다. 그는 병세가 이른바 평형선에 도달한 것이라 보고 있었다. 앞으로 병세는 쇠퇴 일로밖에 남지 않았다. 그는 그 공을 카스텔의 혈청 덕분으로 돌렸다. 사실 새로운 그 혈청은 예기치 않은 성공을 몇 건 거두었다. 늙은 카스텔도 이를 부인하지는 않았지만, 역사상 페스트는 예기치 못했던 여러 가지 일들을 내포하고 있었으므로 앞날을 장담할 수는 없다고 생각했다. 현청에서는 오래전부터 민심이 안정되기를 바라고 있었는데, 페스트는 좀처럼 그 길을 열어주지 않았다. 현청은 그 문제에 대한 의사들의 의견을 듣기 위해서 회합을 열기로 제안했는데, 그때 의사 리샤르가 역시 페스트로, 더구나 병세가 평형 상태를 유지하고 있을 때 사망하고 말았다.

행정 당국은 충격적인, 그러나 정말 어쩔 수 없는 그 실례(實例) 앞에서 처음에 낙관론을 받아들였던 만큼 이제는 모순적인 비관론으로 돌아섰다. 카스텔은 자기의 혈청을 더욱더 정성 들여서 만들기로 했다. 어쨌든 이제는 병원이나 검역소로 개조되지 않은 공공장소란 한 군데도 없었는데, 그래도 아직 현청만은 손을 대지 않고 있었다. 사람들이 모일 장소가 필요했기 때문이다. 그러나 대체로 이 시기에는 페스트가 비교적 안정된 상태에 있었기에 리외가 계획했던 조직은 조금도 부족한 것이 아니었다. 기진맥진하도록 노력을 퍼붓고 있던 의사나 조수들은 그 이상의 노력을 상상해볼 필요가 없었다. 그들은 규칙적으로, 이렇게 말해도 괜찮다면 그 초인적인 일들을 계속해야만 했다. 이미 나타난 폐장성 페스트는 마치 바람이 사람들의 가슴속에 불을 붙여놓고 부채질을 하듯 시의 산지사방으로 퍼지고 있었다. 피를 토하며 환자들은 훨씬 더 빨리 죽어갔다. 전염병은 그 새로운 증세와 더불어 더 확산될 위기에 처해 있었다. 사실 그 점에 관해서 전문가들의 의견은 항상 어긋나기만 했다. 그래도 더욱 안전을 기하기 위해서 보건 관계자들은 여전히 소독된 거즈 마스크를 쓰고 호흡을 했다. 얼핏 보면 병세는 확산될 것 같기도 했다. 그러나 선 페스트의 케이스가 감소 추세였기 때문에 통계 곡선은 그대로 수평을 유지하고 있었다.

그래도 시간이 지남에 따라 자연적으로 식량 보급이 곤란한 지경에 이르게 되었으며, 이 밖에도 여러 가지 불안한 문제점들이 있었다. 게다가 투기가 성행해서 여느 시장에 없는 가장 긴요한 생활필수품들이 터무니없는 가격으로 팔렸다. 그래서 빈곤한 가정은 무척 괴로운 처지에 놓였지만, 반면에 부유한 가정들은 부족한 것이라곤 거의 없었다. 페스트가 그 역할에서 보여준 효과적 공평성으로 말미암아 시민들의 평등이 강화될 법도 했는데, 페스트는 오히려 인간의 마음속에 이기주의를 확고하게 심어줌으로써 불공평을 심화시켰던 것이다. 물론 완전무결한 평등만은 남아 있었지만, 그런 평등은 아무도 원하지 않았다. 그리하여 굶주림에 시달리는 빈곤한 사람들은 이루 말할 수 없는 깊은 향수에 젖어 생활이 자유롭고 풍요로운 이웃 시골을 그리워했다. 물론 논리에 맞지 않는 이야기지만, 자기들에게 식량을 충분히 공급해주지 못할 바엔 차라리 떠날 수 있게 해주어야 하지 않느냐는 것이 그들의 심정이었다. 그래서 마침내 하나의 구호가 생기고 퍼져서 그것을 때로 지사가 지나가는 길에서 외치기도 했다. '빵을 달라, 그렇지 않으면 공기를 달라.' 이 풍자적인 문구는 몇몇 시위의 단서가 되었는데, 시위는 곧 진압되었지만 그 중대성은 누가 보기에도 소홀히 생각할 수 없었다.

물론 신문들은 그들이 받아들인 바 있는 절대적인 낙관론의 수칙에 순종하고 있었다. 신문 보도에 따르자면, 현 정세의 현저한 특징은 시민들이 보여준 '냉철과 침착의 감동적인 실례'였다. 하지만 꽉 막혀 있는 듯한 도시에서, 무엇이고 비밀이 될 수 없는 그 도시에서 현청이 제시하는 '실례' 따위에 속는 사람은 아무도 없었다. 그리고 문제가 된 그 냉철이나 침착이라는 것에 대해서 정확한 개념을 얻자면, 당국에 의해서 마련된 예방 격리소나 격리 수용소 가운데 한 군데에 들어가보는 것으로 충분했다. 마침 필자는 딴 곳에 볼일이 있어서 그러한 곳들을 알아보지 못했다. 그 때문에 이제부터 여기에 타루의 목격담을 인용할 수밖에 없다.

사실 타루는 그 수첩에 시립 운동장에 설치된 수용소에 랑베르와 더불어 갔던 이야기를 적어놓았다. 운동장은 시의 문 근처에 있었으며, 한쪽은 전차가 다니는 거리, 또 한쪽은 그 도시가 자리 잡은 고원 끝까지 뻗은 공터에 면하고 있었다. 그곳은 원래 콘크리트로 높은 담이 둘러쳐져 있었다. 그래서 탈주를 막기 위해서는 네 군데의 출입구에 보초병을 세워두는 것으로 충분했다. 동시에 그 담은 격리당하고 있는 사람들을 외부인들의 호기심에서 보호해주기도 했다. 그 대신 수용된 사람들은 하루 종일 보이지도 않는 전차가 지나가는 소리를 들어야 했고, 전차 소리와 더불어 더욱 요란해지는 소리를 듣고 그때가 관공서의 출퇴근 시간이라는 것을 짐작하기도 했다. 그들은 이와 같이 자기들이 밀려난 그 생활이 불과 몇 미터 떨어진 곳에서 계속되고 있는데도, 콘크리트 담을 경계로 자기들이 얼마나 다른 세상에서 살고 있는가를 느끼게 되었다.

타루와 랑베르가 운동장으로 간 날은 어느 일요일 오후였다. 그들은 축구 선수인 곤살레스와 같이 갔는데, 랑베르가 그를 찾아내서 마침내 수용소의 교대 감시를 승낙하게 했던 것이다. 랑베르는 수용소의 관리인에게 그를 소개해야만 했다. 곤살레스는 그 두 사람과 만났을 때, 페스트가 발생하기 전 같으면 시합을 시작하려고 유니폼을 입고 있을 시간이라는 말을 했다. 경기장이 징발되고 만 지금으로서는 있을 수 없는 일이었기에 곤살레스는 완전히 무위도식하는 사람처럼 보였고, 스스로도 그렇게 느끼는 모양이었다. 바로 그런 이유도 있고 해서 그는 그 감시를 주말에만 맡기로 한다는 조건으로 받아들였던 것이다. 하늘은 약간 흐렸다. 곤살레스는 코를 벌름거리면서 시합에는 비도 안 오고 덥지도 않은 날씨가 제격이라고 섭섭한 듯 말했다. 그는 탈의실의 도찰제(塗擦劑)냄새며, 무너질 듯 가득 찬 관람석이며, 엷은 황갈색 땅을 누비는 산뜻한 빛깔의 팬츠며, 바싹 마른 목구멍을 바늘 몇천 개로 콕콕 찌르는 듯한, 쉬는 시간에 마시는 시트론이나 레몬 주스 같은 것들, 아무튼 모든 것을 다 상기했다. 그 밖에 타루의 기록에 의하면, 교외의 몹시 팬 길을 걸어가는 동안에도 그 선수는 돌만 보면 발로 차곤 했다. 그는 돌멩이를 똑바로 하수구에 집어넣으려 애썼는데, 성공하면 "1대 0"이라고 했다. 그는 담배를 피우고 나면 으레 꽁초를 앞으로 탁 내뱉어 떨어지는 것을 발로 찼다. 운동장 근처에서 놀던 아이들의 공이 앞으로 오면 곤살레스는 공을 향해 달려가서 정확하게 차서 돌려보냈다.

마침내 그들은 운동장에 들어섰다. 관람석은 사람들로 꽉 차 있었다. 그러나 운동장은 붉은 천막 몇백 개로 뒤덮여 있었고, 그 속에 있는 침구라든지 보따리 같은 것이 멀리서도 보였다. 관람석은 몹시 덥거나 비가 오는 날에 수용자들이 피신할 수 있도록 그대로 두었다. 다만 해가 지면 그들은 천막 속으로 되돌아가야만 했다. 관람석 아래에는 새로 설치된 샤워실이며 예전의 선수용 탈의실을 개조한 사무실, 그리고 병실들이 있었다. 수용자의 대부분은 관람석에 모여 있었고, 또 다른 사람들은 터치라인 근처를 서성거리고 있었다. 몇몇 사람들은 저희들 천막 입구에 쭈그리고 앉아 애매한 시선으로 두리번거리고 있었다. 관람석에는 많은 사람들이 무언가를 기다리듯 털썩 주저앉아 있었다.

"저 사람들은 낮에는 무엇을 하나요?" 하고 타루는 랑베르에게 물어보았다.

"아무것도 안 하죠."

사실 거의 전부가 두 팔을 축 늘어뜨리고 앉아 빈손을 흔들고 있었다. 그 인간의 거대한 집단은 신기할 만큼 조용했다.

"처음 며칠 동안은 글쎄, 서로의 말소리도 안 들릴 지경이었지요."라고 랑베르가 말했다. "그런데 날이 갈수록 점점 말수가 적어지더군요."

타루의 기록을 그대로 믿는다면, 타루는 그들의 심정을 이해할 수 있었다. 초기에는 겹겹이 둘러쳐진 천막 속에서 파리가 날아다니는 소리를 듣거나 그렇지 않으면 몸을 긁적거리기에 바빴고, 혹 상냥하게 얘기를 들어줄 사람이 있을 때는 자기들의 분노나 공포에 대해 떠들어대는 모습을 볼 수 있었다. 그러나 수용소가 초만원을 이루게 된 후부터는 상냥하게 말을 들어줄 사람이 점점 적어졌다. 그래서 결국은 입을 다물고 서로 경계를 할 수밖에 없게 되었다. 사실 거기에는 경계심 같은 것이 잿빛으로 빛나는 하늘에서 붉은 천막 위로 쏟아져 내리고 있었다.

그렇다, 그들은 모두가 경계하는 모습을 하고 있었다. 타인과 격리된 사람들이었으므로 전혀 이유가 없는 것도 아니었다. 그래서 그들은 스스로 이유를 찾으며 두려워하는 사람의 얼굴을 하고 있었다. 타루가 본 사람들은 하나같이 흐린 눈빛이었으며, 모두가 자기들이 영위하던 생활에서 격리된 이별의 슬픔 때문에 고민하고 있었다. 그렇다고 해서 항상 죽음만을 생각하고 있을 수는 없었기 때문에 그들은 아무런 생각도 하지 않았다. 그들은 휴가 중이었다. '그러나 가장 나쁜 것은' 하고 타루는 쓰고 있다. '그들이 잊힌 사람들이라는 사실과 그들 역시 그것을 알고 있다는 사실이다. 그들을 아는 사람들도 딴 생각을 해야 하기 때문에 그들 생각을 잊고 있는바, 그것은 충분히 이해할 수 있는 일이다. 그들을 사랑하고 있는 사람들도 역시 그들을 거기서 끌어내기 위한 운동이나 계획에 몰두하고 있었기 때문에, 그들 생각을 잊어버렸던 것이다. 끌어내는 일에 급급해서 끌어내야 할 사람에 대해서는 잊고 마는 것이다. 그것도 역시 당연한 일이다. 그래서 결국에 가서는 비록 불행의 막바지에 이른 경우라 할지라도 어떤 사람을 정말로 생각한다는 것은 불가능하다는 것을 알게 되었다. 왜냐하면 어떤 사람을 정말로 생각한다는 것은 어느 순간에도 결코 다른 데 마음을 빼앗기지 않고, 살림 걱정도 안 하고, 날아다니는 파리도 안 보이고, 밥도 안 먹고, 가려움도 안 느끼는 것이기 때문이다. 그러나 파리라든가 가려움이라든가 하는 것은 언제나 존재한다. 그래서 인생은 살기가 어려운 것이다. 그런데 그들은 그 사실을 너무나 잘 알고 있었다.'

그들에게 소장이 다가와 오통 씨가 그들을 만나잔다고 전했다. 소장은 곤살레스를 그의 사무실로 안내해주고 나서, 그들을 관람석으로 데리고 갔다. 홀로 앉아 있던 오통 씨가 관람석에서 일어나 그들을 맞았다. 그는 여느 때와 같은 옷차림을 하고 있었고, 하이칼라도 여전했다. 타루는 다만 그의 머리털이 관자놀이 훨씬 위쪽에 뭉쳐 있고, 한쪽 구두끈이 풀려 있는 것을 보았다. 판사는 피곤한 모습이었고, 말하는 내내 단 한 번도 상대방을 보지 않았다. 그는 그들

262

에게 만나게 되어 대단히 기쁘며, 의사 리외에게 여러 가지 신세를 졌으니 감사의 말을 전해달라고 했다.

두 사람은 잠자코 있었다.

"제발," 잠시 후에 판사는 이렇게 말했다. "자크가 너무 호된 고생이나 안 했기를 바랍니다."

타루로서는 그가 자기 아들의 이름을 부르는 것을 처음 들었다. 그래서 그는 판사가 변했다는 것을 알 수 있었다. 해가 지평선으로 기울었는데, 구름 사이로 햇빛이 비스듬히 관람석을 비추며 그들 세 사람의 얼굴을 붉게 물들이고 있었다.

"아닙니다" 하고 타루가 말했다. "안 그렇습니다. 정말 고생은 별로 안 했어요."

그들이 가고 난 뒤에도 판사는 여전히 햇빛이 비치는 쪽을 바라보고 있었다.

그들은 곤살레스에게 잘 있으라는 말을 하러 갔다. 그는 감시 교대표를 들여다보고 있었다. 축구 선수는 그들의 손을 잡으면서 웃었다.

"적어도 탈의실만은 도로 찾았죠" 하고 그는 말했다. "어쨌든 됐어요."

잠시 후 소장이 타루와 랑베르를 배웅해줄 때 관람석에서 술렁거리는 소리가 들려왔다. 그러더니 좋았던 시절에는 시합 결과를 알린다든가 팀을 소개하는 데 사용됐던 확성기가 코 먹은 소리로 수용자들에게 각자의 천막으로 돌아가서 저녁 식사 배급을 받으라고 알렸다. 사람들은 천천히 관람석을 떠나 신발을 질질 끌면서 천막 안으로 들어갔다. 모두가 제자리로 돌아갔을 때, 조그만 전기 자동차 두 대가 천막 사이로 커다란 냄비를 싣고 다녔다. 사람들은 팔을 내밀어서 국자 두 개를 그 두 냄비에 담갔다가 두 개의 식기에 갖다 쏟았다. 차는 다시 움직였다. 다음 천막에서도 같은 일이 되풀이되었다.

"과학적이군요"라고 타루가 소장에게 말했다.

"그렇습니다" 하고 소장은 그들의 손을 잡으면서 만족스러운 듯 대답했다. "과학적입니다."

황혼이 깃들고 하늘 가득 저녁 빛이 번졌다. 부드럽고 신선한 햇빛이 수용소를 비춰주고 있었다. 저녁의 평화 속에서 스푼과 접시 부딪는 소리가 도처에서 들렸다. 박쥐들이 천막 위에서 푸드덕거리더니 갑자기 사라졌다. 전차 한 대가 담 너머에서 선로 위를 삐걱거리며 지나가고 있었다.

"판사가 가엾군." 문턱을 넘어서면서 타루가 중얼거렸다. "뭐 좀 도와줘야겠는데. 그러나 판사를 어떻게 돕는담?"

*

시중에는 이 같은 수용소가 몇 군데 더 있었는데, 필자는 신중을 기해야겠거니와 직접적인 정보도 없으므로 더는 언급할 수가 없다. 그러나 확실히 말할 수 있는 것은 그러한 수용소의 존재라든가, 거기서 풍기는 사람 냄새라든가, 황혼 속에서 들리는 우렁찬 확성기 소리라든가, 담에 밴 신비, 누구나가 질색할 장소에 대한 공포 같은 것들이 우리 시민들의 사기를 저하시켰으며, 모든 사람의 마음속에 혼란과 불안감을 가져다 주었다는 것이다. 행정 당국과의 분규와 알력은 더욱 심해졌다.

11월 하순이 되자 아침에는 기온이 상당히 내려갔다. 억수 같은 비가 몇 차례 퍼부어서 아스팔트 길을 깨끗이 씻어 내리고 하늘을 맑게 했으며, 반짝이는 거리 위로 구름 한 점 없는 하늘을 보여주었다. 힘을 잃은 태양이 매일 아침 시가지 위에 반짝이는 냉랭한 햇살을 퍼뜨렸다. 저녁때가 되면 반대로 공기는 오히려 훈훈해지곤 했다. 바로 그런 때를 골라서 타루는 의사 리외에게 자기의 내력을 조금씩 이야기해주었다. 타루는 어느 날 저녁 10시경에 지루하고 고달픈 하루를 보내고 나서 그 해수쟁이 영감 집에 저녁 왕진을 가는 리외를 따라나섰다. 낡은 집들 위에 하늘이 부드럽게 펼쳐져 있고, 산들바람이 어두운 네거리에서 소리 없이 불고 있었다. 고요한 거리에서 올라오자마자 그 두 남자는 노인의 수다 속에 빠져버렸다. 노인은 그들에게 이런 일을 알려주었다. 즉 못마땅한 것이 있는데, 수지 맞는 것은 언제나 그놈이 그놈이고 너무 자주 위험한 일을 하면 결국에 가서는 망하는 법이므로, 아마도 — 이 대목에서 그는 손을 비볐다 — 무슨 소동이 일어나고야 말 거라는 얘기였다. 의사가 치료를 하는 동안에도 노인은 여러 가지 일에 대해서 설명을 늘어놓았다.

위층에서 누군가 걸어 다니는 소리가 들려왔다. 늙은 마누라가 타루의 궁금증을 알아차리고, 이웃집 여자들이 테라스에 나와 있는 것이라고 설명했다. 또한 그 위에서 보면 전망이 좋고 집들의 테라스가 서로 한쪽이 통해 있어서, 그 동네 여자들은 제 집에서 나올 필요도 없이 쉽사리 남의 집을 방문할 수 있다고 했다.

"그렇습니다" 하고 노인이 말했다. "올라가보십시오. 거기는 공기가 좋답니다."

테라스에는 아무도 없었고 의자만 세 개 놓여 있었다. 한쪽으로는 테라스가 줄지어 보였고 그 끝에는 컴컴하고 울룩불룩한 덩어리가 드러나 있었는데, 그것이 첫 번째 언덕임을 알아볼 수 있었다. 또한편으로는 몇몇 거리와 보이지 않는 항구 너머로 하늘과 바다가 함께 숨쉬며 뒤섞여 있는 수평선이 내다보였다. 그것은 몹시 가슴 설레게 만드는 광경이었다. 그들이 낭떠러지라고 알고 있는 그 너머에서는 어디서 비치는지도 알 수 없는 한 줄기의 불빛이 규칙적으로 깜박이고 있었다. 지난봄부터 항만에 있는 등대가 다른 항구로 항로를 돌리는 선박들을 위해서 계속 불빛을 비춰주고 있었다. 바람에 쏠리고 닦인 하늘에서는 별들이 반짝이고, 등대의 머나먼 불빛이 가끔가다가 거기에 순간적으로 회색 빛을 섞어주곤 했다. 미풍이 향료와 돌의 향기를 실어왔다. 주위는 완전한 침묵에 잠겨 있었다.

"좋군요." 앉으면서 리외가 말했다. "페스트가 미치지 못한 곳 같네요."

타루는 그에게 등을 보이고 바다를 보고 있었다.

"네." 얼마 후에 그가 말했다. "좋군요."

그는 의사 곁에 와 앉아서 유심히 그를 보았다. 불빛이 하늘에서 세 번 깜박거렸다. 길의 안쪽 깊숙한 곳에서 접시 부딪는 소리가 그들에게까지 들려왔다. 집 안에서 문이 삐걱거렸다.

"리외!" 하고 타루는 아주 자연스러운 어조로 말했다. "내가 어떤 사람인지 한번도 알려고 하지 않으셨지요? 나한테 우정을 갖고 계십니까?"

"네" 하고 리외가 말했다. "당신에게 우정을 가지고 있지요. 그러나 여태까지 그런 것을 표시할 시간이 없었죠."

"좋습니다, 그렇다면 안심입니다. 그럼 이 시간을 우정의 시간으로 할까요?"

대답 대신 리외가 그에게 웃어 보였다.

"자, 그럼……."

멀리 어느 거리에선가 자동차 한 대가 축축한 포장도로 위를 달리고 있는 모양이었다. 자동차가 멀어지자, 그 뒤로 알 수 없는 고함 소리들이 멀리서 터져 나와 침묵을 깨뜨렸다. 그다음에 침묵은 하늘과 별의 온 무게를 가지고 그 두 사람을 다시금 내리눌렀다. 타루는 일어서서 여전히 의자에 몸을 깊이 묻고 있는 리외의 맞은편 난간에 걸터앉았다. 그의 모습은 하늘에 새겨놓은 듯한 육중한 덩어리로밖에는 보이지 않았다. 그는 아주 오랫동안 이야기를 했다. 그가 한 이야기를 적어보면 대략 다음과 같다.

"간단히 말하자면 리외, 나는 이 도시와 전염병을 알게 되기 훨씬 전부터 페스트로 고생한 사람입니다. 그 말은 곧 나도 이곳의 모든 사람과 마찬가지란 얘기죠. 그러나 세상에는 그런 걸 모르는 사람들도 있고, 그런 상태에서도 좋다고 살고 있는 사람들도 있고, 또 그런 걸 알면서 거기서 어떻게 빠져나가보려고 애쓰는 사람들도 있어요. 나는 빠져나가려고 했어요.

젊었을 때 나는 내가 결백하다는 생각을 갖고 있었어요. 말하자면 전혀 생각이라곤 하지 않았던 거나 마찬가지죠. 나는 고민하는 성질도 아니었고, 사회 진출도 적당하게 되었어요. 머리도 괜찮고 여자들도 곧잘 따랐고, 모든 것이 순조로웠죠. 간혹 불안감이 생기기도 했지만 이내 잊고 말았어요. 그런데 어느 날 나는 반성하기 시작했어요. 이제는…….

미리 말해두지만, 나는 당신처럼 가난하지는 않았죠. 아버지는 검찰 차장을 지내셨는데, 그만하면 좋은 자리지요. 그러나 아버지는 본래 호인이시라 그런 티도 볼 수 없었어요. 어머니는 단순하고 겸손하셨어요. 나는 줄곧 어머니를 사랑해왔지요. 그러나 그 이야기는 안 하는 편이 낫겠어요. 아버지는 나를 애지중지하셨어요. 그래서 나를 이해하려고 애쓰셨다고까지 생각하고 있어요. 이제는 다 이해하지만, 밖에서는 바람도 꽤 피우신 모양인데, 그렇다고 해서 조금도 분개하거나 하지는 않습니다. 아버지는 의당 함직한 일이나 하시지 남 못할 일은 안 시키셨으니까요. 간단히 말해 그렇게 특출한 인물도 아니고 성인처럼 살지도 않으셨지만, 그렇다고 악인이셨던 것도 아닌, 뭐 그저 그런 분이셨습니다. 그분은 중용을 지키셨어요. 그뿐이죠. 그리고 그런 타입의 사람에게서 사람들은 적당한 애정, 오래 유지해갈 수 있는 애정을 느끼죠.

그래도 아버지에겐 한 가지 특징이 있었습니다. 그는 늘 《철도 여행 안내》란 책을 머리맡에 두고 읽곤 했습니다. 그렇다고 별로 여행을 자주 가시는 것도 아니고, 다만 휴가 때 땅을 조금 갖고 있는 브르타뉴에나 가보실 정도였어요. 그러나 그는 파리 — 베를린 선의 열차 시간이라든가, 리옹에서 바르샤바까지 가려면 언제 어디서 갈아타야 한다든가, 이 수도에서 저 수도까지는 몇 킬로라든가, 이런 것들을 잘 알고 계셨어요. 브리앙송에서 샤모니까지 어떻게 가면 된다는 것을 얘기할 수 있으세요? 역장이라도 그런 물음에는 쩔쩔맬 겁니다. 아버지는 달랐어요. 거의 매일 저녁 그 점에 대한 지식을 풍부히 하려고 공부하셨고, 그것을 아주 자랑으로 여기셨지요. 나도 재미를 단단히 붙여서 자주 아버지에게 질문을 해보곤 했어요. 그러고는 아버지의 대답을 책에서 찾아보고, 그것이 틀림없다는 것을 확인하고는 좋아했지요. 그런 자질구레한 일로 우리 부자간의 정은 매우 두터워졌습니다. 왜냐하면 나는 아버지를 위해서 아주 성의 있게 평가하는 청중의 하나가 되어드렸기 때문입니다. 나로서는 철도에 관해서 해박한 것도 다른 무엇에 해박한 것과 마찬가지로 가치가 있다고 생각했습니다.

그러나 이러다가는 그 소박한 사람을 너무나 중요한 인물로 만들까 두렵습니다. 결국 아버지는 내 결심에 간접적인 영향을 미쳤을 뿐이니까요. 기껏해야 내게 어떤 기회를 만들어주신 것뿐입니다.

내가 열일곱 살 때, 아버지는 나더러 자신의 논고를 들으러 오라고 하셨어요. 중죄 재판소에서 공판을 받는 어느 중대 사건이었는데, 아버지는 필시 자신의 가장 훌륭한 모습이 그날 드러나리라고 생각하신 모양이죠. 또한 젊은 사람의 상상력을 자극하기에 적합한 그러한 의식을 통해, 나도 아버지 자신이 택한 생애로 들어가게 하려는 생각이었다고 믿습니다. 나는 승낙했죠. 아버지가 바라는 것이기도 했고, 또 가족들에게 하시던 것과 다른 역할을 하시는 모습을 보고 싶기도 했거든요. 그 이상은 아무 생각도 없었어요. 그전까지만 해도 나는 법정에서 일어나는 일을 7월 14일의 사열식이라든가 어떤 상품 수여식 같은 것과 마찬가지로 자연스럽고도 불가피한 것으로 늘 생각했지요. 극히 추상적인 관념이었는데도 그리 어색하지는 않았어요.

그러나 그날 내가 간직하게 된 유일한 이미지, 그것은 죄인의 이미지뿐이었습니다. 나는 그 사람이 사실 죄가 있다고 생각했지만, 그것이 무엇이었는가는 거의 문제가 아니었어요. 그러나 그 빨간 머리털의 가엾은 남자는 모든 것을 인정하기로 결심했고, 자기가 한 일과 이제 자기에게 가해질 일에 대단히 겁을 먹고 있는 눈치여서, 얼마 후에는 나는 그 사람만 보게 되었습니다. 그는 마치 너무 강한 햇빛에 겁이 난 올빼미처럼 보였습니다. 넥타이의 매듭도 와이셔츠 칼라 접힌 곳과 꼭 맞지 않았어요. 그는 오른손의 손톱을 깨물고 있었어요……. 요컨대 내가 더 말하지 않더라도 아시겠지만 그는 살아 있었다는 겁니다.

그러나 난 그때까지 '피고'라는 편리한 개념만을 통해서 그를 생각하고 있었다는 것을 문득 깨달았어요. 그때 내가 아버지를 잊고 있었다고는 말할 수 없지만, 뭔가가 내 배를 꽉 졸라매는 듯한 느낌으로 그 형사 피고인 외에는 아무것에도 주의를 기울일 수가 없었습니다. 거의 아무것도 귀에 들리지 않았어요. 나는 사람들이 그 살아 있는 사람을 죽이려 한다는 것을 느끼고, 물결처럼 밀려오는 굉장한 본능에서 일종의 완고한 맹목적 태도로 그 남자 편을 들고 있었습니다. 내가 정신을 다시 차린 것은 아버지의 논고가 시작되었을 때입니다.

붉은 옷을 입은, 호인도 못 되고 다정한 사람도 못 되는 아버지의 입에서는 굉장한 말들이 끊임없이, 마치 뱀 새끼들처럼 튀어나왔습니다. 그리고 그때 나는 아버지가 사회의 이름으로 그 남자의 죽음을 요구하는 것, 심지어는 그 남자의 목을 자르라고 요구하는 것을 알았어요. 사실 아버지는 이렇게 말했을 뿐이었어요. '그 머리는 마땅히 떨어져야 합니다.' 그러나 그게 그거 아니겠어요? 결국 아버지는 그 남자의 목을 차지하게 되셨으니까요. 다만 그때 하수인이 아버지가 아니었을 뿐이지요. 그리고 그 후, 나는 특히 이 사건만은 결론이 날 때까지 방청을 했는데, 나는 그 불행한 남자에 관해서 아버지는 도저히 느껴보지도 못하실 아찔할 만큼의 친밀감을 느꼈어요. 그래도 아버지는 관례에 따라 사람들이 정중하게 임종이라고 부르는 것에 참석했을 겁니다. 그 임종이야말로 가장 비열한 살인이라고 불러야 할 겁니다.

그때부터 나는 《철도 여행 안내》만 봐도 구역질이 날 정도였습니다. 그때부터 나는 법이니 사형선고니 형 집행이니 하는 것에 대해 혐오감과 관심을 동시에 갖게 됐습니다. 그리고 나는 아버지가 벌써 몇 차례나 그러한 살인 현장에 입회했으며, 그가 아침 일찍 일어나는 날이 바로 그런 날이었다는 것을 알았을 때 아찔했습니다. 그렇습니다. 그는 그런 날에는 자명종을 맞춰놓곤 했습니다. 나는 감히 그런 말을 어머니에게 하지는 못했지만, 어머니를 더 주의해서 관찰했어요. 그리고 내가 알아낸 것은 그 부부 사이에는 이제 아무것도 없고, 어머니는 그저 체념의 생활을 하고 계신다는 것이었습니다. 그런 것으로 어머니는 용서해줄 수 있었습니다. 그때는 내가 그런 말을 사용했었죠. 나중에 안 일이지만, 어머니는 용서받아야 할 것이 하나도 없었습니다. 왜냐하면 결혼할 때까지 내내 가난에 시달렸고, 가난이 그 여인에게 체념을 가르쳐주었던 것입니다.

아마 선생님은 내가 곧 집에서 뛰쳐나왔다는 말을 하리라 기대하고 계실 겁니다. 아닙니다. 나는 그대로 몇 달, 아마 거의 1년은 더 집에 머물렀죠. 그러나 내 마음은 병이 들었습니다. 어느 날 저녁, 아버지가 일찍 일어나야겠으니 자명종을 가져오라고 말했어요. 나는 그날 밤 한잠도 못 잤습니다. 그 이튿날 아버지가 돌아왔을 때, 나는 집에서 나와버렸습니다. 바로 말씀드리자면, 아버지는 나를 찾게 하셨죠. 그래서 나는 아버지를 보러 갔어요. 가서 아무런 설명도 안 하고 냉정하게, 만약 나를 강제로 돌아오게 하면 자살해버리겠다고 했어요. 결국 아버지가 졌어요. 왜냐하면 본래 성격이 온순한 편이셨으니까요. 그리고 제 손으로 벌어먹는다는 어리석은 짓에 대해 (아버지는 나의 행동을 그렇게 해석하셨는데, 나는 그 오해를 굳이 풀어드리려 하지 않았지요) 몇만 가지 주의를 주고, 진정에서 우러나오는 눈물을 눌러 참으시더군요. 그 후, 그 후라야 아주 오랜 후의 일이지만, 나는 정기적으로 어머니를 만나러 집에 들르곤 했는데, 그때 아버지도 뵈었지요. 그런 관계라도 그는 만족하시는 것 같았어요. 나로서는 아버지에게 별로 원한을 품고 있지도 않았고, 다만 약간 마음이 안 좋았을 뿐이었어요. 아버지가 돌아가시자 나는 어머니하고 같이 살았는데, 돌아가시지 않았다면 지금도 모시고 있었을 겁니다.

271

내가 그 출발에 대해 이야기를 길게 한 것은 그것이 모든 것의 발단이었기 때문입니다. 앞으로는 좀 빨리 이야기할게요. 나는 열여덟 살에 그 안락한 생활에서 벗어나 이내 가난의 맛을 알았습니다. 나는 먹고살기 위해서 별짓을 다 했고, 과히 실패한 적은 없었죠. 그러나 나의 흥미를 끄는 것은 사형선고였습니다. 나는 그 붉은 머리털의 올빼미 씨하고 결말을 지어보고 싶었죠. 그래서 결과적으로 나는 이른바 정치 운동을 하게 됐어요. 나는 결코 페스트 환자가 되고 싶지 않았어요. 그뿐이죠. 내가 살고 있는 사회는 사형선고라는 기반 위에 서 있으니, 그것과 투쟁함으로써 살인 행위와 싸우겠다고 생각했어요. 나는 그렇게 믿었고, 다른 사람들도 그렇게 말했으며, 또 대체로 그것은 진실이었습니다. 그래서 나는 내가 좋아하는 사람들, 내가 변함없이 좋아하는 사람들하고 함께 일을 시작했어요. 나는 그 일에 오래 종사했고, 유럽 각국 가운데 내가 활동하지 않은 나라가 없을 정돕니다. 자, 다음 이야기로 들어가겠어요.

물론 우리도 역시 때에 따라서는 사형선고를 하고 있다는 것을 나는 알고 있었어요. 그러나 그런 몇몇 사람의 죽음은 더는 아무도 사람을 죽이지 않는 세계로 이끌어가기 위해 필요한 일이라고 말하는 사람들이 있었어요. 어떤 의미에선 그것도 진실이었으나, 어쨌든 나로선 그런 종류의 진실을 받아들일 수 없었던 것 같습니다. 확실한 건 내가 주저하고 있었다는 사실입니다. 그러나 나는 그 올빼미 씨 생각을 했고, 언제나 계속할 것 같았어요. 내가 사형 집행을 구경한 그날까지 (그것은 헝가리에서의 일이었어요) 어린애였던 나를 휘어잡은 그 현기증이 어른이 된 나의 눈을 캄캄하게 만들었어요.

혹 사람을 총살하는 것을 보신 일이 있나요? 못 보셨겠죠, 물론. 그것은 대개가 초대해서 보여주게 되어 있고, 보여줄 사람은 미리 선정돼 있으니까요. 그런 이유로 선생님 같은 분들의 지식은 그림이나 책에 국한되어 있습니다. 눈가리개, 말뚝, 조금 떨어져 서 있는 병사들. 아무렴, 못 보셨겠지요. 수형자가 두 걸음만 앞으로 나가면 가슴에 총부리가 닿는 것을 아시나요? 그렇게 가까운 거리에서 사격수들이 심장 근처에 집중사격을 가하면 저마다 굵직한 탄환들이 한데 뭉쳐서 주먹이라도 들어갈 만한 구멍을 뚫어놓는 걸 아시나요? 모르십니다. 선생님은 모르시지요. 그런 것들은 사람들이 얘기도 하지 않는 자질구레한 일들이니까요. 인간의 잠이라는 것은 페스트 환자들이 생각하는 생명보다 더 신성한 것입니다. 선량한 사람들이 잠자는 것을 막아서는 안 됩니다. 그러려면 어느 정도의 악취미가 필요한데, 취미란 고집을 부리지 않는다는 것은 누구나 다 아는 일입니다. 그러나 나는 그 무렵부터 잠을 잘 자지 못했습니다. 악취미를 버릴 수가 없었고, 여전히 고집을 부리고 있었습니다. 다시 말하면, 늘 그 생각만 하고 지냈단 말입니다.

그때 나는 그야말로 내가 온 힘과 정신을 기울여 페스트와 싸우고 있다고 생각하던 그 오랜 세월 동안 내가 페스트에 걸리지 않은 적은 결코 없다는 것을 깨달았습니다. 나는 내가 간접적으로 몇천 명 인간의 죽음에 동의했다는 것, 숙명적으로 그러한 죽음을 가져오게 한 그런 행위나 원칙들을 선(善)이라고 인정함으로써 그러한 죽음을 야기하기조차 했다는 것을 알았습니다. 딴 사람들은 그런 것으로 속을 썩이는 것 같지 않았고, 적어도 자발적으로 그런 이야기를 꺼내는 일은 결코 없었습니다. 그러나 나는 목구멍이 착 달라붙는 것처럼 괴로웠어요. 나는 그들과 같이 있으면서도 외로웠어요. 내가 나의 불안감을 표시할라치면 그들은 나에게 지금이 어떤 시기인가 잘 생각해야 한다고 말했고, 흔히 감동적인 이유들을 내세워 아무리 해도 소화되지 않는 것을 나로 하여금 삼켜버리게 하는 것이었습니다.

　그러나 나는 저 거물급의 페스트 환자들, 붉은 제복을 입은 사람들 역시 나름대로의 그럴듯한 이유가 있고, 만약 내가 불가항력이라는 이유로 군소 페스트 환자들이 주장하는 요구를 용인한다면 거물급들의 요구도 물리칠 수 없게 될 것이라고 대답하는 것이었습니다. 그들은 나에게 붉은 제복이 옳음을 인정하는 태도는 곧 그들에게 사형선고를 일임하는 것이라고 지적했습니다. 그러나 그때 나는 이렇게 생각했습니다. 한 번만 양보한다면 멈출 필요가 없다고요. 아마 역사는 내 생각을 정당화한 것 같습니다. 오늘날에는 많이 죽이는 자가 승리하는 모양이니 말이에요. 그들은 모두가 살인에 열중해 있지만 어쩔 도리가 없는 일이지요. 어쨌든 내가 할 일은 이치를 따지는 문제가 아니었습니다. 그것은 그 붉은 머리털을 한 올빼미, 페스트균에 전염된 더러운 입이 쇠사슬에 매인 어떤 남자를 향해서 너는 죽는다고 선고를 내려 그로 하여금 여러 날 밤을 고뇌 속에서 뜬눈으로 보내며 살해당할 그날을 기다리게 해놓은 다음에, 결국 그가 죽을 절차를 마련하는 그 더러운 일이었습니다. 내가 할 일은 가슴에 구멍을 뚫는 것이었습니다. 그래서 나는 이렇게 생각하곤 했어요. 그래도 최소한 나로서는 그 진저리가 나는 도살 행위에 대해 단 하나라도, 오직 하나라도 논리를 부여하는 것은 절대로 거부하겠다고요.

　그렇습니다. 나는 더 확실한 것을 알게 될 때까지는 그 완고한 맹목적 태도를 지켜 나갈 것입니다. 그 이후로 내 마음은 변하지 않았습니다. 오랜 시일 나는 부끄러워했습니다. 아무리 간접적이라 하더라도, 또 아무리 선의에서 비롯되었다 하더라도 나 역시 살인자 측에 끼어들었다는 것이 정말 부끄러웠습니다. 시간이 지나감에 따라서 내가 알게 된 것은 딴 사람들보다 나은 사람들조차도, 오늘날의 모든 논리 자체가 잘못되어 있기 때문에, 사람을 죽게 하는 위험을 무릅쓰지 않고서는 이 세상에서 몸 한번 마음대로 움직일 수 없다는 것이었습니다. 그렇습니다. 나는 여전히 부끄러웠으며, 우리 모두가 페스트 속에 있다는 것을 알게 되었습니다. 그래서 나는 마음의 평화를 잃고 말았습니다. 나는 오늘날도 그 평화를 되찾아 모든 사람을 이해하고 누구에게나 철천지원수가 되지 않으려고 애쓰고 있습니다. 나는 다만 이제 다시는 페스트에 전염되지 않고, 마땅히 해야 할 일을 꼭 해나가며, 살아감으로써 마음의 평화를 되찾고 떳떳한 죽음을 바랄 수 있는 그런 인간이 되고 싶습니다. 그것이야말로 인간을 편하게 만들어주며, 비록 인간을 구원해줄 수는 없더라도 최소한 그들에게 되도록 해를 덜 끼치고 때로는 약간의 선을 행하도록 해줄 수 있는 것입니다. 그래서 나는 직접적이건 간접적이건, 좋은 이유에서건 나쁜 이유에서건 사람을 죽게 만들거나 또는 죽게 하는 것을 정당화하는 모든 걸 거부하기로 결심했습니다.

또한 바로 그런 이유로 나는 이번 유행병에서 배운 거라곤 하나도 없고, 있다면 여러분 틈에 끼어 그 병과 싸워야 한다는 걸 배웠을 뿐입니다. 내가 확실히 알고 있는 것은(그렇습니다, 리외, 아시다시피 나는 인생 만사를 알고 있지요) 사람은 제각기 자신 속에 페스트를 지니고 있다는 것입니다. 왜냐면 세상에서 그 누구도 그 피해를 입지 않은 사람은 없기 때문입니다. 그리고 늘 스스로를 살피고 있어야지, 자칫 방심하다간 남의 얼굴에 입김을 뿜어서 병독을 옮겨주고 맙니다. 자연스러운 것, 그것은 병균입니다. 그 밖의 것, 즉 건강, 완전함, 순결성 등은 결코 멈춰서는 안 될 의지의 소산입니다. 훌륭한 사람, 즉 거의 누구에게도 병독을 감염시키지 않는 사람이란 될 수 있는 대로 마음의 긴장을 풀지 않는 사람을 말합니다. 그런데 결코 긴장을 풀지 않기 위해선 그만한 의지와 긴장이 필요하단 말입니다.

그렇습니다, 리외, 페스트 환자가 된다는 것은 피곤한 일입니다. 그러나 페스트 환자가 되지 않으려고 발버둥을 치는 것은 더욱더 피곤한 일입니다. 바로 그렇기 때문에 모든 사람이 피곤해하지요. 왜냐하면 오늘날에는 누구나가 다소는 페스트 환자니까요. 그러나 페스트 환자가 안 되려고 애쓰는 몇몇 사람들이 죽음 이외에는 해방구가 없는 극도의 피로를 체험하고 있는 것도 바로 그 때문입니다. 그러다 보니 나는 내가 이 세상에 대해서 아무 쓸모가 없다는 것, 죽이는 것을 단념한 그 순간부터 나는 결정적으로 추방당한 인물이 되었다는 것을 알게 되었습니다. 역사를 만드는 것은 딴 사람들입니다. 나는 또한 내가 그 사람들을 표면적으로 비판할 수 없다는 것도 알고 있습니다. 나에게는 정당한 살인자가 될 자격이 없으니까요. 그러므로 그것은 우월성의 문제가 아닙니다. 그러나 이제 나는 본래 있는 그대로의 내가 되기를 희망하고 겸손이라는 것을 배웠습니다.

지상에도 재화와 희생자들이 있고, 되도록이면 재화의 편을 들기를 거부해야 한다고 말하렵니다. 아마 좀 단순하다고 보실지도 모릅니다. 단순한지 어떤지 나는 잘 모르지만, 아무튼 그것이 진실이라는 것을 알고 있습니다. 나는 너무 여러 가지 이론을 들어서 머리가 돌아버릴 뻔했는데, 그 이론들은 딴 사람들의 머리를 돌게 해서 그들로 하여금 살인 행위에 동의하도록 만들어버렸어요. 나는 인간의 모든 불행은 그들이 정확한 언어를 쓰지 않는 데서 온다는 것을 알았습니다. 그래서 나는 정확하게 말하고 행동함으로써 정도를 걸어가기로 결정했습니다. 따라서 나는 재화와 희생자가 있다고 말할 뿐 그 이상은 더 말하지 않았습니다. 그렇게 함으로써 비록 내 자신이 재화가 되는 일이 있다 할지라도 나는 그것에 동조하지 않을 겁니다. 나는 차라리 죄 없는 살인자가 되길 바랍니다. 보시다시피 그리 큰 야심은 아닙니다.

물론 제3의 범주, 즉 진정한 의사로서의 범주가 필요하겠지만, 그러나 이런 것은 그리 흔하게 볼 수 있는 것이 아니고, 더구나 그것은 아마도 어려운 일일 것입니다. 그래서 나는 언제나 희생자들 편에 서서 그 피해를 되도록 줄이고자 하는 것입니다. 희생자들의 틈에서 적어도 나는 어떻게 하면 제3의 범주, 즉 마음의 평화에 도달할 수 있는가를 탐구할 수도 있습니다."

타루는 이야기를 맺으면서 다리 한쪽을 휘저어 발로 테라스 바닥을 탁탁 두드렸다. 잠시 침묵한 뒤에 의사는 약간 몸을 일으키고, 타루에게 마음의 평화에 도달하기 위해서 걸어야 할 길에 대해서 어떤 생각을 가지고 있느냐고 물었다.

"물론 그건 공감이죠."

멀리서 구급차의 사이렌이 두 번 울렸다. 조금 전만 해도 희미했던 그 아우성 소리가 시 경계선 근처의 돌이 많은 언덕 위로 몰려가고 있었다. 동시에 무슨 폭발 소리 같은 것이 들려왔다. 그러다가 다시 조용해졌다. 리외는 등댓불이 깜박거리는 것을 보았다. 산들바람이 강해지는 듯하더니 때를 같이하여 소금 냄새를 실은 바람이 바다에서 훅 불어왔다. 낭떠러지에 부딪히는 둔탁한 파도 소리가 이제는 뚜렷이 들려왔다.

"결국," 하고 솔직한 어조로 타루가 말했다. "내 관심사는 어떻게 하면 성인이 되는가 하는 일입니다."

"그러나 신은 안 믿으시면서?"

"암요. 오늘날에 내가 알고 싶은 단 하나의 구체적인 문제는 신의 도움 없이 사람은 성인이 될 수 있는가 하는 것입니다."

갑자기 아까부터 소란스럽던 곳에서 큰 불빛이 나타나더니, 바람결에 실려 어렴풋한 고함이 그 두 사람에게까지 들려왔다. 불빛은 침침해지고 멀리 테라스 끝의 불그스레한 빛만이 남았다. 바람이 그친 뒤에도 사람들 고함 소리가 뚜렷이 들려오다가, 이어서 사격 소리와 군중의 아우성 소리가 났다. 타루는 일어서서 듣고 있었다. 그 이상 아무 소리도 들리지 않았다. "또 시의 문에서 싸움이 붙었군요."

"이제는 끝난 모양입니다" 하고 리외가 말했다.

타루는 절대로 아직 끝나지 않았으며, 순서가 그렇게 되어 있기 때문에 아직도 희생자가 남아 있을 것이라고 중얼거렸다.

"그럴지도 모르죠" 하고 의사가 대답했다. "어쨌든 나는 성인들보다는 패배자들에게 더 연대 의식을 느낍니다. 아마 나는 영웅주의라든가 덕성 같은 것에는 취미가 없는 것 같아요. 내가 관심을 두고 있는 일은 그저 인간이 되겠다는 것입니다."

"그럼요, 우리는 같은 것을 추구하고 있어요. 다만 내가 좀 더 야심가가 못 될 뿐이죠."

리외는 타루가 농담을 하는 줄 알고 그의 얼굴을 바라보았다. 그러나 하늘에서 내려오는 어렴풋한 빛 속에 선 그의 얼굴에서는 어떤 비애와 진지함이 엿보였다. 바람이 다시 일기 시작해서 리외는 피부에 미지근한 바람의 감촉을 느꼈다. 타루는 몸을 움직였다.

"우리가 우정을 위해서 무엇을 해야 하는지 아시는지요?" 하고 그가 물었다.

"글쎄, 무엇일지?" 리외가 말했다.

"해수욕을 하는 거죠. 미래의 성인일지라도 그것은 훌륭한 쾌락입니다."

리외는 웃고 있었다.

"우리 통행증을 가지고 방파제까지 갈 수 있어요. 페스트 속에서만 살아야 한다니, 너무 바보 같아요. 물론 인간은 다른 희생자를 위해서 싸워야 하죠. 그러나 다른 편에서 아무것도 사랑하지 않게 되고 만다면 투쟁은 해서 뭣하겠어요?"

"그럼요." 리외가 말했다. "자, 갑시다."

잠시 후 자동차는 항구의 철망 앞에 와서 멎었다. 달이 떠오르고 있었다. 우유 빛깔의 하늘이 도처에 엷은 그늘을 투사하고 있었다. 그들 뒤로는 시가지가 층계를 이루고 있었고, 거기서 불어오는 불결하고 미지근한 바람이 그들을 점점 더 바다 쪽으로 밀어대고 있었다. 그들이 신분증을 보이자 보초는 오랫동안 그것을 들여다보았다. 그들은 초소를 통과해서 큰 통들이 뒤덮인 둑 너머로 포도주와 생선 냄새를 뚫고 방파제를 향해서 갔다. 거기에 이르기도 전에 해초 냄새가 바다에 가까워졌음을 알려주었다. 그러자 파도 소리가 들려왔다.

바다는 방파제의 커다란 축대 밑에서 부드럽게 철썩거렸는데, 그들이 그 위를 기어 올라갔을 때 비로드처럼 짙은 색의, 등불처럼 부드럽고 매끄러운 바다를 볼 수 있었다. 그들은 바다를 향해서 바윗돌 위에 자리를 잡고 앉았다. 물이 부풀어 올랐다가 다시 서서히 주저앉곤 했다. 바다의 그 고요한 호흡으로 기름을 바른 듯한 반사가 물 위에 나타났다 사라지곤 했다. 밤은 그들 앞에 무한히 가로놓여 있었다. 손바닥 밑에 바윗돌의 울퉁불퉁한 감촉을 느끼고 있던 리외는 이상한 행복감에 젖어들었다. 그는 타루를 바라보면서 자기 친구의 침착하고 신중한 얼굴에서 아무것도 잊지 않고 사는, 심지어는 그 살인 행위조차도 잊지 않고 있는 똑같은 행복감을 엿볼 수 있었다.

그들은 옷을 벗었다. 리외가 먼저 물에 몸을 담갔다. 처음에는 차갑던 물이 다시 떠올랐을 때는 미지근하게 느껴졌다. 몇 번 평영을 하고 나니, 그날 저녁 바다는 여러 달을 두고 쌓이고 쌓였던 대지의 열기에 휩싸여서 아직도 가을 바다의 온도를 지니고 있는 것을 알 수 있었다. 그는 규칙적으로 헤엄을 쳤다. 발을 풍덩거릴 때마다 그의 뒤에는 하얀 물거품이 남고, 두 팔에서 흘러내린 물이 다리로 흘렀다. 무겁게 풍덩 하는 소리로 타루가 뛰어든 것을 알았다. 리외는 물 위에 드러누워서 꼼짝도 않고 달과 별들로 가득 찬 하늘을 바라보았다. 그는 길게 숨을 쉬었다. 그러자 신기하게도 점점 뚜렷하게 밤의 침묵과 고요 속에서 물 튀기는 소리가 들려왔다. 타루가 가까이 오자 이윽고 그의 숨소리까지 들리게 되었다. 리외는 몸을 뒤집어 자기 친구와 나란히 같은 리듬으로 헤엄을 쳤다. 타루는 그보다 더 힘차게 전진하고 있었다. 그래서 그는 좀 더 속력을 내야 했다. 몇 분 동안 그들은 같은 리듬, 같은 힘으로 단둘이서 세상을 멀리 떠나 마침내 시와 페스트에게서도 해방되어 전진했다. 리외가 먼저 멈추었다. 그리고 그들은 천천히 되돌아왔다. 다만 도중에 한 번 그들은 얼음처럼 찬 물결을 만났다. 그들은 둘이서 아무 말도 없이 바다의 기습에 몰려서 서둘러 헤엄쳤다.

그들은 다시 옷을 주워 입고 한마디도 하지 않고 발길을 돌렸다. 그러나 그들은 똑같은 심정이었고, 그날 밤의 추억은 달콤한 것이었다. 멀리 페스트의 보초병을 보았을 때 리외는 타루도 역시 자기처럼 페스트는 조금 아까 우리를 잊었을 텐데 이제 또다시 시작이겠군, 하고 속으로 생각하고 있는 것을 알아차렸다.

*

정말 다시 시작해야만 했다. 페스트는 누구든지 너무 오랫동안 잊어버리는 법이 없었다. 12월 내내 페스트는 우리 시민의 애간장을 태우고, 화장터 화덕에 불을 지피게 하고, 맨손의 허깨비 같은 사람들로 수용소를 가득 차게 만드는 등 어쨌든 멋을 줄 모르고 그 끈기 있는 팔팔한 걸음으로 전진했다. 당국은 날씨가 추워지면 병세가 수그러들 것으로 예상했는데, 반대로 페스트는 며칠 동안 계속된 겨울 첫추위에도 물러감이 없이 기승을 떨었다. 더 기다려야만 했다. 그러나 사람이란 기다림에 지치면 아예 기다리지 않게 되는 법이다. 그래서 우리 도시 전체는 미래에 대한 희망 없이 살고 있었다.

의사로 말하면, 그 역시 평화와 우정의 미래를 가질 수 없었다. 병원이 또 하나 생겨서 이제 리외는 사람이라고는 환자밖에는 대할 수가 없게 되었다. 그런 중에도 페스트는 점점 폐장성으로 변해갔고, 또 환자들도 어느 정도 의사에게 협조하는 경향을 보이게 되었다.

그들은 초기의 허탈과 광태에서 벗어나 자기들의 이익에 관해서 좀 더 올바른 생각을 갖게 된 듯싶었으며, 자기들을 위해서 가장 이로울 수 있는 것을 스스로 요구하게 되었다. 그들은 줄곧 마실 것을 요구했으며, 모두 따뜻한 것을 원했다. 의사로서 피곤하기는 예나 마찬가지였지만, 그래도 이러는 편이 덜 고독했으므로 나았다.

12월 말경 리외는 아직 수용소에 있는 예심판사 오통 씨에게 편지를 한 통 받았는데, 격리 기간이 끝났는데도 당국이 입소 날짜를 모르고 있어서 부당하게 자기를 아직도 수용소에 억류해두는 것은 착오라는 사연이었다. 얼마 전 수용소에서 나온 그의 아내가 현청에 항의했는데, 거기서는 절대 착오란 있을 수 없다고 오히려 큰소리치더라고 했다. 리외는 곧 랑베르에게 중재를 부탁했고, 며칠 후에 오통 씨는 퇴소했다. 실제로 착오가 있었던 것이다. 그래서 리외도 적이 화가 났다. 그러나 오통 씨는 그동안에 여윈 몸으로 힘없이 손을 들고는 한마디 한마디에 힘을 주어가면서 누구에게나 실수는 있을 수 있다고 말했다. 의사는 그가 어딘지 달라졌다고 생각했다.

"어떻게 하시겠어요, 판사님? 서류가 기다리고 있을 텐데요"라고 리외가 말했다.

"글쎄요, 휴가를 얻을까 합니다만" 하고 판사가 말했다.

"정말 좀 쉬셔야죠."

"그것이 아닙니다. 나는 다시 수용소로 돌아갈까 합니다."

리외는 깜짝 놀랐다.

"아니, 어제 나오셨잖아요!"

"제 말뜻을 이해하지 못하시는군요. 수용소에는 자원 사무원 자리가 있다고 들었습니다."

판사는 그의 둥근 눈을 이리저리 굴리며, 손으로 한쪽 머리칼을 꼭꼭 눌러 모양을 바로잡았다.

"말하자면, 나도 일을 하려는 것입니다. 게다가 어리석은 이야기 같지만, 내 자식놈하고 헤어져 있다는 고통도 덜 느끼게 될 테고요."

리외는 그를 바라보았다. 그 딱딱하고 멋없는 눈에 갑자기 부드러운 빛이 깃든 것처럼 느껴졌다. 그러나 그의 두 눈은 곧 더 흐려졌으며, 그 금속과 같은 맑은 빛은 말끔히 사라져버렸다.

"물론이죠" 리외가 말했다. "원하신다면 제가 알선하겠습니다."

의사는 정말 알선을 해주었다. 그리고 페스트에 휩쓸린 생활은 크리스마스까지도 그 상태가 지속되었다.

타루는 여전히 그 효과적인 침착성을 가는 곳마다 발휘했다. 랑베르는 리외에게 그 두 젊은 보초 덕분으로 자기 아내와 비밀 서신을 주고받을 수 있는 길을 열어놓았다는 이야기를 했다. 가끔 아내의 편지를 받는다고 했다. 그는 리외에게도 그 방법을 이용하라고 권했다. 리외는 그것을 받아들였다. 그는 처음으로 여러 달 만에 편지를 썼는데, 여간 힘이 들지 않았다. 그동안에 아주 잊어버린 말도 있었다. 편지는 발송됐다. 답장은 늦게 왔다. 한편 코타르는 장사가 잘되었고, 그의 자질구레한 투기들이 그를 부자로 만들었다. 그랑만이 그 축제 기간에 별반 재미를 보지 못했다.

그해의 크리스마스는 성스러운 명절이라기보다 차라리 지옥의 명절이었다. 텅 비고 불이 꺼진 가게들, 진열장 속에 있는 모형 초콜릿이나 빈 상자들, 음울한 얼굴을 실은 전차들, 어느 하나 과거의 크리스마스를 연상시키는 것이라곤 없었다. 전 같으면 부자건 가난한 사람이건 모두 한데 모여 지내던 그 명절도 이제는 꾀죄죄한 가게 안에서 일부 특권층이 금력으로 장만하는 고독하고도 부끄러운 몇몇 즐거움 외엔 있을 수가 없었다. 성당들은 감사의 기도보다는 차라리 애원으로 가득 찼다. 음침하고 얼어붙은 시내에선 몇몇 아이들이 무엇이 두려운지도 모르고 뛰어놀았다. 그러나 아무도 감히 그 애들에게 인류의 고통만큼이나 오래되었으면서도 젊은 날 희망만큼 신선한, 선물을 가득 실은 그 옛날의 신에 대해 이야기를 해주지 못했다. 모든 사람의 마음속에는 이제 매우 낡고 지친 아주 음울한 희망, 심지어는 사람들로 하여금 가만히 죽어가지도 못하게 하는, 단순히 삶에 대한 애착에 불과한 그런 희망밖에는 남아 있지 않았다.

그 전날 밤 그랑은 약속 시간을 어겼다. 불안해진 리외는 새벽 일찍 집으로 찾아갔으나 그를 만나지 못했다. 모두의 마음에 경계심이 생겼다. 랑베르가 11시경에 병원에 와서, 그랑이 초췌한 얼굴로 거리를 헤매고 있는 것을 보았는데 이내 놓치고 말았다고 리외에게 알려주었다. 의사와 타루는 차를 타고 그를 찾으러 갔다.

정오에 이르러 리외는 그랑이 나무를 깎아서 만든 괴상한 모양의 장난감들로 가득 찬 진열장 앞에 바싹 달라붙어 있는 것을 멀리서 보았다. 그 늙은 서기의 얼굴에는 하염없이 눈물이 흘러내리고 있었다. 그 눈물은 리외의 마음을 흔들어놓았다. 왜냐하면 그는 그 눈물의 원인을 알고 있었고, 자기도 역시 목이 메이는 슬픔을 느끼고 있었기 때문이다. 리외도 역시 크리스마스 날 어느 가게 앞에서의 그 불행한 사나이의 약혼과, 그 남자의 품에 달려들면서 기쁘다고 말하던 잔의 모습이 떠올랐다. 미칠 듯한 그랑의 가슴에, 머나먼 그 세월로부터 잔의 생기 있는 목소리가 되살아났음이 분명했다. 리외는 울고 있는 노인이 무슨 생각을 하는지 알고 있었다. 그리고 자기도 그 노인과 마찬가지로, 사랑이 없는 이 세계는 마치 죽은 세계와 다를 바 없으며, 언제고 반드시 감옥이며 일이며 용기 같은 것들에 지쳐서 한 인간의 얼굴과 황홀한 사랑을 요구할 때가 오고야 말리라는 생각을 하고 있었던 것이다.

그러나 그랑은 유리에 비친 리외를 알아보았다. 여전히 울면서 돌아서서 유리에 등을 기대고 리외가 다가오는 것을 보고 있었다.

"아! 선생님, 아! 선생님" 하고 그는 말했다.

리외는 말을 할 수가 없어서 대답 대신 고개를 끄덕거렸다. 그 슬픔은 리외 자신의 슬픔이었고, 그때 그의 마음을 사로잡고 있는 것은 모든 인간이 같이 나누고 있는 고통과 마주 섰을 때 느끼는 견딜 수 없는 분노였다.

"그렇습니다, 그랑" 하고 그가 말했다.

"그녀에게 편지를 쓸 시간을 갖고 싶습니다. 그녀가 잘 알 수 있도록……. 그래서 후회 없이 행복하게 살도록……."

리외는 거의 강제로 그랑을 앞세우고 걸었다. 그랑은 끌려가듯이 걸어가면서 여전히 이렇게 중얼거렸다.

"너무 오래 계속돼요. 이젠 차라리 될 대로 되라는 생각이 들어요. 할 수 없죠. 아! 선생님! 나는 이렇게 침착해 보입니다만, 그러기 위해선 힘겨운 노력이 필요합니다. 이제는 너무 힘이 들어요."

그는 사지를 부들부들 떨면서, 환장한 사람 같은 눈을 하고 말을 멈추었다. 리외가 그의 손을 잡았다. 손은 불에 덴 듯 화끈거렸다.

"돌아가야지요."

그러나 그랑은 그에게서 도망쳐서 몇 발자국을 뛰어가더니, 멈춰서서 두 팔을 벌리고 앞뒤로 휘청거리기 시작했다. 그는 제자리에서 빙그르르 돌더니 차디찬 포장도로 위에 쓰러졌다. 얼굴은 여전히 흘러내리는 눈물로 지저분했다. 지나가던 사람들이 멀리서 바라보고 그 자리에 멈춰 선 채 감히 다가오지 못하고 있었다. 리외는 그 노인을 두 팔로 부축하지 않을 수 없었다.

그랑은 이제 침대에서 호흡곤란에 빠져 있었다. 이미 폐가 감염된 것이다. 리외는 생각에 잠겼다. 그랑에겐 가족이 없다. 그를 병원으로 보내서 무엇하랴? 타루하고 둘이 돌보아주는 게 낫겠지…….

그랑은 살빛이 파리해지고 눈에서는 광채가 사라진 채 베개에 머리를 푹 박고 있었다. 그는 타루가 궤짝 부스러기로 벽난로에 지펴 놓은 가느다란 불길을 바라보고 있었다. "영 나빠지는걸요"라고 그는 말했다. 상해버린 그의 폐 속에서 그가 말을 할 때마다 빠지직거리는 야릇한 소리가 새어 나왔다. 리외는 그에게 말을 하지 말라고 타이르고, 자기는 이만 가보겠다고 말했다. 야릇한 웃음이 환자의 얼굴에 떠오르더니, 웃음과 함께 일종의 애정이 드러나 보였다. 그는 가까스로 눈을 깜박거렸다. "만약 내가 이 지경에서 벗어나면, 경의를 표해야지요, 선생님!" 그러나 그는 곧 의식을 잃고 말았다.

리외와 타루가 서너 시간 후에 다시 와보니, 환자는 침대에서 반쯤 몸을 일으키고 있었다. 리외는 그의 얼굴에서 그의 몸을 불태우고 있는 병세의 진전을 보고 덜컥 겁이 났다. 그러나 환자는 훨씬 정신이 또렷해져서 이상스럽게도 허전한 목소리로 그에게 서랍에 넣어둔 원고를 갖다 달라고 부탁했다. 타루가 그 종이 뭉치를 갖다 주자 그는 그것들을 보지도 않고 꼭 껴안았다가, 의사에게로 내밀면서 자기에게 읽어달라는 몸짓을 했다. 그것은 50여 쪽 남짓한 얄팍한 원고였다. 리외는 그것을 뒤적거려보았는데, 그 종이 뭉치는 전부 동일한 문장을 수없이 다시 베끼고 고치고 가필 또는 삭제한 것들이 적혀 있는 데 불과하다는 것을 알았다. 끊임없이 5월달이니 여인이니 숲의 지름길이니 하는 말들이 쏟아져 나와서 갖가지 방법으로 배열되어 있었다. 그 작품에는 또한 여러 가지 설명이 붙어 있었다. 간혹 엄청나게 긴 것이 있는가 하면, 정정문(訂正文)도 있었다. 그러나 마지막 페이지 끝에는 정성 들인 글씨로 아직 잉크 빛도 새롭게 '나의 사랑스런 잔, 오늘은 크리스마스요⋯⋯'라는 말이 쓰여 있고, 그 밑에 공들여 정서를 한 앞서 그 문장의 최종이 적혀 있었다. "읽어주십시오"라고 그랑이 말했다. 그래서 리외가 읽었다.

"5월 어느 아름다운 아침에, 어떤 날씬한 여인이 눈부신 밤색 말에 몸을 싣고, 꽃이 만발한 사이를 뚫고 숲의 지름길을 달리고 있었다⋯⋯."

"그것이던가요?" 하고 열기를 띤 목소리로 노인은 말했다.

리외는 노인에게로 시선을 돌리지 않았다.

"아!" 하고 노인은 흥분해서 말했다. "알겠어. 아름다운, 아무래도 그 말이 어울리지 않는군."

리외는 이불 위에 놓인 그의 손을 잡았다.

"놔두십시오, 선생님. 난 이제 시간이 없을 겁니다⋯⋯."

가까스로 그의 가슴이 부풀어 오르더니 그는 별안간 소리를 질렀다.

"그것을 태워버리십시오!"

의사는 망설였다. 그러나 그랑이 하도 무서운 말투로, 그리고 하도 괴로운 목소리로 그 명령을 되풀이하는 바람에 리외는 거의 꺼져 가는 불 속에 그 종잇장들을 던졌다. 방 안은 밝아지고, 잠시나마 그 열이 발을 덥게 만들었다. 의사가 환자에게로 돌아왔을 때 환자는 등을 돌리고 누워 있었는데, 그의 얼굴은 거의 벽에 닿을 지경이었다. 타루는 그런 광경과는 아무 상관도 없다는 듯이 창밖을 내다보고 있었다. 리외가 혈청 주사를 놓은 다음 타루에게 그랑이 밤을 못 넘기겠다고 말하자, 타루는 자기가 남아 있겠다고 자청했고 의사는 그러라고 했다.

밤새도록 그랑이 죽어가고 있다는 생각이 리외의 머릿속을 떠나지 않았다. 그러나 그 이튿날 아침에 리외는 그랑이 침대 위에 일어나 앉아서 타루와 이야기하고 있는 것을 보았다. 열은 가셨다. 그는 다만 전반적인 쇠약 증세를 보일 뿐이었다.

"아! 선생님" 하고 그는 다시 말을 했다. "내 잘못이었어요. 하지만 다시 시작해야지요. 다 외고 있거든요. 두고 보세요."

"기다려봅시다" 하고 리외가 타루에게 말했다.

그러나 정오가 되어도 아무런 변화가 없었다. 저녁때 그랑은 살아났다고 보아도 괜찮았다. 리외는 그 회생을 이해할 수가 없었다.

그러나 거의 같은 시기에 리외에게 환자가 한 사람 인도되어 왔는데, 리외는 그 환자의 병세가 절망적이라고 보고 오자마자 병원으로 격리를 시켰다. 그 처녀는 완전히 혼수상태였고, 폐장 페스트의 온갖 증세를 다 보이고 있었다. 그러나 이튿날 아침에 열이 내렸다. 의사는 그때도 역시 그랑의 경우나 마찬가지로, 아침나절의 일시적인 병세 완화 현상이라고 생각했다. 경험에 의하면 그것은 나쁜 증세라고 생각할 수도 있었다. 그런데 낮이 되어도 열은 올라가지 않았다. 저녁때 겨우 2, 3부 올라갔을 뿐이고, 이튿날 아침에는 열이 말끔히 가셔 있었다. 처녀는 쇠약해지긴 했지만, 침대에 누워서 자유롭게 호흡을 하고 있었다. 리외는 타루에게 그 여자가 모든 법칙을 깨뜨리고 살아날 것이라고 말했다. 그러나 일주일 동안에 리외의 관할 구역에서 그와 같은 사례가 무려 네 건이나 생겼다.

같은 주말에 그 늙은 해수병 환자는 몹시 흥분한 기색을 드러내면서 리외와 타루를 맞이했다.

"됐어요" 하고 그는 말했다. "그놈들이 또 나와요."

"누가요?"

"쥐 말이에요, 쥐!"

지난 4월 이후로 죽은 쥐는 단 한 마리도 볼 수가 없었다.

"그러면 다시 시작된다는 건가요?" 하고 타루는 리외에게 물었다.

노인은 손을 비비고 있었다.

"놈들이 뛰어다니는 것을 보세요. 참 반갑군요."

그는 살아 있는 쥐 두 마리가 거리로 난 문에서 자기 집으로 들어오는 것을 보았던 것이다. 이웃 사람들의 말로는, 그들 집에도 그놈들이 다시 나타났다는 것이다. 여기저기 서까래에서 몇 달을 두고 잊고 살았던 바스락 소리가 다시 들려오고 있었다. 리외는 매주 초에 실시되는 총괄적 통계의 발표를 기다렸다. 통계는 병세의 후퇴를 표시하고 있었다.

5부

비록 그렇게 갑작스러운 병세의 후퇴가 예기치 않은 일이기는 했지만, 우리 시민들은 선뜻 기뻐하지 않았다. 여태껏 치러온 몇 달 동안이 해방에 대한 그들의 욕망을 증가시킨 만큼 그들에게 조심성이라는 것도 가르쳐주었고, 이 전염병이 불원간 끝난다는 생각을 점점 덜하게 길을 들여놓았던 것이다. 그러나 그 새로운 사실은 모든 사람의 입에 오르내렸고, 따라서 입 밖에 내지는 않아도 사람들의 마음속에는 커다란 희망이 꿈틀거리고 있었다. 그 나머지 모든 일은 제2차적인 것이 되고 말았다. 새로운 페스트 환자들도 이 갑작스러운 사실 앞에서는 별로 의미가 없었다. 통계 숫자가 내려가고 있었던 것이다. 공공연하게 떠들어대지는 않았지만 누구나 건강의 시대를 기다리고 있음이 은연중에 드러났다. 우리 시민들이 그때부터는 비록 무관심한 태도로나마 페스트가 퇴치되고 난 후의 생활 계획에 대해서 이야기했으니 말이다.

모든 사람은 과거 생활의 온갖 편의가 대번에 회복될 수는 없으며, 파괴하기란 건설하기보다 훨씬 쉽다는 생각에 거의 일치하고 있었다. 다만 사람들은 식량 보급만은 좀 개선될 것이며, 또 그렇게 되면 가장 심각한 근심은 덜 수 있으리라고 보고 있었다. 그러나 사실 그러한 미온적인 고찰 밑바닥에서는 무절제한 희망이 전개되었으며, 시민들도 이런 사실을 의식할 때가 있었다. 그럴 때면 그들은 부랴부랴 무절제한 희망을 지워버리고, 아무래도 해방은 오늘내일의 일은 아니라고 자신을 타일렀다.

사실상 페스트는 오늘내일 사이에 끝나지는 않았다. 그러나 표면적으로는 의당 사람들이 기대하는 것보다는 더 빨리 약화되고 있었다. 1월 초순에는 추위가 보통 아닌 맹위를 떨치며 버티고 있어서 도시의 하늘은 그대로 얼어붙은 성싶었다. 그러면서도 그때만큼 하늘이 푸르렀던 적은 없었다. 며칠을 두고 내내 싸늘하게 활짝 갠 요지부동의 찬란한 하늘이 끊임없이 온 시에 빛을 내리쏟고 있었다. 페스트는 그 깨끗해진 대기 속에서 3주일 동안 계속적인 하강 상태에 있었다. 페스트로 인한 시체의 수가 점점 줄어들면서 페스트는 쇠퇴해가는 듯싶었다. 페스트는 단시일에 몇 개월 동안 축적해놓았던 힘을 거의 전부 잃어버렸다. 그랑이나 리외가 돌보았던 그 처녀처럼 완전히 점찍었던 미끼를 놓쳐버린다든지, 또 어떤 동네에서는 2, 3일간 병세가 기승을 부리다가 완전히 사라진다든지, 월요일에는 희생자의 수를 부쩍 늘려놓았다가 수요일에는 대부분의 환자를 다시 살려주는 등 그처럼 숨이 막혀 서둘러대며 어찌할 바를 몰라 하는 꼴을 보면, 마치 페스트는 피로와 싫증으로 맥이 풀려 자기 자신에 대한 자제력과 동시에 지금까지 힘의 바탕이었던 그 수학적이며 절대적인 유효성마저 상실하고 말았다고 할 수 있을 듯싶었다. 카스텔의 혈청은 갑자기 여태껏 거둘 수 없었던 성공을 여러 차례 경험하게 되었다. 전에는 아무런 결과도 얻지 못했던 의사들의 몇몇 조치가 갑자기 확실한 효과를 올리는 듯도 했다. 이번에는 페스트가 몰리게 되고, 그것의 갑작스러운 약화가 여태껏 그것을 겨누었던 무딘 칼날에 힘을 준 것처럼 보였다. 가끔가다가 병세가 완강해져서 일종의 맹목적인 반항으로 완쾌되리라고 기대했던 환자를 서너 명씩 앗아가곤 했을 뿐이다. 그들은 페스트에 운이 나쁜 사람, 희망에 가득 찼을 때 살해당한 사람들이다. 격리 수용소에서 나온 오통 판사가 바로 그런 경우였는데, 타루는 그에 대해서 운이 나빴다고 말한 것이 사실이지만, 그 말이 판사의 죽음을 생각해서 한 말인지 판사가 살았을 때를 생각해서 한 말인지 알 길이 없었다.

그러나 총체적으로 말해서 감염은 각 분야에서 쇠퇴하고, 현청의 발표도 처음에는 은연중에 희망의 기미를 보여줄 따름이었으나, 마침내 일반의 머릿속에 승리가 확보되고 병은 그의 진지를 포기하고 말았다는 확신을 공고히 해주게까지 되었다. 사실 그것이 승리인지 무엇인지는 결정짓기가 어려웠다. 사람들은 다만 페스트가 들이닥쳤을 때처럼 사라져가고 있다는 것만을 확인하고 싶어 했다. 병에 대한 전략을 바꾼 것은 아니었다. 어제까지 효과가 없던 것이 오늘은 뚜렷이 효과를 나타냈다. 다만 병이 제풀에 쇠퇴해버렸거나 제 목적을 달성했으니까 물러가는 것이라는 인상을 받을 따름이었다. 말하자면 제구실을 다한 것이었다.

그럼에도 시내에는 아무 변화도 보이지 않았다. 낮에는 언제나 조용한 거리뿐이었고, 저녁때가 되면 늘 같은 군중—이제는 다만 대부분이 코트와 숄을 걸친 군중—으로 가득 찼다. 영화관과 카페는 여전히 돈을 벌었다. 그러나 좀 더 자세히 살펴보면, 사람들의 얼굴에 긴장이 풀리고 간혹 웃음이 떠오르는 것을 볼 수 있었다. 그리고 그럴 때는 여태까지 누구 한 사람 거리에서 웃는 이가 없었던 것을 확인하는 기회였다. 사실 몇 달 전부터 시를 에워싸고 있던 투명치 못한 베일에 조그마한 구멍이 생겨서, 사람들은 제각기 월요일마다 라디오 보도를 통해서 그 구멍이 자꾸 커져가고 있으며 결국에는 숨을 쉴 수 있게 되어가고 있음을 확인할 수가 있었던 것이다. 그것은 아직 극히 불분명한 안도감이어서 솔직하게 표현되지는 않고 있었다. 이전 같으면 기차가 떠났다든지, 배가 들어왔다든지, 또는 자동차의 운행이 다시 허가될 것 같다는 소식을 미심쩍은 마음 없이는 들을 수 없었을 것이다. 그런데 1월 중순경에 이르러서는 그러한 발표도 아무런 놀라움을 일으키지 않았다. 그러한 사소한 변화는 사실상 시민들이 갖는 희망의 과정에 굉장한 진전이 있었음을 나타냈다. 그 밖에도 가장 보잘것없는 희망이나마 주민들에게 희망이란 것이 가능해진 순간부터는 페스트의 실질적인 지배는 끝났다고 말해도 좋을 것이다.

　1월 내내 우리 시민들이 모순된 행동을 하고 있었다는 것도 거짓이 아닌 사실이었다. 정확히 말해서 그들은 흥분과 침체의 교차점에서 있었다. 그처럼 통계가 가장 유망한 결과를 보여주고 있는 바로 그 무렵에도 새로운 몇 건의 탈주 계획이 보고되는 일까지 생겼다. 그것은 당국은 물론 감시소들까지도 크게 놀라게 했다. 탈주의 대부분이 성공했으니 말이다. 그러나 사실 그 시기에 탈주를 하는 사람들은 본능적인 감정대로 움직인 것이었다. 어떤 사람들은 페스트에서 벗어날 수 없다는 심각한 회의에 빠져 있기도 했다. 희망이라는 것이 그들에게 뿌리를 내릴 수가 없었다. 페스트의 시대가 끝난 그때에도 그들은 여전히 페스트의 기준에 따라 살고 있었다. 그들은 시대에 뒤떨어져 있었다. 반대로 어떤 사람들, 특히 그때까지 사랑하는 사람과 생이별을 당한 채 살아온 사람들 중에서 흔히 볼 수 있었는데, 그들은 오랜 세월에 걸친 감금과 실망을 겪어온 끝에 그렇게 일어나는 희망의 바람이 어떤 열망과 초조에 불을 질러놓은 나머지 그만 모든 자제력을 빼앗기고 말았다. 목표물을 그렇게 가까이에 두고도 또다시 누군가가 죽거나 그리운 사람과 다시 못 만나게 되어 그 오랜 고생이 아무 보람도 얻지 못하게 될지도 모른다는 생각을 하며 일종의 낭패감에 사로잡히고 말았다. 그들은 몇 달 동안 암담한 심정으로 감금과 귀양살이에도 굴하지 않고 꾸준히 기다려왔는데, 최초의 희망은 공포나 절망이 무너뜨릴 수 없었던 것을 능히 파괴하기에 충분했다. 그들은 페스트의 걸음걸이를 끝까지 따라갈 수가 없어 그것보다 앞서려고 미친 사람들처럼 서둘러댔다.

그런데 바로 같은 시기에 낙관주의의 자연 발생적인 징후가 몇 가지 나타났다. 물가의 현저한 하락이 기록된 것이 한 예다. 순수하게 경제적 견지에서 보면, 그러한 동태는 설명할 길이 없었다. 곤란한 사정은 여전히 남아 있었고, 검역 절차는 시문(市門)에서 계속되고 있었으며, 식량 보급이 개선되려면 부지하세월이었다. 그러한 동향은 페스트의 쇠퇴가 도처에 반향을 일으키는 듯한, 순전히 정신적인 현상이었다. 그와 동시에 전에는 집단생활을 하다가 질병 때문에 떨어져 살아야만 했던 사람들 사이에 낙관주의가 깃들기 시작하고 있었다. 시내에 있는 수도원 두 곳은 재건되기 시작했고, 공동생활도 다시 할 수 있었다. 군대의 경우도 마찬가지로 텅 비어 있던 병사(兵舍)로 다시 모여들기 시작했다. 정상적인 주둔 상태로 복귀된 것이다. 그러한 사소한 일들이 커다란 징후들이었다.

주민들은 그렇게 은근한 흥분 속에서 1월 25일까지 살았다. 그 주일에 통계는 매우 낮아졌으므로 현 당국은 의사회 자문을 거쳐 질병은 저지된 것으로 간주할 수 있다고 발표했다. 발표문에서 덧붙여 말하기를, 반드시 시민의 찬동을 얻으리라고 기대되는 신중한 취지에서 시문은 향후 2주일간 폐쇄 상태를 유지하고 예방 조치는 1개월간 더 계속될 텐데, 그 기간 중에 위험이 재발할 듯한 징후가 조금이라도 보일 경우 현상 유지는 계속되고 조치들은 소급해서 강화될 것이라고 했다. 그러나 모든 사람은 그 추가 발표문을 형식적인 항목으로 생각하는 데 의견들이 일치했다. 그래서 1월 25일 저녁에는 희색이 넘치는 흥분이 시가를 가득 채웠다. 지사는 일반적인 기쁨에 동조하기 위해서 건강 지대에 등화관제를 해제하라는 지시를 내렸다. 우리 시민들은 차고 맑은 하늘 아래 불이 켜진 거리로 떼를 지어 요란스럽게 웃으면서 쏟아져 나왔다.

물론 많은 집들은 아직 덧문이 닫힌 채였고, 다른 사람들의 외침으로 가득 찬 온 밤의 소란 속에서도 고요히 지낸 가족도 있었다. 그러나 그네들처럼 상중에 있는 사람들도 또 다른 가족이 목숨을 빼앗기지나 않을까 하는 두려움은 마침내 사라졌다는 점에서나, 자신의 몸이 이제 위기를 면케 됐다는 점에서 안도감은 역시 뿌리 깊은 것이었다. 그러나 일반적인 기쁨에 아랑곳없는 가족들도 있었는데, 그것은 두말할 필요도 없이 바로 그 순간에도 병원에서 페스트와 싸우고 있는 가족, 또 예방 격리소나 자기 집에서 재화가 다른 사람들에게서 손을 뗀 것같이 자기들에게서도 손을 떼고 멀리 떠나버리기를 바라고 있는 가족들이었다. 그 가족들도 희망을 품었던 것은 확실하지만, 그래도 그들은 그것을 예비로 간직해두었고 정말 그 권리를 얻게 될 때까지는 그것을 끌어내기를 스스로 금지하고 있었다. 그리고 고뇌와 기쁨의 중간 지점에서 그러한 기대를 하고 그렇게 묵묵히 밤을 밝히자니, 모두 기뻐하는 그 속에서 더욱 안타깝게 느껴졌다.

그러나 그런 자들 때문에 다른 사람들의 만족에 그 어떤 손상이 있었던 것은 아니다. 아마 페스트는 아직 끝나지 않았으며, 페스트가 끝났다는 증거가 나타나야만 했다. 그러나 사람들의 머릿속에서는 이미 몇 주일 전부터 끝없는 철도 위로 기적 소리를 내면서 기차가 지나가고, 햇빛으로 반짝이는 바다 위를 배가 출렁거리며 전진하고 있었다. 이튿날이 되어 사람들의 마음이 진정되면 의심은 되살아날 것이다. 그러나 당장에는 도시 전체가 이제까지 뿌리를 박고 서 있던 그 어둡고 움직임 없는 곳에서 흔들리기 시작하여 마침내는 생존자를 싣고 전진하기 시작했던 것이다. 그날 저녁 타루와 리외도 랑베르나 다른 사람들처럼 군중 틈에 섞여 걸어가고 있었는데, 그들 역시 발이 땅에 닿지 않는 것처럼 느껴졌다. 신작로에서 벗어난 지 오래되었는데 타루와 리외의 귀에는 아직도 그 기쁨의 소리가 그들 뒤를 따라오고 있는 것이 들렸고, 심지어는 그들이 쓸쓸한 거리에서 덧문이 닫힌 창문들을 따라 걸어가고 있을 때도 그 소리는 들려오고 있었다. 그리고 그들은 피로의 탓인지 그 덧문들 뒤에서 아직도 계속되고 있는 그 괴로움을 좀 멀기는 하나 거리거리를 메우고 있는 기쁨과 분리시켜 생각할 수 없었다. 다가오고 있는 해방은 웃음과 눈물이 뒤섞인 모습을 하고 있었던 것이다.

웅성대는 소리가 더 크고 더 즐겁게 울려 퍼지자 타루가 문득 멈춰 섰다. 어둠침침한 포장도로 위에 어떤 모습 하나가 가볍게 달음질을 쳤다. 고양이였다. 지난봄 이후로 처음 보는 것이었다. 고양이는 잠시 동안 길 한복판에 서서 한쪽 발을 핥고 그 발로 재빨리 제 오른쪽 귀를 문지르고는 다시 달려서 어둠 속으로 사라져버렸다. 타루는 웃었다. 그 작달막한 노인도 역시 기뻤을 것이다.

*

그러나 페스트가 물러나서 말없이 자신이 나왔던 알 수 없는 소굴로 다시 기어 들어갈 무렵, 시내에 적어도 한 명은 그 퇴각에 당황해하는 사람이 있었다. 타루의 수첩에 적힌 사실을 믿는다면, 그것은 코타르였다.

사실 그 수첩은 통계 숫자가 하강하기 시작할 무렵부터 자못 이상해져가고 있다. 피로의 탓인지는 몰라도 그 수첩의 글씨가 읽기 어려워지고, 화제가 너무 빈번히 이리저리 비약하고 있다. 게다가 처음으로 그 수첩에는 객관성이 결여되고 개인적인 관찰이 주입되어 있다. 그래서 코타르의 경우에 관한 상당히 긴 대목 도중에 그 고양이와 희롱하는 늙은이에 대한 짧은 보고가 섞여 있다. 타루의 말을 믿는다면, 페스트는 그 늙은이에 대한 그의 깊은 관심을 조금도 앗아가지 못했고 전염병이 생긴 후에도 그 이전에 그의 흥미를 끌었던 것이나 마찬가지로 흥미를 끄는 인물이었으며, 또 타루 자신의 호의가 그 원인은 아니었으나, 어쨌든 불행하게도 더는 흥미를 끌 수 없게 된 그런 인물이었다. 그는 다시 그 노인을 보려고 했었으니 말이다. 그 1월 25일 저녁이 지난 며칠 후에 그는 그 좁은 길의 한 모퉁이에 자리 잡고 서 있었다. 고양이들은 약속을 충실히 지켜 그곳에 모여 따뜻한 양지에서 몸을 녹이고 있었다. 그러나 여느 때의 그 시간이 되어도 덧문들은 굳게 닫힌 채로 있었다. 타루는 그 후 며칠이 지나도록 결코 그것이 열린 것을 보지 못했다. 그는 호기심에 가득 찬 결론을 내려, 그 노인이 배알이 꼴렸거나 죽은 것인데, 만약 배알이 꼴렸다면 노인이 자기가 옳은데 페스트가 못된 짓을 했다고 생각한 것이겠으나, 만약 죽었다면 그 노인에 관해서도 해수쟁이 노인의 경우와 마찬가지로 그가 과연 성인이었는지 아닌지를 생각해 볼 필요가 있다고 적어놓았다. 타루는 그 노인을 성인이라고는 생각하지 않았다. 그러나 그는 노인의 경우에는 그 어떤 '깨우침'이라는 것이 있다고 평가했다. 그 수첩에는 관찰한 바가 이렇게 적혀 있었다. '아마도 우리는 성덕(聖德)의 근사치까지밖에는 갈 수 없는 모양이다. 그렇다면 겸손하고 자비스러운 어떤 악마주의로 만족해야만 할 것이다.'

여전히 코타르에 관한 관찰 속에 뒤섞여, 수첩에서는 분산되어 있는 수많은 고찰이 발견되었는데, 그중 어떤 것은 이제는 회복기에 들어서 아무 일도 없었다는 듯이 다시 일을 시작한 그랑에 관한 내용이며, 또 어떤 것은 의사 리외의 어머니를 묘사한 내용이었다. 한 집에 살고 있던 관계로 그 여인과 타루 사이에 오간 얼마간의 대화와 그 늙은 부인의 태도, 웃음, 페스트에 관한 관찰 같은 것들이 자세하게 적혀 있었다. 타루는 특히 리외 부인의 양순함, 모든 것을 단순한 말로 표현하는 그 솜씨, 고요한 거리로 난 창문을 특히 좋아해서 저녁때가 되면 그 창 앞에 약간 몸을 펴고 두 손을 가만히 놓은 채 주의 깊은 시선으로, 황혼이 방 안으로 기어들어 부인의 자태를 잿빛의 광선 속에 하나의 그림자로 만들며, 그 잿빛의 광선이 차차 짙어져서 그 움직이지 않는 그림자를 녹여버릴 때까지 조용히 앉아 있는 모습, 이 방에서 저 방으로 갈 때의 날쌘 동작, 타루 앞에서는 한 번도 분명하게 드러내 보인 적이 없기는 하나 부인의 행동이나 언사에서 그런 빛을 확신할 수 있는 선량함, 끝으로 타루에 의하면 부인은 언제나 생각하지 않고서도 모든 것을 다 알고 있으며 그처럼 고요하게 어둠 속에 묻혀 있으면서도 그 어떤 광선, 심지어는 그것이 페스트의 광선이었다 해도 어깨를 펴고 겨루어 나갈 수 있다는 사실 같은 것을 특히 강조하고 있었다. 그런데 여기서 타루의 글씨에는 꺾인 듯한 이상한 증세가 나타나고 있었다. 그 뒤에 계속되는 몇몇 줄은 읽기가 어려웠고, 또 그 꺾인 듯한 사실의 새로운 증거를 제시하기라도 하듯 그 마지막 말들은 처음으로 개인적인 것들이었다. '나의 어머니가 역시 그러했다. 나는 바로 그 같은 어머니의 양순함을 좋아했고, 어머니야말로 내가 늘 한편이 되고 싶었던 그런 여자였다. 8년 전에 어머니가 돌아가셨다고 할 수는 없다. 그저 어머니가 내 눈에 안 띄게 되셨을 뿐이다. 그래서 내가 뒤를 돌아다보았을 때, 어머니는 이미 거기에 안 계셨던 것뿐이다.'

그러나 우리는 코타르 이야기로 돌아갈 필요가 있다. 코타르는 통계 숫자가 하강하기 시작한 후로 이 핑계 저 핑계를 대가며 리외를 여러 차례 방문했다. 그러나 사실은 매번 리외에게 질병 진행의 상황을 알아보는 것이었다. "그래, 이렇게 갑자기 아무 예고도 없이 질병이 끝날 것 같으세요?" 그는 그 점에 대해서 회의적이었다. 적어도 그는 회의적이라고 공언했다. 그러나 자꾸 되풀이해서 물어보는 것이 과히 확신이 굳지 못하다는 것을 말하는 듯싶었다. 1월 중순에 리외는 상당히 낙관적인 태도로 대답을 했다. 그런데 번번이 그 대답들이 코타르를 기쁘게 해주기는커녕 여러 가지 반응을 일으켰는데, 그것은 불쾌한 것이거나 차라리 절망적인 것이었다. 그래서 그 뒤로 의사는 그에게 통계상으로 희망적인 징조가 나타났음에도 아직은 섣불리 승리를 외칠 단계는 못 된다고 말하게끔 되었다.

"다시 말하면," 하고 코타르가 전망을 했다. "알 수 없다는 것인가요? 오늘내일로 다시 터질 수도 있단 말씀이군요?"

"그렇죠. 퇴치될 전망이 보이는 것과 마찬가지로 반대의 경우도 예상할 수 있죠."

모든 사람이 불안해하고 있는 그 불확실성이 분명히 코타르의 마음을 풀어주었다. 그래서 그는 타루가 보는 앞에서 자기 동네의 상인들에게 리외의 의견을 널리 선전하려고 애썼다. 사실 그것은 하기 어려운 일도 아니었다. 왜냐하면 초기의 승리의 열광이 사라지자 많은 사람들의 머릿속에는 의심이 되살아나서, 현청의 발표로 인해 흥분된 마음에 그늘이 지고 있었기 때문이다. 코타르는 그러한 불안을 보고서 안심하곤 했다. 그리고 전처럼 낙심도 했다. "그럼요"라고 그는 타루에게 말했다. "결국은 시문이 열리고 말 테죠. 그러면 두고 보세요. 나 같은 건 모두들 죽게 내버려둘 겁니다."

1월 25일까지는 모든 사람이 그의 정신 상태가 불안정하다는 것을 알게 되었다. 여러 날을 두고 그렇게 오랫동안 동네 사람들이며 친지들과 타협을 하려고 애써오던 그가 완전히 그들과 틀어지고 말았다. 적어도 표면적으로는 그 당시 그는 이 세상과 아주 절연된 듯싶었다. 그러더니 이윽고 야만인처럼 생활하기 시작했다. 다시는 그를 식당에서도 극장에서도, 그가 좋아했던 카페에서도 볼 수 없게 되었다. 그런데 그러면서도 그는 질병이 유행하기 전의 절제 있고 오붓한 생활로 되돌아갈 수 없는 성싶었다. 그는 자기 아파트 안에 완전히 틀어박혀 살았는데, 식사는 근처 식당에서 시켜다 먹곤 했다. 다만 저녁때면 숨어 다니듯이 외출을 해서, 필요한 물건들을 사 가지고는 가게에서 나와 사람 없는 거리로 뛰어 들어갔다. 타루가 그를 만났지만, 그에게서는 한두 마디 정도밖에 들을 수 없었다. 그러다가는 불현듯이 사교적이 되어 페스트에 관해서 수다를 떨고, 남의 의견에 장단을 맞추고, 저녁마다 상냥스럽게 군중 틈에 끼어서 휩쓸려 다니는 그를 볼 수 있었다.

현청의 발표가 있던 날, 코타르는 완전히 행방을 감추었다.

타루는 이틀 후에 거리를 헤매고 있는 그를 만났다. 코타르는 그에게 교외까지 같이 가달라고 부탁을 했다. 특별히 그날 낮에 피로했던 타루는 주저했다. 그러나 코타르는 마구 졸라댔다. 그는 몹시 흥분한 모양이어서 허둥지둥 몸짓을 해가며 큰 소리로 떠들어댔다.

그는 타루에게 현청의 발표대로 정말 페스트가 물러갔다고 생각하느냐고 물었다. 타루는 물론 행정적인 발표 그 자체가 재화를 멎게 하지는 못하지만, 그래도 불의의 경우를 제외하고는 질병이 끝나간다고 생각하는 것이 당연하다고 대답했다.

"그렇죠" 하고 코타르가 말했다. "불의의 경우를 제외하고는 그렇죠. 그런데 불의의 경우는 언제나 있는 법이죠."

타루는 그뿐 아니라 시문 개방까지 2주일간의 기간을 둠으로써 현에서도 어느 정도 불의의 경우에 대비하고 있다는 점을 일깨워주었다.

"참 잘했어요"라고 여전히 우울하고 흥분된 어조로 코타르가 말했다. "다 잘되어가는 일들이 헛수고로 그칠 것 같으니 말입니다."

타루는 그럴 수도 있다고 보지만, 역시 머지않아 시문이 열리면 정상적인 생활로의 복귀를 생각해두는 편이 나을 거라고 말했다.

"그건 그렇다고 칩시다" 하고 코타르가 말했다. "그러나 정상적인 생활로의 복귀란 무엇을 의미하는지요?"

"영화관에 새로운 필름이 들어오는 겁니다." 웃으면서 타루가 말했다.

그러나 코타르는 웃지 않았다. 그는 페스트가 그 도시에 아무 변화도 일으키지 않을지, 모든 것이 전과 같이 아무 일도 없었다는 듯 다시 시작될 수 있을지를 알고 싶어 했다. 타루는 페스트가 그 도시를 변화시킬 수도 있고 그렇지 않을 수도 있으며, 시민들의 가장 강한 욕망은 현재도 또 앞으로도 마치 아무 일도 없었던 것처럼 행동하는 것이라고 말했다. 따라서 어떤 의미에선 아무런 변화도 생기지 않을 테지만, 그러나 딴 의미에서는 비록 충분한 의지를 갖고 있더라도 모든 것을 잊을 수는 없으며, 페스트는 적어도 사람들의 마음

속에라도 그 흔적을 남길 것이라고 생각한다고 말했다. 그 키 작은 연금 생활자는 분명히 잘라 말하기를, 자기는 마음 따위에는 관심이 없으며 근심거리가 많아 그런 것에 신경을 쓸 수도 없다고 했다. 자기가 관심이 있는 것은 혹 조직 자체가 변화하지 않을지, 예를 들어서 모든 기관이 과거와 같이 기능을 발휘할 것인지 하는 문제라고 했다. 그래서 타루로서는 거기에 대해서는 아는 바 없다는 것을 인정하지 않을 수가 없었다. 그의 생각으로는 질병 기간 중에 엉망이 된 그러한 기관들이 다시 움직이려면 애로가 많을 텐데, 새로운 문제들이 수없이 생김으로써 적어도 종전의 기관들은 재편성이 필요해질 것이라고 말했다.

"아!" 하고 코타르가 말했다. "그렇겠군요. 사실 모두가 모든 일을 다시 시작해야겠죠."

그 두 산책객은 코타르의 집 앞에 다다랐다. 코타르는 신이 나서 낙관적인 생각을 하려고 애를 썼다. 그는 도시가 새로운 생활을 시작하기 위해서 과거를 청산하고 원점에서 다시 출발하는 모습을 상상하고 있었다.

"그럼요" 하고 타루가 말했다. "어쨌든 당신도 아마 형편이 좀 나아질 거예요. 어떤 의미에서는 새로운 생활이 시작되는 것이니까요."

그들은 문 앞까지 와서 악수를 했다.

"옳은 말씀이에요." 코타르는 점점 더 흥분해서 그렇게 말했다. "뭐든지 원점에서 출발한다는 것은 참 좋은 일이죠."

그런데 복도의 어둠 속에서 두 남자가 나타났다. 타루는 자기 곁에 있는 사람이 뭣 때문에 저 사내들이 왔는지 모르겠다고 말하는 것을 들을 겨를도 없었다. 사복 경찰처럼 보이는 그 사내들은 코타르에게 틀림없이 이름이 코타르냐고 물어보았다. 그러자 코타르는 일종의 무딘 고함을 지르면서 몸을 홱 돌려, 그 사내들이나 타루가 그야말로 몸 한번 까딱할 사이도 없이 어둠 속으로 사라져버렸다. 놀라움이 좀 가시자 타루는 그 두 남자에게 왜 그러느냐고 물어보았다. 그들은 공손하고 친절한 태도를 보이며 조사할 일이 있어서 그런다고 말하고, 태연스럽게 코타르가 간 방향으로 걸어갔다.

집에 돌아온 타루는 그 당시의 장면을 적어놓고는 곧(글씨가 그것을 증명하고 있었다) 자기의 피로감에 대해 기록했다. 그는 여기에 덧붙여 자기는 아직도 할 일이 많은데 이렇게 마음의 준비도 없이 지내는 것은 옳지 못하다고 적은 다음, 과연 마음의 준비가 되어 있는가를 자문하고 있었다. 끝으로 그는 인간이 비겁해지는 시각이 낮이거나 밤이거나 늘 한때 있게 마련이며, 자기가 두려워하는 것은 바로 그 시각이라고 적어놓았다. 그것으로 타루의 수첩은 끝나 있었다.

*

그 다음다음 날, 시의 문들이 열리기 며칠 전에 의사 리외는 기다리는 전보가 와 있지나 않을까 해서 정오에 집으로 돌아왔다. 그 무렵도 그의 하루하루는 역시 페스트가 맹위를 떨치던 때와 마찬가지로 고단했지만, 결정적인 해방의 기대가 그의 피로감을 쫓아버렸다. 이제 그는 분명한 희망을 갖고 있었고, 또 희망을 갖는 것을 즐기고 있었다. 항상 의지력을 긴장시키고 굳어서만 살 수는 없는 노릇이다. 투쟁을 위해서 묶어놓았던 힘을 피어나는 감정 속에서 하나하나 풀어간다는 것은 참으로 즐거운 일이다. 만약 고대하던 전보가 역시 반가운 것이라면 리외는 즐겁게 새 출발을 할 수 있을 것이다. 그는 모두가 새 출발을 해야 된다는 의견이었다. 그는 수위실 앞을 지나 갔다. 새로 온 수위가 유리창에 얼굴을 바짝 갖다 대고 그에게 웃어 주었다. 리외는 계단을 걸어 올라가면서 피로와 가난으로 파리해진 그의 얼굴을 머릿속에 그려보았다.

그렇다, 추상이 끝나는 대로 새 출발을 해야만 하리라. 그리고 재수가 조금 좋으면……. 그런데 마침 그때 그는 자기 방문을 열고 있었는데, 어머니가 그를 마중 나와서 타루 씨가 앓고 있다고 말했다. 그는 아침에 일어났으나 외출할 기력이 없어 이제 막 누웠다는 것이다. 리외 대부인은 불안해했다.

"아마 대단한 것은 아니겠죠" 하고 아들이 말했다.

타루는 다리를 쭉 뻗고 누워 있었다. 그의 머리는 베개 속에 푹 파묻혔고, 튼튼한 가슴이 두꺼운 이불 밑으로 드러나 보였다. 열이 있었고, 골치가 아파서 괴로워하고 있었다. 그는 리외에게 확실하진 않지만 페스트의 증세 같기도 하다고 말했다.

"아니, 아직 속단할 만큼 뚜렷한 증세는 없어요." 그를 진찰하고 나서 리외가 말했다.

그러나 타루는 갈증으로 괴로워했다. 복도에서 의사는 자기 어머니에게 아마도 페스트의 시초인 것 같다고 말했다.

"오!" 하고 어머니는 말했다. "그럴 리가 있냐, 지금 와서!"

그리고 곧이어 말했다.

"그냥 집에서 치료하자."

리외는 생각에 잠겨 있었다.

"저에게는 그럴 권리가 없어요"라고 그가 말했다. "그렇지만 시문도 곧 개방될 겁니다. 아마 이것이 처음으로 제가 저를 위해서 행사하는 권리일 거예요, 어머니만 안 계시다면요."

"베르나르," 하고 어머니는 말했다. "우리 둘 다 집에 있게 해주렴. 나는 예방주사를 맞은 지 얼마 되지 않았잖니."

의사는 타루도 예방주사는 맞았지만 아마 너무 피곤했기 때문에 마지막 혈청 주사를 빼먹었고, 또 몇 가지 주의 사항을 잊어버렸을 것이라고 말했다.

리외는 이미 자신의 진료실에 가 있었다. 그가 방으로 돌아왔을 때, 타루는 그가 커다란 혈청 앰풀을 들고 있는 것을 보았다.

"아, 역시 그렇군요" 하고 그가 말했다.

"아니요, 어쨌든 예방 삼아서 하는 거예요."

타루는 대답 대신에 말없이 팔을 내밀고, 자기 자신이 다른 환자들에게 놓아준 적 있는 그 기다란 주사를 맞았다.

"오늘 저녁에 결과를 봅시다" 하고 리외는 말하고, 타루를 정면으로 보았다.

"격리는 어떻게 되는 거죠, 리외?"

"페스트인지 아닌지도 확실치 않은걸요."

타루는 억지로 웃어 보였다.

"혈청 주사까지 놓아주면서 격리 지시를 안 내리시는 것은 처음 보는데요."

리외는 얼굴을 돌렸다.

"어머니와 내가 간호하겠어요. 여기가 더 나을 겁니다."

타루가 입을 다물었다. 앰풀을 정리하고 있던 의사는 그가 무슨 말을 하면 곧장 돌아서려고 기다리고 있었다. 마침내 그는 침대 쪽으로 걸어갔다. 환자는 그를 보고 있었다. 환자의 얼굴은 지쳐 있었으나, 잿빛 두 눈은 침착해 보였다. 리외가 그에게 웃어주었다.

"될 수 있으면 잠을 푹 자둬요. 곧 돌아올 테니."

의사가 문 앞까지 갔을 때 타루가 그를 불렀다. 그 소리에 그는 타루 쪽을 보았다.

그러나 타루는 무슨 말을 하려는지 망설이는 것 같았다.

"리외," 하고 마침내 그는 또박또박 말을 꺼냈다. "사실대로 말해 주세요. 그럴 필요가 있어요."

"당신 생각이 옳아요."

타루는 그 두툼한 얼굴을 일그러뜨리며 웃었다.

"감사합니다. 나는 죽고 싶지 않아요. 그러니 싸워보겠어요. 그러나 지는 판이면, 깨끗하게 최후를 장식하고 싶습니다."

리외는 머리를 숙이고 그의 어깨를 잡았다.

"아니요"라고 리외는 말했다. "성자가 되려면 살아야 하죠. 싸우십시오."

낮의 혹독했던 추위는 좀 누그러진 대신 오후에는 우박이 섞인 소나기가 억세게 쏟아졌다. 저녁때는 하늘이 좀 개는 듯하더니 추위가 뼛속까지 파고들었다. 리외는 어두워진 뒤에야 집에 돌아왔다. 그는 코트도 벗지 않고 친구의 방으로 들어갔다. 리외의 어머니는 뜨개질을 하고 있었다. 타루는 옴짝달싹도 하지 않은 모양이었다. 그러나 열 때문에 허옇게 된 그의 입술은 그가 지금도 계속 투쟁하고 있음을 증명하고 있었다.

"좀 어때요?" 하고 의사가 물었다.

타루는 침대 밖으로 그 두툼한 어깨를 약간 드러냈다.

"그런데……" 그는 말했다. "아무래도 내가 질 것 같아요."

의사는 그에게로 몸을 굽혔다. 끓는 듯이 뜨거운 피부 밑에서 림프샘들이 단단해져 있었고, 그의 가슴은 보이지 않는 대장간에서 들려오듯 온갖 소음을 내고 있었다. 타루는 이상하게도 두 가지 증세를 나타내고 있었다. 리외는 일어서면서 혈청이 아직 효험을 나타낼 겨를이 없었다고 말했다. 그러나 그의 목구멍 속에서 뜨거운 열이 솟아올라 타루가 하려고 애쓰는 몇 마디 말을 삼켜버렸다.

리외와 그의 어머니는 저녁을 먹고 나서 환자 곁에 와서 앉았다. 타루에게 밤은 싸움 속에서 시작되었고, 리외는 페스트와의 그 고달픈 투쟁이 새벽녘까지 계속되리라는 것을 알고 있었다. 타루의 건강한 두 어깨와 넓은 가슴은 그의 최선의 무기가 아니었다. 그보다는 차라리 아까 리외가 바늘 끝으로 뽑아낸 그 피, 그리고 그 핏속의 영혼보다도 더 심원한 그 무엇, 과학의 힘으로도 밝힐 수 없는 그것이야말로 최선의 무기였다. 그리고 그로서는 자기 친구가 싸우고 있는 것을 보고만 있어야 했다. 그가 해보려고 하는 일, 가령 화농을 촉진시킨다든가 강심제를 주사한다든가 하는 일은 몇 달을 두고 실패를 거듭했기 때문에 그 효과가 어느 정도인지 그는 알고 있었다. 사실상 그의 유일한 임무란 너무나도 흔하지만 결코 용이하지 않은 요행의 기회를 만들어주는 일뿐이었다. 그런데 그 요행이라는 것이 반드시 필요했다. 왜냐하면 리외는 자기를 당황하게 만드는 페스트와 맞서고 있었기 때문이다. 다시 한 번 페스트는 자신에게 대항해서 세워진 전략들을 곯리기 위해서 열중하고 있었다. 페스트는 전혀 예기치 않은 곳에 나타나는가 하면, 굳게 뿌리를 박았던 곳에서 홀연히 사라져버리기도 했다. 한 번 더 페스트는 사람들을 놀라게 하려고 열중하고 있었던 것이다.

타루는 꼼짝도 않고 투쟁하고 있었다. 밤새도록 단 한 번도 고통의 엄습에 동요하지 않고 다만 그 육중한 몸과 철저한 침묵으로 싸우고 있었다. 그는 단 한 번도 입을 열지 않았다. 말하자면 무언의 방법으로 더는 방심을 할 수 없다는 사실을 고백하고 있었던 것이다. 리외는 투쟁의 경과를 다만 친구의 눈에서밖에는 달리 더듬어 볼 길이 없었다. 떴다 감았다 하는 그 눈, 눈망울에 찰싹 달라붙는가 하면 반대로 축 늘어지곤 하는 눈꺼풀, 그 무언가를 막연히 바라보다가 리외와 그 어머니에게로 옮겨지는 시선 같은 것으로 말이다. 의사의 시선과 마주칠 때마다 타루는 몹시 애를 써서 웃곤 했다.

한번은 거리에서 급히 뛰어가는 소리가 들려왔다. 발소리는 마치 멀리서 들려오는 윙윙거리는 소리에 쫓기는 듯하더니, 그 윙윙거리는 소리는 차츰 가까워져 마침내 좍좍 뿌리는 소리가 거리에 가득 찼다. 또 비가 오기 시작했으며, 이내 우박이 섞여서 포장도로 위에 철써덕거렸다. 창문 앞에서 커다란 포장들이 물결치듯 휘날렸다. 방 안의 어둠 속에서 비에 잠시 정신이 팔렸던 리외는 머리맡 책상의 불빛에 비친 타루를 다시 살펴보았다. 리외의 어머니는 뜨개질을 하면서 때때로 고개를 들어 유심히 환자를 바라보았다. 의사는 이제 해볼 일은 다 해보았다. 비가 멎자 방 안의 침묵은 더욱 깊어가고, 눈에 보이지 않는 투쟁의 말 없는 소음만이 충만했다. 수면 부족으로 신경이 날카로워진 의사는 그 침묵의 한계선에서 질병이 유행하는 내내 그를 따라다녔던 부드럽게 색색거리는 소리가 들리는 듯한 착각에 빠졌다. 그는 어머니에게 눈짓을 해서 눕도록 권했다. 어머니는 고갯짓으로 싫다고 했다. 어머니는 눈을 빛내며 바늘 끝으로 뜨개의 코를 조심스럽게 헤아려보았다. 리외는 일어서서 환자에게 물을 먹이고, 다시 제자리에 돌아와서 앉았다.

행인들은 비가 뜸한 틈을 타서 급히 포장도로를 걸어가고 있었다. 이내 그들의 발소리가 줄어들더니 멀어져갔다. 의사는 처음으로 밤늦게까지 산책객들이 가득하고 구급차의 사이렌 소리가 안 들리는 그 밤이 지난날의 밤과 비슷하다는 것을 느꼈다. 그것은 페스트에서 해방된 밤이었다. 그리고 추위와 햇빛과 군중에게 쫓긴 질병이 시내의 어둡고 습기 찬 곳에서 빠져나와 그 따뜻한 방으로 숨어들어 타루의 맥없는 몸을 향해 최후의 맹공격을 가하려는 듯싶었다. 재화는 더는 이 도시의 하늘에 달라붙어 있지 않았다. 그것은 이제 방안의 무거운 공기 속에서 조용히 색색거리고 있었다. 리외가 몇 시간 전부터 듣고 있던 것이 바로 그 소리였다. 그는 그곳에서 페스트가 멎고, 그곳에서 페스트가 패배를 선언하기를 기다려야만 했다.

리외는 동이 트기 조금 전에 어머니에게 몸을 굽히고 말했다.

"8시에 저하고 교대하시게 어머님은 주무셔야죠. 주무시기 전에 소독을 하세요."

리외 대부인은 일어나서 뜨갯감을 챙기고 침대 쪽으로 갔다. 타루는 벌써 얼마 전부터 눈을 감고 있었다. 그 단단한 이마 위에는 머리칼이 땀으로 엉겨붙어 있었다. 부인이 한숨을 쉬었다. 그랬더니 환자가 눈을 떴다. 부드러운 얼굴이 자기를 굽어보고 있는 것을 보자, 끓어오르는 열에 시달리는 중에도 악착같은 웃음이 다시 그 얼굴에 떠올랐다. 그러나 눈은 이내 감기고 말았다. 리외는 혼자 남게 되자 방금까지 어머니가 앉았던 안락의자에 가서 앉았다. 거리는 그야말로 쥐 죽은 듯 고요했다. 아침의 싸늘한 기운이 방 안에 감돌기 시작했다.

의사는 깜박 잠이 들었다. 그러나 새벽의 첫차 소리가 그를 잠에서 끌어내었다. 그는 진저리를 치고, 타루를 보았다. 병세가 좀 가라앉아서 환자도 잠들어 있었다. 나무와 쇠로 된 마차의 바퀴 소리가 아직 멀리서 들려오고 있었다. 창문에는 여전히 밤의 어둠이 남아 있었다. 타루는 의사가 침대 가까이 갔을 때 아직 잠이 덜 깬 듯한 무표정한 눈으로 그를 바라보았다.

"잠이 들었었죠, 그렇죠?" 하고 리외가 물었다.

"네, 좀 잔 것 같아요."

"숨쉬기는 좀 편해졌어요?"

"네, 좀. 그게 무슨 의미가 있나요?"

리외는 입을 다물었다. 그러고는 잠시 후에 말했다.

"아뇨, 타루, 물론 아무 의미도 없죠. 병세의 진전에 대해 나만큼이나 잘 알고 계시잖아요."

타루가 고개를 끄덕거렸다.

"고맙습니다"라고 그는 말했다. "그래도 정확히 말해주세요."

리외는 침대 발치에 걸터앉았다. 그는 바로 곁에서 이미 죽은 사람처럼 딱딱해진 환자의 긴 다리를 느낄 수 있었다. 타루의 숨소리는 더 높아졌다.

"열이 또 나는 모양이에요. 그렇죠, 리외?" 그는 숨 가쁜 목소리로 말했다.

"네. 그러나 정오가 되면 결말이 나겠죠."

타루는 눈을 감았다. 자신의 힘을 가다듬는 듯싶었다. 그의 얼굴에 피로의 빛이 역력했다. 그의 몸 깊숙한 어느 곳에서 이미 꿈틀거리기 시작한 열이 어서 온몸에 퍼지기를 그는 기다리고 있었다. 그가 눈을 떴을 때 그의 시선은 흐리멍덩했다. 자기 곁에 구부리고 서 있는 리외를 보고서야 겨우 눈에 생기가 돌았다.

"물을 마셔요"라고 리외는 말했다.

그는 물을 마시고 고개를 축 늘어뜨렸다.

"지루하군요" 하고 그가 말했다.

리외가 그의 팔을 잡았다. 그러나 타루는 시선을 돌리고 더는 반응을 나타내지 않았다. 그러자 갑자기 내부에 있는 둑이 무너지기라도 한 듯 그의 이마에까지 열기가 벌겋게 퍼지기 시작했다. 타루의 시선이 의사에게로 돌아왔을 때 의사는 긴장된 얼굴로 그에게 용기를 북돋아주었다. 타루는 또 웃어 보이려고 노력했으나, 웃음은 굳어진 턱과 뿌연 거품으로 뒤덮인 입술 사이로 사라지고 말았다. 그러나 그 굳어진 얼굴에서도 두 눈만은 온통 용기의 광채로 여전히 빛나고 있었다.

리외 대부인이 7시에 방 안에 들어왔다. 의사는 자기 사무실로 가서 병원에 전화를 걸고 자기의 대리 근무자를 부탁했다. 그는 또 자기의 진료를 연기하기로 하고 자기 진찰실의 긴 의자 위에 잠시 드러누웠다. 그러나 이내 그는 일어나서 그 방으로 돌아왔다. 타루는 리외 대부인 쪽으로 고개를 돌리고 있었다. 그는 의자에 앉아서 두 손을 무릎에 얹고 있는 그 조그마한 그림자를 보고 있었다. 그가 하도 강렬하게 바라보고 있었기에 부인은 그의 뜻을 알아채고는 일어나서 머리맡 전등을 껐다. 그러나 커튼 뒤에서 햇살이 강하게 스며들기 시작하면서 잠시 후에 환자의 얼굴 모습이 어둠 속에서 떠올랐을 때, 부인은 환자가 여전히 자기를 바라보고 있는 것을 볼 수 있었다. 그녀는 그에게로 몸을 굽혀서 베개를 고쳐주고, 일어나서 축축하게 젖은 곱슬거리는 머리칼 위에 잠시 손을 얹었다. 그때 부인은 멀리서 들려오는 목소리가 자기에게 고맙다고 하면서, 이제 모든 것은 잘됐다고 하는 말을 들었다. 다시 그녀가 앉았을 때 타루는 눈을 감고 있었다. 입술을 굳게 다물고 있으면서도 그 기진맥진한 얼굴은 다소 웃음을 띤 것처럼 보였다.

정오가 되자 열은 절정에 달했다. 일종의 내장성 기침이 환자의 몸을 뒤흔들어, 환자는 마침내 피를 토하기 시작했다. 림프샘은 더는 부어오르지 않았다. 여전히 관절의 오금마다 나사처럼 박혀서,

리외는 절제 수술이 불가능하다고 단정했다. 타루는 열과 기침이 거듭되는 동안에도 간간이 자기의 벗들을 여전히 바라보았다. 그러나 마침내 그 눈길도 드문드문해졌다. 그리고 햇빛 속에 드러난 엉망이 된 그의 얼굴은 그때마다 더욱더 창백해졌다. 심한 경련으로 그 몸을 뒤흔들어놓은 폭풍은 그 불꽃이 점점 사그라들고, 타루는 그 폭풍 속으로 서서히 표류해가고 있었다. 리외 앞에는 이미 웃음을 잃은, 무기력한 하나의 마스크밖에는 없었다. 그에게 그토록 친근했던 그 인간의 모습이 지금 창끝에 찔리고 초인간적인 악으로 불살라져, 하늘이 내리는 증오에 찬 온갖 저주에 시달리며 자기 눈앞에서 페스트의 검은 물결 속으로 빠져들고 있었지만, 그로서는 어떻게 할 도리가 없었다. 그는 다시 한 번 빈손과 뒤틀리는 마음으로 무기도 처방도 없이 강가에 머물러 있어야만 했다. 그리고 마침내는 자신의 무력함을 한탄하는 눈물이 앞을 가려, 리외는 타루가 갑자기 벽 쪽으로 돌아누워서 마치 몸 한구석에서 가장 긴요한 어떤 줄 하나가 끊어지기나 한 것처럼 공허한 비명을 울리며 숨을 모으는 것조차 보지 못했다.

그 후의 밤은 투쟁이 아니라 침묵의 밤이었다. 세계에서 단절된 그 방에서 이제는 옷을 얌전히 입은 시체 위로, 리외는 벌써 여러 날 전에 페스트를 내려다보던 테라스 위에서 시문 습격에 뒤이어 생겼던 그 정적이 떠도는 것을 느꼈다. 그는 그때도 이미 죽게 내버려 두고 온 사람들의 침대에서 감돌던 그 침묵을 생각했었다. 그것은 어디서나 똑같은 쉼표였으며, 똑같이 장엄한 음정이었고, 전투가 끝난 뒤에 언제나 찾아오는 똑같은 진정 상태였다. 그것은 패배의 침묵이었다. 그러나 지금 자기 친구를 둘러싸고 있는 침묵으로 말하면 하도 진하고 페스트에서 해방된 거리의 침묵과 너무나도 긴밀하게 일치하고 있었기 때문에, 리외는 이번에야말로 정말 결정적인 패배, 전쟁을 종식시키고 평화 그 자체를 돌이킬 수 없는 고통으로 만드는 패배라는 것을 절실히 느끼고 있었다. 의사로서는 결국 타루가 평화를 되찾았는지 어땠는지는 알 수 없었다. 그러나 적어도 그때 그는 자기 자신에게는 결코 평화의 가능성이 없다는 것, 또 아들을 빼앗긴 어머니라든지 친구의 시체를 묻어본 적이 있는 사람에게는 휴전이라는 것이 없다는 것을 알게 되었다.

밖은 여전히 추운 밤이었고, 맑고 차가운 하늘에는 별들이 꽁꽁 얼어붙어 있었다. 어둠침침한 방에서도 유리창을 얼리는 추위와 북극의 밤에서 불어오는 매서운 바람을 느낄 수 있었다. 침대 곁에는 리외 대부인이 낯익은 자세로 오른쪽 머리맡의 전등 불빛을 받으면서 앉아 있었다. 리외는 불빛에서 멀리 떨어져 방 한가운데 놓인 안락의자에 앉아서 기다리고 있었다. 아내 생각이 떠올랐지만, 그럴 때마다 그는 그 생각을 뿌리치곤 했다. 저녁이 되자 지나다니는 사람들의 발소리가 추운 밤공기를 타고 들려왔다.

"할 일은 다 마쳤니?"라고 어머니가 말했다.

"네, 전화를 걸었어요."

그래서 두 사람은 다시 침묵의 밤샘을 시작했다. 리외 대부인은 이따금 자기 아들을 바라보았다. 어머니의 시선과 마주치면 그는 웃어 보였다. 밤의 정다운 소음이 거리에서 거듭 들려오고 있었다. 비록 허가는 아직 나지 않았지만 많은 차량들이 다시 운행되고 있었다. 차들은 빠른 속력으로 포장도로를 훑고 사라졌다가 다시 나타나곤 했다. 소리를 내어 부르는 소리, 다시 돌아온 침묵, 말굽 소리, 커브를 도는 두 대의 전차가 삐걱거리는 소리, 분명치는 않지만 웅성대는 소리, 그리고 다시 밤의 숨소리.

"베르나르."

"네?"

"고단하지 않니?"

"아뇨."

그때 그는 어머니가 무슨 생각을 하고 있는지 알았고, 또 자기를 사랑하고 있다는 것을 느꼈다. 한편 한 인간을 사랑한다는 것은 대수로운 일이 아님을, 적어도 사랑이라는 것이 그 자체의 표현을 발견할 만큼 충분히 강력한 것이 못 된다는 것을 그는 알고 있었다. 그래서 그의 어머니와 그는 언제나 침묵 속에서 서로를 사랑할 것이다. 그리고 어머니는―혹은 그는―일생 동안 자기네들의 애정을 고백하지도 못한 채 죽을 것이다. 마찬가지로 그는 타루와 다정하게 지내왔는데도 그날 저녁에 자신들의 우정을 정말 우정답게 표현도 못한 채 타루는 죽어갔던 것이다. 타루는 자기 말마따나 내기에 졌던 것이다. 그러나 리외 자신도 이긴 것이 무엇이었던가? 단지 페스트를 함께 겪고 그것에 대한 추억을 가졌다는 것, 우정을 알게 되었으며 언젠가는 그 추억이 되살아나리라는 것만이 그가 승리한 점이었다. 인간이 페스트나 그 외의 인생의 노름에서 얻을 수 있는 것이라고는 그것에 관한 체험과 추억뿐이다. 타루도 아마 그런 생각에서 내기에 이기는 것이라고 말했던 모양이다.

또다시 자동차가 한 대 지나갔고, 리외 대부인은 의자 위에서 약간 움직였다. 리외가 어머니를 보고 웃었다. 그녀는 아들에게 자기는 피곤하지 않다고 말했다. 그러고는 말을 이었다.

"너, 산으로 휴양 좀 가야겠구나. 거기로 말이다."

"그래야 할까 봐요, 어머니."

그렇지, 그는 휴양을 갈 예정이었다. 가고말고. 그곳에서 여기의 모든 일은 추억이 될 것이다. 그러나 내기에 이긴다는 것이 결국 이런 것을 두고 하는 말이라면, 단지 자기가 알고 있는 것, 추억할 만한 것만 품고 희망하는 것은 다 잃어야 되니, 그 얼마나 괴로운 일이랴. 타루는 아마 그렇게 살아왔던 모양이라 희망 없는 생활이란 얼마나 메마른 생활인가를 잘 알고 있었던 것 같다. 희망 없이 마음의 평화는 있을 수 없는 법이다. 그런데 누구라도 단죄할 권리를 인정하지 않았던 타루, 그러면서도 누구나 단죄 행위를 면치 못하며, 심지어는 희생자가 때로는 사형 집행인 노릇을 하게 됨을 알고 있던 타루는 분열과 모순 속에서 살아왔으며, 희망이라곤 전혀 알지 못했던 것이다. 그래서 성덕을 추구하고, 인간에 대한 봉사에서 마음의 평화를 찾았던 것일까? 사실 리외는 아무것도 몰랐고, 그런 것은 아무래도 좋았다. 자기가 앞으로 간직할 타루의 이미지는 자동차의 핸들을 굳게 잡고 운전하고 있는 한 남자의 모습이거나, 이제는 꼼짝도 않고 뻗어 있는 그 육중한 육체의 모습이리라. 삶의 체온과 죽음의 이미지, 그것이 바로 체험이었던 것이다.

그다음 날 아침, 의사 리외가 담담한 심정으로 자기 아내의 부고를 받은 것도 아마 그런 이유에서였으리라. 그는 자기 진료실에 있었다. 그의 어머니가 뛰다시피 들어와 그에게 전보 한 장을 건네주고는 배달부에게 팁을 주려고 도로 나갔다. 어머니가 돌아왔을 때 아들은 전보를 펼쳐 들고 있었다. 어머니는 그를 보았다. 그러나 그는 창 너머로 항구 위에 밝아오는 웅장한 아침 경치를 뚫어지게 보고 있었다.

"베르나르!" 하고 어머니가 말했다.

의사는 물끄러미 어머니를 바라보았다.

"무슨 전보냐?" 하고 어머니가 물었다.

"결국 그렇게 됐군요." 의사는 솔직히 털어놓았다. "일주일 전이었어요."

리외 대부인은 창으로 얼굴을 돌렸다. 의사는 아무 말도 없었다. 그리고 그는 자기 어머니에게 울지 말라고 하고, 각오는 하고 있었지만 그래도 몹시 가슴 아프다고 말했다. 그런 말을 하면서도 자신의 고통이 새삼스러운 것은 아니라는 것을 그는 알고 있었다. 몇 달 전부터, 더욱이 이틀 전부터 계속되어온 똑같은 괴로움이었다.

*

시의 문들은 2월 어느 아름다운 날 아침에 시민들과 라디오와 현청 발표문의 축복을 받으면서 마침내 열렸다. 그러므로 필자에게 남은 일은 시의 문이 개방되던 기쁨의 순간을 기록하는 것이다. 사실 필자 자신은 거기에 완전히 동화될 자유가 없었던 사람들 가운데 하나이긴 하지만 말이다.

밤낮으로 성대한 축하 행사가 마련되었다. 동시에 기차는 역에서 연기를 뿜기 시작했고, 머나먼 바다에서 항해해온 배들은 어느새 도시의 부두로 뱃머리를 돌렸으며, 제각기 나름대로 그날이 이별을 애달파하던 모든 사람의 역사적인 재회의 날이라는 것을 상징하고 있었다.

여기서 우리 시민들 가운데 수많은 사람들에게 만성이 되어버린 이별의 감정이 어떻게 변했는가는 쉽게 상상할 수 있을 것이다. 낮 동안에 우리 시에 들어온 열차도 시에서 나간 열차들에 못지않게 많은 승객을 싣고 있었다. 모두 2주일간의 유예 기간 중에 그날을 위해서 좌석을 예약해놓고는 마지막 순간에 가서 현청의 결정이 변경

되지나 않을까 겁을 먹고 있었던 것이다. 시로 들어오는 여객들 중에는 그러한 불안을 완전히 버리지 못한 사람도 있었다. 왜냐하면 그들은 대개가 가까운 사람들의 소식은 알고 있었지만 다른 사람들이나 시 자체가 어떻게 되었는가는 전혀 몰랐고, 시는 아마도 처참해졌으리라고 상상하고 있었던 것이다. 그러나 그것은 그 기간의 고통 중에 정열이 모두 불타버리지 않은 사람들의 경우에나 적용되는 이야기였다.

정열에 불타고 있던 사람들은 사실 고정관념에 사로잡혀 있었다. 그들에게는 단 한 가지만 변해 있었던 것이다. 즉 귀양살이의 몇 달 동안 될 수 있으면 밀어내서라도 재촉해보고 싶었던 그 시간, 이미 그들의 눈에 시가 보이기 시작했던 그 순간에도 역시 서둘러가며 열중했던 그 시간이 기차가 멈추기 위해 브레이크를 걸기 시작하자 이번에는 반대로 속도를 늦추고 그대로 머물러주기를 원했다. 그들의 사랑에 있어서 잃어버린 그 여러 달 동안의 막연하면서도 격렬한 감정이 기쁨의 시간은 기다리는 시간보다 곱절은 더디게 흘러가야 한다는 일종의 보상을 막연하게나마 요구하게 했던 것이다. 그리고 랑베르의 아내는 벌써 몇 주일 전부터 소식을 듣고 필요한 절차를 밟아 오늘 이 도시에 도착하는데, 그러한 랑베르처럼 방 안에서나 플랫폼에서 기다리는 사람들도 똑같은 초조감과 똑같은 혼란에 빠져 있었다. 왜냐하면 페스트가 몇 달 동안이나 계속됨으로써 추상화되었던 사랑이나 상냥함이 한때 그것의 의지가 되어준 육체적인 존재와 대립하는 장면을, 랑베르처럼 가슴을 떨며 기다리고 있었기 때문이다.

그는 페스트가 번지던 초기의 자기 자신, 단숨에 시를 탈출해서 사랑하는 그녀를 만나러 날아가려 했던 자신으로 돌아가고 싶었을

지도 모른다. 그러나 그것이 불가능하다는 것을 그도 알고 있었다. 그는 변했다. 페스트는 그의 마음속에 방심이라는 것을 불어넣었던 것이다. 그는 전력을 다해서 그 방심을 부정하려 했지만, 그것은 마치 무딘 근심과도 같이 그의 마음속에 계속 살아남았다. 어떤 의미에서는 페스트가 너무나 별안간에 끝난 것 같은 생각이 들어서 그는 얼떨떨했다. 행복은 전속력으로 다가오고 있었다. 일들은 기대보다 더 빨리 진행되고 있었다. 랑베르는 모든 일이 일순간에 복구될 것이고, 기쁨은 즐겨볼 겨를도 없는 일종의 불길 같은 것이라는 사실을 알고 있었다.

　게다가 모든 사람은 정도의 차이가 있긴 해도 결국 랑베르와 비슷한 생각을 가지고 있었으며, 그 모든 사람에 대해서 이야기하지 않을 수가 없다. 제각기 각자의 개인 생활을 다시 시작하고 있는 그 플랫폼에서도 그들은 아직 자기들의 공통성을 느끼면서 서로 눈짓과 웃음을 주고받았다. 그러나 기차 연기를 보자마자 그들 귀양살이의 감정은 극도의 혼란과 대단한 기쁨에 가려 갑자기 꺼져버렸다. 기차가 멈춰 섰을 때 서로의 팔이 이제는 그 모습조차 아물아물해진 몸과 몸 위로 희색만면해서 탐욕스럽게 휘감기는 순간, 대개는 같은 플랫폼에서 시작된 그 무한히 길었던 이별이 순식간에 종말을 고했다. 랑베르가 그 생생한 모습이 자기에게로 달려오는 것을 볼 겨를도 없이, 그녀는 벌써 그의 품 안에 뛰어들어 있었다. 그래서 덥석 껴안은 채 그 정다운 머리털밖에는 안 보이는 그 머리를 꼭 껴안고 현재의 행복에서 오는 것인지, 아니면 너무도 오랫동안 억눌려 있던 고통에서 오는 것인지 알 수 없는 눈물을 줄줄 흘리면서, 그 눈물 덕분에 지금 자기의 어깨에 파묻혀 있는 그 얼굴이 과연 자기가 그렇게 꿈에도 잊지 못하던 얼굴인지, 아니면 전혀 알지 못하는 타인의 얼굴인지를 확인해볼 수는 없다는 데 적이 안심하고 있었다. 좀 있으면 자기의 의심이 참인지를 알게 될 것이다. 당장에는 그도 자기 주위의 사람들처럼, 페스트가 오든지 가든지 사람의 마음은 조금도 변할 길이 없다고 믿고 싶었다.

그들은 모두 서로를 꼭 껴안고 그 밖의 세계와는 전혀 관계가 없다는 듯이 겉으로는 페스트에 승리한 듯한 얼굴로 모든 비참함을 잊어버린 채 돌아갔다. 그리고 역시 같은 기차를 타고 왔지만 아무도 마중 나온 사람이 없어서 그동안의 무소식이 그들 마음속에 빚어놓은 근심의 확증을 집에 가서 찾아야만 하는 그런 사람들을 잊어버린 채 집으로 돌아갔다. 그 잊힌 사람들, 이제 동반자라고는 아주 새로운 고통밖에는 없게 된 사람들, 또 그 순간 사라져간 사람의 추억에 골몰하고 있는 사람들의 경우에는 사정이 전혀 달라서 이별의 슬픔은 절정에 달했다. 이름도 없는 구덩이에 허망하게 묻혀버리거나 불속에서 녹아 없어진 사람과 더불어 모든 기쁨을 잃어버린 어머니, 배우자, 연인들에게 페스트는 여전히 계속되고 있었다.

그러나 누가 그 외로운 사람들을 생각해주겠는가? 정오가 되자 태양은 아침부터 대기 속에서 싸우고 있던 찬바람을 정복하고, 끊임없이 강렬한 햇볕의 물결을 온 시가에 퍼부었다. 낮은 정지되어 있었다. 언덕 꼭대기에 있는 요새의 대포들은 움직이지 않는 하늘에 끊임없이 포성을 울리고 있었다. 도시 전체가 밖으로 나와 고통의 시간은 종말을 고했지만 망각의 시간은 아직 시작도 되지 않은 그 벅찬 순간을 축복하고 있었다.

사람들은 광장마다 모여서 춤을 추고 있었다. 지체 없이 교통량은 현저하게 증가되어 자동차들은 사람들이 밀려든 거리거리를 간신히 통과했다. 시내의 모든 종이 오후 내내 힘껏 울렸다. 종들은 푸르른 황금빛의 하늘을 그들의 진동으로 가득 채워놓았다. 사실 교회에서는 감사 기도를 올리고 있었다. 그러나 동시에 오락 장소마다 터질 듯한 성황을 이루었으며, 카페들은 앞으로의 걱정도 없어져서 마지막 남은 술을 다 털어 내놓았다. 그 카페들의 카운터 앞에는 한결같이 흥분한 사람들의 물결이 밀려들고 있었다. 그리고 그들 중에는 구경거리가 되는 것도 두려워하지 않고 부둥켜안고 있는 연인들도 있었다. 모두가 소리치거나 웃고 있었다. 저마다 자기의 영혼을 위축시키며 살았던 지난 몇 달 동안 축적되어온 생명감을, 마치 그날이 자기들의 생존 기념일인 양 즐기고 있었다. 이튿날이 되면 다시금 본래의 생활이 그 자체의 조심성을 가지고 시작될 것이었다. 그러나 그날 그 순간에는 근본이 서로 다른 사람들끼리 서로 팔꿈치를 비벼대면서 친교를 맺고 있었다. 죽음 앞에서도 사실상 실현되지 못했던 평등이 해방의 기쁨 속에서 적어도 몇 시간 동안은 실현되고 있었다.

그러나 그 평범한 행복감이 모든 것을 말해주지는 않았고, 저녁 무렵에 랑베르와 어깨를 나란히 하고 거리거리를 쏘다니던 사람들 중에는 속으로 더 아기자기한 행복을 감춘 채 침착한 태도를 잃지 않는 사람들도 흔히 있었다. 실제로 수많은 연인들과 수많은 가족들이 겉으로는 그저 평화스러운 산책객으로밖에는 안 보였다. 사실 그들 대부분은 고통을 겪었던 이곳저곳을 찾아 미묘한 순례를 하고 있었다. 새로 온 사람들에게 페스트의 역력한 또는 숨어 있는 흔적, 그 역사의 발자취를 보여주기 위해서였다. 어떤 사람들은 안내자 역할을 하며 많은 일을 목격한 사람, 페스트와 함께 지낸 사람의 역할을 하는 데 만족했고, 아무런 공포심도 일으키지 않은 채로 즐겁게 이야기를 했다. 그러한 즐거움이 비난거리는 아니었다. 그러나 어떤 사람들에게 그것은 더 소름이 끼치는 코스였는데, 어떤 애인은 추억의 달콤한 불안에 빠져서 동반자에게 이렇게 말했다. "바로 여기였어. 당신이 보고 싶었는데 당신은 없었지." 그 열정의 편력자들은 곧 알아볼 수 있었다. 그들은 그 소요 속을 거닐면서 그 가운데서 속삭임과 비밀 이야기의 작은 섬을 이루고 있었다. 네거리의 오케스트라보다도 정말 해방을 알리는 것은 바로 그들이었다. 말도 없이 서로 꼭 껴안은 채 황홀한 얼굴로 걸어가는 그들에게서 우리는 정말로 페스트는 끝나고 행복이 돌아왔으며, 공포의 시기는 이미 지나갔다는 것을 확인할 수 있었다. 그들은 우리가 한때는 경험했던 저 얼빠진 세계, 사람 하나 죽이는 일쯤은 파리 한 마리의 죽음 정도로 여겼던 그 무지한 세계, 저 뚜렷이 규정받은 야만성, 온갖 미치광이 짓, 현재의 일이 아닌 모든 것에 대해 가졌던 무시무시한 자유의 감금 상태, 제풀에 죽어 넘어지지 않는 모든 자를 아연실색하게 하던 저 죽음의 냄새 등을 침착하게 부정하고 있었다. 그리고 그들은 마침내 매일매일 어떤 사람들은 화장터의 아궁이에 켜켜이 쌓여서 이글거리는 연기가 되어서 증발해버리고, 한편 나머지 사람들은 무력함과 공포의 쇠사슬에 묶여 자기 차례를 기다리던 그 어리벙벙한 민중이었다는 것을 부정하고 있었다.

어쨌든 그것이 그날 오후가 다 지날 무렵 교외 쪽으로 가보려고 교회당의 종소리와 음악 소리와 귀가 먹먹해질 정도의 아우성 속을 혼자 걸어가고 있던 리외의 눈에 띈 광경이었다. 그의 임무는 아직도 계속되고 있었다. 환자에게는 휴가라는 것이 없으니 말이다. 도시 위로 내리쬐는 화창한 햇볕 속에서 옛날과 다름없이 고기 굽는 냄새와 아니스 주의 냄새가 피어오르고 있었다. 그의 주위에서는 즐거운 얼굴들이 하늘을 우러러보았다. 남자들과 여자들이 서로서로 불타는 듯이 화끈 달아오른 얼굴을 하고, 욕정의 모든 흥분과 긴장에 떨면서 부둥켜안고 있었다. 그렇다, 이제 페스트는 공포와 더불어 끝났으며, 그처럼 껴안은 팔들은 사실상 페스트가 귀양살이와 이별의 동의어였음을 말해주었다.

리외는 처음으로 몇 달을 두고 행인들의 얼굴에서 엿볼 수 있었던 그 가족적인 분위기에 이름을 붙일 수가 있었다. 이제 그는 주위를 둘러보는 것만으로 족했다. 비참함과 곤궁을 겪으면서 페스트의 종말에 다다라 그 모든 사람은 그들이 이미 오래전부터 해온 역할, 망명객으로서의 역할을 처음에는 그 얼굴에, 이제는 그 복장에 저마다 두르게끔 되었던 것이다. 그들은 페스트가 시문을 폐쇄시킨 그 순간부터 오직 이별의 상태에서 살아왔으며, 모든 것을 잊게 해주는 인간적인 체온으로부터 저지를 당하고 있었던 것이다. 정도는 다르나마 도시의 구석구석에서 이들 남녀들은 모든 사람에게 있어서 성질이 다르고, 그러면서도 모든 사람에게 있어서 한결같이 불가능한 결합을 열망하고 있었다. 그들의 대부분은 곁에 있지 않은 사람을 향해서 뜨거운 체온과 애정을, 혹은 습관을 전력을 다해서 외치고 있었다. 어떤 사람들은 흔히 자기도 모르는 사이에 사람들과의 우정이 끊어진 상태에 살고 있음을, 편지라든지 기차라든지 배라든지 하는 어떤 수단을 통해서 남들과 어울릴 처지도 못 된다는 사실을 괴롭게 여기고 있었다. 그 밖의 얼마 안 되는 몇몇 사람들, 가령 타루 같은 사람들은 뭐라고 뚜렷하게 정의를 내릴 수는 없지만 그들에게 정말로 바람직한 선으로 보이는 그 무엇과의 결합을 간절히 바라고 있었다. 그리고 달리 부를 말을 찾지 못해 그들은 그것을 평화라고 부르기도 했다.

리외는 계속해서 걸어갔다. 그가 앞으로 감에 따라 군중의 수가 점점 많아지고 소란은 더 심해지는 바람에 그가 가고자 하는 교외가 자꾸 그만큼씩 뒷걸음을 치는 것 같았다. 그도 차츰차츰 그 소란스러운 커다란 집단 속으로 용해되어 적어도 그중 일부는 자기 자신의 고함 소리인 양 더 잘 이해되기도 했다. 그렇다, 모든 사람이 육체적으로나 정신적으로나 하나같이 괴로운 휴가, 도리 없는 귀양살이, 영원히 면할 수 없는 갈증에 다 같이 고생을 했던 것이다. 그 산더미처럼 쌓인 시체들, 구급차의 사이렌 소리, 흔히 운명이라고 불려온 경고, 악착같이 발버둥을 치던 공포에 대한 반항, 이러한 모든 것 틈에서도 하나의 거대한 기운이 결코 그치지 않고 뛰어다녔고, 그것이 공포에 휩싸여 있는 사람들에게 경고를 내려 그들의 진정한 조국을 다시 찾아야 한다고 말해주고 있었던 것이다. 그들 모두에게 있어 진정한 조국은 그 질식해 있는 시가의 담 저 너머에 있었다. 언덕들 위의 그 향기로운 덤불과 바다, 자유로운 나라와 따뜻한 사랑의 무게 속에 있었다. 그리고 그들은 그 조국을 향해서, 그 행복을 향해서 돌아가려고 했으며 그 밖의 모든 것에 대해서는 등을 돌리고 싶어 했다.

리외는 그 귀양살이와 그 결합에 대한 욕구 속에 내포되어 있을 수 있는 그 의의를 전혀 몰랐다. 그는 사방에서 밀리고 말을 걸어오는 틈에서 여전히 걸음을 옮겨 차츰차츰 덜 복잡한 거리에 다다랐으며, 그런 것들이 의의가 있다거나 없다거나 하는 것은 과히 중요한 일이 못 되며 차라리 사람들의 희망이 과연 어떠한 대답을 얻게 되었는지에 대해 알아볼 필요가 있다고 생각했다.

그는 이제부터 어떠한 대답이 나올지 알고 있었으며, 그가 거의 인기척도 없는 교외의 입구에 들어섰을 때 더욱 뚜렷이 그것을 알 수 있었다. 자기 자신이라는 보잘것없는 존재에 집착해서, 다만 사랑의 보금자리로 돌아가기만을 바라던 사람들은 간혹 그 보람을 찾았다. 물론 그중 몇몇은 기다리던 사람을 빼앗기고 쓸쓸하게 시가를 쏘다니고 있었다. 그러나 그들조차도 이중 이별을 당하지 않게 된 것을 그나마 다행으로 여겨야 될 형편이었다. 가령 어떤 사람들은 그 질병이 퍼지기 이전에 사랑을 이룩해놓지 못한 채, 원수로 지내는 애인들 사이를 마침내는 물샐틈없게 만들려는 어려운 결합을 벌써 몇 해를 두고 맹목적으로 추구해왔던 것이다. 그런 사람들은 리외 자신과 마찬가지로 경솔하게도 시간을 믿었다. 하지만 그들은 영원히 헤어져야만 했다. 그러나 의사가 바로 그날 아침에 헤어질 때 "용기를 내시오. 지금이야말로 정신을 바짝 차려야 할 때지요"라고 말해주었던 랑베르 같은 사람들은 잃어버렸다고 단정했던 사람을 망설임 없이 다시 찾았던 것이다. 그로써 그들은 적어도 당분간은 행복할 것이다. 이제 그들은 인간이 언제나 욕구를 느끼며 또 가끔씩 손에 넣을 수 있는 것이 있다면, 그것은 바로 인간에 대한 애정이라는 것을 알게 되었다.

반대로 인간을 초월하여 자기로서는 상상조차도 할 수 없는 그 무엇을 지향하고 있던 사람들은 결국 어떤 대답도 얻지 못했다. 타루는 그가 말하던 이른바 마음의 평화라는 것에 도달한 듯싶었지만, 그는 그것을 죽음 속에서, 이미 그것이 그에게는 아무 소용도 없어지고 만 때에야 겨우 발견했던 것이다. 반대로 다른 사람들, 즉 집집의 문턱에서 기울어가는 햇볕을 쬐며 서로를 힘껏 껴안은 채 정신없이 서로 들여다보고 있는 사람들이 그들의 바라던 바를 손에 넣었다면, 그것은 그들이 자기 힘으로 얻을 수 있는 것만을 요구했기 때문이었다. 리외는 그랑과 코타르가 사는 거리로 접어들면서 가끔씩은 기쁨이라는 게 찾아와서 인간과 인간의 무서운 사랑만으로 만족을 느끼는 사람들에게 보람을 주는 것은 정당한 일이라고 생각했다.

*

이 기록도 끝이 가까워졌다. 베르나르 리외는 자기가 이 기록의
필자라는 것을 고백해야 한다. 그러나 이 기록의 마지막 사건을 서
술하기 전에 그는 적어도 자기의 당돌한 행동을 변명하고, 또 그가
객관적인 증인의 어조를 취하려고 애썼다는 것을 알리고 싶으리라.
페스트가 설치는 동안 내내 그는 직책상 우리 시민의 대부분을 만나
봤고, 따라서 그들의 감정을 수집할 수 있는 처지에 있었다. 그야말
로 자기가 보고 들은 바를 보고하기에는 적절한 상황에 있었던 것이
다. 그러나 그는 되도록 그것을 신중한 태도로 하려고 들었다. 그는
대체로 어디까지나 자기가 본 것 이상의 일들은 보고하지 않도록,
그리고 페스트와 함께 지내온 사람에게 결국은 뿌리박지 못한 사상
은 그들에게 부여하지 않도록, 또 요행인지 불행인지는 몰라도 일단
자기의 손에 들어온 텍스트만을 이용하도록 애썼던 것이다.

일종의 범죄 사건이 생겼을 때 그는 증인으로 불려간 일이 있었
는데, 그때도 그는 선의의 증인다운 조심성 있는 태도를 지켰다. 그
러면서도 동시에 정직한 양심에 의해 그는 단호하게 희생자 편을 들
어서 시민들과 더불어 그들이 서로 다 갖고 있는 유일하게 확실성
있는 것, 즉 사랑과 고통과 귀양살이를 그들과 더불어 맛보려고 했
다. 그처럼 시민들의 불안이라면 그 어떤 것도 그가 같이 겪지 않은
것이라고는 없고, 어떠한 상황도 동시에 그의 상황이 아닌 것이 없
었다.

그는 성실한 증인이 되기 위해서 특히 조서와 자료, 소문 같은 것

들을 보고해야만 했다. 그러나 그가 개인적으로 말하고 싶었던 것, 즉 자신의 기대라든지 자신의 시련 같은 것에는 입을 다물어야만 했다. 혹 그런 것을 이용하는 일이 있었다면 다만 시민들을 이해하고 또 이해시켜보려는 의도에서 그랬던 것이고, 대개의 경우 그것은 그들이 어렴풋이 느끼고 있던 일에 명확한 표현을 부여해보기 위함이었다. 사실 이러한 이성적인 노력이 그에게는 전혀 힘들지 않았다. 페스트 환자 몇천 명 목소리에 자기의 고백을 직접 섞어보려는 유혹이 생겼을 때, 그는 자기의 괴로움 중에서 그 어느 하나도 동시에 다른 사람들의 괴로움이 아닌 것이 없으며, 슬픔이 너무 커서 고독한 그런 세계에 있어서는 그런 고백을 안 하는 편이 더 낫다는 생각에서 참았던 것이다. 확실히 그는 모든 사람에 관한 이야기를 해야만 했다.

그러나 시민들 중 적어도 한 사람만은 의사 리외로서도 두둔할 수 없다. 그는 전에 타루가 리외에게 이렇게 말한 적이 있는 사람이었다. "그 사람의 유일하고도 진정한 죄악은 애들이나 어른들을 죽여버리는 것에 대해 속으로 옳다고 긍정한 점입니다. 그 밖의 것은 나도 이해가 가요. 그러니 그 외의 것은 용서하지 않을 수 없어요."

이 기록이 그 무지한 마음을 가졌던 사람, 즉 고독한 마음을 가졌던 사람에 대한 이야기로 끝난다는 것은 온당하다.

축하 행사로 요란한 큰 거리를 빠져나와 그랑과 코타르가 살고 있는 거리로 들어섰을 때, 의사 리외는 마침 경찰관들의 바리케이드로 발길이 막혔다. 생각도 못했던 일이다. 축하의 요란한 소리가 멀리서 들려오는 까닭에 그 동네는 더욱더 조용한 것 같았고, 그래서 인기척도 없으리라고 생각했다. 그는 신분증을 내보였다.

"안 됩니다, 선생님" 하고 경관이 말했다. "미치광이가 시민들에

327

게 총질을 합니다. 잠깐만 여기에 계십시오. 수고를 끼칠 일이 생길지도 모르겠어요."

그때 리외는 그랑이 자기 쪽으로 오는 것을 보았다. 그랑 역시 아무것도 몰랐다. 사람들이 가지 못하게 해서 보니까, 자기 집에서 누가 총을 쏘더라고 했다. 과연 멀리 아파트의 정면이 싸늘해진 태양의 마지막 광선을 받아 금빛으로 물들어 있는 것이 눈에 띄었다. 그 주위에는 커다란 텅 빈 공간이 생겨서 맞은편 포장도로에까지 뻗어 있었다. 그 길 한가운데에는 모자 하나와 더럽혀진 헝겊 조각이 뚜렷하게 보였다. 리외와 그랑은 아주 저 멀리, 길 저편에 자기들을 막고 있는 선과 나란히 다른 하나의 경찰 차단망과 그 뒤로 빠른 걸음걸이로 오가는 몇몇 동네 사람들을 볼 수 있었다. 잘 보니까 아파트 맞은편 건물의 문 안에 찰싹 달라붙어서 권총을 겨누고 있는 경관들도 보였다. 아파트의 덧문은 모두 닫혀 있었다. 그러나 3층 덧문 하나가 반쯤 떨어져서 가까스로 매달려 있었다. 거리는 쥐 죽은 듯이 조용했다. 시내 중심지에서 음악 소리가 단편적으로 들려올 뿐이었다.

그때 그 집 맞은편의 어떤 건물에서 권총 소리가 두 번 울리더니, 아까 그 떨어질 듯한 덧문에서 조각이 몇 개 떨어져 튀었다. 그러더니 다시 조용해졌다. 멀리서 보는 데다 한낮의 소란스러움이 끝난 다음이어서 리외에게는 좀 비현실적으로 느껴졌다.

"코타르의 방 창문이에요." 갑자기 몹시 흥분해서 그랑이 말했다. "아니, 코타르는 달아났는데."

"왜 총을 쏘나요?" 하고 리외는 경관에게 물었다.

"그를 꾀어내려는 겁니다. 우리는 필요한 도구를 싣고 올 자동차를 기다리는 중이에요. 저 집 문으로 들어가려고만 하면 쏘아대니

328

말입니다. 경관 한 명이 총에 맞았습니다."

"그는 왜 총을 쏘는 걸까요?"

"모르겠어요. 사람들이 거리에서 즐기고 있었어요. 처음에는 사람들도 영문을 몰랐지요. 두 번째 총성에는 아우성이 일어났고, 부상자가 생기고, 그래서 모두 도망쳤죠. 미친놈이겠죠, 뭐."

다시 조용해지자 1분 1분이 지루하게 느껴졌다. 문득 거리의 저편에서 개 한 마리, 리외로서는 정말로 오래간만에 보는 개 한 마리가 튀어나왔다. 더러운 스패니얼 종으로 아마도 그동안 주인이 숨겨두었던 놈일 텐데, 그놈이 벽을 따라서 뛰어오고 있었다. 개는 문 앞에까지 와서 멈칫거리다가 엉덩이를 땅에 대고 앉더니, 뒤로 벌렁 나자빠져 벼룩을 물어뜯었다. 경관들이 휘파람으로 개를 불렀다. 개는 고개를 들더니, 천천히 발을 옮겨서 길을 건너가 모자의 냄새를 맡기 시작했다. 바로 그때 총소리가 또 3층에서 울렸다. 그러자 개는 얇은 헝겊 조각처럼 뒤집혀 맹렬히 네 발을 휘젓다가 한동안 바들바들 떨고 나서 마침내 옆으로 쓰러지고 말았다. 그에 호응해 맞은편 문에서 총성이 대여섯 발 울리며 그 덧문을 산산조각으로 부수어놓았다. 다시 조용해졌다. 태양이 약간 기울어져 그늘이 코타르의 창으로 가까워지고 있었다. 의사 뒤에서 브레이크 소리가 나직이 울렸다.

"왔군" 하고 경관이 말했다.

경관들이 그들 등 뒤에서 밧줄과 사다리 한 개, 기름 먹인 천으로 싼 길쭉한 보따리 두 개를 가지고 나타났다. 그들은 그랑의 집 맞은편 집들 옆으로 난 길로 들어갔다. 잠시 후에 그 집들의 문 안에서 일종의 동요를 보았다기보다는 느꼈다. 그리고 사람들은 기다리고 있었다. 개는 더는 움직이지 않았다. 그러나 지금 그 개는 거무스름한 액체 속에 잠겨 있었다.

갑자기 경관들이 점령한 집들의 창에서 기관총 소사가 시작되었다. 소사가 계속됨에 따라 지금까지 과녁이었던 그 덧문은 문자 그대로 산산이 부서지고, 그 뒤로 검은 표면이 노출되었지만 리외와 그랑이 서 있는 곳에서는 그 속의 아무 모습도 볼 수가 없었다. 그 총성이 멎자 또 다른 기관총이 좀 더 떨어진 집의 다른 각도에서 총성을 울렸다. 탄환은 아마 창의 어느 쪽으로 뚫고 들어가는 모양으로, 그중 한 방에 벽돌 파편이 날았다. 바로 그때 경관 세 명이 달음박질로 길을 건너가서, 아파트 문으로 빨려들듯 들어갔다. 뒤이어 또 세 명이 급히 뛰어 들어갔다. 드디어 기관총 소리는 멎었다. 아득히 총성이 두 번 집 안에서 울렸다. 그러자 무슨 소란한 소리가 나더니, 집 안에서 셔츠 바람의 작달막한 남자가 연방 소리를 지르면서 끌려 나왔다기보다는 안겨서 나오는 것이 보였다. 기적이라도 일어난 듯 거리의 덧문들은 모두 열리고 창문마다 호기심에 찬 사람들이 몰려들었다. 한편 수많은 사람들이 집집에서 몰려나와 바리케이드 앞에서 실랑이를 벌이고 있었다. 잠시 길 복판에 그제야 발을 땅에 붙인, 두 팔을 뒤로 비틀린 채 경관에게 잡혀 있는 그 작달막한 사나이의 모습이 보였다. 그는 소리치고 있었다. 경관 하나가 유유히 그에게로 다가가서 주먹으로 힘껏 때렸다.

"코타르군요" 하고 그랑이 중얼거렸다. "미쳤나 봐요."

코타르는 쓰러졌다. 경관이 땅 위에 누워 있는 그 사내에게 힘껏 발길질을 했다. 그러자 사람들이 뒤엉켜 동요하기 시작했고, 의사와 그의 늙은 친구에게로 몰려들었다.

"길을 비키시오!"라고 경관이 말했다.

리외는 그 사람들의 떼가 몰려가는 쪽으로 시선을 돌렸다.

330

그랑과 의사는 해가 저물어가는 황혼 속에서 자리를 떴다. 마치 그 사건이 그 동네의 잠자고 있는 마비 상태를 흔들어 깨우기나 한 것처럼, 그 외진 거리에도 다시 기쁨에 찬 군중의 웅성거리는 소리가 충만했다. 그랑은 집 앞에서 의사에게 작별 인사를 했다. 그는 일을 할 예정이었다. 그러나 막 집으로 올라가려던 순간 그는 리외에게, 자기는 잔에게 편지를 썼으며 지금 마음이 아주 기쁘다고 말했다. 그리고 그는 그 문장을 다시 고쳐 쓰고 있다고 했다. "전부 없앴죠, 형용사들은요"라고 그는 말했다. 그리고 짓궂게 웃으며 모자를 벗어 들고 의식에서 행하는 큰절을 했다. 그러나 리외는 코타르 생각을 하고 있었다. 코타르의 얼굴을 후려갈기던 소리가 그 해수쟁이 영감 집을 향해 가는 내내 들려오는 것 같았다. 아마도 죄인에 대해 생각하는 것이 죽은 사람 생각을 하는 것보다 더 괴로운 일인지도 모른다.

리외가 그 늙은 병자의 집에 도착했을 때 하늘은 벌써 깜깜해져 있었다. 방 안에서는 어렴풋이 자유스럽게 웅성거리는 소리가 들려오고, 노인은 여전히 기분이 좋아서 콩 옮겨 담는 일을 계속하고 있었다.

"기뻐하는 것도 당연하지"라고 그는 말했다. "세상을 살아가려면 그런 것들도 다 필요하지요. 그런데 선생님의 친구 분은 어떻게 되셨어요?"

총소리가 몇 번 그들의 귀에까지 들려왔다. 그러나 그것은 평화로운 소리였다. 애늘이 폭죽을 터뜨리고 있었다.

"죽었습니다." 의사는 영감의 쿨럭거리는 가슴에 청진기를 대면서 그렇게 말했다.

"아!" 하고 그 노인은 좀 기가 막히다는 듯이 소리를 냈다.

"페스트로 죽었지요."라고 리외가 덧붙였다.

"그랬군요." 잠시 후에 노인이 말했다. "언제나 제일 좋은 사람들이 가버리는군요. 그게 인생이죠. 하지만 그는 자기가 원하는 것을 다 알고 있었죠."

"왜 그런 말씀을 하세요?" 청진기를 접어 넣으면서 리외가 말했다.

"괜히 그러죠. 그분은 그저 무의미한 말은 하지 않으셨어요. 어쨌든 나는 그분이 좋았어요. 그런데 이제 이 모양이 되었죠. 딴 사람들은 '페스트입니다. 페스트를 이겨냈습니다' 하고 난리를 치죠. 좀더 봐주다간 훈장이라도 달라고 할 판이죠. 그러나 페스트가 대체 뭡니까? 인생이에요. 그뿐이죠."

"찜질을 규칙적으로 해야 합니다."

"오! 염려 마세요. 나는 아직 멀었습니다. 나는 다른 사람들이 다 죽는 것을 보고 죽을 거예요. 나는 살아남는 방법을 알고 있단 말입니다."

멀리서 기쁨의 외침 소리가 그의 말에 대답하는 듯이 들려왔다. 의사는 방 한복판에 우뚝 섰다.

"테라스로 좀 나가보면 안 될까요?"

"왜 안 되겠어요. 거기서 그들을 좀 보시겠다는 거죠, 그렇죠? 좋을 대로 하세요. 하지만 그들은 늘 그게 그건걸요."

리외는 계단 쪽으로 갔다.

"그런데 선생님, 페스트로 죽은 사람들을 위해서 기념비를 세운다는 게 정말인가요?"

"신문에 그렇게 났더군요. 석주(石柱) 아니면 동판일 거라고요."

"내 생각이 맞았어. 그리고 연설들을 하겠죠."

노인은 목이 비틀리는 소리로 웃어댔다.

"여기 앉아서도 훤히 들리죠. '고인이 된 분들은……' 그다음에는 또 처먹는 거죠."

리외는 벌써 계단을 올라가고 있었다. 거창하고 싸늘한 하늘이 집들 위에 펼쳐지고, 언덕 기슭에서는 별들이 부싯돌처럼 얼어붙어 있었다. 그날 밤은 그가 타루와 함께 페스트를 잊어보려고 그 테라스 위에 왔을 때와 별로 다를 게 없었다. 그러나 오늘은 파도 소리가 그때보다 훨씬 요란스레 낭떠러지 아래에서 들려오고 있었다. 공기는 가을의 미지근한 바람이 실어다 주던 찝찔한 맛이 없어지고, 더욱 가볍고 상큼했다. 그동안에도 시내에서 들려오는 웅성거림이 여전히 무딘 소리로 테라스 밑에 와서 부딪혔다. 그러나 그 밤은 해방의 밤이지 반항의 밤은 아니었다. 멀리서 검붉은 불빛이 그곳에 찬란한 신작로와 광장이 있다는 것을 말해주고 있었다. 이제 이렇게 해방된 밤에 욕망은 아무런 구속도 받지 않게 되었고, 그 욕망이 으르렁거리는 소리가 리외에게까지 들려오고 있었다.

어둠침침한 항구에서 공식적인 축하의 첫 불꽃이 올랐다. 온 도시는 길고 조용한 함성으로 화답했다. 코타르나 타루도 잊었고, 리외가 사랑했으나 잃고 만 남녀들도, 죽은 자도 범죄자도 모두가 잊혔다. 노인의 말이 옳았다. 인간들은 늘 그게 그것이었다. 그러나 그것이 그들의 힘이고 장점이기도 하다는 것을, 그리고 그렇기 때문에 모든 슬픔을 넘어서 그들과 손을 잡게 된다는 것을 리외는 느끼고 있는 터였다. 갖가지 빛깔의 꽃불들이 수를 더해가며 하늘로 떠오름에 따라서 더욱 힘찬 거리의 함성이 테라스 바로 밑까지 사납게 밀려오는 가운데 의사 리외는 지금까지의 일들을 글로 쓸 결심을 했던 것이다. 이러쿵저러쿵 말하는 사람들의 틈에 끼지 않기 위해서, 페스트에 휩쓸려간 사람들에게 유리한 증언을 하기 위해서, 그들에게 가해진 부정의와 폭행에 대해 최소한 추억만이라도 남겨놓기 위해서, 그리고 재화의 도가니 속에서 배운 것, 즉 인간에게는 경멸당할 것보다도 찬양받을 것이 훨씬 더 많다는 것을 있는 그대로 말해두기 위해서 말이다.

그러나 그래도 그는 이 기록이 결정적인 승리의 기록일 수는 없다는 것을 알고 있었다. 이 기록은 다만 공포와 그 공포가 가지고 있는 악착같은 무기에 대항해 수행해나가야 했던 것, 그리고 성인이 될 수도 없고 재화를 받아들일 수도 없기에 역시 의사가 되려고 노력하는 모든 사람이 그들의 개인적인 고통에도 아랑곳없이 아직도 수행해나가야 할 것에 대한 증언이 될 수는 있으리라.

시내에서 올라오는 경쾌한 환호성을 들으면서 리외는 그러한 기쁨이 항상 위협을 받고 있다는 사실을 상기했다. 왜냐하면 그는 그 기쁨에 들떠 있는 군중이 모르고 있는 사실, 즉 페스트균은 결코 죽거나 사라지지 않으며 몇십 년간 가구나 속옷들 사이에서 잠자고 있을 수가 있고, 방이나 지하실이나 트렁크나 손수건이나 헌 종이 같은 것들 틈에서 꾸준히 살아남아 아마도 언젠가는 인간들에게 교훈을 일러주기 위해서 또다시 저 쥐들을 흔들어 깨워 가지고 어떤 행복한 도시로 그것들을 몰아넣어 거기서 죽게 할 날이 온다는 것을 알고 있었기 때문이다.

작품 해설

　카뮈는 그의 소설체로 된 작품에 '소설(roman)'이라는 호칭을 붙이기를 늘 꺼려했다고 한다. 실제로 그는 《이방인》에는 '이야기(récit)'라는 이름을, 《페스트》에는 '기록(chronique)'이란 호칭을 붙였으며, 《전락》에도 '얘기'라는 이름을 붙였고, 《적지와 왕국》에 수록된 여섯 작품에도 '짤막한 이야기(nouvelle)'란 이름을 붙였다. 그러한 사실은 문학 연구가의 호기심을 끌 만한 여러 가지 요소를 내포한다고 생각되지만, 그런 문제에 깊이 파고들지 않더라도 그것은 우리에게 무엇인가를 시사해줄 수 있을 듯하다. 카뮈가 그의 작품에 소설이란 명칭을 붙이지 않은 것은 아마도 19세기에 대성(大成)한 종래의 전통적 소설이 아무래도 지니기 쉬운 사실성에 사로잡히기를 거부하는 그의 태도를 간접적으로 나타내는 것은 아닐까?

　사실 카뮈의 소설 형식의 작품들은 모두 현실과 비현실, 실제와 가상 사이에, 혹은 양자에 걸쳐 구성되어 있어 독특한 경지를 이루고 있다. 그렇기 때문에 카뮈의 그러한 작품들은 현실적인 얘기라기보다도 전설 같은 인상을 강하게 준다. 그러므로 독자로서는 그 속에 깃들어 있는 숨은 뜻, 상징적인 뜻을 놓치지 말아야 할 것이다 (카뮈 스스로도 자신의 여러 문학 작품을 통틀어 'myth(신화 같은 전설)'이라는 이름으로 부르기를 좋아했다). 《페스트》 첫머리에 카뮈가 적어 넣은 대니얼 디포의 인용구도 그러한 작품의 성격을 상징해준다고 할 수 있다. 즉 일종의 감금 상태를 딴 종류의 그것으로 표현한다는 것은, 마치 무엇이든 실제로 존재하는 것을 존재하지 않는 그 무엇으로 표현하는 것처럼 합리적인 것이다.

《페스트》가 그렇고 보면 《이방인》, 《전락》, 《적지와 왕국》은 더 말할 것도 없다. 그래도 《페스트》는 전통적인 소설에 가장 근접하고 있는 작품이기 때문에 비교적 이해가 쉬운 편이지만, 그 밖의 것들은 얼핏 보기에 놀랍고도 야릇한 이야기들로서, 그 속에는 더 심오한 상징적 의미가 숨어 있기 때문이다.

그러한 상징적 의미를 발견하는 것은 독자의 임무인 동시에 즐거움이겠지만, 그러한 발견의 지침이 되는 것은 물론 작가의 사상이다.

카뮈 문학의 사상적 배경을 우리는 에세이 형식으로 발표된 그의 《시지프의 신화》와 《반항적 인간》에서 엿볼 수 있는데, 그것의 핵심을 이루는 것이 이른바 부조리와 반항의 사상이다.

그렇다면 부조리와 반항은 무엇인가? 그것을 몇 마디로 요약하기는 꽤 어려운 일이겠지만, 아무리 복잡하고 난해한 개념이라 할지라도 그것들의 근본적 성격만은 분명히 말할 수 있을 듯하다. 간단히 말해서 카뮈는 세계에 있어서의 인간이라는 존재를 모순된 존재로 보고 있다(그렇다곤 해도 그것이 그의 체험과 직결되는 것임을 강조해둘 필요가 있다). 인간의 세계에 있어서의 존재라는 것은 다시 말해서 인생이다.

사르트르라면 제 시추에이션 속에 버려진 의식이라고 말할지도 모르지만, 어쨌든 저마다 제 현실에 처해진 인생을 말함에는 틀림이 없다. 이처럼 인생이란 모순을 이루는 기본이 되는 것은, 죽음에 대한 절망과 삶의 환희라고도 할 수 있고, 고독과 사랑이라고도 할 수 있으며, 선과 악이라고도 할 수 있지만, 상징적으로 암흑과 광명, 질병 곧 페스트와 건강, 겨울과 여름, 얼음과 불과 같은 것이라 말해도 좋을 것이다. 그러나 카뮈에 따르면 이성을 가진 존재인 인간에게는 합리적 욕망이 있는 까닭에 세계의 뜻을 알아보고자 한다. 그런데 세계에는 인간의 이성으로서 알아볼 수 있을 만한 아무런 뜻도 없다.

"나는 이 세계가 그것을 조절하는 어떤 의미를 가졌는지 어떤지 모른다. 그러나 알 수 있는 것은 내가 그 의미를 알지 못하며 나로서는 지금 그것을 알 도리가 없다는 사실이다. 나의 조건 밖에 있는 의미가 나에게 무슨 뜻이 있단 말인가? 나는 인간의 용어로써밖에 이해할 수가 없다."(《시지프의 신화》)

인간이 가진 바 합리적 욕망과 세계의 몰이해라는 두 개의 서로 상반된 것, 그러한 이율배반(二律背反)에서 생기는 모순, 그것이 바로 카뮈의 이른바 부조리(absurde)이며, 인간의 피치 못할 숙명, 인간 조건이다. 그러나 그것은 누구나가 언제나 느끼는 것이 아니다. 흔히 우리는 부조리를 느끼지 못하고(또는 어렴풋이밖에 느끼지 못하고) 살고 있다. 다시 말해서 의식은 졸고 있다. 그저 관습에 의하여 기계적으로 일상생활의 쳇바퀴를 돌며 인생의 뜻이 있는지 없는지 그러한 것도 문제 삼지 않는다.

그처럼 졸고 있는 의식은 실존자의 의식일 수 없으므로 의식이 완전히 깨어나서 부조리를 명확히 인식할 때에야 비로소 인간은 인간다울 수 있다. 그러므로 카뮈에 따르면 부조리의 인식이야말로 인간의 존엄성이기도 하다.

한마디로 말해서 카뮈의 이른바 부조리라는 것이 해결할 수 없는 것, 재차 해결하지 말아야 할 것이라면 차라리 죽어버리는 편이 낫지 않을까? 혹은 인생의 뜻이고 뭐고 다 귀찮고 괴로우니 그저 편히 살면 되지 않을까? (사르트르는 그것을 '물질화'라고 말한다.) 어느 편이나 의식으로서는 자살이다. 이것이 허망에 직면한 의식을 끌어 당기는 또 하나의 유혹이다.

그러나 카뮈의 대답은, 그래도 살아야 한다는 것이다. 여기에 카 뮈 문학의 열쇠가 있다고 할 수 있다.

'그래도 살아야 한다'라는 대답에는 비약이 있어 보인다. 그러나 거기서 우리는 생명의 약동을 보아야 한다. 왜냐하면 그것은 무엇보 다도 먼저 삶의 긍정이기 때문이다. 부조리와 직면해 모순을 해소하 려 하지 않고 그것을 그대로 받아들이면서 삶을 긍정하는 태도, 그 것이 다름 아닌 카뮈의 이른바 '반항'이다. 반항은, 그러므로 삶의 의지의 폭발인 동시에 삶의 가능하고 유일한 자세다. 《시지프의 신 화》 1장 〈부조리의 이론〉을 카뮈는 "그래도 우리는 살아야 한다"라 는 말로 끝맺고 있으며, "산다는 것은 부조리를 살리는 것이다. 부조 리를 살린다는 것은 무엇보다 먼저 그것을 바라보는 것이다"라고 말 하고 있다.

요컨대 카뮈는 부조리의 해결을 꾀하는 것이 아니라 부조리에 반 항함으로써 가치를 창조하는 것인데, 해결될 희망이 없는 부조리에 반항할 수 있는 동력은 인간의 생명이며 부조리의 초극(超克)을 준 비하는 가치를 낳을 수 있는 것도 인간의 생명이라고 생각하고 있는 듯하다. 다시 말하면 그는 인간 속에 고귀한 무엇이 있다는 것만은 의심치 않고 있으며, 인간의 고귀한 그 무엇이 카뮈가 부조리와 대 결하는 유일한 무기다. 그처럼 카뮈는 인간의 세계에 있어서 존재를 모순적인 것으로 보고 있는데, 그것은 그의 형이상학적 인생관일 뿐 만 아니라 그의 윤리관이기도 하다. 사회 속에서 살게 마련인 개인은 윤리적인 면에서도 숙명적으로 모순에 부닥치지 않을 수 없다.

그리고 그 모순에 직면하여 모순을 이루고 있는 서로 상반된 진리를 허망한 그대로 받아들이면서 인간 속에 있는 고귀한 그 무엇의 힘으로써 모순을 극복하려는 카뮈의 반항적인 태도는 윤리적 부조리에도 적용된다. 그 한 가지 예로서, 《페스트》의 주요 인물 가운데 한 사람인 랑베르는 신문기자로서 기사 취재를 위해 알제리 오랑이란 도시에 머무는 동안 페스트가 유행하면서 오랑 시 출입이 차단되어 그곳을 떠날 수 없게 된다. 파리에는 그를 애타게 그리는 연인이 있다. 될 수 있으면 그 도시를 탈출하고 싶으면서도 페스트의 창궐로 오랑 시민들이 겪는 고통을 목격하며 차츰 냉정할 수 없게 된 그는 마침내 윤리적 부조리에 부닥친다. 즉 자신의 행복을 추구하는 욕망과, 다른 사람들의 불행에 무관심할 수 없는 인간적 심정의 이율배반과 맞닥뜨리는 것이다. 인간은 행복을 희구하건만 세계는 인간의 욕망을 채워주지 않는다.

이러한 모순에 봉착하여 인간이 느끼게 되는 유혹은 우리에게 행복을 거부하는 세계에서의 탈출(현실도피)이며, 랑베르의 경우 오랑 시에서의 탈출이다. 마치 형이상학적 부조리에 직면한 의식이 인간의 합리욕(合理慾)을 거부하는 뜻 없는 세계에서 종교적 희망에 의한 탈출을 느끼듯이. 그러나 랑베르는 처음에는 한사코 탈출을 꾀했지만 막상 기회가 다가와 탈출이 가능해진 찰나에 오랑 시에 그대로 머물러 이제는 친구가 된 그 고장의 의사 리외와 타루라는 인물과 함께 페스트 구호대에 참가할 것을 결심한다. 이것은 그가 행복의 욕망을 포기하는 것을 의미하는 것일까? 아니다.

그는 오랑 시에서의 탈출을 거부하지만 한편으론 행복의 욕망도 버리지 않는다. 형이상학적 부조리에서의 탈출을 거부하는 동시에 자살도 거부함으로써 카뮈의 철학적 반항이 이룩되는 것과 마찬가지다.

그것이 카뮈가 얻고 있는 인간의 고귀한 그 무엇이다. 그것을 정의라고 해도 좋고 넓은 의미의 사랑이라고 해도 좋을 것이다. 랑베르에 따르면 "혼자만 행복하다는 것은 부끄러운 일"이지만 작자 카뮈는 "인간에게는 경멸당할 것들보다도 찬양받을 것이 훨씬 더 많다"고 믿는다.

우리는 여태까지 카뮈의 기본적 태도인 모순의 명철한 인식, 부조리에 대한 올바른 반항을 중추로 전개되는 그의 사상과 작품의 일단을 살펴본 셈인데, 결국 카뮈는 모순을 이루는 두 기본 항의 어느 한쪽으로도 쏠리지 않는 긴장의 모럴, 한계의 모럴(카뮈가 '정오의 사상'이라 부르는 것)을 지향하면서, 그의 작품 속에서는 때로 (《이방인》의 경우) 부조리에 더 많이 악센트를 두고 있다고 할 것이다.

그러나 그처럼 긴장을 요구하는 마음의 세계는 카뮈에게도 수월하게 얻어질 수 없을뿐더러 그것이 지속되기란 더욱 수월치 않았던 모양이다. 왜냐하면 그의 후기 작품들인 《전락》, 《적지와 왕국》에서 '정오의 태양'은 기울어진 듯하고 야릇한 어둠이 그 작품들 속에 퍼져 있는 느낌을 우리는 갖게 되기 때문이다.

여기서 덧붙이고 싶은 것은, 이 후기 작품들을 카뮈 사상의 후퇴라고 생각해선 안 된다는 점이다. 빛을 찾을 수 있는 것은 어둠 속에서라는 진리를 체험으로 얻었던 그는 자신을 둘러싼 어둠을 응시하며 악마를 쫓아버리거나 하듯 그런 작품을 쓴 것이 아닐까? 과연 그것은 그의 이른바 제3시기의 작품을 준비하는 시기였던 것이다.

카뮈 자신은 이렇게 말하고 있다.

"내가 작품을 쓰기 시작했을 때 나는 명확한 플랜을 가지고 있었습니다. 나는 먼저 부정을 표시하고자 했습니다. 세 가지 형식으로 소설 분야에서는 《이방인》, 극으로서는 《칼리굴라》와 《오해》, 사상 면에서는 《시지프의 신화》가 그것이었습니다. 만약 나에게 체험이 없었다면 그런 것을 얘기할 수는 없었을 것입니다. 나에겐 상상력이라곤 조금도 없으니까요. 그러나 그것은 나에게 말하자면 데카르트의 방법론적 회의 같은 것이었습니다……. 사람이 부정 속에서 살 수 없다는 것을 나는 잘 알고 있었습니다.

그래서 나는 《시지프의 신화》에서 그것을 명백히 했던 것입니다. 역시 세 가지 형식으로 나는 긍정을 예상했었습니다. 소설로서는 《페스트》, 극으로서는 《계엄령》과 《정의의 사람들》, 사상으로서는 《반항적 인간》이 그것이었습니다. 나는 사랑이라는 테마를 중심으로 제3계열을 이미 준비하고 있습니다. 그것들이 바로 내가 추진 중인 계획들입니다." (《Figaro Littéraire》 1956년 12월 21일 호)

그 사랑을 테마로 한 작품들이 카뮈의 허망한 변사로 좌절되고 만 것을 새삼스레 원통히 여기지 않을 수 없다.

이휘영

알베르 카뮈 연보

1913   11월 7일, 프랑스령 콩스탕틴 현 몽드비에서 출생.

1930 (17살)   알제대학 입학. 대학 축구팀에서 선수로 활약.

1933 (20살)   결혼.

1936 (23살)   알제대학 졸업. 철학 학위 논문《플로티노스와 성 아우구스티
               누스를 통해서 본 헬레니즘과 그리스도교의 관계》, 희곡《아스
               튀리의 반란》 발표.

1937 (24살)   노동 극단(아마추어 연극 단체)을 조직했다가 동지 극단으로
               개칭. 에세이《안과 겉》 간행. 건강상 이유로 교수 자격 획득을
               단념함.

1938 (25살)   《알제 레퓌블리캥》지 기자. 에세이《결혼》 간행.

1939 (26살)   희곡《칼리굴라》 집필. 앙드레 말로와 교우.

1940 (27살)   재혼.《파리 스와르》지 편집부 입사. 소설《이방인》 탈고. 에세
               이《시지프의 신화》 1부 탈고.

1941 (28살)   오랑의 사립학교에서 교편을 잡음.《시지프의 신화》 탈고.《페
               스트》를 집필하려고 자료를 수집함.

1942 (29살)   소설《이방인》 간행.

1943 (30살)   저항운동 기관지《콩바》지 파리 책임자. 갈리마르 서점과 거
               래. 에세이《시지프의 신화》 간행.

1944 (31살)   사르트르와 교우. 파스칼 피아와《콩바》지를 주재. 희곡《오
               해》,《칼리굴라》 발표.

1947 (34살)   소설《페스트》를 간행해 즉시 호평을 받음.

1948 (35살)   희곡《계엄령》 발표.

1949 (36살)   남미에서 귀국. 에세이《반항적 인간》 집필.

1950 (37살)   에세이《반항적 인간》,《미노타우로스 또는 오랑에서의 정박》
　　　　　　　간행. 희곡《정의의 사람들》, 논평집《악튀엘》I 발표.

1953 (40살)   유네스코에서 탈퇴. 논평집《악튀엘》II 발표.

1954 (41살)   모든 정치 활동에서 은퇴. 에세이《여름》 간행.

1955 (42살)   신문계로 복귀. 소설《전락》 간행.

1957 (44살)   소설《적지와 왕국》 간행. 노벨문학상 수상.

1960 (47살)   1월 4일, 자동차 사고로 사망.

옮긴이 **이휘영**

소르본대학교 문학부에서 D.S.C.F. 학위를 획득했으며 서울대학교 불문학과 교수를 역임했다. 옮긴 책으로 알베르 카뮈의 《전락》《이방인》《안과 겉》, 로맹 롤랑의 《베토벤의 생애》, 앙드레 지드의 《지상의 양식》《사전꾼들》, 르 클레지오의 《홍수》 외 《카르멘》《독서론》《회색 노트》《암야의 집》 등이 있다.

페스트

1판 1쇄 발행 2012년 8월 10일
2판 1쇄 발행 2025년 10월 27일

지은이 알베르 카뮈 │ **옮긴이** 이휘영
펴낸곳 (주)문예출판사 │ **펴낸이** 전준배
출판등록 2004. 02. 11. 제 2013-000357호 (1966. 12. 2. 제 1-134호)
주소 04001 서울시 마포구 월드컵북로 21
전화 02-393-5681 │ **팩스** 02-393-5685
홈페이지 www.moonye.com │ **블로그** blog.naver.com/imoonye
페이스북 www.facebook.com/moonyepublishing │ **이메일** info@moonye.com

ISBN 978-89-310-2599-6 04800
ISBN 978-89-310-2365-7 (세트)

• 잘못 만든 책은 구입하신 서점에서 바꿔드립니다.

문예출판사® 상표등록 제 40-0833187호, 제 41-0200044호

■ 문예세계문학선

(뒷면 계속)